SANDRA BROWN

Bittersüße Zärtlichkeit

Deutsch von
Ursel von der Heiden

Der zweite Mann

Deutsch von
Friedhelm Schulte-Nölle

Originaltitel: *Adam's Fall (Bittersüße Zärtlichkeit)*
Demon Rumm (Der zweite Mann)
Originalverlag: Bantam Books

Besuchen Sie uns im Internet:
www.weltbild.de

Das Werk einschließlich seiner Teile ist urheberrechtlich geschützt.
Jede Verwertung außerhalb des Urhebergesetzes ist ohne Zustimmung
des Verlages unzulässig und strafbar. Dies gilt insbesondere für
Vervielfältigungen, Übersetzungen, Mikroverfilmungen und die
Einspeicherung und Verarbeitung in elektronischen Systemen.

Genehmigte Lizenzausgabe 2006 für
Verlagsgruppe Weltbild GmbH,
Steinerne Furt 67, 86167 Augsburg
Bittersüße Zärtlichkeit
Copyright © 1988 by Sandra Brown
Copyright © 1988/1995 der deutschen Erstausgabe by
Verlagsgruppe Lübbe GmbH & Co. KG, Bergisch Gladbach
Der zweite Mann
Copyright © 1987 by Sandra Brown
Copyright © 1987/1995 der deutschen Erstausgabe by
Verlagsgruppe Lübbe GmbH & Co. KG, Bergisch Gladbach
4. Auflage 2006
Alle Rechte vorbehalten

Projektleitung: Julia Kotzschmar
Übersetzung: Ursel von der Heiden (Bittersüße Zärtlichkeit),
Friedhelm Schulte-Nölle (Der zweite Mann)
Umschlaggestaltung: Hauptmann und Kompanie
Werbeagentur GmbH, München
Umschlagabbildung: Getty Images/M. Pasdzior, Rubberball
Satz: Uhl und Massopust GmbH, Aalen
Druck und Bindung: Oldenbourg Taschenbuch GmbH,
Hürderstraße 4, 85551 Kirchheim

Gedruckt auf chlorfrei gebleichtem Papier

ISBN 3-89897-371-9

SANDRA BROWN
Bittersüße Zärtlichkeit

Deutsch von
Ursel von der Heiden

Weltbild

Prolog

Die Meldung wurde in den Abendnachrichten gebracht.

Der Unfall war in den italienischen Alpen passiert. Gar nicht einmal an einem der spektakulären Gipfel, aber die Höhe und Schwierigkeit des Berges hätte auch ausgereicht, selbst erfahrene Bergsteiger das Fürchten zu lehren. Bei dem Absturz von mehr als zehn Metern hatte Adam Cavanaugh sich eine Verletzung des Rückgrats zugezogen, und nicht nur er, sondern auch Hunderte seiner Angestellten überall auf der Welt blickten plötzlich mit Sorge in die Zukunft.

Thad Randolph wurde von der Nachricht aufgeschreckt, als er gerade die Spielzeugeisenbahn seines Sohnes Matt reparierte. Mit einer Handbewegung brachte er den Jungen und seine Schwester Megan zum Schweigen. Dann griff er nach dem Lautstärkeknopf des kleinen, transportablen Fernsehers auf dem Küchentisch und stellte den Ton lauter.

»...der einzige Überlebende. Er ist nach Rom geflogen worden, wo das Ausmaß seiner Verletzungen untersucht werden soll. Wir hoffen, Ihnen später am Abend nähere Einzelheiten mitteilen zu können«, hörte man die Stimme des Ansagers. »Außerdem haben der französische Rennfahrer Pierre Gautier sowie der englische Bankier Alexander Arrington an der Bergsteiger-Expedition teilgenommen. Beide haben den Absturz nicht überlebt. Mr. Cavanaugh, ein international bekannter Geschäftsmann, ist Eigentümer der Hotelkette gleichen Namens. Er...«

»Da arbeitet Mom doch«, sagte Matt.

»Sprechen die über den Adam, den wir kennen?« wollte Megan wissen.

»Ja«, antwortete Thad grimmig. »Aber jetzt seid wieder still!« fügte er hinzu.

Der Bericht im Fernsehen kam live aus Rom. Der Moderator im Studio in New York fragte den Reporter vor Ort: »*Haben die Ärzte sich schon in irgendeiner Art und Weise über Mr. Cavanaughs Zustand geäußert?*«

»*Nein, noch nicht. Das Krankenhauspersonal will keine Auskünfte geben, bevor Mr. Cavanaugh nicht genau untersucht worden ist. Wir wissen bisher nur, daß auch sein Rückgrat betroffen ist und daß seine Verletzungen schwerwiegend sein sollen.*«

»*War er bei Bewußtsein, als er in Rom ankam?*«

»*Wir haben zwar keine offizielle Bestätigung dafür, aber es schien so, als sei er nicht bei Bewußtsein. Der Hubschrauber war kaum gelandet, da wurde Mr. Cavanaugh auch schon herausgeholt und sofort ins Krankenhaus transportiert. Sobald wir weitere Informationen haben...*«

Unvermittelt griff Thad nach dem Knopf und stellte den Fernseher ab. Dabei murmelte er ein Wort, das auszusprechen seinen Kindern strikt verboten war. Sie hielten sich auch meist an dieses Verbot, weil sie wußten, daß es sonst gewaltigen Ärger geben würde, obwohl sie es nicht ganz fair fanden, daß ihre Mutter Daddy nie ausschimpfte, wenn er es benutzte.

Thad blickte seine Kinder an, und so fiel sein nächster Kommentar schon gemäßigter aus: »Verdammter Narr!«

»Wer?« fragte Elizabeth Randolph, die gerade durch die Hintertür in die Küche gekommen war und nun ihre Handtasche auf den Tisch stellte. Alle drei wandten sich zu ihr um.

»Mom! Rate mal, über wen gerade im Fernsehen berichtet worden ist!«

»Matt, Megan, seid still«, unterbrach Thad seine Kinder und machte dabei mit einer Handbewegung unmißverständlich klar, daß die beiden die Küche verlassen sollten.

»Aber, Dad...«

»Geht bitte hinaus. Ich will mit eurer Mutter allein sprechen.«

»Aber sie...«

Die Widerrede erstarb auf Megans Lippen, als sie den strengen Blick und die unwillig zusammengezogenen Brauen ihres Vaters sah. Seit dem Jahr, in dem Thad Randolph Elizabeth Burke geheiratet hatte, hatten ihre beiden Kinder gelernt, den neuen Vater zu respektieren, aber sie bewunderten ihn auch. Sie liebten ihn von ganzem Herzen, genau wie auch er sie liebte. Als ihre Mutter ihnen gesagt hatte, daß Thad sie adoptieren wollte, hatten sie gleich zugestimmt.

Aber jetzt sagte ihnen sein Ausdruck ganz deutlich, daß er nicht mit sich handeln lassen würde, daß Widerspruch zwecklos, wenn nicht gar gefährlich war. Und so trollten sie sich.

»Thad, was ist los?« fragte Elizabeth sofort, nachdem die beiden die Küche verlassen hatten.

Er stand auf und legte seiner Frau beide Hände auf die Schultern. »Elizabeth, ich will nicht, daß du dich jetzt aufregst.«

»Dein Gesichtsausdruck hat schon dafür gesorgt, daß ich das nicht mehr vermeiden kann, Thad. Was ist passiert? Ich weiß, daß es etwas Schreckliches sein muß. Ist etwas mit Mom? Mit Dad? Oder mit Lilah?«

Elizabeth hatte ihren ersten Mann bei einem grausamen Autounfall verloren. Sie wußte nur zu gut, was schlechte Nachrichten bedeuteten. Die Erinnerung an den Morgen, als plötzlich zwei Polizisten vor ihrer Tür gestanden hatten, die Mützen in den Händen und mit sehr ernsten Gesichtern, war noch zu frisch.

Furchtsam packte sie Thad am Hemd. »Sag's mir!«

»Es geht um Adam.«

»Adam?« Ihr Gesicht war bleich geworden.

Elizabeth und Adam Cavanaugh mochten sich sehr. Zuerst war es nur eine geschäftliche Verbindung gewesen, aber der Kontakt war um so enger geworden, je mehr Geschenkartikelläden sie in den verschiedenen Häusern seiner Hotelkette eingerichtet hatte. Mittlerweile waren es fünf, aber es bestanden bereits Pläne für weitere Geschäftseröffnungen.

Thad war anfangs eifersüchtig auf die Verbindung zwischen den beiden gewesen. Doch seit ihm klargeworden war, daß der junge Millionär kein Rivale für ihn war, betrachtete auch Thad ihn als seinen Freund.

»Mit Adam ist etwas passiert?« Elizabeths Stimme zitterte, und man hörte deutlich ihre Angst um ihn heraus.

»Er ist beim Bergsteigen in den italienischen Alpen abgestürzt.«

»O nein!« Entsetzt preßte sie die Hand vor den Mund. »Ist er … ist er tot?«

Thad schüttelte den Kopf. »Nein, aber offensichtlich ernsthaft verletzt. Man hat ihn nach Rom gebracht«, erzählte er.

»Wie ernsthaft?«

»Das weiß man noch nicht.«

»Thad!«

Er seufzte. »Wohl eine Verletzung des Rückgrats.«

Tränen traten in Elizabeths Augen. »Ist er … gelähmt?«

»Ich weiß es nicht, Elizabeth.« Als sie ihm nicht zu glauben schien, packte Thad sie bei den Armen. »Glaub mir, ich weiß es wirklich nicht! Es war nur ein kurzer Bericht. Der Reporter sagte, bisher gäbe es noch keine Nachrichten aus dem Krankenhaus. Aber es sieht anscheinend nicht sehr gut aus.«

Elizabeth lehnte sich gegen ihren Mann, und er legte fürsorglich seine Arme um sie. »Adam hatte sich so auf diese Reise gefreut«, sagte sie leise. »Als er mir erzählte, was er vorhatte, habe ich ihm gesagt, er wäre verrückt, beim Bergsteigen Kopf und Kragen zu riskieren. Dabei hatte ich das eigentlich im Scherz gemeint.« Sie schluchzte leise auf. Sie hob den Kopf und sah ihren Mann an. »Zwei Freunde von ihm wollten mitkommen. Was ist mit ihnen?«

Thad nahm ihren Kopf und drückte ihn sanft wieder gegen seine Brust. »Sie sind bei dem Absturz ums Leben gekommen, Elizabeth.«

»O nein! Wie furchtbar für Adam.«

»Nach dem Bericht im Fernsehen ist wohl einer von ihnen ausgerutscht und hat die anderen mit sich gerissen.«

»Wie ich Adam kenne, wird er sich die Schuld geben, auch wenn er gar nicht derjenige war, der die anderen mitgerissen hat«, sagte Elizabeth leise. Dann hob sie den Kopf und löste sich von ihrem Mann. »Was sollen wir jetzt tun?«

»Im Augenblick können wir gar nichts tun, Elizabeth«, antwortete er.

»Aber wir müssen etwas unternehmen, Thad!«

»Du mußt jetzt in erster Linie an dich selbst denken und an unser Baby.« Er legte eine Hand auf ihren deutlich gerundeten Bauch. Noch etwa drei Monate, dann würde ihr Kind geboren werden. »Adam würde nicht wollen, daß du sein Patenkind in Gefahr bringst«, fügte er mit einem leichten Lächeln hinzu.

»Ich könnte Mrs. Alder bitten, auf die Kinder aufzupassen, und dann nehmen wir das nächste Flugzeug nach Rom.«

»Nein«, antwortete Thad sehr bestimmt. »Du wirst nicht nach Rom fliegen, Elizabeth.«

»Aber ich kann doch nicht hier herumsitzen und die Hände in den Schoß legen!« Wieder stiegen Tränen in ihre Augen. Elizabeth sah natürlich ein, daß ihr Mann recht hatte, aber es frustrierte sie, nicht helfen zu können.

»Du wirst in den nächsten Tagen genug zu tun haben. Es wird unzählige Dinge geben, um die du dich kümmern mußt, Elizabeth. Solange nicht feststeht, wie es mit Adam weitergeht, wird Chaos hier herrschen, und jemand muß einen klaren Kopf bewahren – und wer könnte das besser als du?«

Thad legte ihr beide Hände auf die Schultern und sah ihr fest in die Augen. »Glaub mir, für Adam bist du hier viel nützlicher, als wenn du irgendwo in Rom einen Krankenhausflur auf und ab laufen und die Hände ringen und dir Sorgen über etwas machen würdest, was du doch nicht beeinflussen kannst.

Sie seufzte tief. »Ich weiß ja, daß du recht hast, Thad. Aber ich fühle mich so furchtbar hilflos.«

Thad sprach es nicht aus, aber er fragte sich, wie hilflos erst Adam Cavanaugh sich fühlen würde, wenn er wieder zu Bewußtsein kam und feststellen mußte, daß er sich nicht mehr bewegen konnte.

1

»Es gibt viele schlechte Ideen, aber das ist die allerschlimmste, die ich je gehört habe! Wie konntest du dir nur so etwas einfallen lassen?«

Lilah Mason, barfüßig, mit hautengen Jeans und einem verwaschenen T-Shirt bekleidet, sah aus wie ein Kommunenmitglied aus den sechziger Jahren.

Sie war damals in der Hippie-Ära noch ein Kind gewesen, aber ihr Gesichtsausdruck spiegelte den unkonventionellen, rebellischen Geist jener Zeit wider.

Mit einer schnellen Bewegung warf sie ihr langes Haar, das in der Stirn von einem Band gehalten wurde, über die Schultern und stemmte die Hände in die Hüften.

»Du hast uns doch noch gar nicht ausreden lassen«, sagte Elizabeth zu ihrer jüngeren Schwester.

»Ich habe genug gehört. Adam Cavanaugh! Schon der Name genügt, um mich ›nein‹ sagen zu lassen, egal, welchen Plan ihr auch ausgeheckt haben mögt.«

Sie sah ihre Schwester und ihren Schwager mit offener Feindseligkeit an.

»Okay, wir tun einfach so, als hättet ihr diesen Namen überhaupt nicht erwähnt. Einverstanden? Laßt uns lieber an der Ecke ins Café gehen und eine große Portion Eis essen, anstatt weiter über dieses Thema zu reden! Und nichts für ungut, ja?« Thad und Elizabeth erwiderten ihren Blick mit stummem Vorwurf, und sie standen auch nicht auf. Als Lilah einsehen mußte, daß die beiden nicht so leicht bereit waren, das Handtuch zu werfen, seufzte sie und setzte sich auf das Sofa im Wohnzimmer ihres kleinen Apartments, die Knie hochgezogen.

»Also gut. Ich werde mir eure Geschichte zu Ende anhören. Aber beeilt euch, damit wir es schnell hinter uns gebracht haben!«

»Es geht ihm nicht gut, Lilah.«

»Den meisten Menschen mit einer Rückgratverletzung geht es nicht gut«, warf Lilah ungerührt ein. »Vor allem zu Anfang nicht. Und leider haben die meisten auch nicht die finanziellen Mittel wie ein Mr. Cavanaugh. Mit seinem Scheckbuch kann er doch mehr Ärzte, Krankenschwestern und Therapeuten für sich verpflichten, als die Mehrheit der anderen Kranken an beiden Fingern abzählen kann. Er braucht mich nicht!«

»Das ist Snobismus in reinster Form«, warf Thad ihr vor.

»Nur andersherum.«

Lilah schüttelte den Kopf. »Wieviel Geld Cavanaugh hat, spielt keine Rolle für mich«, antwortete sie.

»Und warum willst du dann nicht zustimmen, seine Therapeutin zu sein?« wollte Elizabeth wissen.

»Weil ich ihn nicht ausstehen kann«, erwiderte Lilah heftig, und als sie sah, daß die beiden protestieren wollten, hob sie sofort die Hände. »Nein, laßt mich das anders ausdrükken: Ich verabscheue, verachte und hasse ihn! Er mich übrigens auch.«

»Das sollte aber keine Rolle spielen, wenn es um die Gesundheit eines Menschen geht.«

»Tut es aber!« Lilah sprang auf und ging erregt in dem kleinen Wohnzimmer auf und ab. »Männer wie er sind die schlimmsten Patienten, die allerschlimmsten, die man sich vorstellen kann. Kinder mögen und bewundern dich, wenn du ihnen hilfst. Ältere Menschen sind zutiefst dankbar für jede Freundlichkeit. Aber Männer wie Cavanaugh...« Sie schüttelte sich vor Abscheu. »Im Krankenhaus knobeln wir immer aus, wer sich um sie kümmern muß.«

»Aber, Lilah...«, begann Elizabeth, doch ihr Mann ließ sie nicht aussprechen. Elizabeth neigte dazu, in solchen

Situationen viel zu emotional zu reagieren, statt logisch zu argumentieren. Er jedoch war eher pragmatisch veranlagt. Einer mußte schließlich vernünftig bleiben, vor allem bei Diskussionen mit seiner Schwägerin, deren plötzliche Stimmungswechsel völlig unvorhersagbar waren.

»Und woran liegt das?« wollte Thad wissen. »Ich meine, daß keiner von euch mit solchen Patienten arbeiten will?«

»Weil solche Männer in den meisten Fällen vor ihrer Verletzung ganz besonders aktiv und in allerbester körperlicher Verfassung waren. Häufig haben sie ihre Unfälle bei gefährlichen Sportarten erlitten, in denen diese Typen sich beweisen müssen.«

Sie schüttelte den Kopf. »Rennfahrer, Surfer, Skifahrer, denen keine Abfahrt zu steil ist, Tiefseetaucher – solche Typen halt. Alles Männer, die den Nervenkitzel des Risikos brauchen. Die hart trainieren, um in Top-Form zu kommen, und ihren Körper total unter Kontrolle haben.«

Lilah schwieg einen Moment, bevor sie weiterredete. »Wenn solche Typen verletzt werden und an einer Lähmung leiden, sei es auch nur vorübergehend, dann drehen sie durch. Sie werden nicht damit fertig, daß plötzlich aus Supermann persönlich ein Invalide geworden ist, jemand, der von der Hilfe anderer abhängig ist. Sie ertrinken in Selbstmitleid und machen alles und jeden für ihr Unglück verantwortlich – nur nicht sich selbst. Egal, wie gesellig und freundlich sie vorher waren, sie werden verbittert und wollen die ganze Welt dafür bestrafen, daß ihnen ein solches Unglück zugestoßen ist. Mit anderen Worten – Typen wie sie sind eine Plage.«

»Aber Adam würde nie so sein!«

»Richtig«, stimmte Lilah sofort zu. »Er wäre noch schlimmer! Weil er mehr verloren hat.«

»Er würde wissen, daß du ihm helfen willst.«

»Und er würde alles ablehnen, was ich vorschlage!«

»Er würde dir danken.«

»O nein! Statt dessen würde er sicherlich mich bekämpfen!«

»Aber du bist seine einzige Hoffnung.«

»Nein, ich wäre höchstens sein Prügelknabe.« Lilah seufzte. »Es ist zwecklos, Elizabeth. Du kannst mich nicht überzeugen. – Wie sieht es jetzt mit einem Eis aus?« fragte sie.

Elizabeth wandte sich an ihren Mann. »Nun, tu doch was!«

Thad lachte und zuckte mit den Schultern. »Was soll ich denn tun? Lilah ist erwachsen und trifft ihre eigenen Entscheidungen.«

»Danke, Thad«, meinte Lilah und lächelte ihrem Schwager zu.

»Aber du hast Adam gesehen. Ich nicht!« Elizabeth legte eine Hand auf den Arm ihres Mannes. Thad war hart geblieben in seiner Entscheidung, Elizabeth nicht nach Rom fliegen zu lassen. Um sie aber zu beruhigen, hatte er sich in die Maschine gesetzt und Adam besucht. »Erzähl Lilah, was die Ärzte gesagt haben!«

Lilah verdrehte die Augen, setzte sich aber dann wieder aufs Sofa und wartete auf seinen Bericht.

»Ich bin nach Hawaii geflogen, um ihn zu sehen.«

»Ich dachte, er wäre in Rom.« Lilah sah ihren Schwager erstaunt an.

»War er auch zuerst. Aber auf seinen Wunsch hin hat man ihn nach der Operation in ein Krankenhaus nach Honolulu geflogen.«

»Er ist operiert worden?«

Thad nickte. »Soweit ich die Ärzte verstanden habe, ist das Rückenmark bei dem Absturz nicht in Mitleidenschaft gezogen worden.«

Lilahs berufliches Interesse war offenbar geweckt, trotz der Abneigung gegen den Patienten, um den es ging.

»Allerdings sind mehrere Wirbel gebrochen oder angebrochen«, fuhr Thad fort. »Die Chirurgen haben das richten können. Ich weiß nicht, wie die medizinischen Fachausdrücke lauten – auf jeden Fall hat er durch den Sturz Quetschungen und diverse Schwellungen am Rückgrat erlitten.«

Lilah nickte.

»Ja, ich kenne das. Das Gewebe schwillt an und drückt auf die Nervenstränge. Solange die Schwellungen nicht zurückgegangen sind, können die Ärzte nicht mit Sicherheit sagen, wie weit die Lähmung geht und ob sie nur vorübergehend ist oder nicht.«

»Genau.« Thad nickte, als sie genau das sagte, was er auch schon von den Ärzten gehört hatte.

»Durch die Operation wird die Schwellung an der Wirbelsäule noch eine Weile anhalten«, fuhr seine Schwägerin fort.

»Ja, aber sie wurde bereits vor zwei Wochen durchgeführt. Mittlerweile müßte er Fortschritte machen, aber die sind leider noch nicht zu erkennen.«

»Ist er immer noch gelähmt?« wollte Lilah wissen. Sie klang schockiert.

»Ja.«

»Keine Reaktion unterhalb der Taille?«

»Nein.«

»Er hätte längst mit der Therapie beginnen müssen«, meinte Lilah, und als sie Thads schuldbewußten Blick sah, fügte sie hinzu: »Das hat er auch, nicht wahr?«

»Ja«, gab Thad widerwillig zu. »Aber er hat nicht gut darauf angesprochen.«

»Weil er sich dagegen gesträubt hat.« Lilah formulierte das nicht als Frage, sondern als Feststellung. »Womit wir wieder beim Anfang wären. Du, Thad, hast meine Meinung damit bestätigt. Männer wie Adam wehren sich immer dagegen, daß ein Therapeut sich ›einmischt‹. Und weil sie so schreckliche Angst haben, daß sie nie wieder so sein werden wie vor dem Unfall, wollen sie entweder

15

alles ganz allein oder überhaupt nichts machen. Was zieht Cavanaugh vor?«

»Er will gar nichts machen.«

Lilah lachte triumphierend.

»Kannst du ihn dafür tadeln?« fragte Thad leicht ungeduldig.

Lilah antwortete in dem gleichen Ton. »Es ist nicht mein Job, Thad, ihn zu tadeln. Aber es ist mein Job, einem Kranken zu helfen und das Beste aus den Fähigkeiten zu machen, die ihm noch geblieben sind. Nicht sie zu verhätscheln und ihnen den letzten Rest von Selbständigkeit zu nehmen, wenn sie um das weinen, was sie verloren haben.«

Thad fuhr sich mit einer Hand durchs Haar. »Ich weiß ja. Tut mir leid, daß ich dich angefahren habe. Es ist nur … ach, verdammt, wenn du ihn gesehen hättest, wie er dalag, in diesem verdammten Bett, unfähig, sich zu bewegen.« Er schüttelte den Kopf. »Lilah, es war einfach ein Bild des Jammers!«

Lilahs Ausdruck wurde weicher. »Ich sehe solche Patienten jeden Tag, und die meisten sind viel schlimmer dran als dieser Adam Cavanaugh.«

»Das glaube ich dir.« Thad stieß den Atem aus. »Versteh mich bitte nicht falsch: Ich wollte damit weder sagen, daß du nicht mitleidig wärst, noch wollte ich behaupten, daß Adam wichtiger ist als all die Patienten, die du sonst betreust.«

»Es ist nur so, daß Adam unser Freund ist«, sagte Elizabeth traurig. »Ein sehr guter Freund, der beste vielleicht sogar.«

»Und mein bester Feind«, erinnerte Lilah sie. »Wir haben uns vom ersten Augenblick an verabscheut. Du kannst dich doch noch daran erinnern, Lizzie, oder? Du hast uns in deinem Laden miteinander bekanntgemacht.«

»Ja, ich erinnere mich sehr gut.«

»Erinnerst du dich auch an eure Hochzeit? Wir haben es

kaum geschafft, den obligatorischen Walzer zu Ende zu tanzen, weil wir nämlich kurz davor standen, uns zu prügeln.«

»Er hat dich beschuldigt, daß du beim Tanzen ständig die Führung übernehmen wolltest!«

»Wenn er doch nicht vernünftig führen kann!« protestierte Lilah sofort, und Thad und Elizabeth tauschten einen Blick. Wenn die Situation nicht so ernst gewesen wäre, hätten sie sich darüber amüsieren können, welche einseitigen Erinnerungen Lilah an ihren Hochzeitsempfang hatte.

»Und denke nur an voriges Jahr Weihnachten«, fuhr Lilah in gerechter Empörung fort. »Als ich am Vormittag zu euch kam, erfand er sofort eine lahme Ausrede, um möglichst schnell gehen zu können.«

»Aber erst, nachdem du dich so abfällig über die Gans geäußert hattest, die Adam uns geschenkt hatte.«

»Ich habe nur gesagt, daß man bei dem Preis, den er für das Tier bezahlt hatte, wenigstens hätte verlangen können, daß der Kopf bereits abgetrennt sein würde.« Lilah sah ihre Schwester an.

»Er war nicht eben erfreut über diese Bemerkung, Lilah«, antwortete Elizabeth. »Und das kann ich ihm nicht verdenken. Ich fand, es war eine nette Geste von ihm. Und die Gans war von einem seiner Küchenchefs extra vorbereitet worden.«

»Das führt doch zu nichts«, mischte Thad sich mit einem tiefen Seufzer ein, und als seine Frau und deren Schwester schwiegen, wandte er sich an Lilah. »Wir wissen, daß ihr beide euch nicht sonderlich gut versteht, aber Elizabeth und ich meinen, daß unter diesen besonderen Umständen persönliche Abneigung keine Rolle spielen dürfte.«

»*Meine* persönliche Abneigung, meinst du wohl? Als Therapeutin muß ich nett und freundlich zu ihm sein, während er sich so mies benehmen kann, wie er Lust hat, ohne daß er eins dafür auf den Deckel bekommt!«

»Ich glaube nicht, daß er das tun wird, Lilah. Schließlich geht es um sein Leben.«

»Wieso?« Es besteht doch wohl überhaupt keine Lebensgefahr mehr für ihn«, erwiderte Lilah widerborstig.

»Natürlich nicht, aber er sieht das anders. Wir reden davon, *wie* er weiterleben wird. Du weißt doch auch, was für ein energiegeladener Mann Adam immer war, stets voller neuer Pläne. Hätte man ihn stoppen wollen, hätte man genausogut versuchen können, eine Lawine aufzuhalten. Der Mann hat alles niedergerollt wie eine Dampfwalze.«

»Er könnte wieder so werden«, hielt Lilah ihrer Schwester und ihrem Schwager vor. »Wenn die Ärzte ihm sagen, daß er keinen bleibenden Schaden davongetragen hat, dann liegt es an ihm, wieder auf die Beine zu kommen.«

»Aber er glaubt ihnen nicht, Lilah. Und solange er nicht selbst davon überzeugt ist, daß er noch eine wirkliche Chance hat, können die Ärzte ihm sagen, was sie wollen. Er braucht jemanden, der ihn davon überzeugt, daß er wieder ganz der alte Adam werden kann. Einer der Ärzte sagte mir, je länger diese Lähmung andauert, um so schlechter sind seine Chancen, wieder ganz gesund zu werden.«

»Das stimmt.«

Elizabeth stand auf und ging hinüber zu ihrer Schwester. »Bitte, Lilah«, sagte sie und nahm die Hände ihrer Schwester zwischen ihre. »Ich weiß, wir verlangen viel von dir. Aber überleg doch mal: Wäre es nicht schön, auf Hawaii zu arbeiten?«

»Das ist unfair, Lizzie! Wer schlägt schon freiwillig einen Job auf dieser herrlichen Insel aus? Noch dazu, wenn er wahrscheinlich auch noch gut bezahlt wird.«

Elizabeth lächelte, aber ihre Augen blieben ernst. »Bitte, Lilah!«

»Ich müßte mich auf unbestimmte Zeit beurlauben lassen«, wandte Lilah ein. Sie konnte sich jetzt nur noch an Strohhalme klammern, und sie wußte, daß dies auch ihre

Schwester und ihr Schwager wußten. Dennoch wollte sie immer noch nicht nachgeben. »Und ich müßte meine anderen Patienten mitten in ihrer Behandlung im Stich lassen.«

»Aber du hast doch genügend qualifizierte Kollegen, die das übernehmen und sofort für dich einspringen können!«

»Dann nehmt euch doch einen von denen für euren armen Reichen!«

»Keiner ist so gut wie du.«

»Plumpe Schmeichelei!«

»Du würdest dreimal soviel verdienen wie jetzt.«

»Erpressung!«

»Und du kämst braungebrannt zurück.«

»Nötigung!«, brummte Lilah und warf ihrer Schwester und ihrem Schwager wütende Blicke zu. »Sagt ehrlich. Wie viele Therapeuten haben es bei Cavanaugh schon versucht und das Handtuch geworfen?«

»Ich weiß nicht genau…« Elizabeth wich dem Blick ihrer Schwester aus.

»Drei«, antwortete Thad.

Elizabeth fuhr herum und sah ihren Mann strafend an. »Es hat keinen Zweck, zu lügen«, meinte er. »Sie würde es sowieso herausfinden, wenn sie erst einmal dort ist.«

»Aber dann hätten wir den halben Pazifik zwischen ihr und uns gehabt!«

Lilah lachte. »Drei also? Er ist ja noch schlimmer, als ich dachte. Was hatte er denn gegen die Kollegen?« wollte sie dann wissen.

»Der erste war ein Mann«, begann Thad aufzuzählen. »Adam sagte, daß seine Hände groß wie Vorschlaghämmer und genauso brutal gewesen wären. Er meinte, der Typ wäre wohl direkt aus dem Trainingscamp eines Boxers gekommen.«

»Ist er nicht reizend, unser Adam?« fragte Lilah, und ihre Stimme triefte vor Spott. »Und wie ging's weiter?«

»Die zweite kam in Tränen aufgelöst aus seinem Zimmer. Keiner weiß, was er ihr gesagt hat.«

»Ihr?«

Thad nickte. »Ja, es war eine Frau.«

»War sie jung?« Als Thad wieder nickte, fuhr Lilah fort: »Dann kann ich mir vorstellen, was er ihr gesagt hat.« Lilah schüttelte den Kopf. »Ihr könnt euch nicht vorstellen, welche phantasievollen Vorschläge wir manchmal von Männern bekommen, die in der gleichen Situation sind wie Adam. Was ist mit dem dritten?«

Thad zögerte. »Der dritte Therapeut war wieder ein Mann. Adam meinte, er wäre ...« Lilahs Schwager druckste herum.

»Homosexuell«, beendete Lilah den Satz für ihn.

»Ja, das war es wohl, was Adam meinte ...«

Seufzend schüttelte sie den Kopf. »Dieser Mann ist ein ganz klassischer Fall« meinte sie, stand auf und streckte die Hände in die Taschen ihrer Jeans. Sie ging hinüber zum Fenster und wandte den beiden den Rücken zu. Es regnete jetzt schon drei Tage ununterbrochen. Draußen war alles herbstlich trübe. Hawaii wäre sicher keine schlechte Abwechslung.

Denke ich wirklich ernsthaft darüber nach, einen Mann zu behandeln, bei dessen Namen allein sich alles in mir sträubt? fragte sie sich verwundert.

Aber trotz allem war er ein Patient, ein Mann, der einen schweren Unfall gehabt hatte und von dem man nicht wußte, ob er je noch einmal richtig würde laufen können.

Viel hing von der Schwere seiner Verletzung ab, aber sicher auch genausoviel von der Therapie – und auf diesem Gebiet machte ihr so leicht keiner etwas vor. Sie war in ihrem Beruf eine der Besten. Lilah drehte sich wieder um und sah ihre Schwester und ihren Schwager an. »Habt ihr mit den Ärzten in Honolulu darüber gesprochen?«

»Ja, und sie waren sofort einverstanden.«

»Hätte ich völlig freie Hand bei meiner Therapie?« erkundigte Lilah sich. »Ich hab' nämlich keine Lust, mir Vorhaltungen über meine Methoden machen zu lassen, und ich kann auch keine Krankenschwestern gebrauchen, die ihn anhimmeln und bemitleiden und meine ganze Arbeit wieder zunichte machen. Das fehlte gerade noch, daß mir so ein Herzchen in den Rücken fällt oder mich anschwärzt.«

»Was hast du denn mit dem armen Kerl vor?« fragte Thad mißtrauisch.

Lilah lächelte. »Wenn die Ärzte sagen, daß er eines Tages wieder laufen kann, dann wird er mich hassen, bevor es soweit ist. Er wird sich mit allen Kräften wehren und die Hölle durchmachen! Genau wie ich!«

Elizabeth legte nervös die Hände auf ihren Bauch. »Du wirst doch nicht … Ich meine, du und Adam, ihr könnt euch nicht gut leiden, aber du würdest doch nicht…«, stotterte sie.

»Ihm absichtlich weh tun?« beendete Lilah den Satz für ihre Schwester, und ihre Stimme klang ärgerlich dabei. »Lizzie, warum nimmst du gleich das Schlechteste von mir an? Ich mag zwar nicht viele Skrupel haben, aber meine berufliche Integrität ist doch wohl über jeden Zweifel erhaben.«

»Natürlich, Lilah. Entschuldige bitte. Ich weiß, daß du für Adam dein Bestes geben wirst.«

»Noch habe ich nicht zugestimmt.«

»Aber du wirst zustimmen, oder?«

»Wer bezahlt mich? Er?«

»Das erledigen seine Leute für ihn. Aber die Bezahlung erfolgt natürlich von seinem Geld, nicht von dem der Firma.«

»Gut. Er kann sich meine Preise ja leisten. Tausend Dollar pro Tag.« Als sie die entsetzten Gesichter sah, fuhr Lilah fort: »Und glaubt nur nicht, das bekäme ich woanders nicht. Für das, was er mir antun wird, hätte ich eher noch das Doppelte verdient. Also, wie ist es: Tausend Dollar plus Reisekosten und Unterbringung sowie Essen in Hawaii.«

»Einverstanden«, antwortete Elisabeth, die wußte, daß es keine Schwierigkeiten geben würde, die Bezahlung genehmigt zu bekommen. Seine Mitarbeiter würden alles geben, solange er nur wieder gesund wurde.

»Und noch etwas. Er kann mich nicht entlassen! Keiner kann das außer euch beiden.«

»Okay, Lilah. Dann nimmst du die Stelle also an?«

Lilah verdrehte die Augen, und was sie dann vor sich hinmurmelte, ließ Elizabeth erröten und froh sein, daß sie die Kinder zu Hause gelassen hatte.

»Ja, verflixt noch mal!« Lilah grinste plötzlich. »Ich kann es mir doch nicht entgehen lassen, daß der große Adam Cavanaugh meiner Barmherzigkeit ausgeliefert ist!«

»Da muß ein Irrtum vorliegen, Cavanaugh. C-a-v-a-n-a-u-g-h. Adam mit Vornamen.«

»Der Name ist mir durchaus bekannt«, antwortete die Dame am Empfang im Krankenhaus. »Aber wie ich Ihnen schon sagte, ist Mr. Cavanaugh entlassen worden.«

Lilah nahm ihre Reisetasche von einer Schulter auf die andere. »Der Mann ist gelähmt. Sie wollen mir doch wohl nicht sagen, daß er so einfach hier herausspaziert ist.«

»Über den Zustand eines Patienten darf ich keine Auskunft geben.«

»Dann holen Sie jemanden her, der mir Auskunft geben kann, und zwar möglichst schnell!« forderte Lilah ungeduldig.

Doch mit dem Schnell wurde es nichts. Eine Dreiviertelstunde verging, bevor endlich ein Arzt in die Empfangshalle kam und auf Lilah zuging, die aussah wie ein Vulkan, der kurz vor dem Ausbruch steht. »Miss Mason?«

»Ja. Und wer sind Sie?«

»Bo Arno. Es tut mir leid, daß ich Sie hab' warten lassen,

Miss Mason«, sagte er. Obwohl er sie freundlich anlächelte, erwiderte sie sein Lächeln nicht. Sie war viel zu wütend, und sie wollte auch nicht, daß er glaubte, er könnte sie auf charmante Art abwimmeln. »Wenn Sie bitte mit mir kommen würden?« bat er höflich.

Er wollte ihr den Koffer abnehmen, aber Lilah ließ es nicht zu. Sie stellte ihr Gepäck und die schwere Schultertasche in dem Aufzug, der sie und den jungen Arzt in den sechsten Stock brachte, auf den Boden.

Sie setzte sich in einen der tiefen Sessel, als sie schließlich in seinem Büro waren und er ihr Platz anbot, und immer noch schwieg sie ungnädig. Sie nickte, als er sich erkundigte, ob sie etwas Kühles trinken wollte, und nur ein knappes ›Danke‹ kam über ihre Lippen, als seine Sekretärin das Glas vor sie hinstellte. Lilah trank einen Schluck, sah den Arzt auf eine Art und Weise an, die ihn sich plötzlich sehr unwohl fühlen ließ, und stellte dann schließlich ihre Frage.

»Ist Adam Cavanaugh immer noch hier in diesem Krankenhaus?«

»Nein.«

Lilah fluchte leise vor sich hin. »Dann haben die Neuigkeiten sich offensichtlich gekreuzt«, stellte sie fest und fügte mit einem Seufzer hinzu: »Man hat mich als seine persönliche Therapeutin eingestellt. Und nun habe ich für nichts und wieder nichts diesen gräßlich weiten Ozean überflogen und mehrere Zeitzonen passiert.«

»Wir konnten Sie leider nicht mehr rechtzeitig erreichen, Miss Mason, was ich zu entschuldigen bitte. Gestern morgen bestand Mr. Cavanaugh darauf, nach Hause entlassen zu werden, und wir konnten ihn nicht halten.« Er hob seine Hände in einer hilflosen Geste. »Er ist jetzt in seinem Haus auf Maui.«

»In welcher Verfassung war er?«

»Es ging ihm nicht sehr gut. Er ist immer noch sehr schwach. Ich bat ihn, doch wenigstens zu bleiben, bis wir mehr wüßten, aber er meinte, er wüßte genug und hätte sich damit abgefunden, den Rest seines Lebens ein Pflegefall zu sein. Er bestand darauf, daß er in sein Haus gebracht wurde. Um ehrlich zu sein, Miss Mason, ich mache mir mehr Sorgen um seinen seelischen Zustand als um die Lähmung, die meines Erachtens vorübergehend ist.«

»Das Rückgrat wurde also nicht durchtrennt?«

»Nein. Natürlich ist es eine schwere Verletzung, aber wenn die Schwellungen zurückgegangen sind und er mit der Therapie beginnt, bin ich sicher, daß er allmählich seine Empfindungsfähigkeit zurückgewinnen wird.«

»Zwischen zurückgewonnener Empfindungsfähigkeit und Bergsteigen liegt ein großer Unterschied. Ich nehme an, daß das auch Cavanaugh bewußt ist.«

»Ja, da haben Sie sicher recht«, antwortete der Arzt. »Er wollte absolute Garantien von uns und von den Spezialisten, die er hatte einfliegen lassen. Er wollte hören, daß er wieder gesund würde, wie er es vorher gewesen ist. Keiner von uns konnte ihm das garantieren, und darum hat er es vorgezogen, nach Hause zu gehen.« Seine Stimme klang nun ärgerlich.

Lilah ballte die Fäuste. »Nun, ob er es fühlen würde oder nicht, ich möchte Mr. Cavanaugh am liebsten einen Tritt in seinen Allerwertesten geben, daß er meine Zeit vergeudet hat.«

Der Arzt rieb sich nachdenklich das Kinn. »Ich habe mit Mrs. Randolph, Ihrer Schwester, gesprochen, Miss Mason. Sie schlägt vor – und ich stimme ihr da absolut zu –, daß Sie Mr. Cavanaugh nach Maui folgen und dort mit Ihrer Therapie beginnen sollten.«

»Oh, hat sie das wirklich vorgeschlagen? Wenn Sie das nächste Mal mit meiner Schwester sprechen, Dr. Arno, dann sagen Sie ihr bitte, daß …«

Lilahs nächste Worte ließen die Wangen des Arztes rot anlaufen. »Wenn Sie mich jetzt entschuldigen würden, Dr.

Arno. Ich werde das Hotel mit der heißesten Dusche und dem härtesten Bett auf dieser Insel ausfindig machen und mich auf beides stürzen – wenn auch nicht unbedingt in dieser Reihenfolge.«

»Bitte, Miss Mason!« Der Arzt sprang auf und sah Lilah, die sich ebenfalls erhoben hatte, so flehend an, daß sie sich wieder hinsetzte – wenn auch eher, weil sie erschöpft war und nicht, weil sein Flehen sie hatte weich werden lassen.

»Ich kann Ihnen nur noch einmal sagen, daß dieser Patient Sie sehr dringend braucht!«

»Und Haie brauchen Futter – aber das heißt doch noch lange nicht, daß ich mich ihnen freiwillig als Abendessen anbiete«, erwiderte sie heftig.

»So schlimm wird es schon nicht werden«, meinte der Arzt, konnte aber Lilahs spöttisch-wissendem Blick nicht standhalten. Die Art und Weise, wie sie ihn anschaute, machte ihn sichtlich nervös, und Lilah unterdrückte ein Lächeln, als sie sah, wie der Arzt unruhig auf seinem Stuhl hin und her rutschte.

»Nun ja«, meinte er schließlich, als sie nichts sagte, »wir haben ja auch zu spüren bekommen, daß Mr. Cavanaugh daran gewöhnt ist, seinen Kopf durchzusetzen. Ich gebe auch zu, daß er sehr schwierig sein kann. Aber ich bin dennoch sicher, daß Sie mit ihm fertig werden könnten.«

Während er sprach, betrachtete er skeptisch Lilahs weiße Lederjacke mit den silbernen Nieten und den Fransen an den Ärmeln. Die Jacke war viel zu warm für dieses Klima, aber Lilah war es immer noch lieber, sie anzuhaben, als sie auf dem Arm tragen zu müssen.

»Bitte, überlegen Sie es sich noch einmal und gehen Sie nach Maui«, meinte er.

»Schon mal was davon gehört, daß man auch ›nein‹ meint, wenn man ›nein‹ sagt?«

Doch so schnell gab der Arzt nicht auf, und ungeduldig

hörte Lilah zu, wie er die gleichen Argumente, die auch schon Thad und Elizabeth vorgebracht hatten, noch einmal eins nach dem anderen anführte, um sie davon zu überzeugen, den Job als Adam Cavanaughs Therapeutin doch anzunehmen.

Sie kapitulierte. »Okay, okay!« rief sie so laut, daß der Arzt zusammenzuckte. »Im Augenblick würde ich für eine heiße Dusche meine Seele verkaufen. »Wo liegt Maui, und wie kommt man dorthin?«

Ohne sich im geringsten um die Kosten zu scheren, nannte Lilah dem Arzt dann, was sie an Ausrüstung brauchte und er ihr besorgen sollte.

Die Zeit, die Dr. Arno brauchte, um alles zu arrangieren und ein Privatflugzeug zu chartern, das sie und die Ausrüstung nach Maui bringen sollte, nutzte Lilah für einen Einkaufstrip. Sie stürzte in eines der Taxis, die vor dem Hospital standen, und ließ sich in das nächstgelegene Einkaufszentrum bringen, um sich in aller Eile mit Kleidung zu versorgen, die dem Klima angemessener war.

Und genauso ungeniert, wie sie die Ausrüstungsgegenstände für Adams Übungen geordert hatte, machte sie nun auch von der Scheckkarte Gebrauch, die man für ihren persönlichen Bedarf zur Verfügung gestellt hatte.

Als sie auf Maui aus dem Flugzeug stieg, war sie in einen farbenfrohen Sarong gekleidet, und an den Füßen hatte sie Sandalen statt ihrer Stiefel. Der breite Rand des Strohhutes auf ihrem Kopf schützte ihre Augen vor dem grellen Sonnenlicht, so daß sie nach dem Mietwagen Ausschau halten konnte, der hier auf sie warten sollte.

Kurze Zeit später saß Lilah bereits hinter dem Lenkrad des Leihwagens und machte sich auf den Weg zu Adam Cavanaughs Haus, die Karte auf dem Sitz neben sich liegend. Die breite Straße verengte sich bald erheblich und wurde schließlich zu einem schmalen, sehr unebenen Weg.

Sie gab sich zwar alle Mühe, den Schlaglöchern auszuweichen, aber es gelang ihr nicht immer, und jedesmal, wenn sie wieder fast bis an die Decke hopste, stieß sie einen sehr undamenhaften Fluch aus.

Der Weg wand sich immer weiter einen Berg hinauf, und obwohl es mühsam war, hier zu fahren, entging es Lilah doch nicht, wie üppig die tropischen Pflanzen rechts und links des Weges wucherten.

Und überrascht war Lilah auch von dem großzügig angelegten Anwesen, zu dem der kurvenreiche Weg sie schließlich führte. Natürlich hatte sie sich schon gedacht, daß ein Mann wie Adam Cavanaugh sich nicht mit einer ›billigen Hütte‹ zufriedengab, aber das Haus, das sie nun vor sich sah, überstieg alle ihre Erwartungen. Der Anblick war überwältigend.

Ein Weg, der mit Lavagestein gepflastert war, führte auf die massive Eingangstür mit den eingelassenen dicken Glasscheiben zu. Ihr Gepäck auf den Schultern und an der Hand, ging Lilah auf die Tür zu und klingelte. Sekunden später wurde die Tür geöffnet.

Vor ihr stand ein kleiner Mann mit asiatischem Aussehen. »Wer sind Sie?« fragte er mit hoher Stimme.

»Rotkäppchen«, erwiderte sie schlecht gelaunt. »Ich bin hier mit dem bösen Wolf verabredet.«

Der Mann schien das ungemein komisch zu finden, denn er bekam einen Lachanfall und klatschte sich auf die Schenkel. Als er endlich wieder sprechen konnte, sagte er: »Sie müssen Miss Lilah sein!«

Nun mußte auch Lilah lachen. »Ja, die bin ich«, bestätigte sie. »Und wie heißen Sie?«

»Pete.«

»Pete? Ich dachte, Sie hätten einen exotischeren Namen.«

Der Mann ging mit einem Schulterzucken über ihre Bemerkung hinweg. »Der Arzt hat angerufen und gesagt, daß Sie kommen.« Er nahm Lilah den Koffer ab und führte sie in die Eingangshalle, die mit schwarzem und weißem Marmor ausgelegt war.

Sie wandte sich Pete zu und fragte: »Weiß der Patient auch schon, daß ich komme?« Als das breite Lächeln von dem Gesicht des Mannes verschwand, wußte Lilah die Antwort. »Das habe ich mir gedacht«, murmelte sie vor sich hin. »Wo ist er? Oben?« Pete nickte. »Okay, dann wage ich mich gleich in die Höhle des Löwen.«

Lilah atmete tief durch und versuchte, sich gegen die Auseinandersetzung zu wappnen, die mit Sicherheit auf sie wartete. Langsam stieg sie die breite, gewundene Treppe hinauf in den ersten Stock. An der ersten Tür blieb sie stehen und sah fragend zu Pete hinunter.

Doch der schüttelte nur den Kopf und machte ihr Zeichen, daß sie weitergehen sollte. An der Tür, die Lilah für die richtige hielt, blieb sie stehen und wandte sich erneut nach dem kleinen Mann um.

Diesmal nickte er, und dann verschwand er auffällig schnell in einen anderen Teil des Hauses.

»Feigling!« sagte Lilah vor sich hin.

Lilahs Klopfen wurde mit einem unwirschen »Geh weg!« beantwortet. Sie klopfte wieder.

»Ich habe gesagt, du sollst verschwinden. Kannst du nicht hören? Ich will keine Suppe und auch keinen Saft! Ich will, daß man mich in Ruhe läßt! Hast du verstanden?«

Sie griff nach der Klinke und öffnete die Tür. »Was für ein freundlicher Empfang«, sagte sie und trat ins Zimmer.

Einen Moment starrte Adam sie an, als glaubte er, eine Erscheinung zu haben.

»Was hab' ich bloß verbrochen, daß ich mich in der Hölle wiederfinde?« knurrte er, als er begriffen hatte, daß die Frau wirklich da stand und keine Fata Morgana war. Resigniert ließ er sich in sein Kissen zurücksinken.

»Ich wünsche Ihnen auch einen guten Tag.«

Die Absätze ihrer neuen Sandalen klickten auf dem Marmorboden, als Lilah auf das Bett zuging. Am Fußende blieb sie stehen und sah Adam unerschrocken in die Augen, während er sie einer abschätzigen Musterung unterzog.

Sein Blick zeigte all die Verachtung, die er empfand. »Die meisten Frauen hätten einen besseren Geschmack und kämen gar nicht auf die Idee, sich Gemüse an die Ohren zu hängen!«

Lilah schüttelte den Kopf, so daß die Plastikfrüchte, die sie sich in Honolulu als Ohrringe gekauft hatte, hin und her baumelten. »Wirklich? Ich finde sie ausgesprochen nett.«

»Sicher, wenn man sich gern verkleidet. Aber Halloween ist doch schon längst vorbei.« Lilah verkniff sich eine bissige Antwort, schloß für einen Moment die Augen und zwang sich, ganz ruhig bis zehn zu zählen. Genau, wie ich es mir vorgestellt habe, dachte sie. Wie habe ich mich nur je darauf einlassen können?

2

»Was zum Teufel tun Sie hier?« – »Mein mildtätiges Herz treibt mich immer dazu, Krankenbesuche abzustatten, wenn ein Freund krank ist. Das ist eine meiner größten Tugenden.«

»Sie haben mit Sicherheit keine einzige Tugend«, erwiderte Adam. »Und ich bezweifle auch sehr, daß Sie Freunde haben. Und sollte es doch welche geben, dann haben Sie sicher nicht Mitleid genug, um ihnen einen Besuch abzustatten«, sagte Adam und sah sie streitsüchtig an.

Doch Lilah schnalzte nur mit der Zunge. »Mein Gott«, meinte sie, »haben wir aber schlechte Laune heute!«

Adam schaute sie finster an und zog die Augenbrauen zusammen. »Ich habe ja wohl auch jedes Recht, schlechte Laune zu haben«, fuhr er sie an. »Im Vergleich zu dem, was ich in den letzten beiden Wochen durchgemacht habe, würde jeder den Dreißigjährigen Krieg für ein Freudenfest halten!

Ich war hilflos der Gnade all dieser Quacksalber ausgesetzt, die auf jede meiner Fragen nur eine Standardantwort hatten: ›Wir müssen abwarten!‹.

Ich war das hilflose Opfer despotischer Krankenschwestern, die sich einen Spaß daraus gemacht haben, mich herumzukommandieren, mich zu pieksen, mich mit immer neuen Marterinstrumenten zu quälen und mich mit Fraß zu füttern, den man eigentlich nur in den Abfall schmeißen konnte.«

Er sah Lilah wieder an, während er Luft holte, um weiterzusprechen. »In den Teilen meines Körpers, die noch etwas empfinden, hatte ich gräßliche Schmerzen. Ich glaube, ich habe sogar meinen Hintern wundgelegen.«

Nun blitzte reine, unverfälschte Abscheu in seinem Blick auf, bevor er die Augen schloß und sich zurücklehnte. »Und um allem die Krone aufzusetzen, tauchen ausgerechnet Sie auch noch hier auf – was mich zu meiner ursprünglichen Frage zurückbringt: »Was zum Teufel haben Sie hier verloren?« Er machte die Augen wieder auf.

»Ich wollte Ihre Dusche benutzen«, antwortete sie mit einem strahlenden Lächeln. »Wenn Sie mich jetzt entschuldigen würden…«

»Oh, verdammt, kommen Sie mir bloß nicht auf diese Tour!… Hey, wohin wollen Sie… Kommen Sie sofort wieder her, Mason! – *Mason!*« brüllte er.

Lilah ließ ihn brüllen und tat so, als hätte sie ihn nicht gehört. Sie schloß die Tür hinter sich und lehnte sich für einen Moment dagegen. Als ein Glas von der anderen Seite gegen das Holz flog und klirrend zerbrach, zuckte sie zusammen. »Ist auch etwas mit Ihren Augen? Oder warum sonst werfen Sie Gläser, die ihr Ziel niemals erreichen können?« rief sie durch die geschlossene Tür, drehte sich um und ging die Treppe hinunter.

Lilah folgte dem Essensduft und landete schließlich bei Pete in der Küche, durch deren riesige Panoramafenster sich ein unglaublicher Ausblick bot auf die üppig grünen Hügel im Vordergrund und das satte Blau des Pazifiks am Horizont. Es war atemberaubend.

»Sind Sie eigentlich ein Masochist oder so was Ähnliches?« fragte Lilah.

Pete, ein großes Fleischmesser in der Hand, mit dem er so schnell Gemüse schnitt, daß Lilah beim Zusehen fast schwindelig geworden wäre, hielt für einen Moment inne und blickte sie verständnislos an.

»Schon gut«, murmelte sie. »Wohin haben Sie mein Gepäck gebracht?«

Glücklich lächelnd ließ Pete seine Arbeit in der Küche Arbeit sein und ging Lilah voraus, die schon Schlimmes ahnte, als er sie wieder in den ersten Stock führte.

»Gleich nebenan«, sagte er strahlend, als er die Tür des Zimmers, das an das von Adam grenzte, aufstieß.

»Herzlichen Glückwunsch! Sie haben den Volltreffer gelandet!«

»Gefällt Ihnen das Zimmer nicht?« fragte er, und sein Lächeln verschwand schlagartig.

Als Lilah seine Enttäuschung bemerkte, bemühte sie sich, sich zusammenzureißen. »Doch, doch«, antwortete sie schnell. »Das Zimmer ist ganz phantastisch.«

Es war nicht nur ein Zimmer, sondern eine ganze Suite. Lilah ging an ihm vorbei in das erste Zimmer, das allein schon fast doppelt so groß war wie ihr gesamtes Apartment, und dazu noch besser ausgestattet. Die Möbel waren erlesen, die Bar gut gefüllt; sogar eine komplette kleine Küche mit Kühlschrank und Kochplatten gab es.

»Ach, Pete. Wann gibt es Abendessen?«

»Um acht.«

Lilah sah auf ihre Uhr und rechnete nach, wie spät es jetzt in Chicago war. »Okay, dann kann ich ein Bad nehmen und noch ein Nickerchen machen. Wecken Sie mich bitte um halb acht, Pete!« Der kleine Mann machte eine Verbeugung. »Wie lange ist es her, daß Mr. Cavanaugh etwas gegessen hat?«

»Er hat noch gar nichts gegessen, seit er nach Hause gekommen ist.«

»Das habe ich mir gedacht.« Sie straffte die Schultern, und in ihren Augen blitzte Entschlossenheit auf. »Machen Sie ihm ein Tablett mit Essen fertig, okay?«

»Er will nichts essen. Er wirft alles auf den Boden!«

»Diesmal nicht. Das verspreche ich Ihnen.« Lilahs Gesicht war anzusehen, daß sie sich da ganz sicher war. »Übrigens, Pete, ein Bote wird heute noch einiges an Ausrüstung bringen. Das heißt, falls der Lieferwagen es schafft, diesen Ziegenpfad zu bewältigen«, fügte sie hinzu. »Außerdem ist in König Adams Zimmer ein Glas kaputtgegangen«, fügte sie hinzu. »Wenn Sie so nett wären, die Scherben zusammenzukehren...«

Pete bot sich an, ihr beim Auspacken zu helfen, aber Lilah schickte ihn weg, ließ den Koffer zuerst einmal geschlossen und betrat staunend das schwarze Marmorbad – sich hier einfach nur zu waschen, würde ein Sakrileg sein; es war ein Ort wie geschaffen für sinnliche Vergnügen.

»Irgendwas muß ich falsch gemacht haben bei meiner Berufswahl«, murmelte Lilah vor sich hin, während sie bewundernd über die samtweichen, flauschigen Handtücher strich. Wenig später lag sie in dem Whirlpool und ließ sich von dem sprudelnden Wasser massieren.

Nachdem sie aus dem Bad gekommen war, warf sie sich auf das breite Bett, zog die Satindecke über sich und schlief auf der Stelle ein.

Sie hätte vermutlich bis zum anderen Morgen durchgeschlafen, wenn Pete nicht geklopft und ihr ein Glas frisch ausgepreßten Ananassaft auf einem Silbertablett gebracht hätte.

»Danke«, sagte Lilah, nachdem sie das Glas in einem Zug getrunken hatte. »Ich komme gleich hinunter.« Pete ging, und sie stieg mit einem tiefen Seufzer des Bedauerns aus dem Bett. Sie hatte noch immer mit der Zeitumstellung zu kämpfen, und bestimmt würde ihr niemand einen Vorwurf machen, wenn sie erst am nächsten Morgen mit der Behandlung beginnen würde. Aber andererseits wurde sie für diesen Job außerordentlich gut bezahlt, und sie würde sich von niemandem nachsagen lassen, daß sie sich von dem Luxus ihrer Umgebung zum Faulenzen hätte verführen lassen. Außerdem konnte sie es selbst kaum erwarten, mit der Therapie zu beginnen.

Adams Zustand stellte eine Herausforderung dar, die

sie gerne annahm. Patienten mit solchen Verletzungen, die noch dazu psychisch so angeknackst waren, brauchten die Hilfe eines Spezialisten, um wieder zu lernen, Mut zu schöpfen.

Dazu kam noch, daß Lilah als Expertin wußte, daß mit jedem Tag, den die Lähmung andauerte, auch die Gefahr stieg, daß sie nicht mehr behoben werden konnte. Mittlerweile hätte Adam wenigstens schon wieder etwas Gefühl in den gelähmten Partien verspüren müssen, aber da das nicht der Fall war, konnte sie es nicht mit ihrem Gewissen vereinbaren, noch mehr Zeit ungenutzt verstreichen zu lassen.

Sie zog wieder den für Hawaii so typischen Sarong an und ging die Treppe hinunter. Pete bestand darauf, ihr das Abendessen im Speisezimmer zu servieren, obwohl sie dort ganz allein an dem großen Glastisch saß, der mit einem Bouquet wunderschöner, wenn auch etwas bizarr wirkender Orchideen dekoriert war. Kerzen brannten in Kristallleuchtern und schufen mit ihrem milden Licht eine romantische Atmosphäre.

Der Fisch und das knackige Gemüse schmeckten köstlich, und Lilah machte Pete Komplimente, während sie zusammen die Treppe hinauf in den ersten Stock gingen. Pete trug das Tablett mit Adams Essen.

Vor der Tür nahm sie ihm das Tablett ab. »Wenn ich dieses Zimmer nicht wieder lebend verlassen sollte, Pete, dann haben Sie meine Erlaubnis, ihn im Schlaf zu erschlagen.«

Offensichtlich hatte Pete Schwierigkeiten mit Lilahs Art von Humor. »Lieber nicht«, murmelte er und blickte furchtsam auf die geschlossene Tür.

»Stimmt, eine besonders gute Idee ist das nicht«, gab Lilah zu, dann bat sie ihn, ihr die Tür zu öffnen. »Hat ja keinen Zweck, es noch länger hinauszuzögern«, murmelte sie vor sich hin. »Und dann hab' ich's wenigstens hinter mir.« Kaum hatte sie einen Schritt in den Raum gemacht, da schloß Pete schon schnell die Tür hinter ihr.

Adam hatte lustlos aus dem Fenster geschaut. Als er die Tür hörte, drehte er leicht den Kopf – und stöhnte auf, als er Lilah sah. »Gehen Sie weg!«

»Hat keinen Zweck. Oh, das war ein Reim. Haben Sie gehört? Ich bin eine Dichterin und wußte es gar nicht!«

Der Blick, den er ihr zuwarf, war mörderisch. »Ist Elizabeth verantwortlich dafür, daß Sie jetzt hier sind?«

»Sie glauben doch nicht im Ernst, daß ich freiwillig gekommen wäre, oder?«

»Ich dachte immer, Elizabeth wäre meine Freundin.«

»Das ist sie auch. Schließlich will sie das Beste für Sie«, antwortete Lilah.

Er lachte laut. »Wenn Sie das Beste sind, dann möchte ich nicht wissen, was das Schlechteste ist!«

»Wenn es nach mir ginge, würde ich Sie hier liegen und in Ihrem Selbstmitleid verrotten lassen.« Lilah zuckte mit den Schultern. »Aber Sie haben nun mal unverschämt viel Geld, und einiges davon wird auf mein Konto fließen, wenn ich hier bleibe und die Therapie mit Ihnen mache.«

»Kommt gar nicht in Frage«, brüllte er.

»Das Haus ist sehr schön, auch über mein Zimmer oder vielmehr über die Suite kann ich mich nicht beklagen. Zudem kann ich anschließend hier noch ein bißchen Urlaub machen, den ich auch bitter nötig habe… Was will ich mehr? Zu Hause in Chicago ist es kalt und naß, und außerdem braucht meine Bräune dringend etwas Auffrischung.«

Sie hatte inzwischen das Tablett aufs Bett gestellt. »Es ist schon eine Erleichterung für mich, mal von meinem gewohnten Job wegzukommen, denn der Patient, mit dem ich zuletzt gearbeitet habe, war ein noch größeres Ekel als Sie… Wenn Sie diese Serviette noch einmal auf den Boden schmeißen, Adam«, fügte sie dann ganz beiläufig hinzu, »dann werde ich Sie auch aus dem Bett werfen, damit Sie sie besser aufheben können!«

Die Hände in die Seiten gestützt, stand Lilah neben seinem Bett und sah auf Adam hinab. Ihre Blicke begegneten sich, und ihnen war beiden klar, daß keiner nachgeben würde.

»Nehmen Sie das verdammte Tablett und scheren Sie sich zum Teufel!«

»Mein Gott, so was habe ich schon tausendmal gehört«, unterbrach Lilah ihn gelangweilt. »Sie können Ihre Phantasie anstrengen, soviel Sie wollen, Sie werden nicht eine Beleidigung finden, die ich nicht schon von anderen Patienten gehört hätte.« Sie sah ihn mitleidslos an. »Also, sparen Sie sich den Atem und ersparen Sie mir die vergeudete Zeit. Fangen Sie an zu essen. Denn ich gehe erst dann, wenn Sie alles aufgegessen haben. Je früher Sie fertig sind, desto früher verschwinde ich wieder. Es hängt also letztendlich alles davon ab, wie lange Sie meine reizende Gesellschaft ertragen können!«

Sie setzte sich auf die Bettkante und verschränkte die Arme, wodurch ihr Busen hochgeschoben wurde! Viel verbarg das Kleid nun nicht mehr. Sie bemerkte, daß Adams Blick genau auf ihren Busen gerichtet war, blieb aber ganz ruhig sitzen.

»Beinhaltet Ihre Bezahlung auch, daß mir dieser Anblick gewährt ist?«

»Der ist kostenlos.« Lilah lächelte zuckersüß.

»Hab' schon bessere gesehen!«

»Aber bestimmt nicht zu diesem Preis!«

»Was zahlen meine Leute Ihnen?« wollte er wissen. »Ich verdeple die Summe, wenn Sie endlich verschwinden.«

»Ich hab' mir gedacht, daß Sie mir das vorschlagen würden.« Lilah griff in die Obstschale auf seinem Tablett und angelte sich ein Stück der frischen Ananas, das sie sich genüßlich in den Mund schob. »Also sollte ich Ihnen vielleicht gleich zu Anfang sagen, daß Geld in diesem Fall nicht die Hauptrolle spielt.«

»Sagen Sie mir nur nicht, daß Ihr gutes Herz Sie hierhergeschickt hat!«

Sie schnitt ihm eine Grimasse. »Wir machen uns doch beide keine Illusionen, oder?«

»Was ist es dann?«

»Stellen Sie sich doch einmal vor, wie förderlich es für meine Karriere ist, wenn ich sagen kann, daß ich den großen Adam Cavanaugh mit Erfolg behandele. Es wird nicht lange dauern, bis die ersten Anfragen von Filmstars mit Rückenbeschwerden und berühmten Sportlern mit ähnlichen Wehwehchen mir ins Haus flattern werden. Bevor das alles hier vorüber ist, bin ich so bekannt wie Sie.«

»Sie vergeuden Ihre Zeit! Ich werde nie mehr etwas anderes tun können, als hier zu liegen und die Decke anzustarren.«

»Wollen wir wetten, Feigling? Ich werde Sie dazu bringen, wieder zu laufen, und wenn es uns beide umbringt. Bis es soweit ist, werden wir einander hassen lernen.«

»Wir hassen uns doch jetzt schon.«

Lilah lachte. »Also gibt es wenigstens etwas, über das wir uns einig sind. So, und jetzt seien Sie ein guter Junge, und essen Sie das Gemüse, das Pete für Sie gekocht hat!«

»Ich bin nicht hungrig!«

»Doch, das sind Sie wohl! Pete hat mir gesagt, daß Sie seit Tagen nichts mehr gegessen haben.« Wieder griff sie in die Obstschale, nahm sich ein Stück Banane und steckte es in den Mund. »Im übrigen zuckt der arme Kerl jedesmal zusammen, wenn Ihr Name erwähnt wird. Was haben Sie dem armen Kerl eigentlich angetan, daß er vor Angst fast umkommt?«

»Ich habe ihm gesagt, daß ich auf gutem Fuß mit Buddha stehe und daß er niemals das Nirwana erreichen wird, wenn er nicht aufhören würde, wie eine Henne um mich herumzuglucken! Und das gleiche gilt auch für Sie!«

»Keine Chance, Cavanaugh. Ich bin keine Buddhistin.«

»Sie wissen genau, was ich meine.« Er wandte den Kopf ab.
»Gehen Sie! Ich will alleine sein.«

»Nicht, bevor Sie gegessen haben.«

»Sie können mich nicht dazu zwingen!«

»Und Sie können mich nicht zwingen, zu gehen.« Sie machte extra eine Pause, bevor sie weitersprach. »Schließlich können Sie sich nicht bewegen, nicht wahr?«

Seine Augen verengten sich zu Schlitzen. »Raus hier!«

»Nein. Nicht, bevor ich nicht mein ganzes Können und Wissen eingesetzt habe.« Sie grinste. »Dann brauche ich wenigstens nicht zu lügen, wenn man mich für ›People‹ interviewt, und ich kann mit einer sehr dekorativen Träne im Augenwinkel behaupten, daß ich alles in meiner Macht Stehende getan habe.«

Sie nahm die Serviette und legte sie ihm über die nackte Brust. »Hübsch ausgebildete Brustmuskeln haben Sie da«, fuhr sie fort. »Die werden Ihnen von Nutzen sein, wenn Sie erst mal angefangen haben, Ihren Rollstuhl selbst zu fahren. Und die Haare auf Ihrer Brust wirken ganz schön sexy!«

»Fahren Sie zur Hölle!«

»Auch auf die Gefahr hin, daß ich mich wiederhole: Nicht, bevor Sie gegessen haben.« Sie nahm die Gabel mit etwas Gemüse und hielt sie ihm vor den Mund, aber er machte ihn nicht auf.

»Hören Sie, Supermann, Sie leiden bereits unter Unterernährung. Und da Ihre Muskeln so lange nicht bewegt worden sind, haben sie sich zurückgebildet; sicher ist auch die Knochensubstanz in Mitleidenschaft gezogen, weil Ihr Körper unter Stickstoffmangel leidet. Das heißt, Sie haben jetzt schon ganz schön schlechte Karten. Und wenn Sie weiterhin darauf verzichten wollen, Ihrem Körper die notwendigen Aufbaustoffe zuzuführen, liegen Sie demnächst nicht mehr da und starren die Zimmerdecke an, sondern eher einen Sargdeckel.«

Lilah schwieg einen Moment, bevor sie weiterredete. »Und abgesehen davon hätte es auch noch andere Vorteile, wenn Sie wieder ein bißchen Fleisch auf die Rippen bekämen – eben diese würden dann nicht mehr so durch die Haut stechen, und auch ihr Allerwertester wäre dann besser gepolstert, und Sie würden sich nicht so schnell wundliegen.«

Er sah sie aus zusammengekniffenen Augen an, sagte aber nichts.

»Ich weiß von Dr. Arno«, fuhr sie fort, »daß Ihre Verdauung funktioniert und Sie die entsprechenden Organe unter Kontrolle haben – was eine große Erleichterung für mich ist. Und auch einer der Gründe, warum ich Sie überreden möchte, endlich wieder vernünftig zu essen. Wenn dem nicht so wäre, würde ich nämlich so tun, als hätte ich nicht bemerkt, daß Sie sich neben der drohenden Osteoporose und all den anderen Problemen, die man bekommt, wenn man einfach nur herumliegt und nichts tut, auch noch zu Tode hungern.«

Sie streckte den Finger aus und tippte ihm damit auf die Brust. »Mit anderen Worten, Cavanaugh, Sie bringen sich selber um, bevor ich auch nur die Chance habe, mit der Therapie zu beginnen, wenn Sie nicht endlich etwas essen. So, was ist nun?«

Er blickte Lilah an, dann nahm er die Gabel, die sie ihm immer noch hinhielt. »Meine Arme sind nicht gelähmt. Ich kann allein essen.«

»Gut. Wenigstens etwas, um das ich mich nicht zu kümmern brauche.«

Sie gab ihm die Gabel, die er noch einmal voller Widerwillen anschaute, aber dann steckte er sie doch in den Mund. Lilah unterdrückte ein Grinsen, als sie bemerkte, wie ihn plötzlich ein Heißhunger packte. Nach dem ersten Bissen schien er gar nicht genug bekommen zu können, und er schaufelte das Essen geradezu in sich hinein.

Weil er so beschäftigt damit war, zu schlucken und zu kauen, bestritt Lilah die Unterhaltung mehr oder weniger allein.

»Ich weiß nicht, wann Sie Elizabeth zuletzt gesehen haben, aber in den letzten Wochen hat ihr Umfang enorm zugenommen. Die Ärzte sagen zwar, daß alles nach Plan verläuft, aber sie ist davon überzeugt, daß das Baby früher kommen wird. Das Kinderzimmer ist frisch gestrichen und eingerichtet und wartet jetzt nur noch auf den neuen Erdenbürger.

Megan kann es natürlich kaum erwarten, bis Elizabeth mit dem Baby nach Hause kommt und sie dabei helfen kann, das Kleine zu versorgen. Ich würde nur zu gern sehen, wie sie reagiert, wenn sie das erste Mal eine volle Windel vor der Nase hat. Wetten, daß sie es sich ganz schnell wieder anders überlegen wird? Na, na, Cavanaugh, was sind denn das für Manieren?« sagte sie tadelnd, als Adam sich verschluckte. »Möchten Sie etwas Wasser?«

Dann wandte sie sich wieder dem ursprünglichen Thema zu. »Matt allerdings hat Angst, daß Elizabeth das Baby lieber haben wird als ihn, und entsprechend unmöglich benimmt diese kleine Nervensäge sich. Elizabeth läßt ihm das jedoch durchgehen, weil sie nicht will, daß er sich jetzt schon zurückgesetzt fühlt.«

Plötzlich lachte Lilah. »Und Thad ist vollkommen durchgedreht. Er tut so, als wäre vor ihm noch nie ein Mann Vater geworden. Allerdings, wenn man bedenkt, wie alt er ist und daß es sein erstes Kind ist, dann ist es wohl kein Wunder, daß er sich nur noch auf eins konzentriert.«

»Worauf?« wollte Adam wissen.

»Na ja, trautes Heim und Elternglück und so…«

»Das wäre nichts für Sie, oder?«

»Kaum.«

»Sie beneiden Ihre Schwester nicht?«

»Machen Sie Witze?«

»Ihnen ist es lieber, sich quer durch alle Betten zu schlafen, nicht wahr?«

»Nette Meinung haben Sie von mir, Mr. Cavanaugh«, antwortete Lilah. »Aber ich muß Sie enttäuschen. Ich lese die Zeitungen genau wie Sie und weiß, daß sich heutzutage wohl keiner mehr ein allzu freizügiges Liebesleben leisten kann.«

»Das muß schlimm für Sie sein.«

»Ganz im Gegenteil«, antwortete sie kühl. »Ich war immer ausgesprochen wählerisch bei meinen Partnern fürs Bett.«

»Aber Sie haben sich nie nur mit einem zufriedengegeben.«

»*Ein* Mann fürs ganze Leben? Nein, das wäre mir zu langweilig.« Er räusperte sich, dann tupfte er sich mit der Serviette den Mund ab und warf sie aufs Tablett. »Sie haben die Tapioka nicht aufgegessen«, stellte sie fest und versuchte, nicht zu zeigen, wie sehr sie sich freute, daß er sonst nichts übriggelassen hatte.

»Ich mag keine Tapioka, und Pete weiß das genau. Das ist seine Art, sich an mir zu rächen.«

»Und was wollen Sie dagegen unternehmen?« fragte Lilah. »Ihn knebeln, fesseln und vierteln?«

»Ha, ha, sehr komisch.«

Adam schloß die Augen und ließ den Kopf aufs Kissen sinken. »Okay, ich habe gegessen. Hauen Sie endlich ab.«

»Tut mir leid, aber ich kann nicht.«

Er riß die Augen wieder auf. »Aber Sie haben doch gesagt, daß Sie verschwinden würden, wenn ich gegessen hätte.«

Lilah zuckte mit den Schultern. »Ich hab' gelogen. – Ach, nun schauen Sie mich nicht so mordlustig an! Jetzt fängt der Spaß doch erst richtig an!«

»Wieso habe ich nur das dumme Gefühl, daß Sie unter Spaß etwas ganz anderes verstehen als ich?«

Sie nahm das Tablett, ging damit zur Tür und öffnete sie. »Pete, wir sind soweit«, rief sie durchs Haus und stellte das Tablett im Flur ab.

»Was soll das? Mason, ich habe gegessen – langt Ihnen das nicht?«

»Nein. Wir fangen heute abend noch an.«

»Womit?«

»Mit einer heißen Liebesaffäre!« Sie ließ ihre Stimme tief und verführerisch klingen, und sie mußte lachen, als sie sah, wie schockiert er auf einmal wirkte. »Nein? Kein Interesse? Gut, dann fangen wir statt dessen eben mit der Therapie an.«

»Ich will keine Therapie, die nutzt ja doch nichts. Ich habe keine Lust, solche demütigenden Übungen zu machen. – Pete, trag den Müll wieder raus. Was ist überhaupt in diesen verdammten Kisten drin?« fragte er den kleinen Mann.

»Die Ausrüstung für die Therapie«, antwortete Lilah an Petes Stelle.

»Bring das wieder weg!«

»Warten Sie's nur ab. Bald wird Ihr Schlafzimmer wie ein Fitneß-Studio aussehen. Pete, geben Sie mir bitte den Schraubenzieher?«

»Pete, wenn dir was an deinem Job gelegen ist, dann rührst du keinen Finger, um … Pete! Okay, du bist gefeuert. Pete, hast du mich nicht verstanden?« Und dann, mit trotziger Stimme: »Nichts davon werde ich benutzen, gar nichts! Sie verschwenden nur Ihre Zeit!«

»Oh, halten Sie doch endlich die Klappe«, fuhr Lilah ihn an. »Sehen Sie nur, was Sie mit Ihrer Brüllerei erreicht haben.« Sie hielt ihm die Handfläche hin, die sie sich mit dem Schraubenzieher verletzt hatte, weil sie bei seinen Worten zusammengezuckt war.

»Dies ist mein Haus«, sagte Adam mit mühsam beherrschter Stimme. »Ich habe Sie nicht um Ihre Hilfe gebeten, mei-

42

ne liebe Miss Mason. Ich will sie nicht, und ich will auch *Sie* nicht!«

»Sie haben mich aber bekommen!«

»Sie sind ebenfalls gefeuert!«

»Oh, habe ich zufällig vergessen zu erwähnen, daß Sie mich nicht entlassen können? Das war Teil meiner Bedingungen. Pete, halten Sie doch bitte die Reckstange fest, während ich die Schraube in die Wand drehe, ja. Etwas höher. Ja, so ist es gut.«

Adam schnaubte vor Wut, während Lilah mit Petes Hilfe das Schwebereck und zwei Ringe über seinem Bett befestigte. »So, das langt vorerst einmal«, sagte Lilah und trat einen Schritt zurück, um ihr Werk zu begutachten. »Den Rest brauchen wir erst später, die Sachen können also so lange unten stehen bleiben, Pete. Vielen Dank, und schließen Sie bitte die Tür, wenn Sie das Zimmer verlassen haben.«

»Jetzt haben Sie sich soviel Mühe für nichts und wieder nichts gemacht«, meinte Adam und schaute Pete nach, der Lilahs Anweisungen ohne Widerspruch Folge leistete.

»Ich kenne eine Menge Typen, die es toll fänden, wenn sie ein solches Reck über dem Bett hätten.« Er dachte gar nicht daran, ihr Lächeln zu erwidern, sondern schaute sie nur noch mürrischer an. Lilah seufzte. »Okay, soviel zu meinem Versuch, die Atmosphäre aufzulockern«, meinte sie. »Wenn Sie dieses Reck benutzen, können Sie Ihr Gewicht verlagern und so den Druck auf bestimmte Stellen vermindern. Es sei denn, Sie haben sich so an die wunden Stellen auf Ihrem Hintern gewöhnt, daß Sie sie nicht mehr missen wollen.«

Sie lächelte wieder, und Adams Gesicht blieb weiterhin starr. »Mit den beiden Ringen können Sie die Muskeln an Ihren Armen und Ihrem Oberkörper trainieren. Wenn Ihnen das zu langweilig wird, kann ich Ihnen einige Hanteln bringen.«

»Das ist doch alles sinnlos. Ich werde nichts davon benutzen, weil es sowieso nichts bringt!«

»Okay, dann schmollen Sie eben wie ein kleines Kind! Seien Sie beleidigt! Baden Sie in Ihrem Selbstmitleid, bis Sie schwarz werden! Meinen Segen haben Sie!« Lilah sah ihn erbost an.

»Ja, genau das werde ich auch tun!« fuhr er sie an. »In Selbstmitleid baden. Und habe ich nicht auch jeden Grund dazu?«

Ärgerlich zeigte er auf seine nutzlosen Beine, die von dem Laken verhüllt waren. »Sehen Sie mich doch an!«

»Genau das hatte ich sowieso vor«, antwortete Lilah ruhig, und bevor er begriff, was sie vorhatte, griff sie nach dem Laken und zog es weg. Dann lag Adam nackt vor ihr.

Adam zog scharf die Luft ein, aber auch Lilah hatte plötzlich Mühe beim Atemholen. Sie hatte im Laufe ihres Berufslebens unzählige Männerkörper gesehen, aber noch keinen, der so makellos war wie der von Adam Cavanaugh. Er hatte die gleichen perfekten Proportionen wie Michelangelos ›David‹, doch er wirkte tausendmal männlicher. Seine Haut war gebräunt, und die dunklen Haare auf seiner Brust reizten Lilah, sie zu berühren, um zu fühlen, wie weich sie waren.

Es war offensichtlich, daß Adam mehrere Tage lang nichts gegessen hatte. Die Rippen zeichneten sich unter der Haut ab, und doch konnte sie erkennen, daß er vor seinem Unfall einen sehr athletischen, muskulösen Körper gehabt hatte.

Seine Schenkel waren straff und wohlgeformt, und es war darüber hinaus nicht zu übersehen, daß er auch die anspruchsvollste Frau zufriedenstellen konnte.

»Nett«, sagte Lilah beiläufig und hoffte, daß ihre Stimme einigermaßen normal klang. »Ich kann mir vorstellen, daß es Sie aufregt, wenn solche Muskeln Ihnen den Dienst versagen.« Sie nahm ein Handtuch und legte es ihm über die Hüften. »Lassen Sie uns anfangen.«

»Womit?«

»Mit dem, was auch die anderen drei Therapeuten schon tun wollten, bevor Sie sie hinausgeekelt haben. Ich werde jedes Gelenk bewegen und sehen, inwieweit es in seiner Beweglichkeit eingeschränkt ist.«

»Sie haben recht, das haben die anderen auch versucht. Sie vergeuden nur Zeit damit.«

»Es ist meine Zeit, nicht wahr? Und vergeudet ist sie schon allein deshalb nicht, weil sie mir außerordentlich gut bezahlt wird. Außerdem haben Sie sowieso nichts Besseres zu tun. Warum lehnen Sie sich also nicht zurück und halten den Mund?«

Er drückte sich ausgesprochen unfein aus, als er ihr erklärte, was er am liebsten mit ihr machen würde.

Stirnrunzelnd schaute sie auf ihn herab. »Auch dazu sind Sie nicht in der richtigen Verfassung«, erwiderte sie. »Schade, hätte interessant werden können. Und wenn Sie erst mal wieder so weit sind, werden Sie wahrscheinlich nicht mehr wollen. Denn wenn Sie jetzt schon glauben, mich zu hassen, dann warten Sie erst einmal ab, bis wir zu PNA kommen.«

»Was ist das? Es hört sich nach was Unanständigem an.«

»Nichts, auf das Sie sich freuen könnten. Physioneurologische Anwendungen. Aber so weit sind wir noch nicht. Heute dürfen Sie noch bei den Übungen im Bett bleiben, morgen geht es dann auf die Matte.«

»Ich will nicht!«

»Ich gebe zu, es ist nicht gerade spaßig, aber es muß sein.« Sie sah ihn an. »Sie wollen doch nicht, daß sich das Blut staut, oder? Es verhindert auch noch ein paar andere unangenehme Sachen, zum Beispiel, daß wir eventuell wieder einen Katheter legen müßten. Oder daß Sie dadurch eine Infektion bekommen könnten.«

45

»Können wir über etwas anderes reden?« fragte er. Er war ganz blaß geworden.

»Sicher. Worüber wollen Sie denn sprechen?«

»Über gar nichts!«

Lilah stand neben dem Bett, nahm Adams rechten Fuß in ihre Hände und begann ihn vorsichtig zu bewegen. »Wie oft hat Pete Sie gewendet?«

»Gar nicht.«

»Weil Sie ihn nicht gelassen haben, nicht wahr?«

»Richtig. Es ist demütigend.«

»Aber Sie müssen alle zwei Stunden auf die andere Seite gedreht werden. Kein Wunder, daß Sie sich durchgelegen haben. Warum lassen Sie nicht zu, daß andere Ihnen helfen?«

»Weil ich es gewohnt bin, mir selber zu helfen.«

»Ein Macho, der sich nur auf sich selbst verläßt!«

»Und? Was ist daran so schlimm?«

»In Ihrer Situation ist es dumm und arrogant, sich nicht helfen zu lassen. Aber«, fuhr sie schnell fort, als sie merkte, daß er etwas einwenden wollte, »wenn Sie von anderen unabhängig sein wollen, dann können Sie lernen, sich selbst herumzudrehen.« Als sie merkte, daß er ihr auf einmal interessiert zuhörte, fügte sie hinzu: »Die Reckstange kann Ihnen dabei von Nutzen sein. Und wenn es Sie geniert, daß Ihnen jemand dabei zuschaut, dann üben Sie eben, wenn Sie ganz für sich allein sind. – Spüren Sie etwas?« fragte sie dann.

»Nein.«

Sie ging um das Bett herum und nahm den anderen Fuß. Vorsichtig drehte sie ihn im Gelenk. »Wollen Sie darüber sprechen?«

»Worüber?«

»Über den Unfall.«

»Nein.«

»Es tut mir leid um Ihre Freunde.«

»Mir auch«, antwortete er leise und schloß die Augen. »Aber vielleicht haben sie mehr Glück gehabt als ich.«

»Wie können Sie nur so etwas sagen? Glauben Sie wirklich, es wäre besser, tot zu sein?«

»Ja«, sagte er bitter. »Besser tot als nutzlos für den Rest meines Lebens.«

»Wer sagt denn, daß Sie nutzlos sind? Ihr Rückgrat ist nicht dauerhaft zerstört worden. Ich kenne Leute, deren Verletzungen viel schlimmer waren als Ihre, irreparabel, und trotzdem sind sie weit davon entfernt, nutzlos zu sein. Es sind sehr produktive Menschen mit Jobs und Familien. Es hängt allein von der Haltung ab, die man einnimmt – ob man sich aufgibt oder nicht.«

»Kostet diese Belehrung extra?«

»Nein, für Typen wie Sie ist sie kostenlos – für die Dummen, die Ignoranten, für die mit den schlechten Manieren. Die Aussichten für eine vollkommene Heilung sind bei Ihnen sehr gut, wenn es auch lange dauern wird.«

»Aber dafür gibt es keine Garantie, oder?«

Lilah hob den Kopf und sah ihn an. »Wer von uns hat schon Garantien? Keiner weiß, ob er überhaupt den nächsten Tag erlebt. Außerdem sind Sie, wie Elizabeth mir erzählt hat, ein Spieler, Cavanaugh. Einer, der das Risiko liebt, und zwar nicht nur beim Bergsteigen, sondern auch geschäftlich. Haben Sie nicht vor kurzem gegen den Rat Ihres Aufsichtsrates eine Hotelkette im Nordwesten gekauft, die vor dem Bankrott stand? Und ist diese Kette nicht mittlerweile bereits aus den roten Zahlen?«

»Das war Glück.«

»Und jetzt glauben Sie nicht mehr an Ihr Glück?«

»Würden Sie das an meiner Stelle tun?« fragte Adam zurück.

»Ich würde mich darüber freuen, das Glück gehabt zu haben, mich noch nicht um einen Platz im Sarg bemühen zu müssen«, antwortete sie.

Er fluchte leise vor sich hin und drehte den Kopf zur Seite. »Wie lange wollen Sie das machen?«

»Wochen, vielleicht sogar Monate.«

»Nein, ich meine das… was Sie gerade tun. Mit meinen Füßen.«

»Eine Stunde.«

»Verdammt.«

»Tut es weh?«

»Nein, ich wünschte, es würde weh tun, verdammt!«

»Ja, das wünschte ich mir auch, Adam«, antwortete Lilah.

Abrupt wandte er sich ihr zu und sah sie böse an. »Wagen Sie es bloß nicht, mich zu bemitleiden! Ich will Ihr Mitleid nicht!«

»Mein Mitleid?« wiederholte Lilah und lachte. »Ich brauche Sie nicht zu bemitleiden – Ihr Selbstmitleid reicht für zwei!« Sie fuhr mit ihren Übungen fort und dachte dabei über Adam nach. Sein Geist, sein Verstand schienen von seinem Körper losgelöst zu sein, als gäbe es keine Verbindung dazwischen. Dazu kam, daß er sich selbst vor allem verschloß, was ihm hätte helfen können. Er lag da, den Kopf zur Seite gewandt, die Augen geschlossen und zeigte nicht das geringste Interesse an dem, was Lilah machte. Als er schließlich die Augen wieder öffnete, lag offene Feindseligkeit in seinem Blick.

»Das genügt für heute«, sagte sie schließlich. »Es gibt da einige Verhärtungen, vor allem im Bereich der Waden, aber das liegt nicht an Ihrem Unfall, sondern daran, daß nichts mehr für Ihre Muskeln getan worden ist, seit Sie das Krankenhaus verlassen haben.«

»Vielen Dank, Frau Doktor«, sagte er spöttisch. »Und würden Sie jetzt endlich Ihren Hintern aus dem Zimmer schwingen und mich in Frieden lassen?«

»Aber sicher, Mr. Cavanaugh. Ich bin nämlich ziemlich erschöpft.«

»Und nehmen Sie gleich auch noch diesen Müll da mit«,

meinte er und zeigte auf eine der Kisten, die Pete vorhin ins Zimmer geschoben hatte.

»Was? Das da?« fragte Lilah unschuldig und schüttelte dann den Kopf. »Nein, das bleibt hier. Das brauchen wir morgen.«

Sie nahm das Handtuch weg und deckte Adam wieder mit dem Laken zu. Doch als sie sich dabei über ihn beugte, packte Adam sie an den Armen, und Lilah stellte schnell fest, daß ihm die Kraft und Stärke in seinen Händen und Armen erhalten geblieben war. Sein Griff war überraschend fest.

»Sie wollen, daß ich etwas fühle?« fragte er. »Warum wenden Sie dann nicht die Therapie an, die Sie am besten beherrschen?«

»Und die wäre?«

Er lächelte, und es war jenes berühmte Lächeln, das in der Vergangenheit reihenweise die Frauenherzen hatte dahinschmelzen lassen. »Komm, Lilah.« Seine Stimme klang verführerisch und samtweich. »Ich bin sicher, dir fällt etwas ein, womit du mich beleben kannst. Ein Trick vielleicht, der auch einen Toten wiedererwecken würde? Streichel mich doch an einer ganz bestimmten Stelle und sieh, ob du etwas bewirken kannst.«

»Lassen Sie mich los!«

Er tat es nicht. Statt dessen griff Adam noch fester zu und zog sie zu sich herunter. »Ich habe dir zugehört und zugesehen, wie du dich benommen hast, als gehörte das Haus dir. Ich habe mir dein nervendes, unsinniges Geschwätz angehört, bis mir fast schlecht davon geworden ist. Dein hübscher Mund müßte doch auch noch zu etwas anderem nutze sein, als nur dämliche Sprüche von sich zu geben. Laß uns doch mal sehen, wie gut du wirklich in deinem Job bist!« Er zog sie ganz an sich heran und küßte sie, wild und leidenschaftlich mit großem Können und Routine, ohne daß sie sich dagegen wehren konnte. Eine Hand legte er um

49

ihren Nacken, während er mit der anderen ihre Brust berührte. Er streichelte sie durch den dünnen Stoff, dann schob er das Oberteil herunter und streichelte ihre Brustwarzen, bis sie hart wurden.

Schließlich gelang es Lilah, seinem Griff zu entkommen und sich aufzurichten. Sie zog das Kleid wieder hoch und warf ihre Haare zurück. Ihre Lippen waren ganz rot von seinem Kuß – und es fühlte sich wundervoll an!

Das war es, was ihr am meisten auf die Nerven ging!

»Wenn Sie glauben, mich damit vertreiben zu können, Mr. Cavanaugh, daß Sie den Lustmolch spielen, dann haben Sie sich geirrt. Ihr Benehmen ist kindisch und wenig originell. Es ist typisch für einen Mann wie Sie, der vorher vor Gesundheit strotzte und in *allen* Bereichen überaus aktiv war, daß er sich nach einem solchen Unfall als Sexist aufspielt, um sich selbst zu beweisen, daß er immer noch ein Mann ist. Aber von mir aus können Sie so abscheulich und lüstern sein, wie Sie gerade wollen. Es wirft ein sehr schlechtes Licht auf *Ihren* Charakter, und ganz und gar nicht auf *meinen*!«

Wütend schlug Adam mit beiden Fäusten aufs Bett. »Warum hat man ausgerechnet Sie geschickt? Es gibt so viele Therapeuten – warum gerade Sie? Immerhin stehen Sie ganz oben auf der Liste der Leute, die ich auf den Tod nicht ausstehen kann!«

»Das Kompliment kann ich zurückgeben, Schätzchen! Aber wie die Dinge liegen, bleibt Ihnen nun mal keine Wahl.«

»Wenn das hier alles vorüber ist«, sagte er drohend, »dann werde ich Ihnen höchstpersönlich einen Tritt in Ihren Allerwertesten verpassen, der Sie aus meinem Haus hinaus bis nach Chicago befördert!«

Lilahs Augen funkelten amüsiert. »Wirklich? Hatten Sie nicht vorhin noch behauptet, daß Ihre Beine für immer und ewig nutzlos bleiben würden?« Sie lachte laut los, als sie seinen zuerst überraschten, dann mürrischen Gesichtsausdruck sah. Da war er in seine eigene Falle getappt.

»Sehen Sie die ganze Sache doch mal aus einem neuen Blickwinkel: Allein die Tatsache, mich eigenhändig hinausbefördern zu können, ist es doch wert, darauf hinzuarbeiten, wieder laufen zu lernen. Finden Sie nicht? Gute Nacht, und schlafen Sie gut!«

Ohne ihm die Möglichkeit einer Erwiderung zu geben, drehte Lilah sich um und verließ das Zimmer.

3

Adams Worte waren an Lilah nicht einfach abgeglitten, und das ärgerte sie am nächsten Morgen noch. Die Vorstellung, ihn tatsächlich an einer ›ganz bestimmten Stelle‹ zu streicheln, erregte sie mehr, als ihr lieb war.

Männliche Patienten zeigten öfter die Angewohnheit, all ihren Frust durch mehr oder weniger deutliche Angebote an die Therapeutin loszuwerden, und bisher war es Lilah nie schwergefallen, darauf entsprechend zu reagieren. Entweder ignorierte sie sie, oder sie ging mit einer flapsigen Bemerkung darüber hinweg. Doch das, was Adam zu ihr gesagt hatte, ging ihr einfach nicht aus dem Kopf, und das ärgerte sie.

Es war nicht nur ärgerlich, es war auch vollkommen absurd. Wie konnte ein Mann sie reizen, den sie nicht ausstehen konnte und der seinerseits eine starke Abneigung gegen sie hegte?

Warum nur schienen ihre Sinne an diesem Morgen alles mit viel größerer Schärfe als sonst wahrzunehmen? Vielleicht lag es ja an der tropischen Umgebung. Die Landschaft war unglaublich schön, die Farben waren lebhaft und leuchtend, das Klima war sanft und die Luft geschwängert von dem Duft unzähliger üppiger Blüten. Und das alles unterstrich nur die Harmonie von Adams Haus, das so viel von seinem Geschmack und seinem Wesen verriet.

Und doch konnte Lilah sich selbst nicht soweit täuschen, daß sie ihre Laune nur auf ihre paradiesische Umgebung zurückführte. Andererseits wehrte sie sich jedoch vehement dagegen, ausgerechnet Adam Cavanaugh für ihre Hochstimmung verantwortlich zu machen.

Er schien so nett zu sein, so charmant, aber er hatte alles unter eisenharter Kontrolle. Wenn er seinen Leuten ›Springt!‹ befahl, dann sprangen sie auch sofort.

Adam und die Frauen war ein ganz eigenes Kapitel. Nicht nur sein bemerkenswertes Bankkonto, sondern auch sein nicht unbeträchtlicher Charme und sein phantastisches Aussehen hatten unzählige, sonst so vernünftige Frauen angezogen. Er war ein Playboy. Lilah empfand nichts als Verachtung, wenn sie in den Zeitungen von einer weiteren seiner vielen Affären las. Männer wie ihn hatte sie wahrlich noch nie als besonders anziehend empfunden.

Gut, man mußte Adam zugestehen, daß er auch ein paar gute Eigenschaften hatte. Großzügig unterstützte er verschiedene wohltätige Organisationen. Und auch Elizabeth gegenüber hatte er sich als der strahlende Retter in schimmernder Rüstung gezeigt, als er ihr finanziell bei der Ausweitung ihrer Läden unter die Arme griff. Ohne seine Unterstützung hätte Elizabeth nie den Sprung ins kalte Wasser gewagt.

Doch trotzdem hatte Lilah immer wieder vor diesem Mann gewarnt. Wie sie ihrer Schwester gesagt hatte, mißtraute sie Typen, die so glatt und perfekt wirkten, als könnte ihnen nichts auf der Welt etwas anhaben. Solche Männer waren nichts für sie.

Aber warum hatte dann ein einziger, dazu noch absolut nicht liebevoll gemeinter Kuß eines solchen Mannes sie so völlig aus dem Gleichgewicht gebracht? Als sie die Bettdecke zurückgeschlagen hatte, hatte sie Adam zeigen wollen, wie wenig persönliches Interesse sie einem nackten Körper entgegenbrachte, speziell einem, der so verführerisch ausgestattet war wie seiner.

Nun, der Schuß war offensichtlich nach hinten losgegangen. Sie verspürte ein ausgesprochen großes persönliches Interesse, und das gefiel ihr gar nicht.

Während der Nacht war Lilah alle zwei Stunden in

Adams Zimmer gegangen, um ihn auf die andere Seite zu drehen. Beim erstenmal hatte er sie in seiner üblichen Art verscheuchen wollen, hatte sie mit den übelsten Schimpfnamen belegt.

»Gut so?«

»Zur Hölle mit Ihnen!«

»Gute Nacht.«

»Zur Hölle mit Ihnen!«

Beim nächsten Mal, als ihr Wecker geschellt hatte und sie schlaftrunken in sein Zimmer gegangen war, hatte sie ihn im Schlaf murmeln hören.

»Adam?« hatte sie leise gefragt und ihn auf den Rücken gerollt. Auf seinen Wangen waren Tränen zu sehen gewesen.

»Pierre?« hatte er immer wieder angstvoll gerufen. »Alex? Gebt doch Antwort! O nein! Ich kann sie nicht finden. Warum sagen sie nichts?«

Sie hatte ihn dann wieder auf die Seite gedreht, das Laken festgesteckt und sich dann leise an die Tür zurückgezogen. Dort blieb sie stehen, bis sein Atem wieder ruhiger ging und der schreckliche Traum offensichtlich vorbei war.

Während der anderen Male, wenn sie in sein Zimmer kam, schlief er oder tat zumindest so. Und jedesmal, wenn sie seine warme Haut berührte, hatte sie ganz seltsame Empfindungen.

Verrückt. Es war einfach verrückt, es paßte nicht zu ihr, daß sie bei irgendeinem Mann weiche Knie bekam, und schon gar nicht bei Adam Cavanaugh! Das war absolut verrückt!

Sie zog sich weiße Shorts an und ein weißes T-Shirt, auf dem vorne eine riesige rote Hibiskusblüte prangte, und verließ dann ihr Zimmer.

»Gott segne Sie, Pete!« rief sie, als sie die Küche betrat und von dem verlockenden Duft frisch aufgebrühten Kaffees empfangen wurde.

54

Mit einem breiten Grinsen goß er ihr Kaffee ein und reichte ihr dann die Tasse. Lilah schüttelte den Kopf, als er ihr Milch und Zucker anbot, dann setzte sie sich an den Küchentisch und trank genießerisch die ersten Schlucke.

»Eier, Schinken, Pfannkuchen?« fragte Pete.

»Nein, danke. Ich nehme nur von dem Obst«, antwortete sie.

Pete deutete auf Stücke von Mango, Papaya und Ananas, die auf einer Platte angerichtet waren.

»Und eine Scheibe Toast, bitte«, bat Lilah. »Haben Sie schon etwas von oben gehört?« wollte sie dann wissen.

»Ich wollte ihm die Bettpfanne bringen«, antwortete Pete. »Er hat geflucht und geschrien, daß er das verdammte Ding nicht mehr benutzen will, und da bin ich schnell wieder verschwunden.«

Lilah lachte. »Gut. Vielleicht wird ihn das dazu bringen, den Rollstuhl zu benutzen, damit er ins Bad kann.« Sie schob den Stuhl nach hinten und stand auf. »Danke für das Frühstück, Pete. Okay, auf in die Schlacht! Ist das Tablett für unseren Prinzen fertig?«

Sie schlug die Hilfe des Asiaten aus und ging hinauf. Nach einem kurzen Klopfen öffnete sie die Tür zu Adams Zimmer und trat ein.

»Guten Mor…« Die zweite Silbe blieb ihr im Halse stecken, als sie Adams schmerzverzerrtes Gesicht sah. Blitzschnell stellte sie das Tablett ab, dann stürzte sie zu seinem Bett.

»Was ist passiert?«

Die ganze Qual, die er empfand, spiegelte sich in seinem Gesicht wider. »Krampf im linken Schenkel«, stieß er zwischen zusammengebissenen Zähnen hervor.

Lilah schlug die Bettdecke zurück, betrachtete mit geübtem Blick das linke Bein und begann dann sofort, den Schenkel zu massieren. Zweimal stöhnte Adam laut auf.

»Möchten Sie eine Schmerztablette?«

55

»Nein. Ich hasse es, nach diesen Tabletten so benebelt zu sein!«

»Aber dann würden die Schmerzen nachlassen. In so einem Moment ist Stolz Dummheit!«

»Keine Tabletten!« brüllte er.

»Na prima!« brüllte sie zurück. Sie fuhr fort, sein Bein zu massieren, bis die Muskeln sich langsam entspannten und der Schmerz verging.

Adam konnte froh sein, daß die Berührung ihrer Hände sanfter war als der Ton ihrer Stimme.

»Danke«, sagte er und öffnete die Augen. »Verdammt, das war ... Warum lachen Sie?«

»Hat auch Ihr Gehirn einen Schaden erlitten? Dummkopf, das ist ein gutes Zeichen! Die Muskeln sind nicht mehr schlaff und untätig.«

Einen Moment lang starrte Adam sie an, und dann als er begriff, was ihre Worte bedeuteten, breitete sich ein Lächeln auf seinem Gesicht aus. »Aber wieso hat sich das durch einen Krampf bemerkbar gemacht?« wollte er dann wissen.

»Das bedeutet, daß die Schwellung in der Wirbelsäule zurückgegangen ist und sich somit der Druck auf die Nerven verringert, die in die Beine führen. Können Sie das fühlen?« Sie zwickte ihn in den Oberschenkel.

»Sie können froh sein, daß ich nur einen Druck und keinen Schmerz verspüre.« Er sah sie vorwurfsvoll an.

»Aber den Druck fühlen Sie?« Er nickte. »Und wie ist es hier?« Sie drückte auf den Muskel unterhalb seines Knies.

»Nichts.«

»Hier?«

Lilah strich mit dem Finger über seine nackte Fußsohle.

»Auch nichts.«

»Nun schauen Sie doch nicht so entmutigt! Es beginnt vermutlich im Schenkel und geht dann nach unten. Wie ist es mit dem rechten Bein?« Sie strich mit den Fingernägeln über seinen rechten Oberschenkel. Adam sagte nichts. Als sie ihn fragend anschaute, sah sie, daß sein Blick auf ihre Hand gerichtet war, die hoch oben auf seinem Schenkel lag.

»Ja, ich habe etwas gespürt, aber nur ganz wenig«, antwortete er brummig, griff nach der Decke und zog sie über sich. Lilah drehte sich schnell weg, damit er ihr Lächeln nicht bemerkte.

»Sehr schön«, sagte sie und holte das Tablett. »Aber es wird auch ein wenig unangenehm sein, wenn die Muskeln sich zusammenziehen. Wenn wir jedoch hart genug arbeiten, wird es schon nicht so schlimm.«

Als Adam nicht reagierte, sprach sie weiter. »Ich werde Dr. Arno Bescheid sagen. Er wird Sie untersuchen wollen. Während Sie essen, werde ich ihn anrufen.« Sie stellte ihm das Tablett aufs Bett und verließ schnell den Raum.

In ihrem Zimmer angekommen, das Pete in der Zwischenzeit bereits gerichtet hatte, nahm Lilah den Hörer und wählte eine Nummer. Aber es war nicht Dr. Arno, der sich am anderen Ende der Leitung meldete. »Hallo Thad, hier ist Lilah«, sagte sie.

»Hi, wie geht es dir? Alles in Ordnung? Hattest du eine angenehme Reise?«

»Wage es bloß nicht, mir mit diesem Lieber-Schwager-Getue zu kommen«, antwortete sie. »Ich bin nicht in der Stimmung, nett zu sein und höflich zu plaudern! Ich bin total wütend auf dich!«

»Wütend? Auf mich?«

»Ja. Weil du ohne Zweifel bei dieser Verschwörung mitgemacht hast!«

»Was für eine Verschwörung denn?« fragte er ganz unschuldig.

»Du weißt verdammt gut, welche Verschwörung ich meine!« antwortete sie. »Die, die du zusammen mit meiner gro-

ßen Schwester ausgeheckt hast! So daß ich auf dieser blöden Insel bei Mr. Superreich gestrandet bin!«

»Na, gestrandet bist du doch ganz bestimmt nicht!« antwortete Thad in väterlich-herablassendem Ton. »Und eine
›blöde Insel‹ ist das auch nicht. Maui soll wunderschön
sein, habe ich gehört. Ich wollte schon immer mal dorthin. Vielleicht können wir nächsten Sommer mit den Kindern…«

»Thad!« Lilah schloß die Augen und zählte bis zehn. »Ich
wußte, warum ich Bedenken hatte. Ich will diesen furchtbaren Job nicht! Er ist schrecklich, schlimmer als ich gedacht habe, dieser Adam Cavanaugh, meine ich, und er
greift mich körperlich und mit Worten an.«

»Wie kann ein gelähmter Mann dich denn körperlich an-
greifen?« wollte Thad wissen.

Indem er mich so küßt, daß ich Sterne vor den Augen
habe, fügte sie in Gedanken hinzu. Laut sagte sie: »Er hat
ein Wasserglas nach mir geworfen.«

»Hat er dich getroffen? Elizabeth, komm schnell. Es ist
Lilah. Adam hat ein Glas nach ihr geworfen.«

Lilah hörte, wie ihre Schwester den Hörer nahm, und sie
hörte auch, wie Matt im Hintergrund quengelte, daß er mit
seiner Tante sprechen wollte. Elizabeth und Thad versuchten, ihn zum Schweigen zu bringen, dann endlich meldete
Elizabeth sich, und ihre Stimme klang besorgt.

»Er hat ein Glas nach dir geworfen? Komm, Lilah, das
kann ich mir kaum vorstellen. So was würde er doch nie
tun!«

Lilah murmelte etwas Unfeines vor sich hin, achtete aber
darauf, daß ihre Schwester es nicht verstehen konnte.
»Wieso würde er so was nie tun?« meinte sie dann. »Lizzie, ich hab' dir doch erklärt, daß sich die Persönlichkeit
eines Mannes ändert, wenn ihm ein solcher Unfall passiert.
Meistens nur vorübergehend – Gott sei Dank, und meistens zum Schlechteren hin – leider! Du weißt, ich konnte

Adam noch nie leiden, aber jetzt verabscheue ich ihn sogar!«

»Wenn er ein Glas nach dir geworfen hat, mußt du ihn provoziert haben, Lilah. Was hast du getan?«

»Vielen Dank!«

»Nun, immerhin weiß ich besser als jede andere, wie gräßlich du manchmal sein kannst.«

»Ich habe nur meine übliche, sachliche und neutrale Krankenschwester-Nettigkeit gezeigt!« erwiderte Lilah heftig. »Seit ich hier bin, habe ich nicht einmal etwas Gräßliches getan.« Sie schwieg einen Moment und überlegte, wie es wohl zu bewerten wäre, daß sie sich diese scheußlichen Plastikgemüse-Ohrringe gekauft und Adam die Decke einfach mit einem Ruck weggerissen hatte, kam dann aber zu dem Schluß, daß man das nicht unter ›gräßlich‹, sondern mehr unter ›fast normal‹ einordnen konnte. »Dieser Mann ist einfach unmöglich«, fuhr sie dann fort. »Die ganze Situation ist unmöglich. Ich hatte zugesagt, in einem Krankenhaus mit Cavanaugh zusammenzuarbeiten, wo ich Unterstützung durch ein ganzes Team gehabt hätte. Ihr habt mir was vorgelogen. Ich will nach Hause. Heute noch. Jetzt sofort!«

»Was sagt sie?« hörte Lilah Thad im Hintergrund fragen.

»Sie will nach Hause.«

»Das habe ich befürchtet. Die beiden sind wie Feuer und Wasser. Das geht nicht gut, Elizabeth!«

»Aber sie ist die beste Therapeutin, die wir kennen, und Adam ist unser bester Freund. Hier, Thad, sprich du mit ihr. Sie ist schrecklich wütend auf mich und glaubt, ich wollte sie unterbuttern!«

Ungeduldig tippte Lilah mit der Fußspitze auf den Boden, und als Thad wieder am Apparat war, sagte sie scharf: »Thad, ich bin kein Kind, das Heimweh hat und nach seiner Mama weint. Elizabeth war immer meine große Schwester, aber wenn hier jemand den anderen untergebuttert hat, dann ich sie! Aber sie hat recht damit, daß ich wahnsinnig wütend bin. Es gehört nicht zu unserer Abmachung, daß ich hierher nach Maui kommen mußte!«

»Aber so schlimm kann es doch nicht sein.«

»Ich hab' ja nicht gesagt, daß *alles* schlimm ist. Dieses Haus wirkt wie ein Märchen aus Tausendundeine Nacht. Und es gibt einen netten, seltsamen kleinen Mann hier, der so etwas wie eine Mischung aus Engel und geknechteter Kreatur ist und ganz entzückend für mich sorgt.« Sie seufzte. »Es liegt an *ihm*. Casanova Cavanaugh. Wenn man mit einem Patienten wie ihm arbeitet, braucht man viel Energie, Durchsetzungsvermögen und eine unendliche Toleranz. Das Dumme ist nur, daß ich ihn nicht tolerieren kann!«

»Du mußt versuchen, das Ganze objektiv anzugehen, Lilah! Dich von deinen persönlichen Vorurteilen freimachen. Der Mann braucht dich.«

»Es geht nicht nur um meine Vorurteile, Thad!« antwortete sie. »Daß ich hier bin, gefällt ihm kein bißchen mehr als mir. Ihn hat fast der Schlag getroffen, als er mich gestern gesehen hat. Wir können einander einfach nicht ertragen, konnten es noch nie!«

»Versuch es noch einen oder zwei Tage, ja?«

»Aber…«

»Hat sich denn schon eine Besserung gezeigt?«

Lilah seufzte. Sie konnte ihren Schwager einfach nicht belügen, und so erzählte sie ihm von dem Krampf und dessen Bedeutung.

»Na, das sind doch wunderbare Neuigkeiten«, meinte Thad erfreut und teilte seiner Frau mit, was Lilah gesagt hatte. »Dann hast du doch schon einen Fortschritt erreicht. Gib nicht auf! Adam wird seinen Widerstand auch noch aufgeben. Er wird sich bestimmt an dich gewöhnen!«

Aber werde ich mich an ihn gewöhnen? fragte sich Lilah. Daran, ihn zu berühren? Sie wußte, daß das der Grund für ihr Dilemma und für ihren Anruf war. Adam war nicht der

60

einzige gewesen, den es fasziniert hatte, ihre Hand so nahe an dem männlichsten Teil seines Körpers zu sehen.

»Kannst du es nicht doch noch ein paar Tage versuchen?« hörte sie Elizabeths Stimme.

Lilah seufzte. »Natürlich kann ich es. Aber fang schon heute an, nach einem Ersatz für mich zu suchen. Sprich mit den Leuten im Krankenhaus; wenn du Erfolg hättest, wäre das das Beste für alle, glaub mir. Ich bin sicher, unser Chef kann dir eine lange Liste mit guten Therapeuten geben, die gerne hierher nach Maui kämen. Ich würde allerdings vorschlagen, daß man einen Mann aussucht.«

»Ich werde sehen, was ich tun kann«, versprach Elizabeth, aber sie klang sehr unglücklich.

»Aber heute noch!« erinnerte Lilah sie.

Elizabeth versuchte, sich ein Schlupfloch offen zu lassen. »Ich fürchte nur, es wird nicht so einfach sein!« sagte sie.

»Versuch es!«

»Werde ich«, kam die unwillige Antwort.

»Versuch es!« brüllte Lilah.

»Werde ich!« brüllte Elizabeth zurück.

»Ich meine es ernst, Elizabeth! Was für einen Sinn sollte es haben, wenn Adam wieder laufen kann, aber den Rest seines Lebens im Gefängnis verbringen muß, weil er mich umgebracht hat? Ich finde das überhaupt nicht komisch!« sagte sie wütend und knallte den Hörer auf die Gabel, als sie ihre Schwester lachen hörte. Sie hatte Elizabeth nicht einmal fragen können, wie sie sich fühlte, aber wenn sie noch so lachen konnte, konnte es ihr gar nicht schlecht gehen.

Natürlich konnte sie nicht einfach davonlaufen und Adam ohne Hilfe lassen, denn das wäre gegen ihre Berufsehre gegangen. Aber wenn sie Glück hatte, dann traf schon in ein paar Tagen ihre Ablösung ein, und sie konnte verschwinden. Bis dahin wollte sie all ihr Können anwenden und sich ansonsten soweit wie möglich von diesem gefährlichen Mann zurückziehen.

Entschlossen ging sie zurück in sein Zimmer. »Schön. Sie haben Ihr Frühstück aufgegessen«, lobte sie und nahm das Tablett von seinem Bett.

»Was hat der Arzt gesagt?«

»Der Arzt?«

»Haben Sie denn nicht Dr. Arno angerufen?«

»Ich... oh, er war nicht da.«

»Aber er kommt sonst immer morgens sehr früh«, meinte Adam verwundert.

»Dann hat er vielleicht gerade Visite gemacht.«

»Der Arzt hat etwas verraten, was Sie mir nicht mitteilen wollen, nicht wahr?« fragte Adam mißtrauisch. »Er hat gesagt, Sie sollen den Krampf nicht als gutes Zeichen ansehen, weil er eigentlich gar nichts bedeutet. Habe ich recht?«

Lilah stemmte die Hände in die Hüften. »Auf was für Ideen Sie kommen!«

»Warum wollen Sie mir dann nicht erzählen, was er gesagt hat?«

»Wenn Sie es unbedingt wissen wollen: Ich habe nicht den Arzt angerufen, sondern mit meiner Schwester und Thad telefoniert.«

»Warum?«

»Weil ich das Handtuch werfen will.«

Adam schien überrascht.

»Aber genau das wollen Sie doch, oder?«

»Ja, sicher, nur...«

»Nur was?«

»Ich hätte nicht gedacht, daß Sie so leicht aufgeben«, antwortete er.

»Tue ich auch normalerweise nicht. Aber unsere gegenseitige Abneigung ist so groß, daß ich fürchte, sie könnte den Genesungsprozeß negativ beeinflussen.«

»Sind Sie denn nicht Profi genug, um ohne persönliche Vorurteile eine Therapie durchzuführen?«

Zum zweitenmal innerhalb von einer halben Stunde

mußte Lilah sich das sagen lassen, und diesmal kamen die Worte von einem Adam Cavanaugh – und sie klangen wie eine Herausforderung. Er hatte den Kopf schiefgelegt und betrachtete Lilah spöttisch.

»Und ob ich das bin!« fuhr sie ihn an. »Aber sind Sie auch Mann genug, mich meine Arbeit tun zu lassen, ohne mich ständig anzugreifen, zu beleidigen und mir unpassende Vorschläge zu machen?«

»Bin ich!« behauptete er.

»Keine Beschwerden. Keine Boshaftigkeiten. Keine Wutanfälle«, forderte sie.

»Einverstanden.«

»Manchmal wird es verdammt weh tun, aber ich werde Sie trotzdem nicht schonen«, warnte sie ihn.

»Ich kann Schmerzen ertragen.«

»Wie sehr wünschen Sie sich, wieder laufen zu können?«

»Es geht nicht nur darum, daß ich meine Beine wieder benutzen kann«, erwiderte er. »Ich will Ski fahren, rennen, segeln … und auf diesen verdammten italienischen Berg steigen!«

»Okay, dann haben wir Wochen, wenn nicht sogar Monate harter Arbeit vor uns. Bevor das vorbei ist, werden Sie soviel ertragen haben, wie Sie es sich selbst niemals zugetraut hätten.«

»Ich bin bereit.«

Lilah verbarg sorgfältig ihr Lächeln. Seine Einstellung hatte sich um hundertachtzig Grad gedreht – zumindest das hatte sie schon erreicht. Er benahm sich nicht länger wie ein verwundeter Löwe, der alle anbrüllte, die ihm zu nahe kamen. »Womit beginnen wir?« fragte er voller Energie.

»Mit einem Bad.«

»Wie bitte?«

»Mit einem Bad. Sie riechen nämlich, Mr. Cavanaugh!«

4

Adam verschränkte die Arme vor der Brust und setzte ein trotziges Gesicht auf.

»Ich kann kein Bad nehmen.«

»Natürlich nicht in der Wanne. Ich werde Sie im Bett von oben bis unten waschen.«

Lilah rollte einen Tisch, auf dem eine Schüssel stand, näher an sein Bett, nahm die Schüssel und ging damit ins Bad, um sie mit warmem Wasser zu füllen.

»Pete kann mich waschen«, rief Adam hinter ihr her.

»Das gehört nicht zu seinen Aufgaben.«

»Gehört es wohl, wenn ich es ihm sage.«

»Ich dachte, wir hätten vorhin abgemacht, daß Sie nicht dauernd herummeckern«, antwortete sie und brachte die schwere Schüssel zurück ins Zimmer.

»Da wußte ich ja auch noch nicht, daß zu unserer Abmachung auch gehört, daß ich im Bett gewaschen werde wie ein Baby!« brummte er. »Es ist demütigend, entsetzlich demütigend.«

»Tut es aber. Sie hätten das Kleingedruckte lesen sollen!«

»Ein erwachsener Mann, der wie ein Baby behandelt wird!« grummelte er vor sich hin. »Das ist absolut demütigend!«

»Sie wiederholen sich«, meinte sie ungerührt. »Und es ist noch viel demütigender, so zu stinken!«

Als würde es ihr nicht das geringste ausmachen, begann sie, Handtücher unter seinen Körper zu schieben, und Adam half ihr dabei, so gut er konnte. Seine Hüften allerdings mußte sie anheben und ihn festhalten, bis das Handtuch richtig lag.

Um die Situation etwas zu entspannen, fragte sie: »Bevorzugen Sie eine besondere Seife?«

»Liegt im Bad«, antwortete Adam einsilbig.

Lilah kam mit der Seife zurück und schnupperte daran. »Duftet gut. Angenehm, aber nicht aufdringlich.« Sie kannte die Marke und wußte, daß sie teuer war.

»Wie schön, daß sie Ihren Beifall findet«, meinte er spöttisch.

»Benutzen Sie auch das passende Rasierwasser?«

»Immer.«

»Dann werde ich es Ihnen bringen, sobald Sie sich rasiert haben.«

»Rasiert?« wiederholte er.

»Ja. Es sei denn, Sie ziehen es vor, daß ich Sie…«

»Ich kann mich selbst rasieren«, unterbrach er sie.

»Dann frage ich mich, warum Sie es so lange nicht getan haben.« Sie lächelte ihn mit falscher Freundlichkeit an. »Oder haben Sie vor, sich einen Bart stehen zu lassen?«

Adam schwieg und schien zu schmollen. Lilah zog das Laken von seinen Füßen, tauchte den Waschlappen in die Schüssel und gab dann Seife darauf. Sie begann, seine Füße zu waschen. Während sie seine Zehen einseifte, fragte sie: »Kitzelt das?«

»Ha, ha. Sehr komisch!«

»Ach, kommen Sie, Cavanaugh, nun seien Sie doch nicht so eine Trantüte!«

»Soll ich vielleicht darüber lachen, daß ich gelähmt bin?« fragte er böse.

Stirnrunzelnd schaute sie ihn an. »Es ist doch nicht schlimm, wenn man lacht«, erwiderte sie. »Manchmal hilft es einem einfach. Sind Sie normalerweise kitzelig an den Füßen?«

Er sah sie an, und plötzlich lag ein ganz anderer Ausdruck in seinem Blick. Er musterte sie von Kopf bis Fuß, verlangend, begehrlich, und Lilah wurde auf einmal ganz heiß. »Das können Sie herausfinden, sobald ich wieder in Ordnung bin«, sagte er, und seine Stimme klang tief und verführerisch dabei.

»Aber dann werde ich Sie nicht mehr waschen müssen.«

»Das ist auch nicht unbedingt nötig. Ich könnte mir durchaus andere Gelegenheiten denken, bei denen Sie herausfinden können, ob ich kitzelig bin.«

»Zum Beispiel?«

Er nannte einige Möglichkeiten.

Lilah hielt in ihren Bewegungen inne, dann tauchte sie den Waschlappen ins Wasser und spülte ihn überaus gründlich aus. Sie warf Adam, der so zufrieden grinste wie ein Kater, der gerade an der Sahne geleckt hatte, einen säuerlichen Blick zu.

»Ganz schön verdorben«, meinte sie nur.

»Macht aber Spaß!«

»Auch das ist gegen unsere Abmachung, Mr. Cavanaugh. Solche Unterhaltungen sind nicht gestattet.«

»Und warum nicht?«

»Weil ich mit Patienten nicht über mein Privatleben spreche.

»Sie wollen ihnen nicht den Mund wäßrigmachen, oder?«

»Genau.«

Schweigend sah er zu, wie Lilah um das Bett herumging und dann sein rechtes Bein wusch. »Ich habe noch niemals so unterschiedliche Geschwister wie Elizabeth und Sie gesehen.«

»Die meisten Menschen sehen durchaus eine Ähnlichkeit und erkennen sofort, daß wir Schwestern sind«, widersprach sie.

»Es gibt wohl eine gewisse Ähnlichkeit«, stimmte Adam zu, »aber mit dieser Äußerlichkeit hat es sich auch schon. Ihr beide seid so unterschiedlich wie Tag und Nacht.«

»Wir haben beide rötlich-blondes Haar und blaue Augen.«

»Ja, aber Elizabeth ist sanft und weiblich. Sie dagegen...«

Lilah deckte das Bein wieder zu. »Ich dagegen?«

»Sie sind stolz, aggressiv und benehmen sich herausfordernd.«

»Vielen Dank«, meinte Lilah. »Das tut auch Hulk Hogan, der berühmte Catcher.« Sie nahm seinen rechten Arm und seifte ihn ein.

»Ich hab' das nicht als Beleidigung gemeint«, versicherte er schnell.

»Oh, wirklich nicht?«

»Nein. Offensichtlich gibt es ja auch Männer, die Frauen wie Sie mögen. Frauen mit einem so schrillen Outfit.«

»Ach, jetzt habe ich zu allem Überfluß auch noch ein schrilles Outfit!«

Adam lachte. »Als ich Sie zum erstenmal sah, baumelte Ihnen eine Feder vom Ohr, und Sie trugen eine hautenge schwarze Lederhose und kniehohe Stiefel.«

»Ja und? Ist das verboten?« fragte Lilah herausfordernd. »Außerdem habe ich diese Sachen damals auf Wunsch eines Patienten getragen«, fügte sie hinzu.

»War es ein Mann?«

»Ja. Er war bei einem Motorradrennen verletzt worden, und ich hatte das angezogen, um ihn etwas aufzuheitern.«

»Und? Hat es funktioniert?«

Lilah sah ihn an und stellte fest, daß er die Frage ernst gemeint hatte. »Ja.«

»Denken Sie sich immer so etwas aus, um Ihre männlichen Patienten aufzuheitern?«

So etwas wie ein anklagender Unterton schwang in seiner Stimme mit, doch Lilah beschloß, dies zu ignorieren.

»Ich behandle alle meine Patienten gleich«, erwiderte sie.

»Wirklich?« Seine Hand legte sich über ihre und hinderte sie daran, ihn weiter zu waschen.

Während sie sich unterhalten hatten, hatte sie ganz automatisch damit weitergemacht, Adam zu waschen. Sie hatte überhaupt nicht gemerkt, daß ihre Hand sanft über seine Brust strich – erst jetzt, als er sie festhielt, wurde es ihr bewußt. Sie spürte, wie heftig sein Herz unter ihrer Hand klopfte.

Schnell zog sie ihre Hand zurück, wrang den Waschlappen aus und drückte ihn Adam in die Hand. »Hier, waschen Sie sich Ihr Gesicht und was ich sonst noch vergessen haben sollte. Ich werde in der Zeit das Wasser ausschütten.«

Sie schob den Tisch so heftig weg, daß Wasser überschwappte, und ihre Hände zitterten, als sie die Schüssel ins Bad trug, um sie auszuleeren und neu zu füllen. Bevor sie wieder zurück ins Zimmer ging, räusperte sie sich laut.

Adam zog die Hand unter der Decke hervor, als sie zum Bett kam. Sie sah ihm nicht in die Augen, während sie den Waschhandschuh aus seiner Hand nahm. »So, und jetzt Ihr Rücken.«

»Mein Rücken ist in Ordnung.«

»Was ist mit den wunden Stellen?«

»Ich habe Sie nur angelogen, damit Sie Mitleid mit mir haben.«

»Ich glaube eher, Sie lügen jetzt!«

Er grinste sie plötzlich an. »Das werden Sie nie herausfinden!«

»Schätzchen, die offenen Stellen werden nicht besser werden, wenn ich sie nicht vorsichtig wasche und mit antiseptischer Salbe behandle.« Sie holte eine Tube aus der Schublade des fahrbaren Tischs und zeigte sie ihm. »Wenn wir die Stellen jetzt nicht behandeln, wird es nur noch schlimmer.«

»Okay, okay. Dann rollen Sie mich schon auf die Seite.«

»Na also, warum nicht gleich so? Beim nächsten Mal sollten Sie uns die Diskussion ersparen!«

Es kostete sie beide sehr viel Anstrengung, bis sie ihn auf

den Bauch gerollt hatten. Als Lilah seinen Rücken sah, stieß sie einen leisen Pfiff aus.

»Vielen Dank«, meinte er trocken.

»Das war keine Anerkennung, Cavanaugh. Sieht verdammt schlimm aus. Heiliger Strohsack!«

»Ist das der medizinische Ausdruck dafür?«

»Nein, das ist mein ganz persönliches Lieblingswort dafür, wenn etwas so häßlich und schlimm ist.«

»Ich fürchte, Mason, Ihr Wortschatz bedarf dringend einer Besserung.«

»Wenn hier etwas Besserung braucht, dann ist das Ihr Rücken!« erwiderte sie grimmig. »Sie dürfen ruhig schreien, wenn Sie möchten!«

Adam schrie nicht, aber er fluchte leise vor sich hin, als Lilah die Wunden vorsichtig auswusch und dann die Salbe darauf verteilte.

»Es ist Ihre eigene Schuld«, sagte sie, als er ein paar Flüche ausstieß, die selbst sie noch nicht kannte. »Sie hätten Pete erlauben sollen, Sie so oft wie möglich zu wenden. In Zukunft benutzen Sie das Reck, um Ihre Position zu ändern.«

»Ich habe es heute morgen schon versucht.«

»Guter Junge. Sie kriegen auch ein Bonbon!«

»Sind Sie jetzt endlich fertig?« Er warf ihr über die Schulter einen giftigen Blick zu.

Sie zwinkerte ihm übertrieben zu. »Womit?« fragte sie zurück. »Ihre wunden Stellen zu versorgen oder Ihren süßen, knackigen Po zu bewundern?«

»Lilah!« brüllte er.

Sie gab ihm einen spielerischen Klaps auf den Po. »Entspannen Sie sich«, riet sie. »Ich habe nicht vor, Ihre Hilflosigkeit auszunutzen. Haben Sie eigentlich Probleme mit der Operationswunde?« wollte sie dann wissen und strich mit den Fingern prüfend über die Narbe, konnte aber nichts entdecken, was Anlaß zu Besorgnis hätte geben können.

»Manchmal juckt es schon ein bißchen«, gab er dann endlich zu.

»Das spüren Sie?«

»Ja.«

»Gut. Ich denke, die Narbe wird problemlos verheilen. Ihre zukünftigen Geliebten werden sie wahrscheinlich faszinierend finden.«

»Freut mich zu hören. Sind wir *jetzt* fertig?«

»Nein, ich muß jetzt noch Ihren Rücken waschen. Das wird zur Abwechslung sicher sehr angenehm sein.« Falls seine tiefen Seufzer ein Anzeichen für sein Wohlbefinden waren, dann hatte Lilah offensichtlich den prophezeiten Erfolg. Lilah lachte. »All das Gestöhne und Geseufze soll wohl heißen, daß Ihnen das guttut«, stellte sie fest, während sie ihm vorsichtig den Rücken trockentupfte. »Wie wär's denn, wenn ich Sie jetzt auch noch einreibe?«

Sie wartete gar nicht erst seine Antwort ab, gab einen Klecks Lotion auf ihre Hand und begann, sie in Adams Rücken einzumassieren.

»Mmh, das ist herrlich. Ein wenig mehr nach rechts… ja, genau.«

»Das hört sich ja fast nach höchster Ekstase an«, meinte sie mit gutmütigem Spott.

»Im Vergleich zu dem, wie ich mich in den vergangenen Wochen gefühlt habe, ist das geradezu himmlisch.«

Lächelnd fuhr sie fort, dehnte ihre Massage auch auf den unteren Teil des Rückens aus, ganz vorsichtig natürlich.

»Lilah?«

»Hmm?«

»Werde ich… werde ich es je wieder können… na, Sie wissen schon, was ich meine.«

Lilah hörte auf, seinen Rücken zu massieren, und richtete sich auf. »Was wollen Sie wieder können?«

Er druckste herum. »Na, wie Sie eben so schön sagten, wieder die ›höchste Ekstase‹ erleben?«

»Hm, das hängt wohl eher davon ab, wen Sie sich als Ihr nächstes Betthäschen aussuchen«, antwortete sie und lachte leise in sich hinein.

Sie konnte gar nicht so schnell reagieren, wie Adam sie packte und herunterzog, so daß sie halb über seinem Rükken lag.

»Sie sollen nicht mit mir spielen, Lilah! Ich will die Wahrheit wissen. Werde ich jemals wieder in der Lage sein, eine Frau zu befriedigen? Wird eine Frau je mich wieder befriedigen können?«

Lilah starrte auf ihn hinab. Seine lockigen dunklen Haare, die gerade Nase, die hohen Wangenknochen und die langen Wimpern. Welche Frau würde es nicht allein schon genießen, ihn nur anzusehen? Selbst die wüsten Bartstoppeln konnten nicht davon ablenken, wie attraktiv und gutaussehend er war.

Doch wie gut er aussah, wollte er sicherlich nicht hören. Es gab wohl keinen Mann auf dieser Welt, der auch nur eine Sekunde zögern würde, wenn er zwischen gutem Aussehen und seiner Männlichkeit die Wahl treffen müßte.

Bis jetzt hatte jeder einzelne Patient, der sich in einer ähnlichen Situation wie Adam befand, ihr diese Frage gestellt. Es war stets das erste, was sie wissen wollten. In dieser Beziehung waren sie alle gleich, da war es völlig egal, über wieviel Geld oder Macht oder Prestige sie verfügten. Für sie alle war es unglaublich wichtig zu wissen, ob sie noch ›richtige‹ Männer waren, ob sie jemals wieder Sex würden haben können.

Lilah antwortete so ehrlich wie möglich. »Ich weiß es nicht, Adam. Es hängt davon ab, ob einige der Wirbel so schwer verletzt wurden, daß der Schaden irreparabel ist – was ich allerdings nicht glaube. Ihr Körper hat ein schlimmes Trauma erlebt, und es wird viel Zeit und Arbeit kosten, bis er das überwunden hat. Aber nach allem, was ich bisher weiß, haben Sie gute Chancen, wieder ganz der Alte zu werden.«

Sie drehte ihn wieder auf den Rücken, doch ihr Lächeln verschwand, als ihre Blicke sich begegneten. In seinem lagen so viel Zweifel und ein solches Mißtrauen, daß ihr das Herz weh tat.

»Sie lügen!«

Lilah zuckte zusammen, denn sie fühlte sich überrumpelt. »Nein, ich lüge nicht«, widersprach sie heftig.

»Ihr lügt mich alle an!«

»Wenn die Ärzte Ihnen sagen, daß sie es nicht wissen, dann wissen sie es wirklich nicht.«

»Doch, sie wissen es«, fuhr Adam sie an. »Aber warum hat man ausgerechnet Sie geschickt, um mir die Wahrheit beizubringen? Oder haben Sie die Aufgabe etwa freiwillig übernommen? Haben Sie sich gedacht, daß sich Ihnen nie wieder in Ihrem Leben eine so hervorragende Gelegenheit bieten würde, es mir ein für alle Mal heimzuzahlen und den Krieg zu gewinnen, der zwischen uns tobt, seit wir uns das erste Mal begegnet sind?«

Lilah lief rot an. »Sie müssen auf dem Kopf gelandet sein, als Sie von diesem blöden Berg gefallen sind!« Die Hibiskusblüte auf ihrem T-Shirt hob und senkte sich im schnellen Rhythmus ihres Atmens. »Ich habe Ihnen doch schon gesagt, daß ich diesen Job überhaupt nicht übernehmen wollte! Vorhin noch habe ich versucht, aus dieser Klemme herauszukommen, aber Elizabeth hat dermaßen gebettelt und gejammert, daß ich versprochen habe, wenigstens so lange zu bleiben, bis sie einen Ersatz für mich gefunden hat. Und wenn es nach mir ginge, könnte das gar nicht schnell genug sein. In der Zwischenzeit werde ich weiter meinen Pflichten nachkommen, aber ich denke überhaupt nicht daran, mir diese ungerechten und unsinnigen Vorwürfe weiter gefallen zu lassen.«

Er tippte ihr mit dem Finger auf die Nasenspitze. »Sie sollen mich nur nicht anlügen, zum Teufel!«

»Das habe ich auch nicht getan.«

»Und Sie sollen sich nicht über mich lustig machen!«

»Ich habe mich nicht über Sie lustig gemacht!« fuhr sie ihn an. »Wie könnte ich einen Patienten in Ihrer Lage verspotten?«

»Vielleicht nicht mit Worten, aber mit Taten.«

»Mit Taten? Wovon zum Teufel reden Sie jetzt schon wieder?«

»Zum Beispiel davon, daß Sie in etwas Dezenterem herumlaufen als in diesen Shorts wie ein Mädchen am Strand, das es gar nicht erwarten kann, aufs Kreuz gelegt zu werden.«

»*Wie bitte*?«

»Haben Sie außerdem jemals etwas davon gehört, daß Frauen auch Schuhe tragen? Anständige Frauen ziehen sie nur aus, wenn man sie darum bittet.«

Ihre Augen verdunkelten sich gefährlich. »Sie schleimiges, widerwärtiges Sexmonster!«

»Außerdem dachte ich, daß Krankenschwestern Häubchen tragen, statt ihre Haare offen über die Schultern fallen zu lassen.«

»Ich bin keine Krankenschwester!«

»Das habe ich inzwischen auch herausgefunden. Was zum Teufel haben Sie mir da eigentlich auf den Rücken getan? Es brennt wie Feuer.«

»Freut mich, das zu hören. Es könnte keinen besseren treffen!« Damit drehte Lilah sich um und stürmte zur Tür.

Adam griff nach dem Reck und zog sich hoch. »Wohin gehen Sie? Kommen Sie sofort zurück. Ich bin noch lange nicht mit Ihnen fertig!«

»Okay, aber ich bin fertig mit Ihnen!« brüllte sie. »Sie sollten sich jetzt besser ausruhen, Kumpel, denn wenn ich heute nachmittag zurückkomme, werden wir Ihren Hintern aus dem Bett befördern. Haben Sie mich verstanden?«

Die Klinke schon in der Hand, drehte sie sich noch einmal um. »Außerdem möchte ich, daß Sie sich rasieren. Sie riechen inzwischen zwar um vieles besser, aber Sie sehen

immer noch aus wie ein Landstreicher. Sind Sie nicht rasiert, wenn ich zurückkomme, werde ich das für Sie tun.«
Sie sah ihn mit einem Blick von unverhüllter Bosheit an.
»Ich kann mir nicht vorstellen, daß Sie mich in meiner augenblicklichen Verfassung gerne mit einem Messer so nahe an Ihrem Hals hätten.«
Dann knallte sie die Tür hinter sich zu.

Lilah sah auf das Kehrblech mit den Scherben, das Pete vor ihr hatte verstecken wollen, als er die Treppe hinunterkam. »Wenn er so weitermacht, werden bald keine Wassergläser mehr im Hause sein«, meinte sie, während er die Scherben in den Mülleimer kippte. »Was tut er jetzt?«
»Er schläft, glaube ich.«
»Gut. Er wird seine Kraft heute nachmittag brauchen. Hat er sich rasiert?«
Pete grinste. »Ja, sehr gründlich sogar«, meinte er, und dann wurde sein Grinsen noch breiter. »Und dann mußte ich ihm Rasierwasser bringen.«
Lilah lachte. »Eitelkeit ist immer ein gutes Zeichen!«
Sie beschloß, die Zeit auszunutzen, in der er schlief, und so zog sie sich einen Badeanzug an und ging hinaus an den Pool, wo Pete ihr auch das Mittagessen servierte.
Lilah lag immer noch in einem Liegestuhl und döste vor sich hin, als Pete eine Stunde später herauskam und sie sacht am Arm berührte. »Dr. Arno ist gekommen.«
»Oh, ich habe ihn erst später erwartet.« Sie sprang auf und zog sich eine Bluse über, bevor sie den Arzt in der Eingangshalle traf. »Hallo, Bo. Sie sind früh, oder habe ich etwas zu lange geschlafen?«
»Nein, ich bin wirklich zu früh und bitte um Entschuldigung. Aber kaum hatten Sie angerufen, da hat einer meiner Patienten einen Termin abgesagt, und so habe ich mich entschlossen, eine frühere Maschine zu nehmen. Wie geht es ihm?«

»Er benimmt sich gemeiner als jeder Köter, der durch die Hinterhöfe streunt«, antwortete sie, und als der Arzt sie nur entsetzt anschaute, zuckte sie nur mit den Schultern und sagte: »Na ja, Sie hatten doch gefragt.«

»Ich hatte eigentlich wissen wollen, wie es um seine körperliche Verfassung bestellt ist?«

Ausführlicher wiederholte sie das, was sie ihm in Kurzform am Telefon berichtet hatte. »Ich habe Ihnen ja von den Krämpfen erzählt. Aber am besten machen Sie sich selber ein Bild.«

»Die Krämpfe sind ein gutes Zeichen. Ich werde ihn untersuchen.«

Lilah führte ihn hinauf zu Adams Zimmer, blieb aber vor der Tür stehen. »Ich werde draußen warten, wenn Sie nichts dagegen haben. Als ich zuletzt in seinem Zimmer war, haben wir uns Morddrohungen an den Kopf geworfen.«

Der Arzt lachte, aber offensichtlich wußte er nicht, wie ernst er ihre Worte nehmen sollte. Sobald sich die Tür zu Adams Zimmer hinter ihm geschlossen hatte, ging Lilah in ihre Suite, um sich zu duschen und umzuziehen. Als der Arzt aus Adams Zimmer kam, wartete Lilah schon mit einem Krug eisgekühltem Ananassaft auf ihn.

»Er hat erstaunliche Fortschritte gemacht«, meinte Dr. Arno begeistert. »Er trainierte an der Reckstange und an den Ringen, als ich hereinkam.«

»Heute nachmittag will ich die ersten Standübungen mit ihm machen, und dann gehen wir über zum Rollstuhl. Je früher er sich wieder aus eigener Kraft bewegen kann, um so besser für ihn.«

»Leider ist er trotz seiner Fortschritte immer noch sehr aggressiv.«

»Das ist die Untertreibung des Jahres! Übrigens Doktor, ich habe Ersatz für mich angefordert.«

»Oh.«

»Ich bin nicht die richtige Therapeutin für Mr. Cavanaugh. Wir geraten ständig aneinander, und das ist keine gute Voraussetzung für eine hilfreiche Zusammenarbeit.«

»Manchmal ist aber genau das der Funke, der bei dem Patienten zündet! Solche Gegensätze können stimulierend wirken, dafür sorgen, daß der Patient sich um so mehr bemüht.«

»Da mögen Sie recht haben, aber ich habe keine Lust, als persönlicher Punchingball für Mr. Cavanaugh zu fungieren.«

»Das wird Ihnen doch bei anderen Patienten auch schon passiert sein, Miss Mason, oder? Immerhin gehören solche Konflikte zu Ihrem Beruf, und ich bin sicher, daß Sie mit allen Problemen fertig werden. Außerdem haben Sie vorher gewußt, daß gerade Mr. Cavanaugh kein leichter Fall sein wird.«

»Das ist die zweite Untertreibung des Jahres«, meinte Lilah sarkastisch. »Ich kann es einfach nicht mehr ertragen«, fügte sie hinzu.

»Soweit ich das beurteilen kann, sind Sie genau die Richtige für ihn. Und ich spreche sicher auch im Namen meiner Kollegen, wenn ich Sie herzlich bitte, doch zu bleiben, Miss Mason. Es wäre jammerschade, wenn Sie einen Patienten sich selbst überlassen würden, der durch Ihre Arbeit bereits solche Fortschritte gemacht hat.«

»Wollen Sie mich damit etwa bei meiner Berufsehre packen? Oder nur einen Schuldkomplex einreden?« Der Arzt lächelte und schaute auf seine Uhr. »Mit diesen Fragen muß ich Sie wohl allein lassen, Miss Mason. Das Flugzeug, das mich zurück nach Oahu bringt, wartet bereits.« Er ging zur Tür, wo Pete bereits stand, um sie ihm zu öffnen. »Oh, das hätte ich beinahe vergessen«, sagte er und wies auf einen großen Postsack, der neben der Tür stand. »Im Krankenhaus ist einiges an Post für Mr. Cavanaugh angekommen.«

»Der ganze Sack voll?« fragte Lilah entsetzt.

Dr. Arno lächelte. »Ihr Patient ist ein sehr bekannter Mann, Miss Mason, wußten Sie das nicht? Ist es da nicht verständlich, wenn ein Mann wie er, der so voller Energie steckte, an seinem Schicksal fast verzweifelt? Rufen Sie mich an, wenn es eine Veränderung gibt. Auf Wiedersehen, Miss Mason.«

»Auf Wiedersehen«, murmelte Lilah. Nachdenklich stieg sie die Treppe zu Adams Zimmer hinauf. Dr. Arnos Trick wirkte schon. Sie fühlte sich schuldig, weil sie das Handtuch werfen wollte, aber sie wußte keinen anderen Ausweg aus dieser Situation.

Adam sah besser aus als am Morgen, und das hatte nicht allein damit etwas zu tun, daß er sich rasiert hatte. »Hi«, grüßte sie mit ungewohnter Schüchternheit.

»Hi.«

»Sehr schön«, meinte sie und wies auf sein Gesicht.

»Ebenfalls sehr schön«, antwortete Adam und wies auf ihre Jeans und die Sandalen.

»Eigentlich hatte ich mich ja von Kopf bis Fuß mit meinem Burnus verhüllen wollen, aber ehrlich gesagt, Cavanaugh, es ist mir zu heiß, und der Stoff kratzt auch so. Deshalb müssen Sie sich mit der Jeans zufriedengeben.«

Er lachte. »Sie sind verrückt«, meinte er, doch dann wurde er plötzlich ernst. »Hat es weh getan?« wollte er wissen.

»Was?«

»Mein Bart, als ich Sie geküßt habe.«

Lilah wurde rot. »Er ... er hat ein wenig gekratzt, aber ich habe gar nicht richtig darauf geachtet.«

»Oh.«

Sie sahen sich für einen Moment schweigend an.

»Es tut mir leid, wenn ich Ihnen weh getan habe.«

»Das ist schon okay.« Nervös strich sie mit den Händen über ihre Jeans. »Sie haben großen Eindruck auf den Doktor gemacht. Er konnte sich gar nicht genug über Ihre enormen Fortschritte auslassen. Haben Sie ihm irgendeinen Trick vorgeführt, den Sie mir noch nicht gezeigt haben?«

»Kommen Sie her.«

Sie ging nahe zu seinem Bett, und er schlug die Decke weg. Amüsiert stellte sie fest, daß er nun Boxershorts trug, und sie fragte sich, wieviel Mühe es ihn und Pete gekostet hatte, sie ihm überzuziehen. »Sehen Sie sich das an!«

»*Calvin Klein*«, las Lilah das Etikett auf den Shorts. »Markennamen sagen mir nichts.«

»Ich meine nicht meine Unterhose. Sehen Sie hier!«

Adam deutete auf seinen Oberschenkelmuskel, und jetzt erst sah Lilah, wie er sich unter der Haut bewegte. »Bravo.« Während sie Adam ein Lächeln schenkte und ihm applaudierte, bemerkte sie die feinen Schweißtröpfchen auf seiner Stirn. Schon diese leichte Bewegung hatte ihn unglaubliche Anstrengung gekostet. Es war eine phantastische Leistung, und sie war ausgesprochen stolz auf Adam. »Wie wäre es mit einigen Übungen, um Sie nun etwas zu entspannen?«

»Okay.«

»Stimmen Sie nicht so schnell zu. Danach fangen wir mit den harten Sachen an.«

Lilah arbeitete systematisch alle Gelenke durch, dann rollte sie ihn auf die Seite, zog seine Hüfte auf sich zu und drückte gleichzeitig seine Schulter von sich weg. Während er in dieser Stellung verharrte, fragte sie ihn: »Wer ist übrigens Lucretia?«

Sein Kopf fuhr zu ihr herum.

»Da hab' ich wohl eine wunde Stelle getroffen, was?«

»Was wissen Sie von Lucretia?«

»Ich weiß gar nichts von ihr. Deshalb habe ich ja auch gefragt. Der Doktor hat nur einen Sack voll Post mitgebracht, und als ich einen Blick hineingeworfen habe, stachen mir gleich drei Briefe ins Auge, die in der Schweiz abgeschickt worden waren. Von einer Lucretia von Soundso.«

»Das ist die Frau, die ich vor dem Unfall immer gesehen habe.«

»*Gesehen?*«

»Sie wissen schon, was ich meine.«

»Oh, ja, ich weiß. ›Sehen‹ heißt in Ihrem Fall soviel wie mit ihr schlafen, nicht wahr?«

»Na und?«

»Nichts ›na und‹! Ich war nur verwundert, weil ich niemanden kenne, der seine Tochter Lucretia genannt hätte.«

»Na und?« meinte Adam noch einmal und unterdrückte nur mühsam ein Stöhnen. »Ich kenne auch niemanden, der seine Tochter Lilah genannt hätte.«

Lilah konnte nicht anders, sie mußte lachen. »Hat Ihre Lukretia vielleicht irgend etwas mit Lucrezia Borgia zu tun?« fragte sie dann. »Ich meine, war das ihre Ahnfrau?«

»Ich glaube nicht«, erwiderte er. »Aber haben *Sie* da schon mal nachgeforscht? Verdammt, hören Sie auf damit!«

Lilah, die gerade versucht hatte, seine Wade im rechten Winkel abzubeugen, verstärkte den Druck. »Tut das weh?«

»Zum Teufel, ja!« Er stöhnte auf. »Muß das sein?«

»Ja! Sie müssen mithelfen, sonst schaffe ich es nicht. Glauben Sie mir, eines Tages werden Sie Ihr Knie biegen, und ich werde dagegenhalten. Dann werden Sie mich wirklich hassen!«

»Bringen Sie mich dazu, daß ich wieder laufen kann, Lilah, und ich werde Sie lieben!«

Für einen Moment trafen sich ihre Blicke. Lilah war es schließlich, die die Augen niederschlug. Sie versuchte, seine Bemerkung ins Scherzhafte zu ziehen. Dramatisch legte sie eine Hand aufs Herz und antwortete: »Das sagen sie alle – und wie schnell sie es vergessen haben, sobald es ihnen wieder bessergeht!«

Sie unternahm noch mehrere Versuche an beiden Knien, und es kostete sowohl sie als auch Adam Mühe und Schweiß, sie ein wenig zu beugen. Aber Lilah gab nicht auf. Nicht, bevor sie und Pete Adam aus dem Bett gehoben hatten und er für eine halbe Stunde mit ihrer Unterstützung aufrecht gestanden hatte.

»Im Krankenhaus habe ich zweimal am Tag eine halbe Stunde gestanden«, sagte Adam, als er erschöpft wieder im Bett lag.

»Es war dumm von Ihnen, nicht mit den Übungen weiter-zumachen.«

»Ich habe nicht viel Sinn darin gesehen, gegen einen Tisch gelehnt zu stehen.«

»Aber das ist schon sehr viel. Sobald das einigermaßen geht, können wir mit anderen Dingen beginnen.«

»Jetzt ist erst einmal Schluß«, sagte er und schloß für einen Moment die Augen. »Ich bin froh, daß ich wieder liege. An diesem Tisch habe ich ständig das Gefühl, ich falle um.«

»So schnell sind wir noch nicht fertig.« Lilah ging zur Tür und öffnete sie mit einer theatralischen Geste. Dann ver-schwand sie für einen Augenblick und kam dann in einem Rollstuhl zurück, in dem sie ins Zimmer fuhr.

5

Lilah drehte einige Runden mit dem Rollstuhl durch das Zimmer, bevor sie genau vor Adams Bett zum Stehen kam. »Ein herrliches Gefühl, finden Sie nicht? Das Beste, was zur Zeit auf dem Markt ist: Gummibereifung, Lenkhilfe, niedriger Verbrauch, bequemer Sitz.«

Ihr Gegenüber schien nicht sonderlich begeistert. »Oder hätten Sie lieber ein anderes Modell?« fragte Lilah deshalb.

»Schaffen Sie mir das verflixte Ding aus den Augen!«

»Wie bitte? Ich dachte, Sie wären begeistert.«

»Es interessiert mich nicht, was Sie dachten. Ich werde mich nicht anstrengen, um aus dem Bett zu kommen, nur um dann in einem Stuhl zu sitzen, den ich nicht will. Der Arzt hat gesagt, daß ich auch im Bett Fortschritte gemacht habe, das langt mir.«

»Das ist ja sehr interessant«, meinte Lilah. »Sie wollen also für den Rest Ihres Lebens ans Bett gefesselt bleiben?«

»Wenn es eben nicht anders geht.«

Unwillig schüttelte sie den Kopf. »Aber es geht anders! Es mag ja sein, daß *Sie* aufgeben wollen, aber ich nicht.«

»Was haben Sie damit zu tun?«

»Sie sind mein Patient.«

»So?«

»Das heißt, solange Sie mich nicht vergraulen, sind Sie meiner Gnade ausgeliefert.«

»Was meinen Sie damit?«

Anstatt ihm zu antworten, ging Lilah zur Tür, riß sie auf. »Pete, kommen Sie bitte rauf in die Höhle des Löwen!«

Sekunden später waren leichte Schritte des Mannes auf der Treppe zu hören. »Ja, Lilah?«

»Helfen Sie mir, Mr. Cavanaugh in den Rollstuhl zu setzen und fahren Sie dann den Wagen vor die Tür.«

»Wir fahren weg?« fragte Pete.

»Ja, das tun wir.« Sie zeigte auf Adam. »Und der da auch!«

Sein Gesicht war ausdruckslos. »Ich fahre nirgendwo hin.«

»Ja, ja, ich weiß. Sie sind hierhergekommen, um in Ruhe zu sterben. So wie Elefanten und die alten Indianer, die sich von ihrer Sippe entfernen und die Einsamkeit suchen, wenn sie den Tod spüren.« Sie ging auf ihn zu und tippte mit den Fingerspitzen gegen seine Brust. »Aber ich werde es nicht zulassen, daß Sie hier lebendig begraben liegen.«

»Sie können mich nicht zwingen, etwas zu tun, was ich nicht will.«

»Da haben Sie recht. Aber bevor Sie uns verlassen und sich in himmlische Gefilde begeben, möchte ich Ihnen noch etwas zeigen.«

»Ich weiß nicht, was Sie geplant haben, und es ist mir auch egal. Weil ich nämlich nicht zulasse, daß Sie es durchführen!«

»Ach nein?« Sie lächelte ihn an, aber es war kein sehr freundliches Lächeln. »Dann passen Sie jetzt mal auf! Okay, Pete. Ich nehme den Oberkörper, fassen Sie die Beine!«

Lilah stellte sich hinter das Bett, beugte Adams Oberkörper vor und umfaßte ihn an der Taille.

Adam versuchte, sich aus ihrer Umklammerung zu befreien.

»Sparen Sie Ihre Kräfte, Cavanaugh«, sagte Lilah nur. »Ich bin schon mit Männern fertig geworden, die hundert Pfund schwerer waren als Sie!«

»Lassen Sie mich los, Sie Hexe!« Er versuchte, ihre Finger auseinanderzubiegen, aber Lilah hatte ihre Hände bereits zu Fäusten geballt.

»Fertig, Pete?«

»Verdammt, laßt mich los!« wiederholte Adam wütend, doch bevor er noch wußte, wie ihm geschah, saß er bereits in dem Rollstuhl neben seinem Bett, und Pete stellte ihm die Füße auf das heruntergeklappte Fußbrett.

Seine Hände waren um die Armlehnen gekrampft, als er versuchte, sich wieder aufzurichten. Sofort stand Lilah vor ihm. Sie kannte den Trick. »Lassen Sie das, Adam. Wenn Sie keine Ruhe geben, binde ich Sie fest. Das schwöre ich Ihnen.«

Seine dunklen Augen schienen Funken zu sprühen, was Lilah allerdings nicht beeindrucken konnte. »Pete, holen Sie jetzt den Wagen!«

Der kleine Mann war heilfroh, das Zimmer verlassen zu können. Lilah trat hinter den Rollstuhl, löste die Bremse und schob ihn zum Zimmer hinaus.

Sie hatte keine Mühe, den Stuhl zu dem Lift zu schieben, den sie zu ihrer großen Erleichterung am Morgen in einer Ecke des Hauses versteckt gefunden hatte. Sie kamen gerade in dem Augenblick an der Haustür an, als Pete den speziell ausgerüsteten Lieferwagen vorfuhr. »Sind Sie tatsächlich nicht neugierig, wohin wir fahren?« fragte Lilah Adam, als der Rollstuhl mit Hilfe der hydraulisch betriebenen Rampe am Heck des Wagens nach oben gefahren wurde.

Er erwiderte nur feindselig ihren Blick und schwieg.

»Nun, dann eben nicht.« Lilah schob den Rollstuhl in den Wagen, trat auf die Bremse des Stuhls, schloß die hinteren Türen und setzte sich neben Pete. »Nur zu Ihrer Information, Dr. Arno hat den Wagen besorgt. Sie können ihn benutzen, solange es nötig ist. Wäre nicht schlecht, wenn Sie sich ihm gegenüber wenigstens ein ›Dankeschön‹ abringen könnten.«

Adam drehte nur seinen Kopf zur Seite und starrte scheinbar desinteressiert zum Fenster hinaus. Pete, wegen seiner geringen Größe auf einem Kissen sitzend, startete den Wagen und fuhr los.

Lilah sagte ihm, wie er fahren mußte, und wenn Adam eine Ahnung hatte, wohin die Fahrt ging, so ließ er es sich zumindest nicht anmerken.

Erst als sie ihr Ziel erreicht hatten, wandte er den Kopf und sah Lilah fragend an.

»Wir sind in einem Rehabilitations-Zentrum, Adam«, erklärte sie. »Einem Zentrum für Querschnittsgelähmte. Wenn Sie nicht so verdammt reich wären, Mr. Cavanaugh, wären Sie jetzt auch hier und nicht in Ihrem schönen Haus. Fahren Sie langsam, Pete. Ich möchte, daß er das sehr genau sieht.«

»Schauen Sie dort«, fuhr sie fort und zeigte durch die Windschutzscheibe. »Da sind zwei Basketball-Mannschaften beim Spiel. Ich bin sicher, keiner von ihnen hat es sich ausgesucht, im Rollstuhl zu sitzen. Sie würden auch lieber über das Spielfeld rennen, aber zumindest können sie lachen und freuen sich darüber, daß sie überhaupt noch am Leben sind. Sie machen das Beste aus ihrer Situation.«

Adam schwieg beharrlich.

»Halten Sie bitte einen Moment, Pete. Sehen Sie da drüben, Adam, die Jungen und Mädchen in dem Swimmingpool, meine ich. Sie benehmen sich wie alle Kinder auf dieser Welt, wenn sie im Wasser tollen können. Nur sind sie nicht wie andere Kinder, sie sind etwas ganz Besonderes. Denn für sie bedeutet es eine enorme Anstrengung, überhaupt bis zum Pool zu kommen, geschweige denn, auch noch zu schwimmen. Sie können nicht von einem Sprungbrett ins Wasser hineinspringen, und sie können auch nicht das ganze Becken entlangtauchen.«

Als Adam immer noch nichts sagte, gab Lilah Pete ein Zeichen, und er fuhr an. Kurz darauf mußten sie an einer Kreuzung halten. Eine Krankenschwester schob ihre Patientin im Rollstuhl auf die andere Seite. Die junge Frau lachte über etwas, das die Schwester gesagt hatte.

»Sehen Sie sie sich gut an, Adam! Ihr geht es ähnlich wie

Ihnen – nur mit dem einen Unterschied, daß sie niemals wieder wird laufen können. Und trotzdem lacht sie.«

Sie breitete die Arme aus und wies auf das ganze Gelände. »Alle hier sind für den Rest ihres Lebens an den Rollstuhl gefesselt, und sie sind froh und dankbar dafür, daß sie sich zumindest mit Hilfe dieses Stuhls fortbewegen können.«

Wütend wischte sie sich Tränen fort, die ihr über die Wangen liefen. »Wie können Sie es nur wagen, so selbstsüchtig zu sein, wo Sie die große Chance haben, wieder normal laufen zu können, ein normales Leben zu führen? Die Menschen hier haben dieses Glück nicht.« Sie wandte sich an Pete und sagte leise: »Fahren Sie uns bitte zurück.«

Es war eine lange, schweigsame Fahrt.

Am nächsten Morgen wartete Lilah, bis Adam gefrühstückt und sich rasiert hatte, bevor sie in sein Zimmer ging. Nachdem sie am Abend zuvor zurückgekommen waren, hatte sie ihn in sein Zimmer gefahren, ihn ins Bett gebracht und war dann schweigend hinausgegangen.

Lilah wußte, daß sie eigentlich hätte bei ihm bleiben müssen nach diesem Schock, aber sie hatte es nicht getan. Sie hatte Angst gehabt, daß sie Adam an die Gurgel gegangen wäre, wenn er auch nur ein dummes Wort gesagt hätte.

Auf der Türschwelle blieb sie einen Moment stehen. Ob sie sich vorsichtshalber schon mal ducken sollte, für den Fall, daß ein weiteres Flugobjekt angeschossen kam?

Adam hielt die Kaffeetasse in der Hand, als er Lilah bemerkte. Aber statt sie nach ihr zu werfen, stellte er sie auf das Tablett zurück und sagte freundlich: »Guten Morgen.«

»Guten Morgen. Haben Sie gut geschlafen?«

»So gegen drei Uhr heute morgen hatte ich wieder Krämpfe.«

»Das tut mir leid. Warum haben Sie mich nicht gerufen?«

Er zuckte mit den Schultern. »Ich habe mich am Reck

85

festgehalten und meine Stellung verändert. Das hat mir sehr geholfen.«

»Wo sind die Krämpfe aufgetreten?«

»Vor allem auf der Rückseite meiner Oberschenkel.«

»Sie hätten eine Tablette nehmen sollen.«

»Ich hab's auch so überlebt.« Er sah hinunter auf die Bettdecke.

Lilah schwieg. Sie wollte, daß er die Sprache auf den vergangenen Nachmittag brachte. Es dauerte eine Weile, dann tat er das auch. »Warum haben Sie mich gestern nicht einfach in den Hintern getreten?« fragte er.

»Bei all den wunden Stellen? Ich bin doch schließlich kein Unmensch«, erwiderte sie.

Um seine Mundwinkel spielte ein Lächeln, aber seine Augen blieben ernst. »Ich habe mich wirklich benommen wie ein Ekel.«

»Erwarten Sie ernsthaft von mir, daß ich widerspreche?«

»Woher …« Er räusperte sich. »Woher wußten Sie von diesem Rehabilitations-Zentrum?«

»Dr. Arno hat mir davon erzählt. Er schlug vor, daß ich mich dort nützlich machen könnte, wenn ich hier mal nicht gebraucht würde. Sie haben nicht genug Leute, und es gibt zu wenig Freiwillige.«

»Ich habe dieses Haus seit Jahren, aber bis jetzt habe ich nicht gewußt, daß es dieses Zentrum gibt«, sagte er leise und wandte den Blick zum Fenster.

Lilah spürte, daß er deprimiert war – und eine Depression war das letzte, was sie jetzt gebrauchen konnten. »Das war eine schlimme Überraschung, die ich Ihnen da gestern bereitet habe, nicht wahr? Okay, wenn Sie mir das vergeben, vergebe ich Ihnen, daß Sie sich wie ein Ekel benommen haben. Einverstanden? Und noch eins: Ich weiß nicht, ob es Ihnen hilft, aber alle jungen, athletischen Männer mit einer Verletzung, wie Sie sie haben, machen zu Anfang diese ›Ekel-Phase‹ durch.«

»Weil sie glauben, daß sie niemals wieder mit einer Frau werden schlafen können, nicht wahr?«

»Ja, vor allem deswegen.«

»Das ist doch wohl auch Grund genug, depressiv zu sein, oder?«

»Ja«, antwortete Lilah zögernd, »aber Sie brauchen sich darüber keine Sorgen zu machen, zumindest heute nicht. Heute sollten Sie darüber nachdenken, wie Sie wieder in diesen Rollstuhl kommen, und zwar diesmal möglichst ohne meine Hilfe.«

Adam schüttelte den Kopf. »Das werde ich niemals schaffen.«

»Natürlich werden Sie das! Schneller, als Sie denken, Adam, werden Sie mit dem Rollstuhl durch das ganze Haus fahren. Sie können sich bei dem Architekten bedanken, daß er so weitsichtig war, einen Aufzug einzubauen.«

»Wie haben Sie den überhaupt entdeckt? Hat Pete Ihnen davon erzählt?«

»Nein. Ich habe den Lift entdeckt, als ich ein wenig im Haus herumgeschnüffelt habe.«

»Was haben Sie noch entdeckt?«

»Ihren enormen Vorrat an Cognac und Ihre Sammlung an Pornos.«

»Haben Sie den Cognac gekostet?«

»Ja, ein Gläschen.«

»Und?«

»Er schmeckt köstlich.«

»Haben Sie sich auch die Pornos angesehen?«

»Pornos sind abstoßend und ekelhaft.«

»Wie viele Filme haben Sie sich denn angesehen, bevor Sie zu diesem Ergebnis gekommen sind?«

»Vier«, antwortete sie, und Adam lachte. »Ich mußte mir die Zeit vertreiben«, verteidigte sich Lilah. »Ich konnte nicht schlafen letzte Nacht.«

»Warum nicht?«

»Weil ich wußte, daß mein Patient heute morgen mit allen Tricks versuchen würde, mich davon abzuhalten, ihn wieder in den Rollstuhl zu setzen. Ich habe versucht, mir eine Möglichkeit auszudenken, wie ich ihn doch dazu kriege.«

»Und? Hatten Sie Erfolg damit?«

»Offensichtlich nicht.«

Sie mußten beide lachen, und es überraschte sie, als sie merkten, wieviel Spaß es ihnen machte, diese kleinen Wortgefechte auszutragen.

»Okay, dann werde ich wohl wieder die Sklaventreiberin spielen müssen«, meinte Lilah. »Kommen Sie, setzen Sie sich so hoch auf, wie Sie können.«

»Selbst wenn ich es schaffe, mich in den Stuhl zu hangeln, kann ich sowieso nirgendwo allein hin.«

»Pete ist unten gerade mit dem Handwerker beschäftigt. Er wird überall dort Rampen anbringen, wo Sie Türschwellen oder Stufen nicht überwinden können. Wenn das erledigt ist, können Sie sich im ganzen Haus bewegen.«

»Sie denken aber auch an alles«, brummte Adam.

Lilah stemmte die Hände in die Hüften, so daß ihr T-Shirt straff über ihren Busen gespannt war. »Wollen Sie sich nun mehr Bewegungsfreiheit verschaffen oder nicht?«

Adam betrachtete interessiert und wohlgefällig ihre Brüste, die sich unter dem T-Shirt deutlich abzeichneten. »Ich liebe es, wenn Sie wütend werden.«

»Das ist doch noch gar nichts. Sie sollten mich erst einmal sehen, wenn ich außer mir bin.«

Er grinste. »Das würde mir gefallen.«

»Bestimmt nicht.«

»Sie sollten vorsichtig sein, Lilah, ich kann sehen, daß Ihre Brustwarzen hart geworden sind.«

Ihr Herzschlag geriet ein wenig aus dem Takt, aber Lilah bemühte sich, so zu tun, als würde ihr das überhaupt nichts ausmachen. »Würde deren Anblick Ihnen helfen, in den Rollstuhl zu kommen?« fragte sie nur.

»Wir können es ja mal versuchen«, meinte Adam und griff prompt nach dem Saum ihres T-Shirts.

Sofort schob Lilah seine Hände weg. »Tut mir leid, aber das steht für heute nicht auf dem Programm.«

Lilah war es gewöhnt, daß Männer mit ihr flirteten.

Aber da sie nicht so schnell aus der Fassung geriet und auf jede Bemerkung eine schlagfertige Antwort wußte, hatte sie eigentlich noch nie Probleme gehabt. Bis jetzt.

Männliche Patienten wurden häufig vulgär, weil es ihnen Spaß machte, das weibliche Krankenhauspersonal zu schokkieren. Sie waren wie die Kinder, die erst einmal in einer neuen Umgebung ihre Grenzen abstecken mußten.

Doch Adam war alles andere als ein Kind. Und er war auch anders als all die anderen Patienten, mit denen Lilah zu tun gehabt hatte. Während sie ihnen den Mutwillen schon an den Augen angesehen hatte, wirkte Adam tödlich ernst. Für einen Augenblick war sie tatsächlich versucht, seine Hand zu nehmen und sie auf das Ziel seiner Wünsche zu legen. Doch sofort rief sie sich wieder zur Ordnung.

»Können wir jetzt weitermachen?« fragte sie streng.

»Natürlich.«

Sein Grinsen zeigte, daß er immer noch ans ›Vergnügen‹ dachte, aber das würde sie ihm schon noch austreiben!

»Was ist mit Ihren Armmuskeln?« wollte sie wissen.

»Die sind in Ordnung.«

»Freuen Sie sich. Morgen wird das nämlich anders sein, da Sie Ihre ganze Kraft brauchen, um sich abzustemmen.«

»Gut, versuchen wir es.«

»Moment«, meinte Lilah und hielt ihn zurück. »Ich muß Ihnen doch erst die Technik erklären.«

Es dauerte eine halbe Stunde, bis Adam es geschafft hatte, sich weitgehend ohne Lilahs Hilfe vom Bett in den Rollstuhl zu befördern. Als das vorüber war, waren sie beide außer Atem und erschöpft.

»Ich glaube nicht, daß das die Anstrengung lohnt«, mein-

89

te er und sah sie an. Eine Strähne war ihm ganz sacht in die Stirn gefallen.

Unwillkürlich streckte Lilah die Hand aus und strich sie ihm aus dem Gesicht. »Doch, das tut es«, versicherte sie ihm. »Es war doch das erste Mal, und da ist es ganz normal, wenn es langsam geht und Mühe macht. Erinnern Sie sich daran, als Sie zum erstenmal auf Skiern gestanden haben? Ich möchte wetten, daß Sie da Ähnliches gesagt haben.«

Adam nickte. »Ich glaube, es hat drei Tage gedauert, bis ich den Schnee und das Skifahren nicht mehr verflucht habe. Der einzige Sport, der mir von Anfang an Spaß gemacht hat, ist Sex.«

»Sie betrachten Sex also als Sport?«

Er sah sie über seine Schulter hinweg an. »Sicher. Sie etwa nicht?«

»Natürlich.«

Sie schauten sich an und schwiegen beide, bis Lilah schließlich den Bann brach. »Hey, da Sie nun schon einmal in diesem Ding sitzen, wollen Sie nicht ein wenig durchs Haus fahren?«

»Okay.« Adam lehnte sich zurück, doch als sie keine Anstalten machte, ihn zu schieben, sah er sie überrascht an. »Was ist denn nun?«

»Wenn Sie glauben, ich würde meine Freizeit damit verbringen, Sie durchs Haus zu schieben, Mr. Cavanaugh, dann haben Sie sich getäuscht. Wozu haben Sie schließlich Ihre Arme?«

»Für tausend Dollar pro Tag sollten Sie sich Flügel wachsen lassen und fliegen, wenn ich das will!«

»Sie haben nachgeprüft, wieviel ich bei Ihnen verdiene?«

»Sicher.«

Lilah war froh darüber, daß er die Energie aufgebracht hatte, sein Büro in den Staaten anzurufen und sich danach zu erkundigen. Dennoch zog sie die Brauen scheinbar unwillig zusammen. »Ich gehöre nicht zu Ihren Sklaven, Mr. Cavanaugh, die den Sinn ihres Lebens allein darin sehen, den großen bösen Boß glücklich zu machen.«

Als ihm klar wurde, daß sie nicht nachgeben würde, brummte er: »Wie fährt man denn dieses verdammte Ding?«

»Ich dachte schon, Sie würden das nie fragen.«

Lilah zeigte es ihm, und er übte einige Minuten auf dem oberen Flur, bis er mit allen Handgriffen vertraut war.

»Das ist ja gar nicht so übel!« meinte er erfreut. »Ich habe Burschen gesehen, die in diesen Dingern Marathon gefahren sind. Vielleicht kann ich ja einen Geschwindigkeitsrekord aufstellen.«

Lilah lachte. »Das überlassen wir dann wohl doch im Moment lieber noch Thad mit seinem Motorrad.«

»Ja. Ist er eigentlich gar nicht der Typ für, nicht wahr? Elizabeth steht immer Todesängste aus, wenn er damit fährt.«

»Thad ist ein sehr netter Kerl.«

»Ja, das ist er. Ich bin froh, daß Elizabeth ihn hat. Oder er sie.«

»Ich glaube auch, daß sie wirklich glücklich miteinander sind«, sagte Adam.

»Ja, sie küssen und knutschen die ganze Zeit, und manchmal ist es fast schon ein bißchen albern. Aber Thad ist genau das, was sie braucht. Liebevoll, zärtlich und immer um sie besorgt. Einen besseren Mann hätte sie gar nicht finden können. Er paßt besser zu ihr als Sie.«

»Ich?«

»Eine Weile lang habe ich gedacht, Sie wären hinter meiner Schwester her.«

»Aber wir hatten nur geschäftlich miteinander zu tun.«

»Ich erinnere mich an einen Abend, als Sie plötzlich vor ihrer Tür auftauchten mit einem riesigen Rosenstrauß und Lizzie angeschmachtet haben.«

Adam lachte. »Das war der Abend, an dem Sie den Kuchen im Ofen haben verkohlen lassen. Elizabeth hat mir nachher davon erzählt. Aber zwischen uns beiden war nie etwas. Verstehen Sie mich nicht falsch, Lilah. Ihre Schwester ist eine wunderbare Frau, aber ich wußte genau, welche Art Mann sie braucht, und ich wußte auch, daß ich nicht derjenige war.«

»Sie brauchte einen treusorgenden Ehemann, einen lieben Vater für ihre Kinder. Das ist nichts für Sie, nicht wahr?«

»Genauso wenig wie es für Sie etwas wäre, das Heimchen am Herd zu spielen. Sex sollte Spiel sein, nicht wahr?« Er sah sie an. »Habe ich denn nicht recht?«

»Doch, ja. Absolut«, erwiderte Lilah. Sie waren wieder in seinem Zimmer angekommen. »So, um Sie jetzt wieder ins Bett zu bekommen, machen wir die Übung von eben noch einmal, diesmal nur rückwärts.«

Adam stöhnte laut auf. »Sie meinen, all das noch einmal? Sie sind doch eine Hexe!«

6

Lilah und Adam zankten und stritten sich auch weiterhin, und doch war eine Verbesserung ihrer Beziehung nicht zu übersehen.

Adam warf ihr auch die folgenden Tage vor, sie sei eine Hexe und würde ihn aus purem Sadismus bis an die Grenzen seiner Möglichkeiten treiben. Und sie erwiderte, daß alles nur zu seinem Besten sei.

Und so ging es weiter, wobei sie jedoch beide spürten, daß sich trotz allem vieles zwischen ihnen geändert hatte.

Adam vertraute Lilah allmählich. Er begann, ihr zuzuhören, wenn sie ihm wieder einmal vorwarf, sich nicht genug anzustrengen. Und er gehorchte, wenn sie meinte, daß er wirklich genug getan hätte und sich ausruhen müsse.

»Habe ich es Ihnen nicht gesagt?« Lilah stand am Fußende seines Bettes und sah Adam triumphierend an.

»Aber das bedeutet immer noch nicht, daß ich aufstehen und tanzen kann.«

»Immerhin haben Sie Schmerz gespürt.«

»Kein Wunder, wenn Sie mir mit einer Nadel in den dikken Zeh stechen.«

»Aber Sie spüren etwas«, wiederholte Lilah noch einmal und fuhr fort, seinen Fuß zu bewegen.

»Ja, ich spüre etwas«, gab er zu, und diesmal konnte er dabei ein befriedigtes Lächeln nicht unterdrücken.

»Und das in nur zweieinhalb Wochen«, meinte sie und schüttelte den Kopf. »Ich werde noch heute in Honolulu anrufen und in die Wege leiten, daß man uns zwei parallele Stangen schickt. Ich bin sicher, Sie werden bald in der Lage sein, dazwischen zu stehen.«

Adams Lächeln erstarb. »Das werde ich niemals können.«

»Unsinn. Bei dem Rollstuhl haben Sie das gleiche gesagt. Wollen Sie etwa aufgeben?«

»Sie denn?«

»Nein. Nicht, bevor Sie wieder laufen.«

»Wenn Sie weiterhin diese Shorts tragen, werde ich schneller laufen können, als Sie glauben.« Er grinste. »Um Sie zu jagen.«

»Alles leere Versprechungen.«

»Habe ich Ihnen nicht gesagt, daß Sie sich dezenter kleiden sollen?«

»Wir sind hier auf Hawaii, Cavanaugh«, antwortete Lilah. »Hier läuft jeder lässig gekleidet herum. Ich werde den Teufel tun, mich für Sie zu quälen! Ich werde Ihren Fuß jetzt festhalten. Versuchen Sie, gegen meine Hand zu drücken. Genau so. Etwas fester noch. Gut.«

Er stöhnte. Als Lilah seinen Fuß losließ, meinte Adam: »Ihre Schenkel sind hinten von der Sonne verbrannt.«

»Das haben Sie gesehen?«

»Wie sollte ich nicht? Schließlich zeigen Sie sie mir ja bei jeder sich bietenden Gelegenheit.« Er schwieg und sah sie an. »He, es reicht!« meinte er, als sie wieder seinen Fuß in die Hände nahm.

»Kommen Sie, Adam, versuchen Sie es noch einmal. Nur ein einziges Mal.« Um ihn abzulenken, kam sie wieder auf das vorherige Thema zurück. »Ich habe einen Sonnenbrand, weil ich gestern am Pool eingeschlafen bin.«

»Bezahle ich Sie dafür etwa mit diesen Unsummen? Damit Sie an meinem Swimmingpool schlafen?«

»Natürlich nicht«, antwortete Lilah und fügte nach einer Pause hinzu: »Ich bin außerdem auch schwimmen gegangen.« Er sah sie an und preßte seinen Fuß gegen ihre Hand. »Gut, Adam. Gut. Einmal noch.«

»Sie haben gesagt, das wäre das letztemal.«

»Dann habe ich eben gelogen!«

»Herzlose Hexe!«, sagte er entnervt, als er ihr den Fuß erneut darreichte.

»Elender Schwächling!«

Besser hätte es mit ihnen beiden gar nicht gehen können.

»Elizabeth hat so graziös getanzt, daß unsere Lehrerin jedesmal in Verzückung geriet, wenn sie sie sah. Und was wir anderen alle stundenlang proben mußten, konnte Elizabeth sofort. Sie bekam immer die Solorollen bei den Aufführungen. Wenn sie tanzte, hatte die Lehrerin Tränen in den Augen. Bei mir hatte sie das auch, aber vor Wut. Beim ›Schwanensee‹ versteckte sie mich in der hintersten Reihe, und doch hätte ich beinahe die ganze Aufführung geschmissen.«

Adam lachte, und prickelnde Schauer durchrieselten Lilah, während sie seinen Rücken massierte. Sie war froh darüber, daß er so entspannt war, obwohl die Übungen am Morgen ihn sehr erschöpft hatten.

»Als wir nachher auf die High-School gingen, hat unsere Mutter uns zur Tanzschule angemeldet. Elizabeth tanzte durch die Stunden wie Ginger Rogers. Ich war einen Kopf größer als die meisten Jungen, ungelenk und schlaksig, und zu allem Überfluß hatte ich mir auch noch direkt vor der ersten Stunde Limo über mein Kleid geschüttet. Schließlich, als ich merkte, daß es keinen Zweck hatte, gab ich alle Bemühungen auf, eine Dame zu sein und wurde statt dessen der Clown des Kurses. Das ging soweit, daß die Tanzlehrerin schließlich meine Mutter anrief und ihr anbot, ihr das Geld zurückzuzahlen, wenn sie mich aus der Gruppe nahm.«

»Ich bin sicher, Sie waren froh darüber.«

Lilah zögerte. »Nein, eigentlich nicht«, antwortete sie schließlich. »Ich war verzweifelt. Das war nur ein weiterer Mißerfolg.«

Adam hob den Kopf etwas an, um ihr ins Gesicht sehen zu können. »Nur weil Sie in der Tanzstunde nicht die Beste waren?«

»Ich war nicht nur nicht die Beste, ich habe versagt. Und das nicht nur in der Tanzstunde. Da gab es noch genügend andere Anlässe. Elizabeth hatte nur gute Zeugnisse und war der Liebling aller Lehrer. Immer hielten sie mir meine Schwester als leuchtendes Vorbild vor Augen, was allerdings bei mir nur den Effekt hatte, daß ich genau das Gegenteil von ihr sein wollte.«

»Sie mögen Ihre Schwester nicht, oder?«

»Ich mag sie sogar sehr. Ich liebe und bewundere Elizabeth. Es ist nur so, daß ich sehr früh erkannt habe, daß ich ihr nicht das Wasser reichen kann. Also beschloß ich, völlig anders zu werden als sie, um neben ihr nicht völlig übersehen zu werden.«

»Ich kann mir nicht vorstellen, daß das je passiert wäre«, meinte Adam lachend.

»So, wir sind fertig und Sie können ins Bett.«

Er nutzte die Kraft seiner Arme und die neugewonnene Stärke in den Hüften und Schenkeln, um sich von den Armlehnen des Rollstuhls abzudrücken und aufs Bett zu schwingen. Lilah half ihm, die Beine hochzulegen.

»So, das war's für den Moment«, sagte sie dann und schüttelte sein Kissen auf. »Brauchen Sie noch etwas, bevor ich gehe?«

»Ja, da gibt es noch etwas, das ich brauche«, sagte er und grinste, als er es aussprach.

Obwohl Lilah geahnt hatte, daß so etwas kam, konnte sie es nicht verhindern, daß sie rot wurde. »So etwas mache ich nicht!«

»Niemals?«

»Nicht mit meinen Patienten!«

»Sie haben doch angeboten, etwas für mich zu tun.«

»Dabei hatte ich daran gedacht, Ihnen einen Saft zu holen oder eine Zeitschrift oder die Fernbedienung vom Fernseher.«

»Nein, vielen Dank.«

»Okay, dann bis später.« Sie wandte sich zum Gehen.

»Warum so eilig? Wohin gehen Sie?«

»Einkaufen.«

»Was?«

»Ich brauche einiges.«

»Was denn?«

»Persönliche Sachen.«

»Zum Beispiel?«

»Wie kann man nur so neugierig sein? Es ist schon spät. Ich muß gehen.«

»Nehmen Sie den Spezialwagen?«

»Nein, meinen Leihwagen.«

»Warum nicht den Spezialwagen? Dann könnte ich mitkommen.«

Lilah schüttelte den Kopf.

»Ich muß in mehrere Geschäfte. Das würde Sie zu sehr ermüden.«

»Nein, würde es nicht.«

»Doch, würde es wohl. Außerdem wollte ich nach meinen Einkäufen noch ein oder zwei Stunden im Rehabilitations-Zentrum aushelfen.«

»Und was ist mit mir?«

»Was soll mit Ihnen sein?«

»Wie lange werden Sie weg sein?«

»Ich weiß es nicht, Adam«, antwortete Lilah leicht ungeduldig. »Wieso wollen Sie das wissen?«

»Weil ich Ihnen tausend Dollar am Tag dafür bezahle, daß Sie mich betreuen.«

»Aber als Belohnung dafür, daß ich mich gut benehme, habe ich doch auch ab und zu einmal ein wenig Ausgang, oder etwa nicht?«

»Wann hätten Sie sich jemals gut benommen?«

»Ich mache mich jetzt auf den Weg.«

»Aber das geht nicht«, rief Adam hinter ihr her. »Was ist, wenn ich Sie brauche?«

97

»Pete ist da. Er wird Ihnen jetzt jeden Wunsch erfüllen.«

»Lilah?« – »Ja?« Sie drehte sich langsam um und sah ihn an.

»Gehen Sie nicht.« Unverkennbar hatte Adam die Taktik gewechselt. Kein Zorn mehr, dafür die sanfte Tour.

»Pete ist zwar da, aber er setzt sich nicht an mein Bett und spricht mit mir.«

»Wir haben den ganzen Morgen miteinander gesprochen. Jetzt wüßte ich sowieso nicht mehr, was ich Ihnen noch erzählen sollte.«

»Wir könnten Trivial Pursuit spielen.«

»Wir streiten uns immer, wenn wir das spielen.«

»Dann Poker.«

»Nein, da gewinnen Sie immer.«

»Wie wär's mit Strip-Poker?«

»Auch nicht fair. Da würde ich nämlich gewinnen, schließlich tragen Sie nur Ihre Shorties.«

»Okay, dann ziehen Sie sich auch soweit aus, dann hat keiner einen Vorteil.«

Sie sah ihn an, sagte aber nichts.

Adam mußte lachen. »Okay, dann eben kein Strip-Poker. Wir könnten uns Videofilme ansehen.«

»Die haben wir alle schon zweimal gesehen.«

»Aber nicht die Pornos.«

»Ohne mich.«

»Prüde?«

»Nicht in der Stimmung.«

»Die bringen Sie aber in Stimmung. Das verspreche ich.«

Lilah seufzte. »Sie wissen doch ganz genau, was ich meine.«

»Lilah, gehen Sie nicht weg. Ohne Sie langweile ich mich.«

»Bis später, Adam«, antwortete sie und verließ das Zimmer, bevor er noch etwas sagen konnte.

Wenn sie länger geblieben wäre, hätte er sicher nicht

mehr lange gebraucht, um sie zu überreden, doch zu bleiben. Neuerdings blieb sie sowieso immer länger bei ihm als nötig. Und jeden Tag fiel es ihr ein bißchen schwerer, ihn allein zu lassen.

»Wie ist das Wasser?«

»Herrlich. Wollen Sie auch hereinkommen?«

»Nein, heute nicht.«

Lilah stieg aus dem Pool und griff nach dem Handtuch, das sie am Rand abgelegt hatte. Während sie sich abtrocknete, war sie sich Adams Blick nur allzu bewußt. Sie wußte schon, warum sie den Pool normalerweise nur benutzte, wenn Adam oben in seinem Zimmer war.

An diesem Abend jedoch hatte er darauf bestanden, länger als sonst üblich nach dem Essen unten zu bleiben. Es war eine wundervolle Nacht. Der Mond stand rund und voll am Himmel, und die Luft war weich wie Samt.

»Interessante Post dabei?« fragte sie, als sie sich mit dem Handtuch die Haare trocknete.

»Nein, eigentlich nicht. Es ist so viel, daß ich nie dazu kommen werde, die Post zu sortieren – geschweige denn, sie zu beantworten.«

»Ist schon ein hartes Los, wenn man von so vielen Menschen geliebt wird«, meinte Lilah mit leichtem Spott. »Was bedeuten übrigens diese Stapel?« fragte sie dann und zeigte auf die drei Häufchen auf dem Tisch, in die Adam die Post sortiert hatte.

Er grinste. »Angenehme, unangenehme und uninteressante Briefe.« Er sah sie an. »Warum schwimmen Sie eigentlich nicht nackt?«

»Warum können Sie sich eigentlich nie benehmen?«

Er kehrte zu dem ursprünglichen Thema zurück. »Es ist übrigens auch ein Brief von Elizabeth für mich dabei. Möchten Sie ihn lesen?«

Er reichte ihn ihr, und Lilah riß den Umschlag auf. »Vielen Dank«, murmelte sie, als sie las, daß ihre Schwester sich bei Adam erkundigte, ob Lilah ihm auch nicht zuviel Kummer mache. »Wie es mir geht, danach fragt sie überhaupt nicht. Vielen Dank, Lizzie.« Dann lachte sie fröhlich.

»Elizabeth schreibt, daß Matt einen Tag Stubenarrest hatte, weil er seinem Freund ein böses Wort beigebracht hat!«

»Das Wort muß der Junge von Ihnen gelernt haben!«

Lilah nahm das nasse Handtuch und warf es Adam an den Kopf. »Matt ist mein bester Kumpel. Er findet mich großartig.«

Als sie weiterlas, mußte sie wieder lachen. »Thad hat zwei neue Reifen für den Fall gekauft, daß er eine Panne mit seinem Wagen haben sollte, wenn er Elizabeth ins Krankenhaus fährt. Er ist schon ein verrückter werdender Vater.«

Adam lachte ebenfalls, aber es klang nicht ganz so fröhlich. »Das muß schön sein«, murmelte er.

Lilah sah auf. »Was?«

»Zu wissen, daß man neues Leben geschaffen hat.« Als er den Kopf wandte und sie ansah, spiegelte sich das Licht der Laterne am Pool in seinen Augen.

»Oh. Na ja, ich schätze schon, daß das ganz schön ist – wenn man der Vater- oder Muttertyp ist.«

Sie schwiegen beide für einen Moment, dann bot Lilah ihm an: »Soll ich Ihnen bei der Post helfen? Ich meine, ich könnte einen Standardbrief aufsetzen so nach dem Motto: ›Vielen Dank für Ihr Mitgefühl. Mit freundlichen Grüßen‹.«

»Ich habe Leute in meinen Büros, die das für mich tun können. Pete soll die ganze Post an mein Büro schicken.«

»Auch die persönlichen Briefe?« fragte Lilah und dachte dabei an die von Lucretia. Sie hatte zwar gesehen, daß Adam sie gelesen hatte, aber soviel sie wußte, hatte er bisher nicht darauf geantwortet.

»Ich sollte sie eigentlich beantworten«, sagte Adam, »aber ich kann mich einfach nicht dazu aufraffen. Ich fühle mich so losgelöst von allem. Vorige Woche war die große

Eröffnungs-Gala in meinem neuen Hotel in Zürich. Eigentlich hätte ich dort sein müssen, mich um alles kümmern, die Gäste empfangen und sicherstellen, daß alles in Ordnung ist. Seltsam.« Er schüttelte den Kopf. »Wenn ich es mir richtig überlege, habe ich es gar nicht sehr vermißt.«

»Weil etwas anderes wichtiger geworden ist«, antwortete Lilah. »Der Unfall hat dafür gesorgt, daß Sie heute andere Sachen wichtig nehmen. Ihre Prioritäten sind andere als vor dem Absturz.«

»Ja, da haben Sie wohl recht. Vielleicht bin ich auch nur etwas müde. Seit mein Vater gestorben ist und ich auf eigenen Füßen stehe, habe ich immer mehr, mehr, mehr gewollt. Ich war nie zufrieden mit dem, was ich erreicht hatte.«

Lilah kannte seine Geschichte. Elizabeth und Thad hatten sie ihr erzählt. Er hatte von seinem Vater mehrere Motels geerbt, sie nach der Testamentseröffnung verkauft und das Geld in ein Luxushotel investiert, das auf Anhieb ein Erfolg wurde. Mittlerweile besaß Adam eine Kette von achtzehn solcher Hotels, die über die ganze Welt verstreut waren und besten Service und einen hohen Standard garantierten.

Obwohl er den besten Start gehabt hatte, den man sich vorstellen konnte, beruhten sein Erfolg und sein Reichtum doch nicht so sehr auf ererbtem Geld als vielmehr auf seiner Tüchtigkeit.

»Mein Leben hat mich auch schon vor meinem Unfall gelangweilt«, hörte Lilah ihn plötzlich sagen. »Bin ich jetzt undankbar?«

»Ein wenig schon«, gab sie zu. »Es gibt nicht wenige Leute, die Sie um all das beneiden, was Sie besitzen.«

»Das weiß ich, und ich bin auch nicht stolz darauf, daß mich das alles gelangweilt hat. Ich frage mich jetzt nur, warum ich in eine Art teilnahmsloser Gleichgültigkeit verfallen bin.«

»Vermutlich, weil Sie alle Ihre Ziele erreicht hatten. Es gab keine Herausforderung mehr für Sie, und so haben Sie sich selbst neue geschaffen, wie zum Beispiel durch Bergsteigen.«

»Mir scheint, es ist eine Ewigkeit vergangen, seit Pierre, Alex und ich diese Reise geplant haben. Es fällt mir schwer, daran zu glauben, daß ich je noch einmal so etwas in Angriff nehmen kann. Ganz davon abgesehen, frage ich mich auch, ob sich das überhaupt lohnt.«

Als er Lilahs erstaunten Blick sah, fuhr er fort: »Eigentlich war mein Leben ziemlich leer. Diese schönen Menschen, die schnellen Autos, exzellentes Essen, große Yachten. Die Hotels, die Frauen… das alles ist für mich irgendwie bedeutungslos geworden und in sehr weite Ferne gerückt.«

»Das glauben Sie jetzt«, antwortete Lilah. »Aber sicher kommt das nur daher, daß Ihnen momentan anderes viel wichtiger ist. Wenn Sie erst einmal wieder Ihr normales Leben führen können, wird die Freude daran schon zurückkommen.«

»Da bin ich mir nicht sicher.«

»Oh, doch. Dieser Drang nach immer neuen Zielen ist Teil Ihres Charakters, Adam. Elizabeth behauptet immer, daß soviel Energie in Ihnen steckt, daß sie immer ganz atemlos zurückbleibt, wenn Sie wieder gegangen sind! Ich denke, das wird alles wiederkommen.«

»Aber ich werde nie wieder wie früher sein. Und damit meine ich nicht nur meinen Körper«, sagte er. »Meine Ansichten über das Leben haben sich verändert.«

»Nein, derselbe werden Sie sicherlich nie mehr sein, Adam. Eines Tages, irgendwann in der fernen Zukunft, werden Sie vielleicht sogar froh sein, daß Ihnen dieser Unfall zugestoßen ist.« Lilah schob den Stuhl zurück und stand auf. »Um die Wahrheit zu sagen, Adam, dieses Philosophieren hat mich müde gemacht. Wir sollten zu Bett gehen.«

»Ich bin noch nicht müde.«

Er hatte so plötzlich nach ihr gegriffen und sie am Arm erwischt, daß Lilah fast das Gleichgewicht verloren hätte. Bevor sie noch wußte, wie ihr geschah, landete sie auf seinem Schoß.

»Adam, Sie sollen das nicht tun. Es ist nicht gut für Sie, wenn Sie sich so spontan bewegen.«

»Das war nicht spontan, ich habe schon seit Tagen nur noch daran denken können.«

»Woran?«

Adam beugte sich vor und küßte sie. Daß er Erfahrung im Küssen hatte, war nicht zu leugnen. Vor dieser Lucretia von Sowieso waren es sicher unzählige Frauen gewesen, bei denen er hatte üben können.

Lilah erwiderte unwillkürlich seinen Kuß. Erst als ihr bewußt wurde, was sie da tat, löste sie sich von ihm. »Nein, Adam.«

»Doch«, sagte er leise und strich mit seinen Lippen über ihren Hals.

»Das gehört nicht zu unserem Therapieprogramm.«

»Aber zu meinem Programm«, antwortete er, faßte auf ihren Rücken und löste das Oberteil ihres Bikinis. Es fiel in ihren Schoß, ohne daß Lilah sich gewehrt hätte.

Adam beugte den Kopf und berührte die Spitzen ihrer Brüste mit seinem Mund.

Lilah stöhnte leise auf. »Adam, bitte nicht. Sie wissen nicht, was Sie da tun.«

»Und ob ich das weiß.« Seine Lippen saugten an den hartgewordenen Spitzen.

»Du willst mich nur, weil ich die einzige Frau in deiner Nähe bin.«

»Ich will dich, das genügt mir.«

»Weil du von mir abhängig bist.«

»Nein, weil du so unglaublich sexy bist.«

»Du hast mich schon einmal geküßt.«

»Das war kein Kuß, das war eine Beleidigung.«

»Und jetzt das. Merkst du nicht, daß das alles zusammen-paßt? Erst deine Wut, und jetzt verwechselst du Abhängig-keit mit Verlangen.«

»Ich habe Verlangen noch niemals mit etwas anderem verwechselt, Lilah.« Seine Zunge strich über ihre Brustwar-zen. »Du bist so süß«, murmelte er, während er zu ihrer an-deren Brust wechselte. »Bist du überall so süß?«

Sie griff mit beiden Händen in sein dichtes Haar, um sei-nen Kopf wegzuziehen, aber sie konnte es nicht. Seine Lieb-kosungen schafften ihr solche Lust, daß sie nicht die Kraft aufbrachte, dieses wundervolle Spiel von sich aus zu been-den.

»Das ist nicht richtig, Adam! Wir machen einen Fehler!«

»Und warum stoppst du mich dann nicht?« Er hob den Kopf und sah ihr in die Augen.

»Ich weiß es nicht«, antwortete Lilah ehrlich und schüt-telte dabei hilflos den Kopf. »Ich weiß es nicht!«

»Weil du es genauso genießt, von mir geküßt zu werden, wie ich es genieße, dich zu küssen. Belüge dich nicht selbst, Lilah!«

Als sein Mund sich auf ihren preßte, griff seine Hand nach ihrer Brust. Er streichelte und massierte sie und fuhr mit seinem Daumen über die harte Spitze, die noch feucht von seinen Lippen war.

Lilah legte beide Hände auf seine nackten Schultern.

Seine Haut war warm und weich unter ihren Fingern. Lilah sehnte sich danach, ihre Arme um seinen Nacken zu legen und sich an ihn zu schmiegen, und es fiel ihr schwer, diese Sehnsucht zu unterdrücken.

Obwohl die Leidenschaft ihre Sinne benebelte, wußte Lilah sehr genau, daß es nicht richtig war, was sie taten. Wie hatte es nur so weit kommen können? In welchem Augenblick hatte sie die Kontrolle über sich verloren?

Unter Aufbietung all ihrer Kräfte löste sie sich schließlich von Adam und stand so abrupt auf, daß ihr Bikini-Oberteil zu Boden fiel. Sie bückte sich danach, hob es auf, legte es sich um und befestigte es im Rücken. Ohne ein Wort zu sagen, trat sie hinter den Rollstuhl und schob ihn Richtung Haus.

Ihre Lippen brannten noch von Adams Küssen, und ihre Knie fühlten sich schwach an, aber sie wußte, daß sie jetzt Stärke zeigen mußte – oder sie war verloren.

Immer noch schweigend erreichten sie Adams Zimmer. Er hob sich aus dem Rollstuhl und ließ sich aufs Bett sinken. Erst als er lag, hatte Lilah den Mut, ihn anzusehen.

»Ich bin entsetzt über das, was geschehen ist«, brachte Lilah mit rauher Stimme hervor.

»Nein, du bist erregt von dem, was geschehen ist.«

Ihre Wangen wurden rot, aber sie schüttelte den Kopf und bestritt die Wahrheit. »Wir werden das alles vergessen.«

»Es wird dir nicht gelingen, das auch nur zu versuchen!«

»Wir wissen beide, daß sich das nicht wiederholen darf.«

»Und ob!«

»Dann gehe ich fort.«

»Lügnerin.«

»Gute Nacht.«

»Ich wünsche dir süße Träume.«

Lilah verließ ihn und ging in ihr Zimmer. Auch wenn sie es sich nicht eingestehen wollte, sie war wieder genauso beschwingt und glücklich wie nach seinem ersten Kuß. Der Mond schien ins Zimmer, und der teure Teppich fühlte sich unter ihren bloßen Füßen herrlich an. Dann setzte sie sich auf ihr Bett.

Vorsichtig betastete sie mit den Fingerspitzen ihre Lippen, und, ohne daß sie es verhindern konnte, entfuhr ihr dabei ein sehnsuchtsvolles Stöhnen.

Niemals hätte sie geglaubt, daß ihr so etwas passieren könnte. Ihr doch nicht! Sich nicht mit einem Patienten einlassen, war immer ihr Prinzip gewesen, seit sie diesen Ratschlag zum erstenmal auf der allerersten Seite eines Handbuches für Therapeuten gelesen hatte.

Und nun lag sie hier, ihre Knie zitterten noch leicht, und ihre Lippen schmeckten nach Adams Küssen. Aber am schlimmsten war, daß es nichts gab – aber auch wirklich gar nichts –, was sie dagegen tun konnte.

Wie oft hatte ihr schon einer ihrer männlichen Patienten unter den Rock greifen wollen. Mehr als einmal hatte sie eine Hand abwehren müssen, während sie einen Patienten massierte. Einige Männer hatten geglaubt, sich in sie verliebt zu haben, nur weil sie, Lilah, so vertraut mit ihren Körpern war. Jedesmal hatte sie den Vorfall vergessen, sobald sie das Zimmer des Patienten verlassen hatte.

Diesmal nicht. Würde sie ihn überhaupt jemals vergessen können? Der Beweis dafür, daß Adam ihr nicht gleichgültig war, war da – zwischen ihren Schenkeln, auf ihren Lippen und Brüsten.

Sie öffnete das Oberteil ihres Bikinis und sah auf ihren Busen. Ja, da waren noch feine Kratzer zu sehen, die seine Bartstoppeln verursacht hatten, und die Spitzen waren rosig und fest. Lilah wagte es nicht, sie zu berühren.

Als plötzlich das Telefon auf ihrem Nachttisch klingelte, fuhr sie erschrocken auf und griff nach dem Hörer.

»Lilah?«

»Ja. Hier bei Cavanaugh. Ich meine, wer ist da?«

»Lilah, ist etwas nicht in Ordnung?« Es war die Stimme ihrer Schwester.

»Etwas nicht in Ordnung?« wiederholte sie. »Ich kann dir sagen, was nicht in Ordnung ist. Du hast mich aufgeweckt.«

»Oh, entschuldige. Das habe ich gar nicht gedacht. Wie spät ist es denn jetzt bei euch?«

»Woher soll ich das wissen? Auf jeden Fall ist es spät.«

»Das tut mir leid«, wiederholte Elizabeth noch einmal. »Aber wenigstens rufe ich an, um dir gute Nachrichten zu bringen.«

»Das Baby?«

»Nein, noch nicht. Der Arzt sagt, es wird noch einige Wochen dauern.«

»Wie fühlst du dich?«

»Wie eine bis zum Rand gefüllte Tonne«, antwortete Elizabeth und lachte. »Wie geht es Adam?«

»Er... ihm geht's gut.«

»Hat er Fortschritte gemacht?«

Lilah mußte sich räuspern, als sie an das dachte, was gerade passiert war, und fast hätte sie hysterisch gelacht. »Ja, so könnte man es ausdrücken«, antwortete sie. »Er hat ganz eindeutig Fortschritte gemacht.«

»Dann habt ihr beide euch also noch nicht gegenseitig umgebracht?«

»Nein, aber fast.«

»Darum rufe ich an, Lilah. Wir haben Ersatz für dich gefunden.«

Lilah wurde ganz still. »Einen Ersatz?« fragte sie schließlich.

Elizabeth schien verwundert.

»Ich habe doch die richtige Nummer gewählt, oder? Ich bin mit Lilah Mason verbunden, meiner Schwester, der Therapeutin von Adam Cavanaugh, dem Hotelbesitzer?«

»Es tut mir leid, Lizzie«, sagte Lilah, »wenn ich ein bißchen durcheinander bin, aber ich bin wohl noch halb im Schlaf. Außerdem ist es lange her, daß wir darüber gesprochen haben. Ich hatte es fast vergessen.«

»Vergessen?« wiederholte Elizabeth fassungslos. »Aber du hattest es doch so eilig damit.«

Lilah wußte, daß ihre Schwester recht hatte, aber sie war so wütend über sich selbst, weil sie sich nicht über die Neuigkeit freuen konnte, daß sie von der Verteidigung in den Angriff überging. »Warum hat das eigentlich auch so lange gedauert?« fragte sie.

»Wir haben deinen Vorgesetzten im Krankenhaus gefragt, und er hat uns eine lange Liste mit Namen von Therapeuten gegeben. Wir haben mit allen gesprochen, Lilah, aber keiner schien Thad und mir geeignet für Adam. Gestern haben wir nun ein Gespräch mit einem Mann mittleren Alters geführt, und er erschien uns als sehr geeignet. Er ist bereit, sofort nach Maui zu kommen. Wenn du willst, schon morgen.«

»So.«

»Du scheinst nicht sehr begeistert von der Idee.«

»Doch, doch, Lizzie. Es ist nur… Ein Mann mittleren Alters, sagst du?«

»Ja, so um die fünfzig.«

»Hmmm.«

»Lilah, stimmt etwas nicht?«

»Nein, ich muß nur darüber nachdenken. Schließlich hast du mich aufgeweckt, und es fällt mir schwer, meine Gedanken zu ordnen.«

Und in der Tat dauerte es eine Weile, bis Lilah begriff, warum sie keinen Salto rückwärts vor Freude machte, weil sie vielleicht schon morgen Adam Cavanaughs Haus verlassen konnte.

Erstens hatten sie sich gerade eben erst ein bißchen aneinander gewöhnt.

Zweitens machten sie inzwischen Riesenschritte auf ihrem Weg zum Erfolg.

Drittens hatten sie und Adam sich vorhin geküßt und gestreichelt, und das hatte sich verteufelt gut angefühlt.

Lilah versuchte ehrlich herauszufinden, welcher dieser Gründe der wichtigste dafür war, daß sie nicht wegwollte. Und, wenn sie ehrlich war, wünschte sie sich Erfolge in allen drei Bereichen: Sie wollte weiter mit Adam zusammen sein. Sie wollte die erste sein, die ihn die ersten Schritte ganz allein machen sah. Und sie wollte wieder von ihm geküßt werden.

Aber das würde nicht wieder geschehen. Weil sie es nicht zulassen würde. Warum Adam sie geküßt hatte, konnte man in jedem Handbuch für Therapeuten nachlesen. *Der Grund, den sie gehabt hatte*, seine Küsse zu erwidern, war einfach zu absurd. Sie würde beides unter ›kurzzeitiges Versagen jedes gesunden Menschenverstandes‹ abbuchen und dafür sorgen, daß so etwas nicht noch einmal geschah.

Unter dieser Voraussetzung wäre es schlicht und einfach dumm, die schon erreichten Fortschritte wegen ein paar so unwichtiger Küsse aufs Spiel zu setzen, denn es könnte zu einem Rückschlag führen, wenn Adam sich jetzt an einen neuen Therapeuten gewöhnen müßte. Und mußte sie das Wohl des Patienten nicht über alles andere stellen?

»Ich will keinen Ersatz, Lizzie.«

»Wie bitte?«

Lilah wiederholte ihren Entschluß noch einmal, diesmal mit festerer Stimme.

»Weißt du überhaupt, wieviel Zeit und Mühe es Thad und mich gekostet hat, jemanden zu finden?« fragte ihre Schwester.

»Ja, ich weiß, Lizzie, und ich bitte euch auch beide um Verzeihung.«

Elizabeth seufzte. »Ist schon in Ordnung, Kleines. Wenigstens ist dadurch die Zeit schneller vergangen. Thad und ich waren sowieso von Anfang an der Überzeugung, daß Adam keinen besseren Therapeuten als dich haben kann. Er ist bei dir in fähigen Händen.«

Seine Hände sind aber auch ganz schön fähig, schoß es Lilah durch den Kopf. »Okay, Lizzie, dann laß mich wieder schlafen.«

Eine Weile herrschte Schweigen am anderen Ende der Leitung. »Ist auch wirklich alles in Ordnung, Lilah? Deine Stimme klingt so anders als sonst.«

109

»Mach dir keine Sorgen und gib den Kindern einen Kuß von mir, ja? Meinem gutaussehenden Schwager ebenfalls.« Bevor Elizabeth noch etwas erwidern konnte, hatte Lilah bereits aufgelegt. Als sie die Bettdecke über sich zog, gratulierte sie sich selbst zu der mutigen Entscheidung, bis zum bitteren Ende bei ihrem Patienten auszuharren.

Doch tief in ihrem Innern wußte Lilah, daß ihre Motive nicht so selbstlos waren, wie sie es sich vorzugaukeln versuchte.

7

»Schläfst du immer nackt?«

»Hmm?«

»Ob du immer nackt schläfst?«

Lilah streckte sich wohlig unter der Satindecke aus und gähnte. Langsam öffneten sich die Augen – dann weiteten sich ihre Augen vor Schreck, als sie sah, wer vor ihr stand.

»Adam?«

»Du erinnerst dich an meinen Namen? Ich fühle mich geschmeichelt.«

Lilah strich sich die Haare aus der Stirn und zog die Decke bis an ihr Kinn hoch. »Was tust du in meinem Zimmer?«

»Du hast meine Frage noch nicht beantwortet.«

»Welche Frage?«

»Schläfst du immer …«

»Ja! So, und jetzt sage mir, wieso Pete dich in mein Zimmer gelassen hat.«

»Hat er nicht. Ich bin ganz allein herübergekommen.«

Lilah hob den Kopf etwas und sah, daß Adam im Rollstuhl saß. »Bist du ganz allein aus dem Bett und hierher?«

»Ja. Ich hoffe, du bist stolz auf mich.«

»Das bin ich«, sagte sie und lächelte, doch das Lächeln verschwand sofort wieder von ihrem Gesicht. »Damit ist aber meine Frage noch nicht beantwortet. Was tust du in meinem Zimmer? Und woher weißt du, daß ich nackt bin?«

»Ich habe unter die Decke geschaut.«

Als Lilah ihn entsetzt ansah, fing er an zu lächeln. »Dein Bikini liegt auf dem Boden, und ich sehe keine Nachthemdträger auf deinen Schultern«, erklärte er.

»Ach so. Wenn Sie jetzt bitte so freundlich wären, Mr.

Cavanaugh…« Sie zeigte zur Tür. »Ich möchte duschen.«

»Ich habe dir etwas mitgebracht«, sagte er und hielt einen Blütenkranz hoch. Dann beugte er sich etwas vor und legte ihn Lilah um den Hals. »Willkommen auf den Hawaii-Inseln.«

»Einige Wochen zu spät, findest du nicht?«

»Mußt du immer so ein Erbsenzähler sein?«

Lilah sah auf die zarten Blüten hinab und berührte sie vorsichtig mit ihren Fingerspitzen. »Danke, Adam. Der Kranz ist wunderschön.«

»Du weißt, was man noch tut, wenn man einen Lei schenkt, oder?« Als ihre Blicke sich trafen, lachte er. »Ich sehe, daß du es weißt.«

»Laß uns diesen Teil der Tradition auslassen, ja?«

Adam beugte sich vor und küßte sie auf den Mund. »Ich liebe Traditionen«, behauptete er.

»Aber das entspricht ja wohl nicht ganz der Tradition«, meinte Lilah. »Normalerweise bekommt man nur Küßchen auf die Wangen, oder?«

»Ja? Na dann habe ich mich eben geirrt. Aber ich finde das eigentlich gar nicht so schlimm.«

Er küßte sie wieder, und zunächst erwiderte sie seinen Kuß. Als ihr jedoch bewußt wurde, was sie tat, bog Lilah den Kopf zurück und löste sich von Adam. »Verschwinde! Ich muß jetzt aufstehen und mich anziehen.«

Sein Blick ging hinunter zu ihrem Busen, der von der dünnen Decke nur unvollkommen verborgen wurde. »Ich finde dich so wunderschön. Meinetwegen brauchst du dich nicht anzuziehen.«

»Gerade deinetwegen werde ich mich anziehen!« widersprach sie. »Wir müssen die Energie ausnutzen, die dich aus dem Bett und hierhergebracht hat.«

»Ich habe eine bessere Idee. Laß uns den Tag freinehmen und meinen Fortschritt feiern.«

»Wo denn?«

»Im Bett«, sagte er und grinste. »In deinem natürlich. Ich bin sicher, da können wir meine Energie noch viel besser ausnutzen.«

Für einen Augenblick war Lilah fasziniert von Adams Idee, aber dann siegte die Vernunft. »Du kannst dir keinen Tag freinehmen, und infolgedessen kann ich es auch nicht.«

Er schob seinen Rollstuhl vom Bett weg und meinte: »Es nutzt nichts, Lilah.«

»Was?«

»Daß du dir vormachst, gestern abend wäre nichts geschehen. Aber jetzt bin ich erst einmal hungrig und werde mir von Pete das Frühstück servieren lassen. Für den Augenblick hast du also gewonnen.« Er fuhr zur Tür und drehte sich dann noch einmal um. »Ich habe doch unter deine Bettdecke geschaut.«

Lilah zog die Brauen zusammen. »Du bluffst, Cavanaugh.«

»Wirklich?« meinte er süffisant grinsend. »Ich liebe dieses kleine Muttermal, gerade da, wo dein süßer Bikinislip zu Ende ist.«

Bevor sie antworten konnte, hatte er das Zimmer verlassen. Lilah sprang aus dem Bett, lief zur Tür und schloß sie ab. Dann ging sie hinüber ins Bad und stellte sich unter die heiße Dusche.

Adam machte sich darüber lustig, daß sie versuchte, den gestrigen Abend zu vergessen. Er glaubte, sie spielte die Spröde, aber natürlich nahm er ihr das nicht ab.

Die Küsse mochten ihr Verlangen ein wenig gestillt haben, aber für ihr Ziel, Adam wieder ans Laufen zu bringen, waren sie ein Rückschlag. Nur dieses eine Ziel mußte er im Auge haben, und dafür war es wichtig, daß Lilah ihn schnellstens daran erinnerte, daß sie seine Therapeutin und nicht seine Gespielin war. Je schneller das geschah, um so besser für ihn.

Als sie eine Stunde später in sein Zimmer kam, warf er gerade einen Ball in den Korb, den Pete ihm an der Wand angebracht hatte. »Siebenundzwanzigmal habe ich getroffen«, sagte er stolz.

Steif ging Lilah auf ihn zu und nahm ihm den Ball aus der Hand. »Das langt für heute«, sagte sie. »Das kannst du in deiner Freizeit machen, aber jetzt haben wir eineinhalb Stunden harte Arbeit vor uns.« Sie ging hinüber zur Stereoanlage und stellte sie ab.

»He, was ist mit dir?« fragte Adam. »Hast du deine Tage?«

»Und wenn, dann hätte es Sie nicht zu interessieren, Mr. Cavanaugh.«

»Oder hast du schlechte Laune, weil du sexuell unbefriedigt bist?«

»Ich werde das einfach überhören.«

»Das geht nicht, Lilah. Genauso wenig, wie du einfach vergessen kannst, was gestern abend war. Wo ist der Blütenkranz?«

»Im Kühlschrank in meinem Zimmer.«

»Warum trägst du ihn nicht?«

»Adam, sei vernünftig. Ich kann keinen Lei tragen, während wir arbeiten.«

»Wann denn?«

»Ich weiß es nicht.«

»Heute beim Abendessen?«

Jetzt wurde es Zeit, daß sie einiges klarstellte. »Sieh mal, Adam, wir waren in letzter Zeit zuviel zusammen. Ein Therapeut sollte wie ein Lehrer sein, aber niemals wie ... wie ...«

»Eine Geliebte?«

»Das ist nicht das, was ich sagen wollte.«

»Nein?«

Durch schiere Willenskraft beherrschte sie ihr Temperament. »Es ist noch nicht einmal gut für deine Genesung, wenn wir zu gute Kumpels sind.«

»Ich habe wirklich noch nie einen guten Kumpel geküßt!«

»Wir sind auch kein Liebespaar!«

»Noch nicht!« erwiderte er. »Aber wir haben uns dem Wesentlichen schon sehr stark genähert! Es wird nicht mehr lange dauern, bis wir miteinander schlafen!«

Lilah versuchte, die Vorstellung zu verscheuchen, die unwillkürlich bei seinen Worten in ihrem Kopf entstanden war, und bemühte sich, so streng wie möglich zu antworten.

»Adam, so geht das nicht weiter. Ich verliere ja all meine Autorität. Ab sofort werden keine zweideutigen Bemerkungen mehr gemacht, hast du verstanden? Der heutige Tag ist ein neuer Anfang für uns beide. Es wird nicht einfach werden.«

Während Lilah sprach, war Adams Gesicht immer düsterer geworden. Jetzt hämmerte er mit beiden Fäusten auf die Armlehnen seines Rollstuhls ein. »Nicht einfach, sagst du? Was war denn bisher einfach? Du bist wie ein Sklaventreiber hinter mir her und zwingst mich zu immer neuen Sachen, die ich nicht kann.«

»Ich habe dir niemals vorgelogen, daß es leicht sein würde.«

»Das ist es auch weiß Gott nicht!« fuhr er sie an.

An diesem Morgen waren die Übungen eine einzige Katastrophe. Adam war, wenn überhaupt, nur halbherzig bei der Sache. Als Lilah ihm das vorwarf, übertrieb er so sehr, daß er sich einen Krampf einhandelte, den sie vorsichtig wegmassierte.

Schließlich, als Lilah merkte, daß nichts mehr ging, ließ sie ihn zurück ins Bett, damit er sich ausruhen konnte und stellte den Rollstuhl außerhalb seiner Reichweite ab, was ihr einen wütenden Blick eintrug.

In letzter Zeit war sie nach den Übungen immer in Adams Zimmer geblieben. Sie hatten Karten gespielt, Fernsehen geschaut oder Musik gehört, bis es wieder Zeit für die nächste Behandlung war. Diesmal ging sie und kam erst am Nachmittag zurück.

Wenn sie gedacht hatte, schlimmer als am Morgen könnte es nicht werden, so sah sie sich getäuscht. Es begann schon damit, daß Adam sie, kaum daß sie die Tür geöffnet hatte, anfuhr: »Nimm mir nicht noch einmal meinen Stuhl weg!«

Der Höhepunkt war dann erreicht, als er sich weigerte, noch eine Übung mit seinem Knie zu machen, und stur sagte: »Nein, jetzt nicht mehr!«

»Okay.« Lilah ließ sein Bein so abrupt los, daß es mit voller Wucht auf der Matratze landete. »Solange deine Einstellung so ist, werde ich dir wohl doch den Rest des Tages freigeben, wie du heute morgen schon vorgeschlagen hattest. Das gibt mir Gelegenheit, endlich wieder einmal an mich selbst zu denken, anstatt mich für dich kaputt zu machen!«

Eine Stunde später verließ Lilah ihr Zimmer, eine Wolke von Parfum hinter sich herziehend. Sie trug ein trägerloses leuchtend rotes Kleid, das ihre gebräunten Schultern frei und den Brustansatz sehen ließ. Das Oberteil lag eng an, und der Rock war weit und an den Seiten geschlitzt, so daß bei jedem Schritt ihre langen, wohlgeformten Beine zu sehen waren. Um den Hals trug sie den Blütenkranz, den Adam ihr geschenkt hatte.

Als sie auf ihren hochhackigen Pumps in die Küche kam, starrten Adam und Pete sie sprachlos an. Lilah schenkte Pete ein strahlendes Lächeln, Adam ignorierte sie. »Warten Sie nicht auf mich, Pete. Es wird wohl spät werden.«

Adam wandte sich wieder dem Abendessen zu, das Pete ihm bereitet hatte. Sie winkte dem kleinen Mann noch einmal zu und verschwand.

Als Lilah die gewundene Straße hinunterfuhr, fragte sie sich, ob sie nicht zu dick aufgetragen hatte.

Nein. Adam hatte sie nicht ernstgenommen, als sie ihm

gesagt hatte, daß es keine Wiederholung dieses Abends am Pool geben würde. Wenn er weiterhin Fortschritte machen sollte, dann durfte er in ihr nur die Therapeutin sehen und nichts anderes. Vielleicht noch eine Sklaventreiberin, ja, und auch seine Lehrerin und Trainerin, aber niemals ein Objekt seines Verlangens.

Ein Flirt dann und wann war in Ordnung. Er konnte durchaus dazu beitragen, daß sich Adams Stimmung besserte und sein Selbstbewußtsein gestärkt wurde. Nur konnte man das, was am vergangenen Abend geschehen war, nicht mehr als einen harmlosen Flirt bezeichnen.

Wenig später saß Lilah allein in einem eleganten Restaurant am Meer und versuchte, das Essen so lange wie möglich auszudehnen. Später erwehrte sie sich mit Leichtigkeit der Annäherungsversuche zweier Seeleute auf der Straße, die ihr Geld und eine Nacht voller unvergeßlicher Eindrücke anboten.

Schließlich ging sie ins Kino und sah sich gleich zwei Filme hintereinander an. Der erste war mittelmäßig, beim zweiten wäre sie fast eingeschlafen.

Nachdem sie ihrer Meinung nach lange genug unterwegs gewesen war, fuhr sie zum Haus zurück. Leise drehte sie den Schlüssel im Schlüsselloch, öffnete die Tür und trat ein. Auf dem Marmorboden der Halle zog sie die Schuhe aus, bevor sie auf die Treppe zuging.

Adams Rollstuhl kam so plötzlich aus dem Wohnzimmer geschossen, daß sie sich nur noch mit einem Sprung zur Seite retten konnte. »Paß doch auf!« schrie sie ihn an. »Du wärst mir beinahe über die Füße gefahren.«

»Wo warst du?«

»In Lahaina.«

»Lahaina? Du bist die ganze Strecke bis dorthin allein gefahren?«

»Warum sollte ich nicht? Ich fahre allein Auto, seit ich sechzehn war.«

»Sei nicht so überheblich!« – »Und werd du nicht so besitzergreifend! Ja, ich bin nach Lahaina gefahren, weil ich bisher noch nicht dort war. Ich habe mir einiges angesehen, habe wundervoll gegessen und mich großartig amüsiert. Das war genau die Abwechslung, die ich im Moment brauchte. Aber jetzt bin ich müde und möchte wirklich gerne ins Bett. Gute Nacht, Adam.«

»Einen Moment. Wo warst du noch?«

»Das habe ich dir doch gesagt.«

»Nein, ich meine, wo hast du dich amüsiert?«

»Ich kann mich nicht erinnern.« Um keinen Preis der Welt würde sie zugeben, daß sie den Abend allein im Kino verbracht hatte.

»Hat der Alkohol deinem Erinnerungsvermögen geschadet?«

»Ich kann mich nicht mehr an den Namen des Lokals erinnern. Außerdem, was spielt das für eine Rolle? Es hatte ein Strohdach, wenn ich es mir recht überlege.« Sie zerbrach sich den Kopf, wie das Lokal geheißen hatte, an dem sie vorbeigekommen war. »*Shack* sowieso, glaube ich.«

»*The Sugar Shack*? Du bist allein ins *Sugar Shack* gegangen?«

»Wie oft soll ich dir das denn noch sagen?«

»Das ist die Hauptaufreißerkneipe auf der Insel. Du bekommst alles von Kokain bis zu Geschlechtskrankheiten.«

»Sprichst du aus Erfahrung?«

Trotz der Dunkelheit in der Halle sah sie den Zorn in seinen Augen, als er antwortete: »Da hast du ja genau hingepaßt, nicht wahr? Schon wie du dich angezogen hast. Genau richtig für diese Typen.«

Sie legte den Kopf zur Seite und lächelte kühl. »Glaub mir, Daddy, es ist nichts passiert. Ich hatte zwar einige Verehrer, aber es war keiner darunter, mit dem ich den Rest meines Lebens verbringen möchte.«

»Hast du dich aufs Kreuz legen lassen?«

Lilah wurde über und über rot. Zuerst vor Verlegenheit, dann vor Wut. Sie war so zornig, daß sie einen Augenblick nicht sprechen konnte, und Adam nutzte die Chance, Salz in die gerade geschlagene Wunde zu reiben.

»Deshalb bist du doch nur heute abend ausgegangen, nicht wahr?« Er streckte die Hand aus und legte sie auf ihren flachen Bauch. »Damit jemand das Feuer löscht, das ich letzte Nacht entzündet habe.«

Sprachlos starrte Lilah auf ihn hinab. Dann trat sie einen Schritt zurück, riß den Blütenkranz von ihrem Hals und warf ihn Adam in den Schoß. Erst jetzt sah sie das leere Glas in seiner Hand.

»Du bist betrunken, und darum will ich vergessen, was du gesagt hast. Aber nur der Vollständigkeit halber: Selbst wenn ich weggegangen wäre, um aufs Kreuz gelegt zu werden – wie du es so nett ausdrückst –, dann ginge dich das immer noch nichts an.« Damit wandte sie sich zum Gehen. Auf der untersten Stufe der Treppe blieb sie noch einmal stehen. »Der liebe Gott möge Erbarmen mit dir haben, falls du morgen einen Kater haben solltest.«

Der liebe Gott hatte kein Erbarmen.

Als Lilah am nächsten Morgen in Adams Zimmer kam, lag er im Bett, sein Gesicht war bleich.

»Kein Basketball heute morgen?« fragte sie. »Keine Musik aus der Stereoanlage?«

Adam sah sie zornig unter halb geschlossenen Lidern an.

Lilah rekelte sich wohlig und meinte mit strahlendem Lächeln: »Ich fühle mich wundervoll. Es ist ein herrlicher Morgen. Hast du auch eins von Petes köstlichen Omelettes gegessen? Es war einfach himmlisch, und dann...«

»Halt den Mund, Lilah!«

»Oh, was haben wir denn heute? Nicht gut geschlafen? Tut der arme kleine Bauch weh?«

»Hau ab und laß mich allein!«

Lachend sagte sie: »Ich habe dich gewarnt, also mach mich nicht für deinen schlechten Zustand verantwortlich. Was war es denn, Gin? Wodka? Scotch? Cognac?«

Er brummte und drückte die Hand auf seinen Bauch.

»Cognac, nicht wahr? Ziemlich teuer, um sich damit einen anzutrinken. Aber du kannst es dir ja erlauben, Großprotz!«

»Ich bring' dich um!«

»Dazu müßtest du mich erst einmal fangen, Cavanaugh. Und das wird dir nie gelingen, solange du auf deinem hübschen Hintern liegst! Komm, laß uns beginnen!« Sie nahm seine Hand und versuchte, ihn hochzuziehen, aber er stemmte sich dagegen. »Komm jetzt, Adam, genug gespielt! Es wird jetzt allerhöchste Zeit, daß wir mit unseren Übungen anfangen.«

»Ich werde mich um keinen Millimeter bewegen!«

Die Hände in die Hüften gestemmt, sah sie verächtlich auf ihn hinab. »Würde ein Aspirin oder zwei helfen?«

»Nein! Am liebsten würde ich sterben, dann ging's mir besser!«

»Soviel ich weiß, ist noch kein Mann an einem Kater gestorben, obwohl sich das so mancher schon gewünscht hat.«

Als sie zurückkam, hatte sie drei Aspirin in der einen und ein Glas Wasser in der anderen Hand.

»Ich will kein Aspirin!«

»Aber das wird dir helfen, die Übungen besser zu überstehen.«

»Es gibt heute keine Übungen! Ich fühle mich entsetzlich.«

»Und wer ist daran schuld?« Lilah war mit ihrer Geduld am Ende. »Jetzt hör endlich auf, dich wie ein Baby zu benehmen, und schluck ein Aspirin!«

Sie gab ihm die Tabletten in die Hand, die Adam jedoch quer durch das Zimmer schleuderte. Lilah war so wütend, daß sie gar nicht über ihre Reaktion nachdachte. Sie drehte das volle Glas in ihrer Hand um und schüttete Adam das kalte Wasser auf seine ›ganz bestimmte Stelle‹, wie er es einmal genannt hatte. Abrupt setzte Adam sich auf, und als könnte er nicht glauben, was er da sah, starrte er fassungslos auf die Wasserlache zwischen seinen Schenkeln.

In genau diesem Augenblick schellte es unten an der Haustür, und da Lilah wußte, daß Pete zum Markt gefahren war, drehte sie sich ganz ruhig um und verließ den Raum.

Sie eilte die Treppe hinunter, öffnete die Tür und starrte dann verblüfft in das Gesicht einer ausnehmend hübschen jungen Frau. Die Fremde erwiderte ihren Blick nicht minder erstaunt, fand jedoch zuerst die Fassung wieder. »Wer sind Sie denn?«

»Wir brauchen nichts«, entgegnete Lilah.

»Was brauchen Sie nicht?«

»Was auch immer Sie verkaufen wollen.«

Die Brünette richtete sich zu ihrer vollen Größe auf und straffte ihre Schultern. Kühl sagte sie: »Ich habe Ihnen eine Frage gestellt.«

»Zuerst bin ich an der Reihe«, meinte Lilah. »Wer sind Sie?«

Doch eigentlich hätte sie die Frage gar nicht mehr zu stellen brauchen. Allein der Koffer der Frau kostete mehr als Lilahs Auto. Die Kleidung brauchte keine Markenzeichen, man sah ihr einfach an, daß sie unglaublich teuer war. Die Frau selbst hatte eine weiße Haut, blaue Augen, beinahe schwarzes Haar und leuchtendrote Lippen.

»Schneewittchen wäre vor Neid erblaßt«, murmelte Lilah vor sich hin.

»Wie bitte?«

»Ach, nichts. Kommen Sie herein.«

121

Lilah trat zur Seite und ließ die Frau in die Halle, wobei diese sehr zu Lilas Belustigung offensichtlich darum bemüht war, ihren Rock nicht an Lilahs nackte Beine kommen zu lassen.

»Wo ist Pete?« Die Fremde kannte sich offenbar aus.

»Er ist zum Markt gegangen.«

»Und wo ist Adam?«

»Oben in seinem Zimmer.«

»Und zum letztenmal, wer sind Sie?«

»Lilah Mason.«

»Lucretia von Elsinghauer.«

Lilah zeigte keine Reaktion, obwohl offenbar von ihr erwartet wurde, daß sie jetzt auf die Knie fiel. Ungerührt sah sie die Frau an.

»Was tun Sie hier, Miss Mason?«

Lilah beugte sich lächelnd etwas näher zu der Besucherin und fragte leise: »Das möchten Sie wohl gern wissen, was?«

Es machte ihr Spaß zu beobachten, wie das Gesicht der Fremden wieder zur Maske erstarrte. »Es gibt keinen Grund zur Aufregung, Lucretia. Ich bin Adams Therapeutin«, sagte sie schließlich.

Die Augen der Frau verweilten lange auf Lilahs kurzer Gymnastikhose, dem ärmellosen T-Shirt, den nackten Füßen und den großen Ohrringen. »Ich möchte zu Adam. Sofort.«

»Soll ich Ihnen vorausgehen?« fragte Lilah mit ausgesuchter Freundlichkeit.

»Nicht nötig! Ich kenne den Weg!«

»Das dachte ich mir.«

Mit einer weit ausholenden Armbewegung wies sie zur Treppe.

Lucretia nahm ihren eleganten Koffer und stieg die Stufen hinauf. Als sie oben angekommen war, rief Lilah eiligst ihr nach: »Ich sollte Sie vielleicht warnen. Er hatte gerade

122

einen kleinen ›Unfall‹ in seinem Bett. Tja, so was kann leider vorkommen, nicht?«

»Diese Frau ist nicht gut für den Boß«, meinte Pete und schüttelte den Kopf. »Vor allem nicht in seinem jetzigen Zustand.«

»Mir brauchen Sie nichts zu erzählen, Pete«, antwortete Lilah und fischte eine Bohne aus dem Salat, den er zubereitete. »Ich habe diese Miss von Elsinghauer gesehen.«

Bereits in dem Augenblick, als sie dieser Frau die Tür geöffnet hatte, hatte Lilah geahnt, daß dieser Besuch für keinen von ihnen etwas Gutes bringen würde. Die Frau war erst einige Stunden im Haus und hatte bereits alles auf den Kopf gestellt, und Lilahs Ahnung hatte sich immer mehr bestätigt.

Nachdem Pete die nassen Bettlaken ausgewechselt und Lilah Adam und Lucretia noch einige Minuten gelassen hatte, um sich ›innig‹ zu begrüßen, war sie, Lilah, hinaufgegangen und hatte an seine Tür geklopft. Es war Lucretia gewesen, die ›Herein‹ gerufen hatte.

Zum erstenmal seit Lilahs Ankunft hatte Adams Raum ausgesehen wie ein Krankenzimmer. Die Vorhänge waren vorgezogen, die Fenster geschlossen. Statt der Rockmusik, die sie und Adam immer bevorzugt hatten, klang leise Kammermusik aus der Stereoanlage. Das recht gewagte Poster, das sie für ihn bei ihren Einkäufen erstanden hatte, war von der Wand gegenüber seinem Bett entfernt worden. Eine Atmosphäre wie bei einer Beerdigung.

»Ich werde mir wohl einen Blindenhund anschaffen müssen, wenn es hier jetzt immer so dunkel sein soll«, sagte Lilah, als sie auf Adams Bett zuging. »Was ist eigentlich mit dir los?« Adam lag gegen das Kissen gelehnt, einen Eisbeutel auf der Stirn.

»Adam fühlt sich nicht gut.« Wie ein Phantom erschien Lucretia aus dem Schatten.

»Das war vorauszusehen. Er hat letzte Nacht zuviel getrunken, da ist es kein Wunder, wenn er einen Kater hat. Einige Aspirin würden das schon wieder beheben.«

»Ich glaube nicht, daß er Medizin einnehmen sollte, ohne vorher den Arzt gefragt zu haben.«

»Medizin! Ich spreche von einigen Aspirin!«

»Lilah, bitte«, murmelte Adam. »Sprich leiser, deine Stimme tut mir in den Ohren weh.«

Sie beugte sich über ihn. »Würdest du mir bitte sagen, was hier los ist? Es ist Zeit für deine Übungen, und du tust, als würdest du auf dem Totenbett liegen.«

Er griff sich mit beiden Händen an den Kopf. »Ich glaube, er zerspringt!«

»Ich kann kein Mitleid mit dir haben, Schätzchen. Zeit für deine Übungen.«

Lucretia drängte sich geschickt zwischen Lilah und Adams Bett. »Sie wollen doch wohl einen kranken Mann in diesem Zustand nicht zu irgendwelchen Übungen zwingen?«

»Zu Ihrer Information, Miss, die meistens meiner Patienten haben Schmerzen, und ich helfe ihnen, diese Schmerzen erträglicher zu machen. Würden Sie uns also nun bitte entschuldigen? Wir müssen arbeiten.«

»Sie haben offenbar recht wenig Erfahrung in Ihrem Beruf und versuchen das durch Frechheit zu kompensieren.«

Lilah atmete tief durch. »Ich habe sehr wohl Erfahrung in meinem Beruf, und zwar sowohl mit schwierigen Patienten als auch mit deren Angehörigen, Freunden und Geliebten, die es vielleicht gut meinen, aber keine Ahnung von einer Therapie haben.«

»Sie wollen ein Profi sein? Ihr Benehmen und Ihre Ausdrucksweise lassen diesen Schluß kaum zu.«

»Und Ihr Benehmen wird Sie schneller, als Sie denken, in irgendein Motel bringen, wenn Sie mir jetzt nicht endlich

124

aus dem Wege gehen. Adam, sag dieser Frau, daß sie bis nach der Behandlung verschwinden soll.«

Vorsichtig nahm er den Eisbeutel von seiner Stirn und blickte zwischen den beiden Frauen hin und her. »Ich fühle mich wirklich nicht wohl, Lilah. Könnten wir die Übungen heute vormittag nicht bis nach dem Mittagessen verschieben?«

Lilah spürte, wie wieder Wut in ihr aufstieg. Sie sah Adam nur voller Verachtung an, ignorierte Lucretias selbstzufriedenen Gesichtsausdruck, dann stürmte sie aus dem Zimmer.

Im ganzen Haus klirrten die Scheiben, als sie die Tür hinter sich zuknallte.

Auch jetzt noch, als sie in der Küche saß und darauf wartete, daß die Mittagszeit vorüber war, kochte Lilah vor Wut. Pete mußte sie zweimal ansprechen, bevor sie ihn überhaupt hörte.

»Es tut mir leid, Pete, was haben Sie gesagt?«

»Das Essen ist fertig.«

»Gut, ich werde die beiden Turteltauben rufen.«

»Das wird nicht nötig sein, Miss Mason«, sagte Lucretia lautstark von der Tür her. »Ich bin gekommen, um alles heraufzuholen. Adam möchte nämlich gerne in seinem Zimmer essen.«

»Nun, was Adam möchte und was er dann wirklich tut, sind zwei Paar Schuhe«, sagte Lilah und stand entschlossen auf. »Er ißt seit Wochen bereits hier unten. Seit er nämlich gelernt hat, allein in den Rollstuhl zu kommen. Er muß auch jetzt aufstehen und sich endlich bewegen, also wird er nur hier etwas zu essen bekommen.«

»Nicht, daß ich Ihr Können wieder in Frage stellen will, aber…«

»Sie haben hier gar nichts in Frage zu stellen!«

»… aber Adam scheint mir doch sehr geschwächt durch Ihre Behandlung. Ich werde heute nachmittag Dr. Arno an-

125

rufen und ihn fragen, was er dazu meint. Pete, mach das Tablett fertig!«

»Miss Lilah sagt nein!«

»Schon gut, Pete, machen Sie in Gottes Namen das Tablett fertig«, sagte Lilah zornig und ging an der Frau vorbei aus der Küche.

»Und Sie sind sicher, daß sie das auch verstanden hat?« fragte Lilah skeptisch.

»Ganz sicher«, antwortete Dr. Arno ihr am Telefon. »Ich habe Miss von Elsinghauer erklärt, wie weit Adam schon vorangekommen ist, seit Sie die Behandlung übernommen haben. Ich habe ihr gesagt, daß er in einigen Wochen wieder laufen können wird, wenn er weiter solche Fortschritte macht, und wie wichtig es ist, daß die Behandlung jetzt nicht unterbrochen wird.«

Zum erstenmal, seit sie Lucretia die Haustür geöffnet hatte, atmete Lilah wieder befreit auf. »Danke, Bo. Sie können mir glauben, das war kein leichter Kampf.«

»Ich hätte Ihnen vorher sagen können, daß Sie gewinnen, Lilah«, meinte Dr. Arno lachend. »Wenn Sie irgendwelche Probleme haben, lassen Sie es mich bitte wissen! Aber ich denke, daß wir die Krise damit überstanden haben.«

»Danke für Ihre Hilfe.«

Lilah hatte den Hörer kaum aufgelegt, da rannte sie auch schon aus ihrem Zimmer hinüber zu Adam. Doch als sie die Tür aufriß, blieb sie wie erstarrt stehen.

Lucretia saß auf seiner Bettkante. Sie hatte sich umgezogen und trug jetzt eine Leinenhose mit passender Jacke. Noch immer war kein Haar ihrer kunstvollen Frisur in Unordnung geraten. Sie hatte Adams Rechte in ihre Hände genommen, und Adam lächelte Lucretia an. Es traf Lilah wie ein plötzlicher Schmerz, als ihr auffiel, wie gut er aussah, wenn er lächelte.

Plötzlich tat es ihr leid, daß sie in den vergangenen Tagen so wenig Zeit miteinander verbracht hatten und sich, wenn sie zusammen gewesen waren, auch noch ständig gestritten hatten.

Aber da gab es noch etwas, was ihr zu schaffen machte, nämlich die Erkenntnis, daß sie dieser Lucretia am liebsten die Augen ausgekratzt hätte, und zwar nicht nur, weil sie an der Richtigkeit ihrer Therapie gezweifelt hatte.

Sie war eifersüchtig auf Lucretia. Verdammt, sie hatte sich in Adam verliebt!

8

Als Lucretia Lilah in der Tür stehen sah, beugte sie sich vor und küßte Adam. »Bis später, Darling.«

Lilahs Blick folgte ihr, als sie den Raum verließ. Dann wandte sie sich Adam zu und bemerkte, daß er auch hinter Lucretia hersah, nur war sein Gesichtsausdruck sehnsüchtig.

»Was soll das, Adam, sendest du Notsignale aus?«

»Was meinst du damit?«

»Hast du sie nicht kommen lassen, damit sie dich aus meinen Klauen befreit?«

Ohne daß Lilah ihm half, hob er sich vom Bett aus in den Rollstuhl. »Ich brauche die Hilfe anderer Menschen nicht, speziell nicht die Hilfe von Frauen, und schon gar nicht, um mich zu befreien. Lucretias Kommen war für mich ebenso überraschend wie für dich.«

»Macht sie das häufig? Einfach so unangemeldet aufzutauchen?«

»Sie ist eine unabhängige Frau. Sie tut eben, was ihr gefällt.« Er sah Lilah an und fügte betont hinzu: »Außerdem weiß sie, daß sie jederzeit willkommen ist.«

»Mit solchen Einladungen wäre ich vorsichtig«, meinte Lilah. »Deine Lucretia könnte auch mal zum falschen Zeitpunkt auftauchen.«

»Zum Beispiel?«

»Wenn du gerade mit einer anderen Frau im Bett liegst.«

»Nun, die Gefahr bestand diesmal ja wohl nicht, oder?« Adam richtete sich auf und schob sich vom Rollstuhl auf die Liege, die Lilah ins Zimmer hatte schaffen lassen, um ihn besser massieren zu können.

»Nein«, antwortete Lilah und hob ganz langsam seine Beine.

»Also, was willst du dann?«

»Adam, von mir aus kannst du dir einen Harem halten, so daß möglichst viele Frauen dich bemitleiden und bemuttern können. Ich möchte nur, daß die Rollen klar verteilt sind, wenn es um die Therapie geht.«

»Eine Frau macht ja wohl noch keinen Harem.«

»Eine oder fünfzig, mir ist es wirklich gleichgültig! Ich möchte nur, daß du während der Übungen alle Kräfte einsetzt, damit wir weiterkommen und ich so schnell wie möglich wieder nach Hause fahren kann. Sobald du alleine laufen kannst, bin ich weg. In der Zwischenzeit sorge bitte dafür, daß Schneewittchen mir nicht in die Quere kommt.«

»Schneewittchen?« fragte Adam. »Wer bin denn ich? Ein Prinz?«

»Einer von den sieben Zwergen!«

Er lachte. »Zu sagen, wer du bist, ist nicht schwierig. Wie wär's mit der bösen Hexe?«

Lilah tat so, als hätte sie seine Bemerkung nicht gehört. »Deine Muskeln und Gelenke sind steif.«

»Au! Hör auf damit.«

»Ich will keine Klagen hören, Cavanaugh! Das ist deine eigene Schuld. Hättest du nicht so lange hier herumgelegen, ohne irgend etwas zu tun, müßten wir jetzt nicht das Versäumte im Akkord nachholen.«

Danach sprachen sie kein Wort mehr miteinander. Lilah preßte die Lippen aufeinander und ließ nicht eine der geplanten Übungen aus, obwohl sie sah, daß es ihm nicht leichtfiel, den verlorenen Boden wieder gutzumachen.

»Du mußt mehr Kraft einsetzen, Adam! Ich weiß, daß du das kannst.« Sie waren fast am Ende der Übungen angelangt, als Lilah das Schweigen brach. Oft hatte Adam sie mit seinen zweideutigen Bemerkungen auf die Palme getrieben, jetzt ging ihr das Schweigen auf die Nerven.

Sie hätte so gerne den lockeren Ton wiedergehabt, der zwischen ihnen vor dem Kuß geherrscht hatte und vor dem plötzlichen Auftauchen dieser Frau und vor dem Tag, als ihr klargeworden war, daß sie mehr als nur berufliches Interesse für Adam empfand. »Ich habe gesagt, du sollst drücken!«

»Tu ich doch, verdammt!« stieß er zwischen zusammengebissenen Zähnen und mit schweißnassem Gesicht hervor.

»Fester!«

»Ich kann nicht.«

»Doch, du kannst.« Er versuchte es noch einmal. »Besser. Gut so, Adam. Etwas fester noch.«

»Wenn eine Frau mir so etwas sagt, mache ich normalerweise etwas mit ihr, das mehr Spaß macht.«

Ihre Blicke trafen sich, und plötzlich war Lilah genauso außer Atem wie er. Sie setzte seinen Fuß auf die Tischplatte. »Es tut mir leid, daß ich dir nicht zu mehr Spaß verhelfen kann.«

Sein Blick gab sie immer noch nicht frei. Er zuckte mit den Schultern. »Es ist schließlich nicht dein Fehler, daß dieser Unfall passiert ist.«

Wann immer er den Absturz erwähnte, wurde sein Gesicht ausdruckslos wie eine Maske. Lilah verspürte jedesmal einen Stich im Herzen, wenn sie sah, wie sehr er unter dem Verlust seiner Freunde litt. »Du hast heute sehr hart gearbeitet, Adam. Dafür kriegst du eine Belohnung.«

»Eine Massage?« fragte er hoffnungsvoll.

»Okay. Zieh deine Shorts aus und roll dich auf den Bauch!«

Seine Beine waren schon wieder so beweglich, daß er sich ausziehen konnte, und er war stolz darauf. Den Kopf zur Seite gelegt, sah er Lilah nach, als sie ins Bad ging. »Du hast Lucretia geschockt, weißt du das?«

»Wieso?« Sie kam mit einem feuchten Tuch zurück und begann, seine Arme, die Beine und den Rücken damit abzuwaschen. Dann trocknete sie ihn ab, ließ Massageöl in ihre Handfläche laufen und begann ihre Massage bei den Unterschenkeln. »Entspann dich, Adam! Deine Muskeln müssen locker sein. Was hat Lucretia über mich gesagt?«

Sie ließ die Frage ganz nebenbei einfließen und hoffte, daß Adam nicht bemerkte, wie neugierig sie war.

»Sie hat sich meine Therapeutin anders vorgestellt. Eine untersetzte ältliche Frau in einem weißen Anzug, mit Gesundheitssandalen an den Füßen. Daß du dich aber als flotter Feger in knappen Shorts, mit langen Beinen, langem Haar und rotlackierten Fingernägeln entpuppt hast, hat sie fast umgeworfen.«

»Ich weiß nicht, wie es mit dir ist, aber mir gefällt die zweite Beschreibung eindeutig besser.« Sie war jetzt bei seinen Oberschenkeln angekommen. Seine Seufzer wurden tiefer und sinnlicher.

»Lilah, glaubst du an Wiedergeburt?«

»Ich weiß nicht recht. Warum?«

»Weil ich zu wissen glaube, was du in deinem früheren Leben warst.«

»Wirklich? Sag's!«

»Ich bin nicht sicher, ob du das tatsächlich hören willst.«

Sie beugte sich über ihn und tippte auf seine Schulter, woraufhin er die Augen öffnete. »Hat es was mit den Sünden des Fleisches zu tun?«

Sein Blick ging über ihre Haare, die ihr wild und zerzaust über die Schultern hingen. »Nur damit.«

»Dann bin ich froh, daß ich schon einmal gelebt habe.«

»Du bist schamlos«, murmelte er, schloß die Augen und seufzte erneut unter dem gekonnten Spiel ihrer Hände.

Lilah liebte es, ihn anzusehen, wenn er die Augen geschlossen hatte und ein Lächeln auf seinen Lippen lag. Sie stellte plötzlich fest, daß sie es überhaupt liebte, ihn anzusehen. Dieser Gedanke war neu und überaus aufregend!

Lilah war so vertieft in ihre Beschäftigung, daß sie Lucretia erst hörte, als diese die Tür hinter sich schloß.

Hastig warf Lilah eine Decke über Adams Rücken. »Wir sind noch nicht fertig. Ich bin gerade dabei, ihn zu entspannen.«

»Das sehe ich.« Lucretia kam näher. »Ich habe etwas mitgebracht, das ihn besser entspannt als eine Massage. Martini, Darling! Ich habe ihn so gemixt, wie du ihn am liebsten magst.«

Adam stützte sich auf einen Ellbogen und streckte die Hand nach dem Glas aus. »Danke.« Er nahm einen kleinen Schluck. »Hmm. Genau richtig.«

Sie lächelten sich an, dann wandten sich beide wie auf Kommando Lilah zu.

Lilah zeigte sich unbeeindruckt. »Soll ich dir wieder in den Rollstuhl helfen?« fragte sie.

»Das werde ich tun«, sagte Lucretia sofort.

Lilah schaute Adam an, aber er schien plötzlich nur Augen für seinen Drink zu haben. Am liebsten hätte sie ihm das Glas aus der Hand geschlagen, damit dieses alberne Grinsen aus seinem Gesicht verschwand.

»Gut.« Sie ging zur Tür. »Ich sehe dich heute abend vor dem Schlafengehen, Adam.«

»Das wird nicht nötig sein«, sagte Lucretia in ihrer akzentuierten Sprechweise mit dem Englisch eines Schweizer Schulmädchens. »Ich werde hier bei Adam schlafen, und sollten wir Sie brauchen, werden wir Sie rufen. Es genügt, wenn Sie morgen früh wiederkommen. Guten Abend, Miss Mason.«

Lilah warf ihrem Patienten einen wütenden Blick zu, dann fiel die Tür wieder einmal mit lautem Knall hinter ihr ins Schloß.

»Was ist denn das?« Adam zog die Brauen zusammen.

»Ein Barren? Herzlichen Glückwunsch! Sie haben den Hauptpreis gewonnen! Möchten Sie lieber den Zirkoniaring, das Campingkochgeschirr oder ein Wochenende in den Ozarks!«

»Du bist vielleicht eine Komikerin! Was soll ich mit dem Barren?«

»Nun, er ist ganz bestimmt nicht dazu da, daß ich dir Kunststücke daran vorführe. Es wird Zeit, daß du laufen lernst.«

Adam schüttelte den Kopf. »Du bist wirklich ein Scherzbold.«

»Das war kein Scherz.«

»Aber ich kann das nicht, Lilah!«

»Du kannst es versuchen.«

»Aber es wird nicht gehen«, beharrte Adam auf seinem Standpunkt.

»Hör endlich auf, Cavanaugh, ja? Jedesmal, wenn ich dir etwas Neues vorstelle, sagst du das gleiche. Komm jetzt, raus aus dem Bett und in den Rollstuhl!«

»In den Stuhl, ja. Ich bin sogar bereit, wieder an dem verhaßten Tisch zu arbeiten, aber sei doch nicht so vermessen zu glauben, daß ich auch nur irgendwie einen Fuß vor den anderen setzen kann.«

Lilah stand schweigend vor ihm, die Hände in die Seiten gestützt, und ließ ihn nicht aus den Augen.

Adams Blick ging erneut zu dem Barren, dann wieder zurück zu ihr. Schließlich seufzte er und schloß für einen Moment die Augen. »Okay, ich werde es versuchen«, stimmte er zu. »Aber wenn ich falle...«

»Dann versuchst du es eben noch einmal!«

Er dirigierte seinen Stuhl ans Ende des Barrens und sah sie fragend an. Lilah stellte sich zwischen die Holme, befestigte einen breiten Gürtel um Adams Taille und zog ihn damit aus dem Stuhl, während er selbst mit seinen Armen nachhalf.

Lilah bückte sich und schützte seine Knie mit Schienen. »Wie stark sind deine Bauchmuskeln? Brauchst du dort auch einen Schutz?«

Um seine Mundwinkel zuckte es amüsiert. »Fühl doch selbst.«

133

»Ich wette, das sagst du zu allen Frauen«, antwortete sie, streckte die Hand aus und legte sie auf seinen Bauch. Die Muskeln unter ihren Fingern waren deutlich zu fühlen. Die Therapeutin Lilah wußte nun, was sie hatte wissen wollen, aber die Frau in ihr sehnte sich danach, die Berührung auszudehnen. »Ist in Ordnung«, sagte sie, und ihre Stimme klang gepreßt.

»Das dachte ich mir. Das letzte, was ich brauche, ist etwas, das mich härter macht.«

Ihre Blicke begegneten sich. Es war Lilah, die zuerst die Augen niederschlug. »Laß uns beginnen.«

»Zeig mir, was ich tun soll.«

Sie half ihm, aber Adam ging diese Hilfe längst nicht weit genug. Er schrie sie an, und sie schrie zurück. Sie gaben beide ihr Bestes, und als die Übung vorüber war, hatte er es geschafft, einige Schritte zwischen den Holmen zu gehen.

»Gut gemacht, Adam. Wenn das so weitergeht…«

»O mein Gott!«

Lucretias Schrei erschreckte Adam so sehr, daß er das Gleichgewicht verlor. Wenn Lilah nicht so schnell reagiert und ihn gestützt hätte, wäre er auf den Boden gefallen. Nur unter Aufbringung all ihrer Kräfte gelang es Lilah, ihn in den Rollstuhl zu setzen. Dann wirbelte sie zur Tür herum. »Wie können Sie es wagen, uns zu stören?«

»Sie haben mir gar nichts zu befehlen, Miss Mason!«

»Und ob ich das habe! Mr. Cavanaugh ist mein Patient, und solange wir mit den Übungen beschäftigt sind, muß er sich ganz auf mich konzentrieren und auf das, was wir tun.«

»Ob Adam noch lange Ihr Patient sein wird, das wird sich zeigen. Ich werde das mit einem Arzt besprechen, der kompetenter ist als Dr. Arno. Ein zweiter Experte ist unbedingt notwendig, denn was Sie auf Geheiß von diesem Dr. Arno mit Adam machen, kann nicht gut für ihn sein. Er hat doch offensichtlich Schmerzen.«

Lilah drehte sich um und blickte in Adams versteinertes Gesicht. Sofort kniete sie vor dem Stuhl nieder und begann, seine Wadenmuskeln zu massieren. Sie waren hart wie ein Stein.

Lucretia trat neben ihn und tupfte seine Stirn mit einem Spitzentaschentuch ab. »Lassen Sie uns allein, Miss Mason! Für heute morgen reicht es ja wohl.«

»Das ist alles nur Ihre Schuld. Sie waren es schließlich, die hier hereingestürmt kam und ihn in seiner Konzentration gestört hat.«

Es dauerte einige Minuten, aber schließlich lockerten sich Adams Muskeln wieder, und seine Züge entspannten sich.

Lilah wußte, daß dieses Ende der Übung ihm nicht nur körperliche Schmerzen verursacht hatte, sondern daß es vor allem seinem Selbstvertrauen sehr geschadet hatte. Diese verflixte Frau! Wenn sie doch nur nicht im ungünstigsten Augenblick auf der Bildfläche erschienen wäre.

»Lassen Sie uns allein!« Diesmal war es Lilah, die das sagte.

»Ihre Zeit ist um!«

Lilah warf einen Blick auf die Nachttischuhr. »Können Sie keine Uhr lesen? Wir haben noch fünfzehn Minuten für unsere Übungen.«

»Aber Sie wollen doch wohl nicht, daß er sich erneut auf die Füße stellt.«

»Nein. Wir werden einige Übungen machen, um seine Muskeln zu entspannen.«

»Dann bleibe ich hier und sehe zu.«

»Gar nichts werden Sie! Das geht nur meinen Patienten und mich etwas an. Adam, möchtest du, daß sie hierbleibt?«

Lucretia legte eine Hand auf seine Schulter. »Meinst du nicht, es wäre eine gute Idee, daß ich lerne, wie man das macht?«

135

Lilah glaubte, sich verhört zu haben. Sie kochte vor Wut. »Was zum Teufel reden Sie da? Es geht hier nicht darum, Tee einzuschenken, Schneewittchen. Sie können nicht innerhalb von Minuten lernen, wie man das macht. Ein Therapeut braucht Jahre, bis er sein Handwerk gelernt hat.«

»So schwierig kann das doch gar nicht sein«, meinte Lucretia und lachte. »Ich sollte wissen, wie man ihn behandelt, damit ich Adam versorgen kann, wenn wir erst einmal verheiratet sind.«

Lilah war, als hätte jemand ihr einen Schlag versetzt. Sie starrte erst die Frau, dann Adam an. »Verheiratet?« wiederholte sie.

»Wußten Sie das nicht?« Lucretia ließ ihre Finger durch Adams Haar gleiten. »Ich weiß es auch erst definitiv seit gestern, obwohl Adam bei unserem letzten Zusammensein schon nahe daran war, mir einen Antrag zu machen. Das war übrigens nur wenige Tage vor seinem Unfall.«

Lilah sah ihm direkt in die Augen. »Du hast sie gefragt, ob sie dich heiraten will?«

»Wir haben diese Frage ernsthaft diskutiert.«

»Du willst sie wirklich heiraten? Warum?«

»Also bitte!« mischte Lucretia sich ein. »Adam...«

»Sei still, Lucretia«, unterbrach er sie scharf. »Ich möchte hören, was Lilah dazu zu sagen hat.« Er blickte sie unverwandt an, und ihm war nicht anzusehen, ob er überrascht oder wütend war. Wenn er überhaupt eine Regung zeigte, dann schien er leicht amüsiert zu sein. Oder zumindest neugierig. »Warum sollte ich Lucretia deiner Meinung nach nicht heiraten? Wir sind schon seit Jahren eng befreundet.«

»Etwas mehr als das, Darling«, widersprach Lucretia. »Und...«

Ein warnender Blick von Adam brachte sie zum Schweigen. »Lucretia kennt und akzeptiert meine momentane Situation«, wandte er sich wieder an Lilah. »Trotzdem scheint sie mit mir leben zu wollen.«

»Was meinst du mit ›trotzdem‹?«

»Ist es wirklich nötig, so persönliche Dinge mit einer Krankenschwester zu bereden?« meldete sich Lucretia wieder zu Wort.

Adam sah sie erneut wütend an. »Ich mache das so, wie ich es will, Lucretia! Wenn dir das nicht gefällt, und wenn du nicht ruhig sein kannst, dann gehe bitte aus dem Zimmer!«

Sie blieb, aber ihre roten Lippen waren fortan wütend zusammengepreßt.

»Lucretia ist bereit, mich zu heiraten, obwohl sie weiß, daß wir nie ein Kind zusammen haben werden«, sagte er mit ruhiger Stimme. »Sie ist nett, sieht gut aus. Eine kultivierte Dame der Gesellschaft. Warum sollte ein Mann, und speziell einer in meiner Situation, sich nicht darüber freuen, wenn sie ihn heiraten will?«

Lilah warf ihre langen Haare zurück. »Wenn du unbedingt den größten Fehler deines Lebens machen willst – bitte!«

Wieder wollte Lucretia auffahren, aber als Adams Blick sie traf, sagte sie nichts, doch man sah ihr an, daß sie an den unausgesprochenen Worten fast erstickte.

»Warum sollte eine Hochzeit mit Lucretia der größte Fehler meines Lebens sein?«

»Willst du das wirklich wissen?«

»Ja.«

»Okay.« Lilah atmete tief durch. »Sie hat nicht dein Bestes im Sinn, Adam. Sie will dich bevormunden, bemuttern und ständig umsorgen.«

»Und was ist daran so falsch?«

»Alles.«

»Meinst du nicht, daß ein Ehemann sich darüber freut?«

»Nicht ein Ehemann in deiner Situation, Adam. Wenn du

erst einmal wieder völlig der alte bist, habe ich überhaupt nichts dagegen, wenn deine Frau dich umsorgt und verwöhnt – so du denn eine findest, die so blöd ist«, fügte sie hinzu. »Aber jetzt brauchst du jemanden, der dich anfeuert und tritt.«

»Du meinst also, sie sollte mich genauso behandeln, wie du es tust?«

»Genau. Was sie vorhat, ist nur dann in Ordnung, wenn du von nun an den Rest deines Lebens nur noch herumliegen und die Martinis trinken willst, die sie dir mixt, und dich füttern lassen willst. Wenn das wirklich das Leben ist, das du dir wünschst, dann werde ich keinen Ton mehr dazu sagen. Wenn du zusehen willst, wie dein Bauch dick und fett wird, wie deine Muskeln erschlaffen, deine Gesichtskonturen verschwimmen – okay, dann führe sie zum Altar!«

Sie hatte sich so in Rage geredet, daß sie erst ein paarmal tief Luft holen mußte, bevor sie wieder zu Atem kam. Adam wartete geduldig ab, bis sie weitersprach. »Aber wenn du wieder der Adam Cavanaugh werden willst, der du einmal warst, wenn du wieder lernen willst zu laufen, Ski zu fahren und auf die Berge zu klettern, dann solltest du sie schleunigst auf den Mond schießen!«

»Adam!«

Lilah ignorierte Lucretias spitzen Aufschrei einfach. »Bevor du deine Entscheidung triffst, Adam, solltest du über folgendes nachdenken: Wenn erst einmal die Skisaison wieder beginnt und deine Freunde in Scharen nach St. Moritz ziehen, was glaubst du wohl, wo du dann sein wirst? Ich werde es dir sagen. Alleine zu Hause. Denn deine Angebetete wird ebenfalls nach St. Moritz fahren, und du wirst sie sogar noch darin bestärken, es zu tun, weil du dich schuldig fühlst, da sie deinetwegen ja ohnehin schon auf so vieles verzichten muß.«

Sie machte eine kurze Pause und atmete wieder tief

durch. »Während sich deine Frau also im Schnee vergnügt und den einen oder anderen Skilehrer kennenlernt, weil sie mittlerweile nämlich eingesehen hat, daß sie nicht das große Los gezogen hat, liegst du hilflos zu Hause und kannst mit dem Glöckchen auf deinem Nachttisch einen Diener herbeirufen. Dich werden Fragen über Fragen plagen, mit wem sie gerade zusammen ist, und was sie tut. Du wirst dich an die glücklichen Tage erinnern, als du selbst Skihäschen abgeschleppt und dich mit ihnen vergnügt hast. Du wirst den Tag verfluchen, an dem du den Kampf aufgegeben hast, wieder der energiegeladene Boß eines weltweiten Unternehmens zu sein.«

Lilah setzte zum Endspurt an. »Mit der Zeit wird sie dich immer häufiger allein lassen, um segeln zu gehen, auf Enten zu schießen oder auch ihren Geliebten heimlich zu treffen. Und schließlich wird der Tag kommen, an dem sie es nicht mehr als ›chic‹ ansieht, mit einem Behinderten verheiratet zu sein, und sie wird die Scheidung einreichen. Wenn sie geht, wird sie ein paar von deinen Milliönchen mitnehmen und glauben, daß sie die wahrhaftig verdient hat – schließlich hat sie dir ja so viel geopfert!«

»Muß ich mir das wirklich anhören? Es ist doch unglaublich, was …«

»Du kannst jederzeit gehen, Lucretia«, sagte Adam ruhig.

»Soll ich dich dieser unmöglichen Person etwa hilflos ausliefern? Ich kann dich doch nicht mit ihr allein lassen.«

»Wirklich nicht?« fragte Lilah und lächelte. »Ich war wochenlang mit ihm allein, bevor Sie auftauchten.«

Die Wangen Schneewittchens wurden bleich. »Was meint sie damit, Adam?«

»Du bist doch sonst nicht so begriffsstutzig, Lucretia«, meinte er.

»Willst du etwa damit sagen, daß …«

»Daß wir sexuelle Beziehungen hatten?« sprang Lilah

139

hilfreich ein. Sie lächelte mit falscher Süße. »Will Ihnen das nicht über die Lippen? Adam hat mich geküßt. Mehr als einmal.«

»Und ich habe es genossen«, fügte Adam hinzu. »Sehr sogar.«

Lucretia war völlig verblüfft von seinen Worten – genau wie Lilah, die ihn verblüfft ansah. Es dauerte eine Weile, bis sie ihre Blicke voneinander lösen konnten.

»Womit wir beim Thema Sex wären«, meinte Lilah.

»Tatsächlich?« Er lächelte. Wie sehr sie dieses Lächeln liebte!

»Aber das ist es doch, worum sich alles dreht, oder etwa nicht?« fragte Lilah, als wären sie beide allein. »Du hast nur Angst, daß du keine Chancen mehr haben wirst, wenn du nicht die erstbeste Frau, die Mitleid und Verständnis für deine Situation zu zeigen scheint, packst und festhältst. Wenn ich glauben könnte, daß sie es ehrlich und aufrichtig meint, dann wäre ich die erste, die ihr einen Verdienstorden anheften würde. Aber wenn ich an deiner Stelle wäre, dann würde ich mir überlegen, warum sie so schnell zugestimmt hat, keine Kinder zu haben.«

Lucretia protestierte, doch niemand achtete auf sie.

»Ist es dir schon einmal in den Sinn gekommen«, fuhr Lilah fort, »daß der Gedanke, du könntest keine Kinder mehr zeugen, ihr sogar gefällt? Vielleicht ist sie ja froh, einen Mann zu bekommen, der sie nicht dazu zwingt, ein Kind zu gebären. Es würde mich nämlich sehr wundern, wenn diese Frau tatsächlich bereit wäre, ihre Figur und ihre Zeit für ein Kind zu opfern. Sie scheint mir nicht der Typ zu sein, der bereitwillig dem Kind die Brust gibt und Windeln wechselt.«

»Heutzutage ist es nicht mehr so wichtig, selbst zu stillen«, erinnerte Adam sie ganz ruhig.

»Für mich wäre es aber wichtig.«

»Wirklich?«

Für einen Augenblick senkte Lilah den Blick. »Lenk nicht

vom Thema ab«, sagte sie leise, straffte sich dann und sah Adam wieder in die Augen. »Soweit ich das beurteilen kann, wirst du sehr wohl bald wieder mit einer Frau ins Bett gehen und Kinder zeugen können, wenn du es willst. Für eine Frau, die dich wirklich liebt, Adam, würde es keine Rolle spielen, ob du ›ein richtiger Mann‹ wärst oder nicht. Aber ich weiß, daß es für *dich* eine Rolle spielt. Und wenn es so ist, wie ich vermute, dann schlage ich dir vor, daß du erst einmal bei mir ausprobierst, ob es klappt, bevor du überstürzt Schneewittchen heiratest und es später bereust.«

Auf dieses Angebot folgte erst einmal Schweigen. Lilah war am meisten von allen erschrocken über das, was sie gesagt hatte. Himmel, ihr Verstand war wohl völlig ausgeschaltet gewesen. Ganz impulsiv hatte sie diesen Vorschlag gemacht, und jetzt, da sie ihn ausgesprochen hatte, spürte sie, daß es genau das war, was sie wollte.

Es war ihr völlig gleichgültig, was Lucretia darüber dachte. Gar nicht gleichgültig war ihr allerdings, wie Adam das Gesagte aufnehmen würde. Seine Augen spiegelten Überraschung wider, aber weder an seinem Blick noch an seinem Gesichtsausdruck konnte sie erkennen, was er wirklich dachte.

Lilah stand auf, wandte sich ab und verließ ohne ein weiteres Wort den Raum.

Es vergingen noch einige Augenblicke, bevor Lucretia sich räusperte und zu sprechen begann. »Ich kann es einfach nicht glauben, daß ich das wirklich alles gehört habe. Wie kann diese Person es wagen, sich in Dinge einzumischen, die sie überhaupt nichts angehen? Du tust mir leid, mein armer Liebling. Wie schlimm muß es für dich gewesen sein, sie zu ertragen. Ich werde dafür sorgen, daß sie packt und heute noch das Haus verläßt.«

Adam griff nach ihrem Arm, als sie an seinem Rollstuhl vorbei zur Tür wollte.

»Adam, was soll das? Du tust mir weh!«

»Nein, nicht Lilah wird genau jetzt packen, sondern du.«

Lucretias Wangen wurden noch eine Spur bleicher, als sie es ohnehin schon waren. »Das kann doch nicht dein Ernst sein, Adam! Du wirst doch nicht ein Wort von dem glauben, was diese Frau gesagt hat, oder? Nein, das kann nicht sein, dafür bist du viel zu intelligent.«

Er gab ihren Arm frei und lehnte sich zurück. »Lilah hat mir nichts gesagt, was ich nicht schon gewußt hätte, Lucretia.« Er lächelte und fügte dann hinzu: »Zumindest nichts Neues, was dich betrifft. Und weil ich intelligent bin, pflege ich stets Nachforschungen durchzuführen, wenn jemand mein Geschäftspartner wird, mein Freund – oder meine Geliebte!«

Als er sie wieder ansah, war sein Gesicht ernst. »Ich weiß, daß deine Gläubiger dir die Tür einrennen.«

»Wie geschmacklos von dir, Adam, jetzt von Geld zu sprechen!«

»Das würde ich auch nicht tun, wenn Geld nicht der Grund wäre, warum du hier bist.« Er sprach weiter, bevor sie noch etwas dazu sagen konnte. »Wir hatten eine schöne Zeit miteinander, Lucretia.«

»Und schönen Sex.«

Er winkte ab. »Der war so leicht zu haben, daß es eigentlich schon fast den Reiz für mich verloren hatte, bevor wir zum erstenmal miteinander ins Bett gegangen sind.«

»Du...«

Er zuckte mit den Schultern. »Ich habe dich niemals heiraten wollen, Lucretia, es noch nicht einmal in Erwägung gezogen. Ich habe vom ersten Moment an gewußt, warum du so hinter mir her warst!«

»Aber ich hatte mich in dich verliebt!« Ihre Stimme klang schrill.

»Nicht in mich, in mein Bankkonto.«

»Das ist nicht wahr! Du bedeutest mir sehr viel, Adam, und ich bin hergekommen, um...«

»Um genau das zu tun, was Lilah eben beschrieben hat«, unterbrach er sie. »Du wolltest mich mit deiner Fürsorge einwickeln, bis ich dich aus Dankbarkeit heiraten würde. Dann hätte ich eine Frau, die meine Behinderung toleriert, und du hättest einen Mann, der dich aus den Klauen der Gläubiger befreien könnte.«

Er sah sie abweisend an. »Du hast nur eines nicht bedacht, Lucretia: Ich bin kein Mann, der sich mit einem solchen Mißgeschick einfach abfindet. Es kann sein, daß ich meine Firma vom Rollstuhl aus führen muß, aber ich werde nicht zu einem bettlägerigen Invaliden, der ständig umsorgt werden muß, während seine liebende Frau die Situation für sich ausnutzt.«

»In den letzten Tagen hast du dich in dieser Situation aber offensichtlich wohl gefühlt«, erwiderte sie kühl.

»Als du ankamst, hatte ich gerade einen sehr schlechten Tag«, antwortete Adam. »Außerdem wollte ich sehen, wie weit du gehen würdest.«

»Du hast mich also getestet?«

»Nein, eigentlich war es Lilah, die ich testen wollte. Aber sie hat bestanden, während du mit Pauken und Trompeten durchgefallen bist.«

»Da wir schon so wundervoll offen miteinander reden, will ich dir auch noch etwas verraten«, meinte sie bissig, »deine Vorliebe für diese Frau mit dieser provinziellen Kleidung und ihrer unanständigen Ausdrucksweise ist lächerlich. Jeder Mann in deiner Situation wird sich einbilden, seine Therapeutin zu lieben. Siehst du denn nicht, daß du nur hinter ihr her bist, weil sie die einzig verfügbare Frau in deiner Umgebung ist?«

»Du warst auch verfügbar, Lucretia«, erinnerte er sie ruhig. »Und dich habe ich nicht gewollt, oder?«

»Bastard!«

Amüsiert sah Adam sie an. »Und du beklagst dich über Lilahs Wortwahl?«

143

»Sie kleidet sich wie eine Nutte.« – »Aber du warst es, Lucretia, die sich selber verkaufen wollte, nicht Lilah.«

»Ich kann mir nicht vorstellen, daß du sie tatsächlich willst.«

»Oh, und ob ich sie will«, antwortete Adam lächelnd. »Und ich werde sie beim Wort nehmen, was ihr Angebot betrifft.«

Von ihrem Zimmerfenster aus sah Lilah, wie Pete die Wagentür für Lucretia offenhielt. Nachdem sie eingestiegen war, ging er hinüber zur Fahrerseite. Armer Pete. Er mußte ihre Gesellschaft auf der Fahrt zum Flughafen ertragen, und es schien nicht so, als wäre sie in sonderlich guter Stimmung.

Lilahs Laune jedoch war hervorragend. Sie summte fröhlich vor sich hin. Hoffentlich würde ihr diese Lucretia von Elsinghauer nie mehr begegnen. Nachdem sie aus dem Weg geräumt war, würde Adam weiter Fortschritte machen, da war sie ganz sicher.

Lilah wartete, bis der Wagen verschwunden war. Dann ging sie hinüber zu Adams Zimmer und klopfte. Nachdem sie eingetreten war, überkam sie eine plötzliche Scheu. Neben der Tür blieb sie stehen. Was, wenn Adam böse auf sie war, weil sie Lucretia vertrieben hatte? »Sie ist weg. Pete fährt sie gerade zum Flughafen.«

»Gott sei Dank.«

Sie machte ein verdutztes Gesicht. »Du bist nicht wütend?«

»Nur erleichtert.«

»Möchtest du mir das nicht erklären?«

»Nein.«

»Habt ihr euch gestritten?«

»Ich sage nichts.«

»Verflixt! Und dabei hatte ich gehofft, alle interessanten Einzelheiten aus erster Hand zu erfahren.«

»Tut mir leid, dich enttäuschen zu müssen«, meinte Adam und grinste, »aber eigentlich tut es mir auch wieder nicht leid. Im Augenblick bin ich wirklich nur froh, daß ich sie los bin.«

Lilah lächelte. »Sie ist wie eine Furie durch das Haus gehetzt, während sie packte und ihren Flug buchte. Ich habe daher unsere Übungen verschoben und gewartet, bis sie verschwunden war.«

»Ich habe mir gedacht, daß du ihretwegen nicht gekommen bist. Können wir es noch einmal mit dem Barren versuchen?«

»Du meinst … Hey, wo ist mein Poster?« unterbrach sie sich, als sie die leere Stelle an der Wand sah.

»Oh, du meinst das, von dem Lucretia gesagt hat, es wäre eine Beleidigung für jedes Auge?«

»Das hat sie gesagt? Diese Hexe! Was kann denn an einer Frau mit einer Obstschale beleidigend sein?«

»Ich glaube kaum, daß es das Motiv war, was ihr nicht gefiel. Vielmehr war es die Stellung der Lady und das, was sie mit der Banane tat.«

»Manche Menschen haben wirklich keinen Geschmack! Wo ist das Poster?«

Adam grinste. »Lucretia wollte es wegwerfen. Sie gab es Pete, aber er hat es mir heimlich zurückgebracht.« Er griff unters Bett und zog das zusammengerollte Poster hervor.

Lilah nahm es und befestigte es wieder an der Wand. »So ist es gut«, meinte er lächelnd. »Jetzt können wir loslegen.«

Dann begannen sie mit den Übungen am Barren.

Adam stützte sich wieder mit den Händen ab, aber diesmal versuchte er auch, seine Beine einzusetzen, und zwar mit solcher Energie, daß Lilah ihn zurückhalten mußte. »Adam, du übertreibst!«

»Nur noch fünf Minuten.«

Schließlich half Lilah ihm zurück in den Rollstuhl. »Genug für heute. Ich denke, eine Massage wird dir guttun.«

Erst als er wieder im Bett lag und Lilah ihn zudeckte, kam Adam wie nebenbei auf das Thema zu sprechen, das ihm schon die ganze Zeit über wie Feuer auf der Seele gebrannt hatte. »Was ist mit deinem Angebot?«

»Mit welchem Angebot?«

»Daß ich es mit dir versuchen sollte!«

9

Lilah erwiderte nichts.

Adam wartete einen Augenblick, dann fragte er erneut: »Nun, was ist damit?«

»Du hast das doch nicht ernst genommen, oder?«

»Doch, sehr ernst sogar, und du hast es auch so gemeint!« Er faßte ihre Hände und zog Lilah auf die Bettkante.

»Da kannst du mal sehen, wie man sich täuschen kann, Adam. Ich habe das doch nur gesagt, damit sie endlich verschwindet. Sie wollte alles zerstören, was wir zusammen aufgebaut hatten und… Warum schüttelst du den Kopf?«

»Das mag alles stimmen, Lilah, aber nur bis zu einem gewissen Punkt. Du warst so erregt und so besessen von dem Gedanken, daß Lucretia nicht die richtige Frau für mich ist, daß du dieses Angebot zwar spontan gemacht hast, aber es hat dir nicht eine Sekunde lang leid getan, daß du es ausgesprochen hast. Und du wünschst dir nichts sehnlicher, als daß ich es annehme.«

Nervös versuchte Lilah zu ignorieren, daß Adam sanft mit einem Finger über ihre Lippen strich.

»Adam, ich wollte sie nur bluffen, verstehst du das denn nicht? Das war ein Scherz!«

»Nein, das war es nicht.«

»Woher willst du das wissen?«

Er richtete sich etwas auf, bis sie seinen Atem auf ihrem Gesicht spüren konnte. »Weil du dich nach mir sehnst.«

»Nein, das tue ich nicht!«

»Seit Wochen versuchst du schon, mir etwas vorzumachen, Lilah. Aber das hört jetzt auf!«

»Ich werde nicht…«

»Sei ruhig, Lilah!« Er legte eine Hand hinter ihren Kopf und zog sie an sich heran. Anfangs waren seine Küsse hart und fordernd, dann wurden sie sanfter. »Öffne deine Lippen«, murmelte er.

»Adam…«

»Danke…« Sein Kuß war hungrig und leidenschaftlich. Lilah wollte sich von Adam freimachen, doch schließlich erlahmte ihr Widerstand, und sie erwiderte seinen Kuß. Adam zog sie noch näher zu sich heran und vergrub seine Finger in ihrem Haar.

Lilah legte ihre Hände auf seine nackte Brust. Seine Haut fühlte sich so weich und sanft an, daß sie gar nicht genug davon bekommen konnte, sie zu berühren.

Als sie sich voneinander lösten, flüsterte Lilah Adams Namen.

»Du bist unglaublich.« Adam lachte leise.

»Wirklich?« Sie legte den Kopf auf die Seite und ließ es zu, daß er spielerisch an ihrem Ohr knabberte.

»Weißt du, daß du einen Mann verrückt machen kannst?«

»Das ist aber gar nicht meine Absicht.«

»Eben darum bist du ja so verdammt sexy. Du scheinst ständig etwas zu versprechen, aber du löst dieses Versprechen nie ein. Bevor ein Mann dich anfassen darf, hast du ihm schon völlig den Kopf verdreht.«

Diesmal protestierte Lilah nicht, als seine Lippen ihren Mund wieder berührten. Adams Hand glitt unter ihr T-Shirt, und sein Daumen strich über die Spitzen ihrer weichen, zarten Brüste.

Schließlich schob er das T-Shirt hoch, beugte sich etwas zurück und betrachtete ihre schönen Brüste. Wieder begann er, sie zu streicheln. »Oh, wie habe ich es vermißt, eine Frau zu berühren!«

Dann beugte er sich zu ihr und nahm erst die eine, dann die andere harte Spitze ihrer Brüste zwischen die Lippen. Lilah stöhnte leise. Ihre Hände verfingen sich in seinem

148

Haar, als sie den Kopf zurücklegte und ihren Körper Adam entgegenbog.

Als Adam sich dann von ihr löste, öffnete sie die Augen. »Bitte mach weiter!« Ihre Stimme klang rauh, und ihre Augen hatten einen Glanz, wie Adam ihn noch niemals zuvor bei ihr gesehen hatte. Er küßte sie. »Ich möchte dich ganz sehen, Darling. Ziehst du dich für mich aus?«

Lilah erschauerte. »Aber, Adam...«

»Ich würde dich ja auch gerne selbst ausziehen, Honey, aber wenn ich das zum erstenmal tue, möchte ich dabei auf meinen eigenen Füßen stehen.« Wieder küßte er sie. »Zieh dich für mich aus, Lilah!« flüsterte er nahe an ihrem Mund. »Langsam und sehr sexy, ja?«

Sie ließ sich vom Bett gleiten und stand auf. Jetzt hatte sie ihre Chance. Sie war seinen zärtlichen Händen und fordernden Lippen entkommen. Wenn sie sich jetzt umdrehte und hinausging, würde nichts geschehen. Noch hatte sie Zeit zu fliehen.

Doch sie blieb neben dem Bett stehen, als könnte sie keinen Fuß vor den anderen setzen. Das feurige Glitzern in Adams Augen und ihre Sehnsucht, zu lieben und geliebt zu werden, ließen es nicht zu, daß sie floh. Die Therapeutin in ihr mußte jetzt schweigen. Es gab nur noch die Frau, und die war wesentlich verletzlicher und zarter.

Bereits als sie sich aus Adams Armen gelöst hatte, hatte sie gewußt, daß sie dorthin zurückkehren würde. Nackt und voller Sehnsucht.

Den Blick auf ihn gerichtet, zog sie sich das T-Shirt über den Kopf. Sie hielt die Arme für einen Augenblick über den Kopf, bevor sie sie senkte und das T-Shirt auf den Boden fallen ließ.

Dann schüttelte sie ihr Haar zurück und ließ es auf die Schultern fallen, bevor sie nach hinten griff, um den Verschluß ihrer Shorts zu öffnen.

Adam wandte keine Sekunde den Blick von ihr. Seine

Augen drückten Bewunderung aus, und sein sehnsüchtiges Lächeln zeigte Lilah, daß er es kaum erwarten konnte, sie wieder in seinen Armen zu halten.

Ihre Finger zitterten leicht, als sie den Reißverschluß ihrer Shorts öffnete. Sie zögerte einen Moment, doch dann schob sie die Hose die Beine hinunter und stand dann nur noch mit einem knappen Slip bekleidet vor Adams Bett. Ihr Lächeln wirkte scheu und unsicher.

»Komm her«, sagte Adam leise. Langsam ging Lilah die wenigen Schritte, bis sie in Reichweite neben ihm stand.

Adam streckte eine Hand aus und streichelte sanft über ihren flachen Bauch bis hinunter zum Bund ihres Slips.

»Wunderschön«, hörte sie ihn sagen, als seine Hand über den dünnen Stoff strich. Sie spürte die Wärme seiner Finger und begann leicht zu zittern.

»Zieh dich ganz aus, Lilah!«

»Ich… ich kann nicht, Adam.«

»Warum nicht?«

»Ich bin nervös.«

»Sicher bin ich nicht der erste Mann, vor dem du dich ausziehst, oder?«

Sie machte eine hilflose Geste. »Aber es war immer… ich meine…«

»Bitte, Lilah.«

Das Flehen in seinen Augen ließ den letzten Widerstand bei ihr dahinschmelzen. Sie tastete nach dem Slip und schob ihn hinunter, bis auch er auf dem Boden landete.

»Ich wußte, daß du schön bist«, sagte Adam leise, »aber…« Er war so damit beschäftigt, sie voller Bewunderung anzusehen, daß er den Satz unvollendet ließ. »Leg dich zu mir.«

Seine Arme, stark und kraftvoll nach all dem Training der letzten Zeit, schlossen sich um ihre Taille. Er zog Lilah zu sich aufs Bett und begann, ihren Körper mit tausend kleinen Küssen zu bedecken.

Dann hörte Lilah ihn lustvoll stöhnen. »Oh, das fühlt sich gut an, Lilah!«

»Nackte Haut?«

»Nein. Das.«

Er nahm ihre Hand und führte sie unter die Bettdecke, seinen Körper entlang. Ohne zu zögern, schlossen sich Lilahs Finger um sein hartes Glied.

Seine Küsse wurden leidenschaftlicher, und sie erwiderte sie mit all der Sehnsucht, die sich in den letzten Wochen in ihr aufgestaut hatte, und streichelte Adams ganzen Körper.

Dann faßte er unter die Decke und zog ihren Oberschenkel über seinen. Seine Hand glitt über ihre Hüfte und die Rückseite ihres Schenkels.

»Spürst du das?« fragte Lilah.

»Ich spüre den Druck, und ich fühle deine Haut, und ich fühle das.« Seine Hand glitt zwischen ihre Schenkel. Lilah zuckte zusammen.

»Habe ich dir weh getan?« fragte er besorgt.

»Nein, nein. Überhaupt nicht.«

Sie schmiegte ihren Kopf an seine Brust und umklammerte mit beiden Händen seine Schultern, während sie die Lust genoß, die seine Finger in ihr weckten.

Sie war so in Aufruhr von der Stärke der Gefühle, die seine Berührungen in ihr auslösten, daß sie erst merkte, daß Adam seine Arme von ihr genommen hatte, als sie zu frösteln begann. Sie hob den Kopf und öffnete die Augen.

Adam wich ihrem fragenden Blick aus, und jetzt erst spürte Lilah, daß seine Erregung gewichen war. »Adam?« Ihre Stimme war so leise, daß sie für einen Moment dachte, er hätte sie nicht gehört, da er nicht antwortete. »Adam?« wiederholte sie noch einmal.

»Du gehst jetzt besser, Lilah«, entgegnete er mit tonloser Stimme. »Ich bin müde.«

Lilah starrte ihn verständnislos an. Ganz langsam löste sie sich schließlich von ihm und schlüpfte aus dem Bett. Sie stand da und wartete, aber als er keine Anstalten machte, sie zurückzuhalten, raffte sie ihre Sachen zusammen und verließ fluchtartig das Zimmer.

Lilah war froh, daß über ihrem Bett ein Ventilator angebracht war. So gab es wenigstens etwas, das sie anstarren konnte. Stunden vergingen, ohne daß sie den Blick von den sich drehenden Flügeln des Ventilators nahm. Die kühle Luft trocknete immer wieder ihre Tränen.

Mindestens tausendmal hatte sie versucht, eine Erklärung für Adams Verhalten zu finden, aber so sehr sie auch ihren Kopf zermarterte, es wollte ihr einfach keine einfallen. Hatte sie etwas getan, das diese Veränderung hervorgerufen hatte? Aber was konnte das sein?

Lilah fühlte sich leer und unendlich traurig, als sie sich schließlich auf die Seite drehte. Eine Träne war wohl zu groß gewesen, so daß der Ventilator sie nicht hatte trocknen können. Sie rollte ihre Nase entlang und fiel von dort aufs Kissen.

Hatte sie sich nicht fest vorgenommen, niemals wegen eines Mannes zu weinen? Es machte sie wütend, daß sie jetzt hier lag und nicht aufhören konnte, Tränen über Adam Cavanaugh zu vergießen. Wie konnte er nur so herzlos sein, sie so einfach aus seinem Bett zu werfen, nachdem alles so schön für sie beide begonnen hatte?

Und doch hatte sie nicht das Gefühl gehabt, von ihm benutzt worden zu sein. Wenn das überhaupt möglich war, hatte Adam noch unglücklicher ausgesehen als sie selbst. Aber warum? Sie hatte ihm doch alles gegeben, was er wollte und brauchte, und er hatte sich selbst bewiesen, daß er...

Plötzlich zuckte Lilah zusammen. Sie verharrte einen Augenblick ganz still, dann rollte sie sich langsam wieder auf den Rücken, diesmal allerdings ohne den Blick starr auf den Ventilator zu richten.

Warum war sie nicht früher darauf gekommen? Jetzt erinnerte sie sich genau an Adams Gesicht, als sie ihn verlassen hatte. Da war keine Spur von Triumph zu sehen gewesen – im Gegenteil!

Gedankenverloren wischte Lilah sich die Spuren der Tränen aus dem Gesicht und murmelte etwas, das so gar nicht ladylike war. »Kein Wunder, daß er so reagiert hat«, murmelte sie in die Dunkelheit.

Sie kannte Adams Körper sehr genau nach all den Wochen. Aber ebenso kannte Lilah mittlerweile seine Psyche. Sie wußte, wie sie ihn locken konnte, und sie wußte, was er dachte. Und gerade weil sie ihn so gut kannte, verstand sie jetzt auch, warum er so und nicht anders reagiert hatte.

Nachdem Lilah soweit gekommen war, wußte sie plötzlich auch, was sie jetzt tun mußte. Es würde sie einigen Stolz kosten, aber was spielte das schon für eine Rolle, wenn das Glück des Mannes davon abhing, den sie liebte?

Was sie im Schilde führte, war sicher dazu angetan, ihr die Zulassung als Therapeutin zu entziehen. Trotzdem mußte sie es tun, denn ihre Motivation war die stärkste, die man sich nur vorstellen konnte: Liebe.

Am nächsten Morgen wirbelte Lilah förmlich in Adams Zimmer. Sie hatte sich an diesem Morgen besonders sorgfältig zurechtgemacht, so daß sie den Blick in den Spiegel nicht zu scheuen brauchte.

»Guten Morgen, Adam. Wie geht es dir?«

Er saß in seinem Rollstuhl am Fenster und starrte hinaus. »Gut.«

»Hast du gut geschlafen?«

»Ja.«

»Pete hat gesagt, daß du nicht viel zum Frühstück gegessen hast.«

»Wer bist du, meine Mutter?«

Lilah lachte. »Wenn ich das wäre, hätten wir gestern eine

Sünde begangen.« Sie wartete auf seine Reaktion, die aber nicht kam. »Nicht sehr lustig?«

»Nicht sonderlich.«

»Was ist mit dir? Fühlst du dich nicht wohl? Hast du Verstopfung? Soll ich dir vielleicht Pflaumenmus machen?«

»Wenn du Pflaumenmus auch nur in meine Nähe bringst, werde ich...« Er brach mitten im Satz ab.

»Was wirst du? Mich mit einem Stock verhauen?«

»Würdest du bitte ruhig sein und deinen Job tun?«

»Der Herr hat schlechte Laune«, sagte Lilah leise vor sich hin. Sie stand jetzt direkt vor ihm und reckte die Arme über den Kopf, so daß ihr T-Shirt hochrutschte und den Blick auf ihren Bauch freigab. »Ich habe wundervoll geschlafen, und Petes Frühstück war ein Gedicht. Jetzt möchte ich schwimmen. Kommst du mit?«

»Nein, ich bleibe hier.«

»Willst du etwa deine phantastische Bräune verblassen lassen?« fragte Lilah. »Wie wäre es, wenn wir unsere Übungen heute draußen machen würden?«

»Ich möchte hier am Barren arbeiten.«

»Das machen wir heute nachmittag.«

»Warum nicht jetzt?«

»Weil ich es gesagt habe.«

»Du willst dich nur an meinem Swimmingpool herumtreiben und *deine* phantastische Bräune nicht verblassen lassen!« warf er ihr vor.

Lilah schüttelte den Kopf. »Ich werde das einfach überhören, Cavanaugh, obwohl Bemerkungen wie diese nicht gerade dazu angetan sind, meine gute Laune zu erhalten. Wann wird es endlich in deinen Dickschädel gehen, daß ich die Therapeutin bin und du der Patient und daß das getan wird, was ich für richtig halte?«

Adam hieb mit beiden Fäusten auf die Armlehnen des Rollstuhls. »Ich will aus diesem verdammten Ding heraus!«

»Genau das will ich auch. Aber statt unten auf der Ter-

154

rasse unserem Ziel ein Stück näher zu kommen, vergeuden wir hier unsere Zeit mit unnützen Diskussionen.« Lilah trat hinter den Stuhl, löste die Bremse und schob ihn aus dem Zimmer.

Auf der Terrasse angekommen, schenkte sie ihm ein Glas Ananassaft ein und küßte ihn auf die Wange, als sie es ihm reichte. »Vielleicht hebt das ja deine Laune.«

Offensichtlich war er zu überrascht von diesem scheinbar spontanen Kuß, als daß er etwas hätte antworten können. Lilah zog sich das T-Shirt über den Kopf und ließ es achtlos auf den Steinboden fallen. Dann ging sie zum Sprungbrett und tauchte mit einem gekonnten Kopfsprung in das blau schimmernde Wasser ein. Sie schwamm einige Runden und stieg dann am anderen Ende über die Stufen aus dem Pool, während sie sich das Wasser aus den Haaren schüttelte.

»Das Wasser ist herrlich. Möchtest du im niedrigen Teil sitzen?«

»Später.«

Sie wußte genau, daß er sie keine Sekunde aus den Augen ließ, aber sie tat, als würde sie das überhaupt nicht bemerken. Sie ging zum Regal an der Hauswand, wo immer einige Badetücher sorgfältig gefaltet auf Benutzer warteten. Das Wasser perlte langsam von ihrer gebräunten Haut ab, genauso, wie sie es geplant hatte. Babyöl wirkte Wunder.

Lilah trocknete sich ab, wobei sie Adam den Rücken zukehrte. Dann öffnete sie das Oberteil ihres Bikinis, ließ es zu Boden fallen und zog das T-Shirt wieder über, das sie Minuten vorher ausgezogen hatte. Der dünne Baumwollstoff schmiegte sich eng an ihre noch feuchte Haut.

Als sie sich umdrehte und Adam wieder ansah, registrierte sie mit Zufriedenheit, daß ihr kleines Spiel Wirkung zeigte. Adam hielt die Armlehnen des Rollstuhls so fest umklammert, daß die Knöchel weiß hervortraten. Es schien,

155

als wollte er im nächsten Augenblick aus dem Rollstuhl springen, und seine dünnen Gymnastikshorts konnten nicht verbergen, daß er erregt war.

»Wie ich sehe, hat Pete deinen Tisch aufgestellt«, meinte Lilah und deutete neben sich. »Kannst du allein hinaufkommen?«

Adam fuhr seinen Rollstuhl zum Tisch, stützte sich mit der einen Hand auf der Platte ab und mit der anderen auf der Armlehne seines Rollstuhls.

»Bald wirst du mich überhaupt nicht mehr brauchen«, sagte Lilah und lehnte sich etwas näher zu ihm. »Zumindest dafür nicht.«

»Ich bin bereit«, brachte Adam mürrisch hervor, als er auf dem Rücken auf dem Tisch lag.

Lilah sah ihn an und lächelte. »Das sehe ich.«

»Lilah!«

»Okay, okay. Ich weiß ja, daß du es nicht abwarten kannst, mir wieder deine Künste am Barren vorzuführen, aber du kannst eine Frau nicht dafür verurteilen, daß sie auch deine... deine anderen Fähigkeiten sieht.«

Sie machten alle Dehn- und Streckübungen des Programms durch, und obwohl sich Adam mehr als einmal beklagte, war er nachher doch stolz darauf, alles geschafft zu haben.

»Ging gut heute, nicht?«

»Morgen wirst du mich schon in den Pool stoßen können«, antwortete Lilah. »Ich könnte mir denken, daß dir das Spaß machen würde, oder?«

Er lachte. »Mehr als das! Ich würde dich unter Wasser halten.«

»Das kann ich mir denken. Möchtest du sofort wieder zurück in dein Zimmer?«

»Nein, nicht unbedingt. Warum?«

»Es wäre doch schön, hier draußen zu liegen und ein Sonnenbad zu nehmen.«

»Mach du nur. Dein Dienst ist ja jetzt vorerst beendet.«

»Ich meine, wir beide zusammen. Warum bleibst du nicht bei mir hier draußen?«

»Warum sollte ich?«

»Der Sonne wegen, zum Beispiel. In manchen Kulturen wird der Sonne eine heilende Wirkung nachgesagt.«

»Das ist doch Unsinn.«

»Nun, zumindest kann es nicht schaden«, antwortete Lilah. »Aber wie du willst.«

Sie breitete eines der Badetücher nahe am Pool aus und legte sich darauf, allerdings nicht, ohne vorher ihr T-Shirt ausgezogen zu haben.

»Hast du eigentlich gar kein Schamgefühl?«

Sie rollte sich auf den Rücken. »Warum sollte ich plötzlich?«

»Pete könnte kommen.«

»Ich habe Pete den Rest des Tages freigegeben.«

»Du hast meinem Angestellten freigegeben?«

»Warum nicht? Das Haus ist in Ordnung, die Wäsche gewaschen, und kochen kann ich auch. Zumindest so gut, daß wir nicht verhungern werden«, fügte sie hinzu. »Er wollte zur Geburtstagsfeier seines Cousins, und so habe ich ihn gehen lassen.« Bevor Adam noch protestieren konnte, warf sie ihm eine Tube Sonnencreme in den Schoß. »Würdest du mir bitte den Rücken eincremen?«

»Von hier aus kann ich das nicht.«

»Dann komm hier herunter.« Lilah legte sich wieder lang ausgestreckt auf den Bauch und verschränkte die Hände unter dem Gesicht.

Wie sie es erwartet hatte, ließ Adam sich neben ihr aus dem Rollstuhl auf den Boden rutschen. Noch vor einigen Wochen hätte er das in langsamen Etappen machen müssen, aber jetzt ging es bereits mit der Hilfe seiner starken Arme in einem Vorgang.

»Wo soll ich dich eincremen?«

»Überall.« Sekunden später sagte sie: »Nicht so fest und nicht so schnell. Ja, mmh, so ist es besser.«

Es dauerte nicht lange, da benutzte er beide Hände. Sie glitten mit sanften und doch festen Bewegungen über ihren Rücken, wobei seine Fingerspitzen ab und zu an der Seite tiefer glitten, wo die Rundungen ihrer Brüste waren.

»Meine Beine bitte auch«, sagte sie mit scheinbar schläfriger Stimme, obwohl ihre Sinne selten so wach gewesen waren wie in diesem Moment.

Er kam ihrem Wunsch nicht sofort nach, sondern zögerte noch eine Weile. Lilahs Herz schlug heftig gegen ihre Rippen. Sie hielt krampfhaft die Augen geschlossen und wünschte sich sehnlichst, daß er ihren Wunsch erfüllte – zu ihrem wie auch zu seinem eigenen Besten.

Schließlich hatte wohl seine Sehnsucht, sie zu berühren, über seinen Verstand gesiegt. Sie spürte seine Hände auf ihren Schenkeln und Waden. Dann begann er, sich langsam von unten nach oben zu arbeiten. Sie stöhnte leise, während ihre Haut unter seinen Händen brannte.

Viel zu schnell zog er seine Hände wieder zurück. Lilah drehte sich gerade so weit auf die Seite, um ihm einen Blick auf die Spitze einer Brust zu gestatten. »Fertig?«

Sein Blick ging zu der rosigen Knospe, dann nickte er.

»Du solltest eigentlich Krankengymnast werden«, sagte sie und ärgerte sich darüber, daß ihre Stimme so verräterisch rauh klang. »Du hast den richtigen Griff dafür.«

Indem er die Technik anwandte, die Lilah ihn gelehrt hatte, manövrierte Adam sich zurück in seinen Rollstuhl. »Aber ich bin nicht so gefühllos.«

Entsetzt sah Lilah ihn an. »Das bin ich auch nicht.«

»Dann eben grausam.«

»Ich bin auch nicht grausam.«

»Wirklich nicht?« Er drehte den Rollstuhl herum.

»Wohin gehst du?«

»In mein Zimmer.«

»Ich bring' dir deinen Lunch«, versuchte Lilah die Stimmung zu heben.

»Mach dir keine Mühe.«

»Das ist keine Mühe, sondern meine Aufgabe.«

»Verdammte Aufgabe«, rief er ihr über die Schulter zu, während er bereits ins Haus fuhr. »Ich will lieber hungern, als von dir in die Enge getrieben zu werden.«

Der Rollstuhl verschwand im Haus, und Lilah starrte hinter ihm her. Am liebsten hätte sie wieder geweint. Wenn sie schon mal Pläne machte! Bei wichtigen Dingen hatte sie immer schon versagt.

Zuerst konnte Lilah nicht feststellen, welches Geräusch sie geweckt hatte. Bevor sie die Augen öffnete, lag Lilah bewegungslos in ihrem Bett und versuchte, völlig wach zu werden. Als sie die Augen öffnete, war sie erstaunt, daß das große Gästezimmer bereits in dunkles Dämmerlicht getaucht war.

Sie hatte länger geschlafen, als sie es eigentlich gewollt hatte. Nachdem sie vom Pool heraufgekommen war, war all ihre Energie verflogen gewesen. Lilah hatte sich gerade noch aufraffen können, unter die Dusche zu gehen und sich die Haare zu waschen, bevor sie unter die Decke gekrochen und eingeschlafen war.

Jetzt war die Zeit, in der sie normalerweise Übungen mit Adam machte, bereits weit überschritten. Schuldbewußt rollte sie sich auf den Rücken, schob die Bettdecke beiseite und sprang aus dem Bett.

In diesem Augenblick hörte sie das seltsame Geräusch wieder.

Und diesmal wußte sie, um was es sich handelte. Hastig griff sie nach dem Kimono am Fußende ihres Bettes, zog ihn über und machte einen Knoten in den Gürtel, während sie schon in den Flur hastete.

Als sie nur zwei Sekunden später die Tür zu Adams Zimmer aufriß, waren ihre Haare noch zerzaust, und dem Kimono sah man an, daß er äußerst nachlässig zugebunden war. Adam stand bereits zwischen den Holmen des Barrens.

»Es wird aber auch allerhöchste Zeit, daß du endlich kommst.«

»Adam«, schrie sie. »Was zum Teufel machst du da?«

»Sieh mal.«

Mit weitaufgerissenen Augen sah Lilah, wie er sich mit einer Hand festhielt, sich vorbeugte und mit der anderen Hand den Boden berührte. Er hatte Mühe, aber es gelang ihm, sich anschließend alleine wieder aufzurichten.

»Woher kannst du das?«

»Du hast dein Buch hier liegen lassen«, antwortete er und wies auf das Anleitungsbuch der Therapie auf seinem Nachttisch. »Damit werden die Sehnen im Knie und die Wadenmuskeln trainiert.«

»Ich weiß, wofür diese Übung ist«, gab Lilah ärgerlich zurück. »Aber ich weiß auch, daß du noch nicht soweit bist.«

»Wer sagt das?«

»Ich. Wie hast du es geschafft, dich allein hochzuziehen? Und wo sind die Schienen für deine Knie?«

Als hätte er sie gar nicht gehört, fuhr Adam fort: »Sieh nur, was ich noch kann, und zwar ohne dich, möchte ich hinzufügen.« Er konzentrierte sich so sehr, daß Schweiß auf seiner Stirn stand, aber er schaffte es, einige Schritte allein zu tun.

Lilah trat zwischen die Holme und stand nur einen Schritt von ihm entfernt.

»Das ist wunderbar, Adam, aber für heute langt es wirklich. Du wirst dich verletzen, Adam! Hörst du nicht, was ich sage?«

»Doch.«

»Dann hör auf. Sofort! Hör auf!«

Er machte noch einen weiteren Schritt, so daß sie nur

noch Zentimeter voneinander entfernt standen. Lilah legte ihre Arme um seine Taille, um ihm Halt zu geben, aber sie hatte nicht mit seiner Stärke gerechnet.

Mit einer Hand griff er in ihr Haar und brachte ihr Gesicht ganz nah vor seines.

»Welches Spiel spielst du?«

»Gar keines.«

»Und ob du das tust. Du hast den ganzen Tag mit mir gespielt, und ich möchte wissen, warum du das getan hast. Ist das etwa deine Art von Humor? Ich will wissen, warum du alle weiblichen Register gezogen hast, um mich zu erregen.«

10

Lilah lehnte sich lächelnd gegen ihn, stellte sich auf die Zehenspitzen und küßte ihn. »Weil ich es mag, wenn du erregt bist«, flüsterte sie.

Er erwiderte ihren Kuß. »Du wußtest genau, was du getan hast. Gib's zu!«

»Ja.«

»Du hast mich ganz bewußt gequält.«

»Nicht gequält«, antwortete Lilah, »erregt.«

»Warum?«

»Weil ich dich will, Adam!«

Wieder küßte er sie, und seine freie Hand öffnete den Gürtel ihres Kimonos. Seine Finger streichelten ihre Brust, gingen dann tiefer und lösten sich schließlich abrupt von ihr. Mit der Kraft beider Arme brachte Adam sich zurück in den Rollstuhl. Sekunden später lag er in seinem Bett und zog Lilah zu sich hinunter.

»Du mußt dein Bestes geben, Baby«, murmelte er, während seine Hände unruhig über ihren Körper gingen.

Und das tat sie. Sie küßten sich endlos, bis Lilah sich von ihm löste und es zuließ, daß er ihr den Kimono von den Schultern schob.

Wunderschön und gar nicht mehr scheu kniete sie nackt vor ihm und lächelte auf ihn hinab. Dann griff sie nach dem Bund seiner Shorts.

In diesem Augenblick sah sie den ersten Anflug von Zweifel in seinem Blick. Er stoppte ihre Hand. »Lilah warte, ich…«

Sie schob seine Hand zur Seite und tippte ihm mit dem Zeigefinger auf die Brust. »Du wirst mich nicht wieder fortschicken, Adam Cavanaugh! Das hast du einmal mit mir gemacht, aber ein zweites Mal werde ich es nicht zulassen.«

»Ich…«

»Sei still und hör mir zu«, unterbrach sie ihn. »Du hast Angst, weil du nicht weißt, ob du es kannst oder nicht. Aber wenn du es nicht versuchst, Adam, wirst du die Antwort niemals herausfinden.«

Sie strich sich die zerzausten Haare mit beiden Händen aus dem Gesicht. »Außerdem werde ich nicht wissen, ob du gut warst oder nicht. Ich habe nämlich keine Vergleichsmöglichkeiten, Adam. Du bist der… der erste Mann in meinem Leben.«

Er starrte sie ungläubig an, und dann begann er plötzlich zu lachen. Es war ein böses, unfrohes Lachen. »Ich hätte nie geglaubt, daß du so weit gehen würdest, Lilah. Nur um deine Therapie zum Erfolg zu bringen, erzählst du mir solche Märchen. Ich will deine Lügen nicht mehr hören, hast du verstanden? Und ich will dein verdammtes Mitleid ebensowenig!«

Lilah beugte sich vor und stützte sich auf die Hände. »Sieh mal, Adam, du wirst nie herausfinden, ob ich gelogen habe oder nicht, wenn du es nicht versuchst.«

Sie zog ihm die Shorts über die Hüften, und als er nackt vor ihr lag, legte sie sich eng neben ihn. »Versuch es doch«, flüsterte sie und küßte ihn. Dann wanderten ihre Lippen seinen Hals hinunter zu seiner Brust.

Er griff mit beiden Händen in ihre Haare und murmelte einige nicht sehr feine Worte, aber er zog ihren Kopf nicht weg – sondern stöhnte auf, als sie seine Brustwarzen liebkoste.

»Versuch es doch«, flüsterte sie wieder. Sie schrie leise auf, als er plötzlich mit erstaunlicher Kraft an ihre Hüften griff und sie auf sich zog. Er war nicht sehr sanft.

Lilah zögerte einen Moment.

Dann ein stechender Schmerz. Er schien mit einem Mal wie erstarrt.

»Lilah! Oh, es tut mir so leid.« Als sie die Augen öffnete, sah sie in sein völlig überraschtes Gesicht.

»Ich ... das konnte ich doch nicht wissen. Niemals hätte ich geglaubt ... O Lilah, warum hast du es mir nicht gesagt?«

»Das habe ich doch.« Sie sah ihm direkt in die Augen. »Es ist die Wahrheit, Adam. Du bist mein erster Mann. Und noch etwas sage ich dir: Wenn du jetzt aufhörst, bringe ich dich um.«

Ein Lächeln spielte um seine Mundwinkel, und als er die Hand ausstreckte, um ihre Wange zu streicheln, war seine Berührung sanft und liebevoll. »Willst du das wirklich?«

»Ja.« Sie zögerte. »Aber ich glaube, ich kann dich dabei nicht ansehen, Adam. Es ist so ...«

»Lilah?«

»Ja?«

»Sei still!«

Er zog sie zu sich und küßte sie lange, während er ihren ganzen Körper streichelte.

Sie tat alles, was er ihr zuflüsterte, bewegte sich genauso, wie er es forderte, bis er schließlich weiter in sie eindrang, und diesmal verspürte Lilah keinen Schmerz.

Adam fuhr fort, ihr leise sehr liebevolle Anweisungen zu geben. Ein Liebesspiel, so erotisch und wundervoll, wie Lilah es sich niemals erträumt hätte.

Alles um sie herum versank. Es gab nur noch sie beide auf dieser Welt. Sie klammerten sich aneinander. Lilah sagte immer wieder seinen Namen. Leise zuerst, dann immer lauter. Und als sie den Höhepunkt erreichte, stöhnte sie auf.

Schließlich, als alles vorüber war, lag sie auf Adams Körper und atmete schwer. Lilah fühlte sich so schwach, daß sie glaubte, sich nie mehr bewegen zu können.

164

Es dauerte eine Weile, bis sie wieder genug Kraft gesammelt hatte, um den Kopf zu heben und ihn anzusehen.

Adam lächelte.

Sie erwiderte sein Lächeln und sagte: »Gar nicht schlecht für den Anfang, findest du nicht?«

»...und dann weiß ich nur noch, daß wir rutschten, und daß es nichts gab, was ich dagegen hätte unternehmen können. Meine Hände griffen ins Leere, während ich mir immer wieder verzweifelt sagte: Tu doch was, Adam. Tu endlich was. Aber es gab nichts, was ich hätte tun können. Ich war völlig hilflos.«

»Ein Zustand, den du haßt, nicht wahr?«

»Ja.«

Adam seufzte, während seine Finger gedankenverloren mit Lilahs Haar spielten, das wie ein Fächer auf seiner Brust lag.

»Ich kann mich erinnern, daß Pierre geschrien hat. Oder vielleicht war es auch Alex. Es kann auch sein, daß es meine eigenen Schreie waren, denn wie sie mir später sagten, waren die beiden sofort tot.«

»Hattest du Schmerzen?«

Über den Unfall zu sprechen, gehörte mit zur Therapie. So schwierig es auch für Adam war, Lilah wußte, daß es sein mußte.

»Ich glaube nicht. Zumindest kann ich mich nicht daran erinnern. Ich hatte wohl einen Schock.«

»Sicher.«

»Immer wieder wurde ich ohnmächtig. Ich weiß, daß ich die Namen meiner Freunde rief und keine Antwort bekam. Ich glaube, ich habe geweint.«

Lilah hatte ihre Arme um ihn gelegt und hielt ihn fest. Er mußte sich räuspern, bevor er weitersprechen konnte.

»An was ich mich als nächstes erinnern kann, ist der Hubschrauber, der mich zum Krankenhaus flog. Ich spürte, daß die Menschen um mich herum hektisch und aufgeregt waren. Dann sagte man mir, als ich das Bewußtsein voll wiedererlangt hatte, daß ich operiert werden müßte.«

»Das muß schlimm für dich gewesen sein«, sagte Lilah leise und küßte ihn.

»Ich weiß gar nicht mehr, ob ich Angst gehabt habe. Mein Zorn darüber, daß ausgerechnet mir das passieren mußte, war viel größer. Ich weiß, das ist seltsam für jemanden, der gerade dem Tod entronnen ist, aber mir ging immer wieder durch den Kopf, wieviel ich noch vorgehabt hatte und daß jetzt vielleicht alles vorüber war.

Ich war wütend und konnte es immer noch nicht glauben.«

»Du hast gedacht, ›wie unfair‹, nicht wahr?«

Adam nickte. »Ja, genau das habe ich gedacht. Aber vermutlich geht es den meisten Menschen so. Unfälle und tragische Ereignisse passieren immer nur den anderen, aber doch nicht einem Adam Cavanaugh! Ich erinnerte mich daran, wie oft ich von Katastrophen im Fernsehen gehört und sie danach gleich wieder vergessen hatte. Spricht nicht gerade für mich, nicht wahr?«

Lilah hatte beide Hände auf seine Brust gelegt und ihr Kinn darauf gestützt. »Das klingt nur sehr normal, Adam. Jeder, dem Ähnliches passiert ist, fragt sich unzählige Male: ›Warum ausgerechnet ich?‹ Hast du mittlerweile eine Antwort auf diese Frage gefunden?«

Er zuckte mit den Schultern. »Ich weiß es nicht, Lilah. Wollte Gott mich nun strafen, als er mich meine Freunde verlieren ließ, oder hat er es gut mit mir gemeint, weil ich überlebt habe? Ich habe viel darüber nachgedacht. Warum habe ausgerechnet ich überlebt?«

»Du darfst dich deswegen nicht schuldig fühlen, Adam. Aber genau das hast du getan, nicht wahr?« fragte sie, als sie seinen gequälten Gesichtsausdruck sah. »Manchmal haben die, die noch am Leben sind, es viel schwerer.«

»Ja, darüber habe ich auch nachgedacht. Vor allem, bevor ich hierhergebracht wurde. Ich habe es gehaßt, in diesem Krankenhaus in Rom zu liegen, fernab von der Heimat, hilflos, unbeweglich und voller Angst.«

»Wovor hattest du am meisten Angst?«

Für einen Moment dachte er über ihre Frage nach. »Ich hatte große Furcht davor, nie wieder der Adam Cavanaugh zu sein, den alle kannten. Mir war, als wäre mir nicht nur die Fähigkeit genommen worden, zu laufen, sondern als hätte man mir meine ganze Identität genommen.«

»Das ist symptomatisch für deine Situation, Adam.« Sie gab ihm einen Kuß auf die Wange, und er lächelte. »Was ist? Warum lächelst du?«

»Ich weiß, das hört sich lächerlich an, aber außerdem habe ich mich auch noch sehr geschämt. Als sie mich nämlich zum erstenmal nach dem Unfall aufsetzen wollten, bin ich ohnmächtig zusammengebrochen.« Als Lilah ihm über die Wange streicheln wollte, hielt er ihre Hand fest. »Du mußt dir das vorstellen: Adam Cavanaugh, der allmächtige Boß der gleichnamigen Hotelkette, bricht einfach so zusammen.«

Lilah küßte ihn. »Du hast dabei nur nicht bedacht, daß das für die Ärzte, Schwestern und Therapeuten ganz normal war. Keiner von ihnen hat das – so wie du – als unentschuldbare Schwäche angesehen.«

Er seufzte. »Ich weiß. Es war wohl für alle nicht ganz leicht mit mir.«

»Worauf du dich verlassen kannst!«

Er lachte, wurde aber dann sofort wieder ernst. »Eine meiner Charakterschwächen ist, daß ich überhaupt kein Verständnis dafür habe, wenn ich selbst einmal versage.«

»Dingen gegenüber, die du nicht unter Kontrolle hast, bist du nie tolerant.«

Er sah sie an. »Dazu gehörst du auch. Du tust eigentlich auch nie, was ich dir sage.«

167

Lilah lächelte. »Darum kannst du mich auch nicht leiden.«

»Ich kann dich sehr gut leiden.« Seine Stimme klang rauh…

»Wirklich? Seit wann denn?«

»Seit… Ich weiß es nicht.«

»Aber ich. Du hast angefangen, mich zu mögen, als ich dir deine Shorts ausgezogen habe.«

»Nein. Ich meine, doch. Das mochte ich sehr gut leiden.« Er grinste. »Aber gerade vor einigen Sekunden ist mir aufgegangen, daß ich dich ganz allgemein sehr gut leiden kann.«

»Warum?«

»Vielleicht, weil du geduldig zugehört hast, als ich von dem Unfall erzählte.«

Sie zeichnete mit den Fingerspitzen seine Lippen nach. »Ich bin froh darüber, daß du mit mir darüber gesprochen hast, Adam. Du mußtest mit jemandem darüber reden. Im Krankenhaus hat man mir gesagt, daß du nicht dazu zu bewegen warst, auch nur ein Wort von dem Unfall zu erzählen.«

Er zuckte mit den Schultern. »Danke, Lilah, daß du mir zugehört hast, ohne ein Urteil zu fällen.«

»Du brauchst dich nicht zu bedanken.«

Sie streckte die Hand aus und spielte mit den Haaren auf seiner Brust.

»Das ist zwar ein sehr ernstes Thema«, hörte sie ihn sagen, »aber ich kann mich kaum darauf konzentrieren, wenn eine so erotische Frau quer über meinem Bauch liegt.«

»Bin ich wirklich erotisch?«

»Hmm«, machte er. »Aber da ich dir jetzt alles erzählt habe, würde ich vorschlagen, daß wir die Rollen tauschen. Jetzt bist du an der Reihe. Warum und wieso?«

»Warum und wieso was?«

»Warum warst du immer noch Jungfrau, und wieso ist das überhaupt möglich?«

»Weil ich nie mit einem Mann geschlafen habe.«

»Das beantwortet mir den zweiten Teil meiner Frage. Was ist mit dem ersten?«

»Weil ich es bisher nicht wollte.«

»Lilah.« Er klang wie ein Vater, der seiner Tochter Vorhaltungen macht, weil sie nicht ganz bei der Wahrheit blieb. »Ich möchte eine ehrliche Antwort.«

»Aber das war eine ehrliche Antwort. Du kennst mich mittlerweile so gut. Glaubst du wirklich, daß ich meine Unschuld an jemanden verschwendet hätte, der es nicht wert gewesen wäre?«

Er schien immer noch nicht überzeugt. »Aber es paßt so gar nicht zu dir. Du sprichst frei und offen über alles, was mit Sex zusammenhängt, obwohl du ihn niemals praktiziert hast. Ich verstehe das nicht.«

»Ich gehe auch auf den Fußballplatz und feure die Spieler an, obwohl ich niemals selbst gespielt habe.«

»Das kann man wohl kaum miteinander vergleichen.«

Lilah seufzte. »Was hätte ich tun sollen? Vielleicht ein leuchtendrotes ›J‹ für Jungfrau auf meine Stirn brennen lassen?«

Er verschränkte beide Hände auf ihrem Rücken und zog sie näher zu sich heran. »Dazu ist es jetzt zu spät.«

»Richtig. Also frage ich mich, warum du eine so große Sache daraus machst.«

»Ich war überrascht. Nein, schockiert ist wohl das bessere Wort. Außerdem hast du mir meine Fragen immer noch nicht richtig beantwortet.«

»Ich habe bisher nie mit einem Mann schlafen wollen, Adam. So einfach ist die Antwort.«

Er schüttelte den Kopf. »Nein, der Grund muß tiefer sitzen, Lilah.« Er sah sie an und versuchte, die Antwort in ihren Augen zu lesen, aber sie schlug die Lider nieder. »Hat es etwas mit unserem Gespräch zu tun, als du mir von deiner Unvollkommenheit erzählt hast?«

»Natürlich nicht!«

»Lilah.«

Sie sah ihn für einen Moment an. »Okay, vielleicht hat es wirklich etwas damit zu tun. Was spielt das für eine Rolle?«

»Du bist eine schöne, erotische, sehr sensible und humorvolle Frau, Lilah. Warum hast du dir selbst jene Erfahrung vorenthalten, die die Menschen am schönsten befriedigt und den meisten Spaß macht?«

»Weil ich mit Sicherheit, falls es eine Möglichkeit gäbe, jene Erfahrung, die die Menschen am schönsten befriedigt und den meisten Spaß macht, zu verpatzen, eben diese Möglichkeit auch gefunden hätte!«

Adam küßte sie. »Glaubst du das wirklich?«

Lilah seufzte tief. »Ja. Ich hatte einfach Angst, daß ich mich beim Sex genauso anstellen würde wie bisher immer in meinem Leben, wenn es wirklich darauf ankam.«

Sie sah ihn nicht an, während sie weitersprach: »Ich war davon überzeugt, daß ich zu dem einen Prozent der Frauen gehören würde, die trotz der Pille schwanger würden. Außerdem hatte ich Angst, daß ich mich in einen Mann verlieben könnte, der sich aber nicht in mich verliebt – oder auch umgekehrt.«

Endlich hob sie den Kopf, und ihre großen blauen Augen baten stumm um Verständnis. »Ich weiß, das hört sich unsinnig an, aber es war ja in meinem Leben bis dahin auch fast alles zur Katastrophe geworden, was ich angefangen hatte.«

»Aber in Sport warst du immer gut, wie Elizabeth mir erzählt hat.«

»Ja, Talent hatte ich, aber man hat mich trotzdem aus dem Basketball-Team der High-School geworfen.«

»Und warum?« fragte er erstaunt.

»Weil ich mir eine bunte Borte an meine Hose genäht hatte. Die Trikots waren aber auch wirklich abgrundtief häßlich«, verteidigte sie sich, als Adam laut anfing zu lachen. »Und beim Tennis waren die Männer immer wütend auf mich, wenn ich sie geschlagen habe. Also habe ich auch damit aufgehört.«

Obwohl es Lilah nicht bewußt war, klang sie jetzt sehr verletzlich.

»Ich wollte nicht auch noch beim Sex alles falsch machen. Als ich alt genug war, ja oder nein zu sagen, wenn mich der eine oder andere fragte, ob ich mit ihm ausgehen wolle, war meine Schwester Elizabeth mit John Burke verheiratet. Er schien der perfekte Ehemann zu sein, der seine Frau vergötterte. Dann bekam Elizabeth ihre wundervollen Kinder, und ich sagte mir, daß, wenn ich mich mit einem Mann einlasse, es wieder genau das Gegenteil werden würde von dem, was meine großartige Schwester erreicht hätte: nämlich die absolute Katastrophe.«

»Aber du hast dich verabredet, oder?«

»Ja, mit vielen Männern. Aber ich habe mich immer schnell aus dem Staub gemacht, wenn es ernst wurde.«

»Arme Kerle.«

»Hey, wenn man sich mit jemandem verabredet, dann bedeutet das doch nicht gleich, daß man ihm verspricht, mit ihm ins Bett zu gehen. Außerdem – ich war in keinen der Don Juans verliebt, und so machte es mir auch nichts, wenn sie kein Verständnis für meine Weigerung hatten, mit ihnen zu schlafen, und mich danach nie mehr baten, mit ihnen auszugehen.«

»Aber, Lilah, so wie du redest und dich gibst, kannst du es keinem Mann übel nehmen, wenn er sich Hoffnungen macht.«

»Vielleicht nicht«, gab sie zu. »Aber für mich stand zuviel auf dem Spiel, und kein Mann schien es mir wert zu sein, dieses Risiko einzugehen.« Sie sah ihn an. »Zumindest nicht bis heute, und jetzt weiß ich auch erst, was ich versäumt habe.«

Er umfaßte ihr Gesicht mit beiden Händen, und sein Mund war ganz nahe vor ihrem. »Wenn du wüßtest, wie sexy du bist, Darling!«

»Und du dachtest, bei mir hättest du leichtes Spiel, nicht wahr?«

»Nicht unbedingt leicht« widersprach er, »aber, daß du die Anstrengungen wert sein würdest. Jetzt wundere ich mich nicht mehr darüber, wieso du gestern so leicht zu erregen warst.« Er grinste.

Sie machte ein gespielt ärgerliches Gesicht. »Du bist wohl sehr stolz auf dich, Cavanaugh, was? Aber in dem Zustand, in dem ich gestern war, hätte wohl jeder Mann mich erregen können.«

»Aber du hättest keinen anderen gelassen«, entgegnete er. »Nur mich.«

Er schwieg eine Weile.

»Warum?« fragte er dann. Gedankenverloren strich Lilah mit der Fingerspitze über seine Augenbrauen, während sie sich die Antwort überlegte. »Vielleicht, weil ich wußte, daß du dankbar sein und mir mein amateurhaftes Verhalten nachsehen würdest.«

»Es war wundervoll, Lilah. Auch für Sex hast du offenbar ein natürliches Talent. Die Männer, die vergeblich versucht haben, dich ins Bett zu bekommen, tun mir beinahe leid. Aber ich bin froh, daß du auf mich gewartet hast.«

Er zog sie an sich und küßte sie.

Als Lilah sich sanft, aber energisch von ihm löste, sah er sie fragend an.

»Adam«, flüsterte sie. »Können wir… können wir es noch einmal tun? Ich möchte dieses Gefühl wieder erleben.«

»Ja«, gab er ebenso leise und mit einem Lächeln zurück.

»Ja, Darling, wir können es noch einmal tun. Jetzt weiß ich, daß ich alles tun kann.«

Adams Selbstvertrauen hatte nicht nachgelassen, als er am nächsten Morgen aufwachte. Er schlug die Bettdecke zurück und wollte die Beine aus dem Bett schwingen, wie er es früher immer gemacht hatte, um einige gymnastische Übungen zu machen, bevor er ins Bad ging.

Normalerweise kamen die Depressionen in dem Augenblick zurück, wenn ihm einfiel, daß das nicht mehr möglich war. Auch an diesem Morgen wollte das Selbstmitleid ihn wiederum überwältigen, doch er zwang sich, es zu unterdrücken.

Es würde alles gut werden! Er hatte eine Frau geliebt und war somit wieder ein ›richtiger Mann‹. Und das war erst der Anfang. Bald würde er es schaffen, wieder zu laufen und dann sogar zu rennen. Und das alles nur, weil eine Frau neben ihm lag.

Mit einem stolzen Lächeln wandte er den Kopf und war enttäuscht zu sehen, daß Lilah nicht mehr da war. Die ganze Nacht hatten sie auf dem schmalen Krankenhausbett eng aneinandergeschmiegt verbracht. Im Kissen war noch der Abdruck ihres Kopfes zu sehen, und die Bettdecke duftete noch nach ihr. Doch irgendwann in den Morgenstunden, nachdem sie erschöpft eingeschlafen waren, mußte sie noch einmal wach geworden sein und sich davongeschlichen haben. Adam lachte. Wenn sie das wegen Pete getan hatte, so war der ganze Aufwand vergebens gewesen. Schon vor Wochen hatte der kleine Asiate Adam den Rat gegeben, mit Lilah ins Bett zu gehen und sie den ganzen Tag zu lieben, damit sie nicht mehr soviel reden und wie eine gereizte Wildkatze durchs Haus gehen würde.

Wieder lachte Adam. Wenn Pete wüßte... Im Bett war Lilah nämlich erst recht wie ein Tiger. Sie schnurrte, wenn sie gestreichelt wurde, und sie fauchte, wenn er sie so sehr erregte, daß sie glaubte, es nicht mehr aushalten zu können. Hoffentlich wurde sie niemals gezähmt!

Adam griff sich seine Shorts und zog sie über, bevor er sich in den Rollstuhl gleiten ließ. Unter Lilahs ständiger Anleitung waren ihm die Bewegungen schon zur Selbstverständlichkeit geworden. Wie oft hätte er Lilah am liebsten aus dem Haus gejagt, wenn sie ihn wieder einmal angetrieben hatte. Jetzt war er dankbar für alles, was sie für ihn getan hatte, und er wußte, daß er ohne ihre Hilfe nie so weit gekommen wäre.

Als er in den Flur hinausfuhr, sah er hinüber zu ihrer Tür und stellte fest, daß sie geschlossen war. Adam wandte sich dem Aufzug zu und fuhr hinunter ins Erdgeschoß. Pete war weder in der Küche noch sonstwo zu sehen.

Adam brühte Kaffee auf und stellte Tassen und Teller auf ein Tablett. Er würde mit Lilah im Bett frühstücken, und nachdem sie dann satt wären, käme der Nachtisch: Lilah. Nackt und wild vor Sehnsucht.

Seine Phantasie erregte Adam, und er genoß die Vorfreude darauf, eine Frau zu verführen, weil er jetzt wußte, daß er das wieder konnte.

Nachdem er noch schnell hinaus auf die Terrasse gefahren war, um eine Hibiskusblüte zu pflücken, die nicht nur in Lilahs Haar gut aussehen würde, lenkte er den Rollstuhl wieder zurück in die Küche. Das Tablett auf seinem Schoß, fuhr er in den Aufzug und dann zu ihrem Zimmer. Er öffnete die Tür, ohne vorher anzuklopfen.

Sekunden später fuhr er mit seinem Stuhl völlig verblüfft durch ein leeres Zimmer. Keine Spur von Lilah. Kein Beweis dafür, daß sie überhaupt jemals hiergewesen war. Das Zimmer war sauber und aufgeräumt wie am Tag vor ihrer Ankunft.

Nirgendwo lag eine Sandale herum, aus keiner Schublade schaute der Träger eines BHs hervor, auf der Kommode lag keine Schicht Puder, und nirgendwo waren kleine Kosmetiktöpfchen zu sehen. Adam brauchte gar nicht in den Schrank zu schauen, um zu wissen, daß ihre gesamte Garderobe verschwunden war.

Er stieß einen Schrei der Wut und Enttäuschung aus, der durchs ganze Haus hallte, gefolgt von einem lauten Knall und anschließendem Splittern, als Adam die volle Kaffeekanne wütend gegen die gegenüberliegende Wand warf.

11

»Ich kann nicht glauben, daß du gegangen bist.«

»Bin ich aber.«

»Ohne ein Wort zu sagen? Ohne jemanden wissen zu lassen, wohin du gehen würdest?«

Lilahs Gesicht war ausdruckslos. Seit einer halben Stunde ließ sie bereits Elizabeths Kreuzverhör über sich ergehen und wurde allmählich ungeduldig. »Ich habe dir doch eben gesagt, daß ich in San Francisco war.«

»Ja, aber das konnten wir vorher ja nicht ahnen.«

»Solltet ihr ja auch nicht«, fuhr Lilah sie an. »Ich wollte eine Weile für mich sein. Schließlich bin ich erwachsen, Elizabeth. Ich habe nicht gewußt, daß ich jemanden um Erlaubnis bitten muß, wenn ich einige Tage Urlaub machen will!«

Thad ergriff das Wort, als er sah, daß seine Frau tief durchatmete. »Wir verstehen das durchaus, Lilah. Aber du mußt zugeben, daß dein Timing nicht sehr glücklich war.«

»Ich bin nun mal ein Freund spontaner Entschlüsse.« Lilah sah starr vor sich hin. Warum gingen die beiden nicht nach Hause und ließen sie endlich allein? Sie fühlte sich immer noch nicht danach, überhaupt jemanden zu sehen. Schließlich hatte sie ja für sich selbst noch keine Antwort auf die Frage gefunden, warum sie aus Adams Haus geflohen war. Wie sollte sie es dann jemand anderem erklären können?

»Du hast dir den falschen Zeitpunkt ausgesucht, um spontan zu handeln«, hörte sie Elizabeth sagen. »Du hast Adam verlassen, als er dich am meisten brauchte. Ohne auch nur die Höflichkeit zu besitzen, dich zu verabschieden oder ein Wort der Erklärung abzugeben, bist du einfach verschwunden.«

»Adam wird es überleben, zumindest hat er mir das gesagt. Bevor ich ging, meinte er, er könnte jetzt alles, und ich habe ihm geglaubt.«

»Aber dein Job war noch nicht beendet, Lilah. Adam braucht dich noch.«

Lilah schüttelte den Kopf. »Nein, er braucht nicht mich, sondern irgendeinen Therapeuten. Bevor ich von Oahu abflog, war ich bei Dr. Arno. Er hat mir versichert, daß er schnell Ersatz für mich finden würde.«

»Wie wir von Dr. Arno erfuhren, ist ihm das wohl auch gelungen«, sagte Thad. »Seinem Bericht zufolge geht es Adam gut, und er macht weiterhin erstaunliche Fortschritte. Er hat sogar schon wieder selbst die Leitung seines Unternehmens übernommen.«

»Da seht ihr es!« meinte Lilah.

»Das ist aber keine Entschuldigung dafür, daß du so pflichtvergessen warst.«

»Dann will ich eben kein Geld dafür. Immerhin hatte ich eine schöne Zeit auf Maui, einige Wochen Urlaub.«

Elizabeth seufzte. »Sei nicht albern, Lilah.«

»Dann laß mich doch endlich in Ruhe«, fuhr Lilah ihre Schwester an. »Ich konnte es einfach nicht mehr ertragen in dieser Einöde. Ich brauchte Abwechslung.«

»Und warum dann San Francisco?«

»Ich war noch nie dort und wollte die Stadt kennenlernen.«

In Wahrheit war San Francisco die erste Zwischenstation auf ihrem nächtlichen Flug von Honolulu nach Chicago gewesen, und die Stadt war ihr so gut wie jede andere vorgekommen, um erst einmal zu sich selbst zu finden. Allerdings hatte Lilah herzlich wenig von San Francisco gesehen, weil sie die meiste Zeit in ihrem Hotelzimmer verbracht hatte.

»Was hast du denn die ganze Zeit über gemacht?« wollte Elizabeth wissen.

»Ich habe mich sehr gut amüsiert.«

»Alleine?«

»Habe ich gesagt, daß ich alleine war?«

»Immerhin hast du gesagt, du wärst alleine dorthin geflogen.«

»Das heißt aber doch nicht, daß ich danach nicht in angenehmer Gesellschaft gewesen wäre«, antwortete Lilah unwillig.

»Warst du mit einem Mann dort?«

Um Lilahs Geduld war es in den letzten Tagen nicht zum besten bestellt gewesen, und ihre Laune hatte sich nicht eben gehoben, als direkt nach ihrer Ankunft zu Hause Elizabeth und Thad vor der Tür gestanden hatten.

»Habt ihr mir etwa Spione nachgesandt, daß ihr wißt, daß ich wieder hier bin?« hatte Lilah gemurrt, nachdem sie nicht umhin gekommen war, Schwester und Schwager hineinzubitten. Von da an war die Unterhaltung immer unerfreulicher geworden, bis Lilah jetzt ihre Schwester ganz direkt fragte: »Was geht es euch eigentlich an, ob ich mit einem oder mit zehn Männern in San Francisco gewesen bin?«

»O Lilah.« Elizabeth begann plötzlich zu weinen, und Thad legte seiner Frau fürsorglich einen Arm um die Schultern. »Reg dich bitte nicht auf, Elizabeth. Es ist weder gut für dich noch für das Baby.«

»Wie soll ich mich denn nicht aufregen, wenn meine Schwester sich zwei Wochen lang mit diversen Männern in San Francisco vergnügt? Was ist nur mit ihr los?«

»Du hast doch immer gesagt, daß sie unberechenbar ist.«

»Aber allmählich sollte sie doch erwachsen geworden sein, Thad, meinst du nicht?«

»Ich habe eine wunderbare Idee«, unterbrach Lilah sie. »Wenn ihr beide schon über mich sprecht, als wäre ich gar nicht da, könntet ihr das auch zu Hause fortführen und mich endlich in Ruhe lassen! Ich möchte auspacken, und ich bin müde. Außerdem muß ich das Krankenhaus anrufen und Bescheid geben, daß ich bereit bin… den Dienst wieder aufzunehmen.«

Elizabeth sah gekränkt aus, aber sie stand sofort auf. »Wir gehen, aber zuerst muß ich noch dein Bad benutzen.«

»Bitte.« Lilah wies mit der Hand den Weg, den die Schwester ohnehin kannte.

Nachdem Elizabeth den Raum verlassen hatte, drehte Lilah sich um und sah, daß Thad sie nachdenklich beobachtete. »Du warst wirklich immer unberechenbar«, sagte er nach einer Weile, als das Schweigen zwischen ihnen schon begann, peinlich zu werden. »Aber ich mag dich trotzdem.«

Die Worte weckten schmerzliche Erinnerungen in Lilah, und sie spürte, wie ihr die Tränen in die Augen traten. »Danke«, murmelte sie.

Thad lehnte sich in dem Sessel zurück und verschränkte die Hände hinter dem Kopf. »Etwas ist seltsam.«

»Was?«

»Du bist so nervös und empfindlich, obwohl du doch selbst sagst, daß du einen schönen Urlaub hinter dir hast.«

»Der Flug war lang.«

»Nein, das ist es nicht, Lilah. Ich habe in den letzten Tagen einige Male mit Adam telefoniert und festgestellt, daß er genauso nervös und empfindlich war. Er klang gar nicht glücklich, obwohl er mir eifrig versicherte, daß es ihm sehr gut ginge. Etwa so, wie du Elizabeth und mir erzählen willst, daß du einen schönen Urlaub hattest.«

»Hatte ich auch!«

»Okay, dann seid ihr beide, Adam und du, eben die Menschen auf dieser Welt, die sich am besten erholt haben und am glücklichsten sind. Mich wundert nur, warum euch beiden offensichtlich soviel daran liegt, die ganze Welt davon zu überzeugen, daß es auch wirklich so ist.«

Thad beobachtete sie sehr genau, und sie fürchtete, er könne bemerken, daß sie am liebsten geweint hätte.

Elizabeth kam zurück ins Zimmer. »Das Fruchtwasser ist gerade abgegangen«, sagte sie ruhig.

Lilah und Thad sprangen auf, beide mit einem Mal bleich im Gesicht.

»Bist du sicher?« fragte Thad seine Frau, und als sie nickte, fügte er hinzu: »Was sollen wir denn jetzt tun?«

»Wir sollten ins Krankenhaus fahren, damit ich unser Baby zur Welt bringen kann«, antwortete Elizabeth lachend. »Lilah, Mrs. Alder ist bei Megan und Matt. Ruf sie bitte an und frage sie, ob sie über Nacht bei den Kindern bleiben kann.«

»Sicher. Soll ich sonst noch etwas tun?«

»Ja, nimm bitte Thads Hände von meinen Armen, bevor er mir all meine Knochen bricht. Ich möchte unser Baby nämlich halten können, wenn es auf der Welt ist.«

Im Morgengrauen des nächsten Tages brachte Elizabeth ein Mädchen zur Welt.

»Du bist so winzig«, flüsterte Lilah, »und so weich.« Sie saß auf der Bettkante, rieb ihre Nase an dem kleinen Köpfchen, als sie ihre Nichte zum erstenmal auf dem Arm hatte. »Und hör zu, Baby: Sollte deine Mutter dir je so alberne Lätzchen mit Enten und Hühnern darauf kaufen, geh zu Tante Lilah, dann kauft sie dir etwas Vernünftiges!«

Das Baby spitzte die Lippen, als hätte es verstanden, was ihre Tante gesagt hatte. Sie mußte lachen, doch als hinter ihr die Tür geöffnet wurde und Lilah sich umdrehte, erstarb ihr das Lachen auf den Lippen.

Der Mann, der vor ihr stand, stützte sich mit einer Hand auf eine Krücke, während er in der anderen Hand einen Blumenstrauß hatte.

Adam schien genauso überrascht wie Lilah. Es dauerte eine Weile, bis er sie erkannte, dann trat ein seltsamer Glanz in seine Augen, doch gleich darauf wurde sein Gesicht wieder zu einer ausdruckslosen Maske. »Ich hatte erwartet, Elizabeth hier zu finden. Was tust du hier?«

»Das könnte ich dich auch fragen.«

»Aber ich habe zuerst gefragt.«

Mit einem Schulterzucken gab sie nach, als wäre es nicht wert, sich länger zu streiten. Sie hoffte nur, daß er nicht merkte, wie atemlos sie plötzlich war. »Lizzie und Thad sind zusammen noch einmal zu dem Arzt gegangen und haben mich gebeten, solange auf ihr Baby aufzupassen.«

»Sie scheinen die Kleine ja nicht sehr zu lieben.«

»Wie kannst du so etwas sagen!«

Adam entschuldigte sich nicht. Er kam näher und legte die Blumen aufs Bett. »Wie heißt sie?«

»Milly.«

»Milly? Und wieviel wiegt sie?«

»Acht Pfund und fünfzig Gramm. Wo ist dein Rollstuhl?«

»Über acht Pfund? Wow! Ich brauche diesen verdammten Stuhl nicht mehr.«

»Was ist mit der Krücke?«

»Ich laufe damit.«

»Mit nur einer? Ist dein neuer Therapeut noch ganz bei Sinnen?«

»Er scheint zu glauben, daß ich das kann.«

»Ich aber nicht.«

»Aber du bist nicht mehr meine Therapeutin.« Seine Stimme klang ruhig, aber seine Augen schossen Blitze. »Wie sind sie auf Milly gekommen?«

»Bitte? Oh, sie haben Matt den Namen aussuchen lassen.«

»Matt?«

»Ja, weil er so traurig war, daß es kein Junge geworden ist. Also ist er auf Milly gekommen, weil er meint, das paßt so gut zu Matt und Megan. Wegen der drei ›M‹, verstehst

181

du?... Adam, ich bin zwar nicht mehr deine Therapeutin, aber ich kann immer noch einen guten medizinischen Rat von einem schlechten unterscheiden, und ich glaube nicht, daß du schon bereit bist für Krücken – und schon erst recht nicht für nur eine.«

»Woher willst du das wissen? Immerhin hast du mich seit zwei Wochen und drei Tagen nicht mehr gesehen.«

Und sieben Stunden und siebenunddreißig Minuten, fügte Lilah in Gedanken hinzu. Laut sagte sie: »Die Zeit ist zu kurz, um deine Muskeln entsprechend zu stärken.«

»Ich habe Tag und Nacht daran gearbeitet.«

»Noch ein Fehler deines Therapeuten«, fuhr sie wütend auf. »Überbelastung ist äußerst gefährlich. Die Muskeln können reißen, und dann kann alles aus sein!«

»Wie kommst du darauf, daß du die einzige bist, die weiß, was gut für mich ist?«

Lilah war froh, daß die Kleine sich in ihren Armen bewegte, so daß sie den Blick von Adam wenden konnte.

»Wie ist dir der lange Flug bekommen?« fragte sie.

»Gut. Die Flugzeugbesatzung hat sich rührend um mich gekümmert.« Sie sah, daß er grinste. »Vor allem die Stewardessen waren sehr besorgt um mich.«

»Wie schön für dich«, preßte sie hervor. »Aber du hättest dir ruhig Zeit lassen können mit deinem Kommen. Elizabeth und Thad hätten dafür Verständnis gehabt.«

»Ich bin Millys Patenonkel, und ich konnte es nicht abwarten, sie zu sehen.«

»Selbst auf die Gefahr hin, einen Rückfall zu erleiden und wieder in den Rollstuhl zu müssen?«

»Ich gehe nie mehr zurück in den Rollstuhl. Darin ist man nur auf die Hilfe skrupelloser, verantwortungsloser Menschen angewiesen.«

»Womit du wohl mich meinst, nehme ich an.«

»Wenn dir der Schuh paßt.«

»Fahr zur Hölle!«

Als hätte Milly genug von dem Streit, fing die Kleine ihrerseits an zu weinen. Lilah sah Adam an. »Da siehst du, was du damit erreicht hast!«

Er kam zum Bett, setzte sich neben Lilah und lehnte die Krücke gegen die Matratze. »Was kann ich dafür, daß du nicht mit Babys umgehen kannst?« fragte er. »Hast du keine mütterlichen Instinkte?«

»Natürlich habe ich die.«

»Dann sorge dafür, daß sie aufhört zu brüllen.«

»Was würdest du vorschlagen?«

»Vielleicht ist sie naß.«

»Aber Thad hat die Windeln schon ins Auto gebracht.«

»Dann hat sie wohl Hunger.«

»Dann hat sie Pech. Dafür bin ich nicht ausgerüstet.« Ihre Blicke begegneten sich, und Lilah dachte an die Nacht, in der Adam zärtlich und männlich zugleich an ihren Brustwarzen gesogen hatte.

»Jetzt ist sie still«, sagte Lilah nach einer Weile.

»Ja.«

Sie betrachtete sein Gesicht. »Du siehst müde aus.«

»Du hast auch schon mal besser ausgesehen.«

»Danke für das Kompliment. Aber ich weiß, daß du recht hast. In den letzten Tagen hatte ich genug mit einem übernervösen Thad und zwei Kindern zu tun, die völlig aus dem Häuschen sind wegen dem Schwesterchen. Es war nicht einfach, sie dazu zu bewegen, wenigstens die nötigste Ruhe zu bewahren.«

»Du hättest Psychologin werden sollen«, meinte Adam nach einer Weile. »Du weißt immer genau, was für die anderen richtig ist, nicht wahr? Speziell bei deinen Patienten. Du weißt, was sie brauchen, und du gibst es ihnen. Ob es nun Humor ist oder ... sonst etwas.«

»Wenn du dabei an etwas Bestimmtes denkst, Cavanaugh, warum sagst du es dann nicht ehrlich?«

»Okay. Warum bist du weggelaufen?«

»Weil meine Arbeit beendet war. Ich hatte mein Ziel erreicht.«

»Welches Ziel? Mich zu verführen?«

Wütend sah sie ihn an. »Dich wieder zum Laufen zu bringen.«

»Aber ich konnte noch nicht laufen.«

»Es fehlte nicht mehr viel dazu. An dem Morgen, als ich ging, hast du selbst gesagt, daß du jetzt alles könntest.«

»Hätten das nicht besser die Ärzte feststellen sollen? Oder weißt du immer mehr als andere?«

»Ich wollte nicht bleiben, bis du mir sagst, daß ich nicht mehr gebraucht werde.«

»Für tausend Dollar am Tag?« fuhr er sie erneut an. »Du mußt wirklich einen guten Grund gehabt haben, um das aufzugeben.«

»Ich konnte das ständig gute Wetter nicht mehr ertragen.«

»Warum bist du mit mir ins Bett gegangen, Lilah?« fragte er plötzlich. »Als Abschiedsgeschenk? War das die Belohnung für gute Führung? Oder hast du mich einfach nur benutzt, weil niemand anderer in der Nähe war?«

Seine Worte ließen sie zusammenzucken, als hätte er sie geschlagen. »Wie kannst du es wagen, so etwas zu sagen?«

»Dann erklär mir, warum du mit mir geschlafen hast, Lilah.«

Sie schluckte hart. »Ich… ich spürte, daß du den Beweis brauchtest, wieder ein richtiger Mann zu sein.«

»Aber du hast selbst gesagt, daß viele andere männliche Patienten die gleiche Krise durchgemacht haben wie ich. Mit denen bist du aber nicht ins Bett gegangen, warum mit mir?«

»Weil ich es wollte«, schrie sie ihn so laut an, daß Milly in ihren Armen unruhig wurde.

»Warum?« fragte er noch einmal.

Sie zuckte mit den Schultern und wiegte das Baby. »Vielleicht aus Neugier. Es war lange überfällig.«

»Lügnerin.« Er beugte sich näher zu ihr. »Du wolltest genauso von Anfang an mit mir ins Bett wie ich mit dir. Nur haben wir uns beide nicht eingestanden, daß da etwas zwischen uns war. Doch dann ist es passiert, und es war wunderschön. Aber dich hat es offenbar zu Tode erschreckt. Bis dahin war es dir immer gelungen, dich rechtzeitig in Sicherheit zu bringen. Als du feststellen mußtest, daß du diesmal ganz schön in der Tinte gesessen hast, hast du die Beine in die Hand genommen und bist gerannt.«

»Du redest dummes Zeug, Cavanaugh!«

»Und du bist ein Feigling, Mason! Du bist davongelaufen ohne ein Wort!«

»Und warum nicht? Ich wollte nicht bei dir bleiben, dich umsorgen und mit dir trainieren, bis du wirklich wieder laufen und zurück in die Arme deines Schneewittchens eilen konntest!«

Entsetzt stellte Lilah fest, daß ihr plötzlich Tränen über die Wangen liefen. Mit dem Baby auf den Armen, konnte sie sie noch nicht einmal wegwischen. Warum mußte sie ausgerechnet jetzt und in Adams Gegenwart anfangen zu weinen? Auf einmal war ihr alles gleichgültig. »Du verdammter Idiot!« fuhr sie ihn an. All der Schmerz und all die Qualen der vergangenen Wochen brachen aus ihr hervor. »Ich bin mit dir ins Bett gegangen, weil ich mich in dich verliebt hatte! Ich hätte alles dafür gegeben, bei dir sein zu können, wenn du die ersten Schritte alleine machst, aber ich wollte auf keinen Fall noch da sein, wenn du gut genug laufen konntest, um mich zu verlassen.«

»Lilah, ich …«

Sie schüttelte den Kopf. »Ich wollte nicht, daß du eines Tages nur noch aus Dankbarkeit mit mir ins Bett gingst, und ich konnte den Gedanken nicht ertragen, daß der Tag kommen würde, an dem du mir sagen würdest, daß du mich nicht mehr brauchst. Außerdem bist du wirklich noch nicht soweit, an Krücken gehen zu können. Weißt du denn nicht...«

»Lilah.«

»...welchen Schaden du dir zufügen kannst? Und dieser...«

»Lilah.«

»...dieser Therapeut soll sich sein Lehrgeld wiedergeben lassen! Kein Experte würde zustimmen, daß du dich so übernimmst.«

»Lilah.«

»Noch etwas.« Sie hob Milly höher und strich sich mit einer Hand umständlich die Tränen aus dem Gesicht. »Ich wußte, daß es nicht gutgehen würde, wenn ich je mit einem Mann schlafen sollte – und so ist es auch gekommen. Meine Periode ist schon eine Woche überfällig. Ich könnte dich ermorden, Cavanaugh! Ich...«

Er umschloß ihr Gesicht mit beiden Händen. »Verflixt! Ich kenne immer noch nur ein Mittel, dich zum Schweigen zu bringen«, sagte er und preßte seine Lippen auf ihren Mund.

Über Milly hinweg küßten sie sich voller Leidenschaft. Als Adam sich schließlich von ihr löste, sagte er: »Ich sollte dich erwürgen für das, was du mir angetan hast. Du wirst mich nie mehr so verlassen, hörst du? Nie mehr!«

»Hast du mich vermißt?«

»Natürlich *nicht*!«

»Bitte, Adam, laß uns nicht schon wieder streiten!«

»Warum nicht? Ich streite gern mit dir.«

»Wirklich? Warum?«

»Weil dein Busen so schön wippt, wenn du wütend bist.« Er griff um das Baby herum unter ihren Pullover und streichelte ihre Brüste.

»Stören wir?«

Lilah und Adam fuhren herum und sahen die Randolphs in der Tür stehen. Elizabeth starrte sie mit weit offenen Augen an. Thad bemühte sich verzweifelt, nicht laut zu lachen. Adam zog seine Hand langsam unter Lilahs Pullover hervor. Er schien keine Eile damit zu haben.

Alle vier wußten für einen Augenblick nicht, wie sie die etwas peinliche Situation meistern sollten. Schließlich sagte Lilah: »Steht nicht so untätig da herum! Nehmt euer Baby, damit Adam und ich in meine Wohnung fahren können und wir endlich ungestört sind.«

»Was soll ich nur mit einem so frechen Mädchen wie dir machen?« Adam betrachtete Lilah, die nackt neben ihm lag.

»Da hätte ich eine Idee«, meinte Lilah und grinste.

Adam winkte ab. »Okay, aber erst, nachdem wir einiges geklärt haben. Zum Beispiel die Sache, daß du oft meinst, ununterbrochen reden zu müssen. Ich weiß ja, wie ich dich zum Schweigen bringe, aber was soll ich nur tun, wenn andere Leute dabei sind? Wichtige, schwerreiche Leute, die ich geschäftlich treffe?«

»Werde ich denn dann dabei sein?«

»Als Mrs. Adam Cavanaugh wird sich das wohl nicht vermeiden lassen.«

»Werde ich den Mrs. Adam Cavanaugh?«

»Aber natürlich. Eine Periode, die seit einer Woche über die Zeit ist, ist doch wohl Grund genug für eine Heirat.«

»Heiratest du mich nur deswegen?«

»Ja, meinst du etwa, ich würde dich freiwillig heiraten?« Er rieb seine Nase an ihrer. »Das heißt, wenn ich es mir so richtig überlege, ich glaube, ich würde doch.« Lilah schlang die Arme um seinen Hals und lächelte. »Ich verspreche auch, immer nett zu sein und mich zu benehmen.«

»Aber nicht zu nett. Und vor allem möchte ich, daß du im Bett weder nett bist noch dich gut benimmst.« Er drehte sie auf den Rücken und legte sich auf sie.

»He, wo hast du denn das gelernt?« fragte Lilah erstaunt.

»Da gab es mal so eine unausstehliche Therapeutin in meinem Leben, die hat mir das beigebracht…« Plötzlich wurde Adam wieder ernst. »Lilah, ich war gestern bei Dr. Arno. Seine Aussagen sind immer noch vage. Es ist nicht sicher, daß ich wirklich völlig wiederhergestellt werde. Zumindest besteht die Gefahr, daß ich immer an einem Stock gehen muß. Ich möchte, daß du das weißt.«

»Cavanaugh!« Lilah wurde wütend, als sie sein besorgtes Gesicht sah. »Wie oft soll ich dir noch sagen, daß ich dich auch heiraten würde, selbst, wenn du nur auf dem Bauch kriechen könntest?«

Er umschloß ihr Gesicht mit beiden Händen. »Lilah, ich liebe dich.«

»Halleluja! Ich dachte schon, du würdest es nie über die Lippen bringen. Übrigens, Adam, um das richtigzustellen: Ich war an jenem Abend nicht im *Sugar Shack*, als ich nach Lahaina gefahren bin.«

Er küßte sie. »Ich weiß.«

»Woher?«

»Damals hatte es mit uns schon angefangen, Lilah, und der einzige Mann, den du an diesem Abend wolltest, war ich.«

»Könnte es sein, daß du etwas überheblich bist, mein lieber Adam?«

»Nein, überhaupt nicht.« Er richtete sich etwas auf. »Erinnerst du dich, daß Elizabeth immer gesagt hat, ich hätte soviel Energie, daß ich meine Mitmenschen atemlos zurückließe?« Als Lilah nickte, fuhr er fort: »Nun, in dir habe ich nicht nur jemanden gefunden, der mir in dieser Beziehung mindestens ebenbürtig ist, sondern dir habe ich es zu verdanken, daß ich heute mein Leben anders sehe, Lilah. Ich habe dich von Anfang an begehrt. Und dabei spreche ich nicht nur von der Zeit, als ich bewegungsunfähig auf meinem Rücken lag. Du hast mich schon beeindruckt, als ich dich zum erstenmal in deiner schwarzen Lederhose sah.

Und weil ich gespürt habe, daß du mir gefährlich werden könntest, habe ich so sehr gegen dich gekämpft.«

Lilah sah ihn völlig verblüfft an. Adam lachte. »Sag bloß nicht, daß du endlich einmal sprachlos bist.«

Sie lächelte. »Wohl kaum, Cavanaugh, aber mir steht der Sinn nicht nach Reden. Ich zähle bis drei, und dann möchte ich von dir anders unterhalten werden.«

»Was ist sonst?«

Lilah grinste. »Sonst zähle ich bis vier, aber nicht weiter!«

ENDE

SANDRA BROWN

Der zweite Mann

Deutsch von
Friedhelm Schulte-Nölle

Weltbild

1

»Ich hab' mir selbst die Haustür aufgemacht.«

Als ihr Kopf bei dem unerwarteten Klang seiner Stimme hochfuhr, sah er, daß Kirsten Rumm eine Brille trug. Sie setzte sie ab und ließ sie auf den Stapel Manuskripte fallen, die vor ihr auf dem Schreibtisch lagen.

»Sie haben mich vielleicht erschreckt, Mr. North!«

»Das tut mir leid. Eigentlich bin ich ziemlich harmlos.« Doch in diesem ordentlichen, ganz in freundlichen, hellen Tönen gehaltenen Raum wirkte er wie ein Fremdkörper, wie jemand, der besser zu den schlimmsten aller Hell's Angels gepaßt hätte. Ihr abweisender Gesichtsausdruck sagte ihm ganz deutlich, daß er nicht hierhergehörte.

Er lächelte kaum merklich, ließ achtlos seinen alten abgewetzten Reisesack zu Boden gleiten und nahm die Sonnenbrille ab. »Ich habe an die Haustür geklopft, aber es hat sich niemand gemeldet.«

»Vielleicht hätten Sie die Klingel versuchen können«, schlug sie vor.

Sie ist sichtlich verärgert, dachte er. Ihr ganzer Körper, ihre ganze Haltung drückte ihren Ärger aus – und ein verdammt schöner Körper war es. Hundert Pfund vielleicht…

Entschied sich etwa schon in diesen ersten Minuten, in welchem Ton sie in den folgenden Wochen miteinander umgehen würden? Nein, überlegte er, ich werde schon dafür sorgen, daß sie mich mag.

»Soll ich vielleicht noch einmal von draußen hereinkommen?« Er lächelte sein berühmtes Lächeln. »Offensichtlich ist mein erster Auftritt nicht ganz geglückt.«

Sie erwiderte sein Lächeln nicht. »Warum? Sie sind ja sowieso schon drin.«

»Das stimmt.«

Sie stand auf und ging um den Schreibtisch herum. Deshalb bemerkte sie erst, als sie ein paar Schritte auf ihn zugemacht hatte, daß sie barfuß war. Sie ertappte ihn dabei, wie er auf ihre bloßen Füße starrte, aber es schien sie nicht zu stören. Die meisten Frauen, die Rylan kannte, hätten jetzt Theater gemacht, sich wortreich dafür entschuldigt, daß sie nicht korrekt gekleidet waren – nicht aber Kirsten.

Der Ausdruck auf ihrem Gesicht besagte ziemlich deutlich: *Wenn Sie meine bloßen Füße nicht mögen, haben Sie eben Pech gehabt.*

Es war wohl besser, daß sie nicht wußte, daß er ihre Füße attraktiv fand. Sehr attraktiv sogar. Eigentlich mochte er alles, was er an Kirsten Rumm sah, von ihrem langen, lockigen, blonden Haar bis zu den süßen Zehen.

Sie trug eine weiße Jeans, die hauteng saß. Dafür war das weiße Hemd mindestens drei Nummern zu groß. Dadurch wirkte es aber aufregender, als wenn es hauteng gewesen wäre. Die weiten Ärmel waren bis zum Ellenbogen aufgerollt, und der Saum reichte ihr bis auf die Oberschenkel. Es sah aus, als ob es schon oft getragen worden wäre. Er fragte sich, ob es ihrem Mann gehört hatte.

Wie auch immer, sie sah entzückend aus!

»Störe ich Sie bei der Arbeit?«

»Ja, Sie stören mich.«

»Arbeiten Sie an dem Buch?«

»So ist es.«

»Bitte entschuldigen Sie die Störung. Ich weiß, wie schwer es ist, den Faden wiederaufzunehmen, wenn man unterbrochen wird.«

Ungeduldig strich sie sich ein paar Haarsträhnen aus der Stirn.

»Meine Haushälterin ist zum Markt gegangen, also werde ich Ihnen Ihre Zimmer zeigen. Wo ist Ihr Gepäck?«

»Dort.«

Er deutete auf den häßlichen Reisesack. Eine Naht war aufgeplatzt und dann notdürftig mit Klebeband geflickt worden. Dieses hübsche Stück wirkte, als sei es auf dem ersten Flohmarkt, den es je gegeben hatte, erstanden worden.

»Mehr Gepäck konnte ich auf dem Motorrad nicht mitnehmen, und so mußte mein schöner Louis-Vitton-Koffer leider zu Hause bleiben«, fügte er spöttisch hinzu.

Er ließ den Blick durch den Raum schweifen. Eine Wand bestand fast ausschließlich aus einer riesigen Fensterfront und bot einen atemberaubenden Ausblick auf den Pazifik.

»Auf dem Motorrad?« wiederholte sie erstaunt.

»Ja.«

Sie betrachtete erst ihn, dann seinen schäbigen Reisesack mit kaum verhohlener Abscheu, und Rylan hätte am liebsten gelacht, aber er traute sich nicht. »Sie sind die ganze Strecke von Los Angelos mit dem Motorrad gefahren? Sie sind nicht geflogen?«

»Das kommt drauf an, wie Sie *fliegen* definieren. Die kalifornische Highway-Polizei hätte es sicher fliegen genannt.« Er grinste sie über die Schulter an und steckte die Hände in die löchrigen, abgewetzten Gesäßtaschen seiner Jeans, die auch schon bessere Tage gesehen hatten. Bessere Jahre. »Toller Ausblick hier.«

»Danke. Der Ausblick war mit ein Grund, warum Charlie und ich das Haus gekauft haben.«

Er drehte sich auf den Absätzen seiner Stiefel um. »Charlie? Nannten Sie ihn nicht ›Demon‹ – der Dämon?«

»Nein.«

»Warum nicht?«

»Er war mein Mann, nicht mein Idol.«

Er richtete seine ausdrucksvollen braunen Augen auf sie. Viele Menschen dachten, daß Rylan North' scharfer Blick ein Trick der Kamera oder der Beleuchtung wäre, um zu versuchen, seine Ausdruckskraft als Schauspieler zu verstärken. Aber es war kein Trick, der Blick war ganz natürlich – und typisch für ihn.

Rylan schaute sie nicht deshalb auf diese Art und Weise an, um Unbehagen in ihr zu wecken. Er wollte einfach nur herausfinden, ob eine verborgene Bedeutung hinter ihren Worten steckte. Vielleicht war ihre Bemerkung ganz harmlos gewesen. Vielleicht aber auch nicht.

Er war da, um es herauszufinden. Er beobachtete, wie sie nervös die Lippen anfeuchtete, und sein Instinkt sagte ihm, daß es tatsächlich etwas gab, was sie vor ihm verbergen wollte. Wie gut, daß er hierhergekommen war!

»Wenn Sie jetzt Ihren Beutel nehmen…« bemerkte sie mit rauchiger Stimme. »Ich zeige Ihnen Ihr Zimmer.«

»Ich mag diesen Raum.« Er hatte nicht vor, sich einfach wie ein unartiges Kind abweisen zu lassen. Er wollte sie noch etwas länger ansehen.

»Ich arbeite in diesem Zimmer, Mr. North, und Sie halten mich davon ab.«

»Oh, tue ich das?«

Er hatte etwas gelernt. Sie hatte es nicht gern, wenn man sie neckte. Sie verzog unwillig das Gesicht. Wie weit konnte er gehen, bis sie die Beherrschung verlor? Es drängte ihn, das herauszufinden, aber es war jetzt nicht der richtige Augenblick dafür. »Okay. Ich lasse Sie arbeiten und sehe mir ein bißchen die Umgebung an.«

»Gut.«

Er hob einen Fuß und streifte Stiefel und Socke ab. Er ließ sie auf den Boden fallen und machte dasselbe mit den anderen. Dann zog er sich das T-Shirt über den Kopf, ohne auf Mrs. Rumms empörten Ausruf zu achten.

»Gehen Sie nur wieder an die Arbeit«, meinte er lässig, öffnete die Verandatür und ging auf die Terrasse hinaus, um den Swimming-Pool herum auf die Stufen zu, die zum felsigen Strand hinunterführten. Ob Kirsten ihm wohl hinterherschaute? Er hätte seine nächste Oscar-Nominierung darauf verwettet.

Er war versucht, sich umzudrehen, um es herauszufinden, aber er hielt sich zurück. Er mußte seinem Image treu bleiben, dem Image, er sei ein Mann, der sich den Teufel darum scherte, was eine Frau dachte oder empfand. Mit anderen Worten, der ein Bastard war.

Und ein solcher Bastard hatte einfach keine Neugier zu empfinden, da konnte die Frau noch so attraktiv sein. Dabei hätte er dieses ungeschriebene Gesetz beinahe schon in der vergangenen Woche gebrochen, als Kirsten Rumm das Büro ihres Rechtsanwalts betreten hatte und sie sich zum ersten Mal begegnet waren.

Dieses Treffen war auf Rylans Bitte arrangiert worden.

In dem Moment, als Mrs. Rumm in das Büro hereingekommen war, aufrecht, mit durchgedrückten Schultern und hochmütiger Miene, war ihm bewußt geworden, daß sie dieses Treffen nicht gewollt hatte, daß sie es als Belästigung betrachtete. Doch in ihren Augen hatte er auch eine seltsame Verletzlichkeit entdeckt.

Neben dieser elegant gekleideten Frau war er sich schäbig vorgekommen. Er hatte die ganze Nacht ein Drehbuch gelesen und überarbeitet. An jenem Morgen hatte er verschlafen und keine Zeit mehr gefunden, sich zu rasieren. Er war in die erstbesten Kleidungsstücke geschlüpft, die er aus dem Schrank gezogen hatte.

Er hatte Kopfschmerzen wie verrückt gehabt, weil er zu wenig geschlafen hatte, und er hatte seine dunkle Sonnenbrille nicht abgenommen, weil seine Augen blutunterlaufen waren und dunkle Ringe darunter lagen. Hätte er die Brille ausgezogen, hätte Kirsten wahrscheinlich sofort geglaubt, daß er zuviel Alkohol oder noch Schlimmeres konsumiert hätte.

Da er und sein Agent völlig überraschenderweise ohne Stau den Freeway hinter sich gebracht hatten, waren sie zu früh beim Rechtsanwalt gewesen und hatten auf Kirsten warten müssen, obwohl sie pünktlich war.

Um sich die Zeit zu vertreiben, hatten der Rechtsanwalt und Rylans Agent eine Unterhaltung begonnen, die Rylan allerdings nur langweilte. Er hatte sich in einen der schweren, bequemen Ledersessel gelümmelt und vor sich hingedöst, bis der vierte Verhandlungspartner – Kirsten Rumm – endlich auftauchte.

Doch in dem Augenblick, als sie den Raum betrat, war ein ungeahntes Interesse in ihm erwacht. Kirsten Rumm hatte einen zarten Blumenduft in dieses durchgestylte, kühl wirkende klimatisierte Büro gebracht.

Es war nicht dieser in kostbare Kristallfläschchen eingefangene und so künstlich wirkende Parfüm-Blumenduft, wie ihn die Kundinnen der superschicken Boutiquen am Rodeo-Drive zur Zeit gerade bevorzugten. Es war der Duft jener Blumen, wie sie in sonnigen, altmodischen Gärten wuchsen, nach einem frischen Sommerregen.

Sie beeindruckte Rylan so stark, daß er von den Socken gewesen wäre – hätte er welche angehabt.

»Mrs. Kirsten Rumm, Rylan North«, hatte Kirstens Anwalt sie miteinander bekannt gemacht.

Es war allgemein in der Öffentlichkeit bekannt, daß Rylan North das Benehmen eines Wildschweins hatte. Das letzte Mal, daß er so etwas wie Respekt gezeigt hatte, war gewesen, als er den Treueeid auf die amerikanische Flagge geleistet hatte.

Er machte keine Unterschiede in seinem Benehmen – er behandelte alle mit der gleichen Grobheit. Aber als er Kirsten Rumm vorgestellt wurde, erhob er sich aus dem Sessel und reichte ihr höflich die Hand – der Wunsch, sie zu berühren, und sei es auch nur ihre Hand, war plötzlich übermächtig in ihm geworden.

Die zierliche Hand fühlte sich so zerbrechlich an, wie sie aussah. Rylan wollte ihre beiden Hände in seine nehmen

198

und ihr versichern, daß alles in Ordnung kommen würde. Warum er so absolut gewiß war, daß sie Sicherheit brauchte, hätte er nicht sagen können.

»Mrs. Rumm.«

»Mr. North.«

Ihre Stimme paßte gut zu ihrer ganzen Erscheinung: sanft und sexy.

Sie setzte sich in den Stuhl mit der hohen, geraden Lehne, den Mel für sie zurechtgerückt hatte. Als sie die Beine übereinanderschlug, sah Rylan für einen Moment zarte, cremefarbene Spitze aufblitzen, und er war heilfroh, daß er die Sonnenbrille aufbehalten hatte, so daß niemand erkennen konnte, daß ihm fast die Augen aus dem Kopf quollen. Und daß er auch weiterhin mit größtem Interesse ihre langen, schlanken Beine anstarrte. Sie hatte schmale Knöchel und wohlgeformte Schenkel.

Wie nannte man die Art, wie ihr Oberteil geschnitten war? War das eine Wickel-Jacke? Egal. Jedenfalls schmiegte sich der Stoff verführerisch an ihren Körper und betonte die Form ihrer Brüste. Als sie sich leicht nach vorn beugte, klaffte der Stoff für einen Moment auf, so daß er einen Blick auf den Ansatz ihrer Brüste erhaschte. Ihre Haut wirkte weich und seidig und war von einer schönen Bräune, ohne so gegrillt zu wirken wie die der meisten Frauen, die die Sonne Südkaliforniens geradezu anbeteten. Die lange Perlenkette, die sie trug, ruhte zwischen ihren Brüsten, und fasziniert beobachtete Rylan, wie die zart schimmernden Perlen sich auf ihrer braunen Haut bewegten, wann immer sie die Haltung änderte.

Kirsten sah so hilflos aus, aber sie war alles andere als hilflos. »Was soll ich nun hier?« fragte sie geradeheraus, ohne sich erst lange auf banales Geplauder einzulassen.

»Ich habe darum gebeten, Sie zu treffen«, antwortete Rylan.

Sie sah ihn kaum an, was ihn überraschte, denn er war

es gewohnt, daß Frauen ihn sprachlos vor Entzücken anstarrten. »Das weiß ich, aber weshalb, Mr. North?«

»Ich möchte bei Ihnen leben.«

Einen Augenblick lang starrte sie ihn nur verständnislos an, dann wandte sie sich ihrem Anwalt zu. »Was soll das Ganze, Mel?« fragte sie.

»Nun, genau das, was Mr. North gesagt hat. Er… äh… er möchte einige Zeit in Ihr Haus einziehen.«

Nun mischte sich auch Rylans Agent ein. »Rylan hat das Gefühl, daß es unbedingt notwendig ist, in denselben Räumen wie Demon Rumm zu leben. Dadurch glaubt er Mr. Rumms persönlichen Lebensstil besser begreifen zu können. Er möchte die Atmosphäre auf sich einwirken lassen. Damit im Film alles ganz authentisch wirkt.«

Kirsten vermied es wieder, Rylan anzusehen. Er wollte schon seine Sonnenbrille absetzen, weil es sie anscheinend irritierte, ihn anzuschauen, solange sie seine Augen nicht erkennen konnte.

»Notwendig wofür?« erkundigte sie sich nach einer kurzen Pause.

»Für meine Darstellung Ihres verstorbenen Mannes«, erwiderte Rylan.

»Sein Wunsch klingt vielleicht etwas ungewöhnlich«, erklärte Rylans Agent, »aber Sie werden sein Ansinnen verstehen, wenn Sie wissen, wie Rylan arbeitet.«

»Genau«, warf Rylan ein. »Und niemand kann das Mrs. Rumm besser erklären als ich. Lassen Sie uns bitte einen Augenblick allein.«

Er war nicht darin geübt, seine Worte freundlich und verbindlich klingen zu lassen, und er tat es auch jetzt nicht. Sein Agent sprang bei Rylans schroffer Aufforderung sofort auf und eilte hinaus. Der Anwalt allerdings reagierte gereizt und unwillig darauf und schien zu zögern, doch nachdem Kirsten ihm zugenickt hatte, stand auch er auf und ging nach draußen.

Als sie beide allein waren, lehnte Kirsten sich wieder zurück und schaute Rylan an. Sie wirkte unnahbar und schien zu keinem Kompromiß bereit.

»Ich möchte gern eine Weile bei Ihnen wohnen«, wiederholte Rylan.

Er hatte eine gewisse Macht in Hollywood. Wenn er etwas wollte, brauchte er nur eine Andeutung zu machen, und schon schienen sich alle überschlagen zu wollen, nur um ihm seinen Wunsch zu erfüllen. Aber Kirsten Rumm machte keineswegs den Eindruck, als sei sie bereit, sich widerspruchslos seinen Wünschen zu beugen.

»Es tut mir leid, Mr. North, aber das ist unmöglich.«

»Warum?«

»Ich muß den Termin für mein Manuskript einhalten. Das Buch und der Film sollen gleichzeitig herausgebracht werden.«

»Das weiß ich.«

»Der Verleger hat mir den Termin schon zweimal verlängert. Ein drittes Mal wird er das nicht machen.«

»Was hat das mit meiner Bitte zu tun? Damit, daß ich bei Ihnen im Haus wohne?«

Rylan saß lässig in dem Sessel, die Hände auf den Armlehnen, einen Fuß auf dem Knie des anderen Beines. Er hatte keine Angst, daß sein Wunsch abgelehnt werden könnte. Ganz im Gegenteil, er betrachtete die Sache als Herausforderung, daß diese Frau gegen seinen Wunsch war. Warum widersetzte sich die Witwe seinem harmlosen Plan derart? Hatte sie etwas zu verbergen?

»Ich kann das Haus im Moment nicht verlassen«, erklärte Kirsten. »Es wäre unzumutbar, meine ganzen Notizen und Manuskripte einzupacken und …«

»Ich möchte ja gar nicht, daß Sie das Haus verlassen«, unterbrach er sie.

»Sie wollen doch wohl nicht sagen, daß wir zusammen dort wohnen sollen?«

201

Ein kaum merkliches Lächeln erschien auf Rylans Lippen. »Doch, das will ich. Ich will mit Ihnen zusammenleben, so wie Rumm mit Ihnen gelebt hat.«

Er streckte die Füße von sich und war froh, daß niemand sehen konnte, daß sich sein Herzschlag beschleunigt hatte. Seit langer Zeit war ihm niemand mehr begegnet, der so aufregend und außergewöhnlich war wie Kirsten Rumm. Himmel, er hatte es satt, von Leuten umgeben zu sein, die sofort sprangen, wenn er pfiff.

»Schauen Sie nicht so schockiert, Mrs. Rumm. Wir müssen ja nicht das Bett miteinander teilen.« Rylan zählte in Gedanken bis drei, bevor er hinzufügte: »Es sei denn, daß Ihr Liebesleben mit ihm für meine Rolle wichtig ist.«

Kirsten stand abrupt auf und wandte ihm den Rücken zu. Nervös spielte sie mit den Stiften auf Mels Schreibtisch herum. Schließlich drehte sie sich wieder um und blickte Rylan an.

»Ich glaube, das ist nur wieder so ein Publicity-Trick von Ihnen und Ihrem Agenten, Mr. North«, sagte sie kühl. »Es gefällt mir nicht, und ich weigere mich, dabei mitzumachen.«

»Habe ich je Publicity-Tricks verwendet?«

Kirsten sah auf den Boden. »Nein.«

»Und?«

»Vielleicht ist es ein Trick, daß Sie keine Tricks haben.«

Rylan hatte schon sehr früh begonnen, die menschliche Natur zu studieren. Schon als Kind hatte er die Reaktion anderer Leute auf bestimmte Reize und Signale beobachtet und versucht herauszufinden, aus welchen Gründen sie sich so benahmen.

Kirstens Einwände auf seinen Vorschlag klangen nicht sehr überzeugend. Ihre blauen Augen sagten etwas anderes als ihre Worte. Sie hatte diese Worte ausgesprochen, aber sie dachte etwas ganz anderes. Sie hatte auf seinen Wunsch nicht nur mit Ablehnung, sondern mit Furcht reagiert.

202

Aber warum? Wovor mochte sie sich fürchten? Doch nicht etwa vor ihm?

»Sie wollten nicht, daß ich Ihren Mann darstelle, nicht wahr?« sagte er leise.

»Nein.«

Jemand anderer hätte vielleicht gezögert, ihm so offen die Wahrheit zu sagen. Ihm gefiel ihre Ehrlichkeit. »Warum nicht?«

»Mein Mann war offenherzig, extrovertiert und ging großzügig mit seiner Zeit um. Er mochte die Menschen, er hatte es gern, wenn die Fans ihn umringten. Stundenlang hat er ihnen Autogramme gegeben.«

Während sie sprach, ging Kirsten ziellos im Raum hin und her. Dann blieb sie stehen und drehte sich zu ihm um. »Sie hingegen verachten Ihr Publikum. Sie ziehen sich zurück. Ich habe niemals gehört, daß man Sie einmal freundlich, offen oder großzügig genannt hätte. Im Gegenteil, Sie werden ganz anders beschrieben: Sie sind feindselig und launisch. Sie... lächeln einfach nicht genug, um meinen Mann darstellen zu können.«

»Vielleicht hatte er mehr Grund zum Lächeln als ich«, gab Rylan zurück. »Vielleicht waren Sie der Grund dafür, daß Demon Rumm immer lächelte. Und genau das möchte ich herausfinden.«

Kirstens Augen funkelten ihn böse an. Mit eisiger Stimme fragte sie: »Ist es nicht ein bißchen spät, sich darüber Gedanken zu machen, ob Sie meinen Mann richtig darstellen? Ich denke, der Film sei fast fertig.«

»Ist er auch fast. Haben Sie die Rohfassung gesehen?«

»Nein.«

»Aber der Regisseur hat Sie dazu eingeladen.«

»Ich wollte mir den Film nicht ansehen. Ich will es immer noch nicht.«

Rylan war überrascht. »Warum nicht?«

»Ich war mit einem Sensationspiloten verheiratet. Wenn

mein Mann zu seiner Arbeit ging, wartete kein einfacher, sicherer Job im Büro auf ihn. Es war schwer genug für mich, einige Erlebnisse, die ich lieber vergessen hätte, für das Buch aufzuschreiben. Aber ich habe kein Interesse, bestimmte Teile meines Buchs – bestimmte Teile seines Lebens – auch noch auf der Leinwand zu sehen.«

Rylan hätte sie gern noch viel mehr gefragt, aber dafür war jetzt nicht die Zeit. »Nun, zu Ihrer Information: Der Produzent und der Regisseur sind sehr zufrieden mit meiner Arbeit. Sie sind der Meinung, daß ich Rumms Lächeln überzeugend darstelle und sein öffentliches Image auf den Punkt genau getroffen habe.«

»Gratuliere. Und warum machen Sie sich jetzt auf einmal Gedanken über Ihre Darstellung?«

»Ich habe bis jetzt nur sein öffentliches Image festgehalten, Mrs. Rumm.« Er stand auf und stellte sich neben sie ans Fenster, von wo aus man einen herrlichen Ausblick auf die San Diego Bay hatte. »Ich habe Interviews mit Rumm gesehen und gelesen und soviel Information über ihn gesammelt, wie mir möglich war.«

Er drehte sich etwas und sah ihr ins Gesicht. »Aber wie war er, wenn er nicht im Scheinwerferlicht stand? Privat, meine ich. Mit Ausnahme von einigen Stunts, müssen wir noch die gesamten Innenaufnahmen drehen. Ich habe das Gefühl, daß ich kaum etwas darüber weiß, wie der Mann hinter diesem berühmten Lächeln war.«

»Sie wissen, daß er wagemutig war.«

»Oder dumm.«

Rylan wußte, daß er zu weit gegangen war, als Kirsten sich hastig zu ihm umdrehte. »Es erfordert eine Menge Mut, solche Flüge zu machen. Wie können Sie es wagen, zu behaupten…«

»Sehen Sie, ich glaube, daß Rumm Schneid hatte, aber er hatte doch vielleicht etwas zu wenig Grips, sonst hätte er manche Sachen gar nicht erst versucht.« Sie antwortete nicht, sondern blickte ihn mit offener Feindseligkeit an. Sie verstand ihn offensichtlich nicht. Verwirrt fuhr er sich mit der Hand durch das Haar und versuchte es noch mal. »Ich möchte wissen, was in seinem Kopf vorging.«

»Sein Leben ist ein offenes Buch. Wortwörtlich. Ich werde Ihnen eine Kopie meines Manuskripts zusenden, wenn ich damit fertig bin.«

Er schüttelte den Kopf. »Das reicht nicht. Ich muß die Dinge anfassen, die er angefaßt hat, die Musik hören, die er gehört hat, das Essen essen, das er gegessen hat. Und in den Räumen leben, in denen er gelebt hat.«

»Das ist verrückt! Und außerdem völlig unnötig!«

Er hakte lässig seinen Daumen in eine Gürtelschlaufe seiner Hose. »Der Meinung waren Sie aber nicht, als die Hauptdarstellerin Sie um den gleichen Gefallen gebeten hat.«

Er hatte gewartet, bis er den Trumpf ausgespielt hatte. Er hatte erfahren, daß seine Kollegin einige Tage in Kirstens Haus in La Jolla verbracht hatte.

»Das war etwas anderes«, verteidigte Kirsten sich.

»Inwiefern?«

»Das ist doch offensichtlich!«

»Sie meinen, daß meine Kollegin eine Frau ist?«

»Zum Beispiel.«

Die beiden sahen sich herausfordernd an, als leise an die Tür geklopft wurde.

»Herein!«

»Moment noch!«

Sie hatten gleichzeitig geantwortet. Kirsten warf ihm einen boshaften Blick zu, dann ging sie einfach zur Tür und öffnete sie.

»Nun, sind wir zu einer Einigung gekommen?« fragte Rylans Agent übertrieben herzlich.

»Ich möchte allein mit Mel sprechen«, gab sie kalt zurück.

Rylan verbeugte sich spöttisch vor ihr, bevor er und sein Agent das Büro verließen.

Sie warteten im Vorzimmer. Rylan stellte mit einem Blick fest, daß die Empfangsdame wie eine lebende Barbie-Puppe aussah. Mädchen wie sie kamen zu Hunderten nach Hollywood. Sie warf ihm ein schmachtendes Lächeln zu und wand sich in ihrem hautengen Kleid wie eine Raupe, die aus ihrem Kokon zu entkommen sucht.

Rylan überlegte, ob sie wohl ahnte, wie lächerlich sie auf ihn wirkte, und ob sie wirklich glaubte, sie könnte ihn mit ihrer Oberweite beeindrucken.

Er ignorierte sie. Sie fragte, ob sie Kaffee oder vielleicht einen Drink wollten, aber sowohl Rylan als auch sein Agent lehnten ab.

»Wie ist es gelaufen?« fragte der Agent leise.

Rylan zuckte die Schultern.

Sein Agent fuhr fort: »Es war vielleicht ganz gut, daß du sie selbst gefragt hast, anstatt ihren Anwalt. Du kommst gut mit Frauen zurecht.« In der Stimme des Anwalts klang eine Spur Neid mit.

Rylan schnaubte nur und schloß die Augen. »Mrs. Rumm ist immun gegen Herzensbrecher. Sie war mit einem verheiratet«, antwortete er.

»Aber nicht mit einem von deinem Kaliber.«

»Vielen Dank, aber Sex-Appeal ist eine Sache des Geschmacks.«

»Was wirst du tun, wenn sie nein sagt?«

Rylan schob die Sonnenbrille auf die Nasenspitze und sah seinen Agenten über den Rand der Brille an. »Nervös?« wollte er wissen.

»Und wie«, gab sein Agent zu. »Nervös wie der Teufel. Wage es ja nicht, auch nur daran zu *denken,* auch bei diesem Film alles hinzuschmeißen. Ich hab' ja noch nicht mal den Streit vom letzten Mal geregelt! Um Himmels willen, Rylan, tu mir das nicht schon wieder an!«

»Dafür bezahle ich dich doch«, erwiderte Rylan ungerührt. »Mit einer geradezu fürstlichen Summe, wenn ich dich daran erinnern darf!«

Darauf konnte sein Agent nichts erwidern, denn es stimmte. Rylan North war berüchtigt dafür, die Arbeit an einem Film hinzuschmeißen, wenn ihm dessen Atmosphäre und Ausdruckskraft nicht gefielen, wenn er das Gefühl hatte, daß seine künstlerische Integrität mit der Rolle nicht in Einklang zu bringen war.

Überhaupt, Integrität – das war ein Wort, das oft im Zusammenhang mit ihm erwähnt wurde. Mehr als jeder andere bekannte Schauspieler kämpfte er dafür, daß niemand sich korrumpieren lassen sollte. Er war noch nie bereit gewesen, nur deshalb Kompromisse zu machen, weil dann vielleicht in den Kassen der Filmgesellschaft mehr Geld klingelte, oder aus irgendwelchen anderen Gründen.

Wenn er nicht so talentiert und außerdem so gutaussehend gewesen wäre, hätte sich wohl niemand mehr mit ihm abgegeben. Jedermann fand ihn unausstehlich. Und trotzdem gehörte er zur ersten Wahl, wenn es sich um wichtige Filmprojekte handelte.

»Laß uns abwarten, was Mrs. Rumm zu sagen hat, bevor du dir noch die Fingernägel bis zum Ellbogen abkaust«, sagte er zu seinem Agenten.

Dann machte er die Augen zu und döste ein. Und sein Agent kaute tatsächlich an den Fingernägeln, während sie warteten.

Schließlich wurden sie wieder ins Büro gebeten.

Kirsten hatte sich einverstanden erklärt, und jetzt war Rylan hier und schwamm im Pazifik. Nach der langen, anstrengenden Arbeit, die er während der letzten zwei Monate gehabt hatte, und all der strengen Disziplin, die er sich beim Drehen selbst auferlegte, fand er es wundervoll, endlich einmal wieder ganz spontan etwas machen zu können, worauf er Lust hatte. Es war herrlich und wunderbar, sich so faul im Wasser treiben zu lassen.

Seine Augen schmerzten, als er zum wolkenlosen Himmel aufblickte. Die Augen von Kirsten Rumm haben ein noch tieferes Blau als der Himmel, dachte er müßig. Sie funkelten wie Juwelen. Aber etwas Dunkles lag dahinter, überschattete dieses Funkeln. Und er, Rylan, würde herausfinden, was das war.

Er war hier, um mehr über den Charakter von Charles ›Dämon‹ Rumm herauszufinden, aber nachdem er dessen Witwe getroffen hatte, war er sich sicher, daß sie die wertvollste Informationsquelle sein würde, der Schlüssel zur Seele des Toten.

Rylan war fast genauso stark an Mrs. Rumm wie an ihrem verstorbenen Ehemann interessiert. Er betrachtete Charles Rumm als eine der komplexesten Persönlichkeiten, die er je dargestellt hatte. Warum hatte dieser Mann eine so stark ausgeprägte Todessehnsucht gehabt, wenn sein Leben offensichtlich so toll gewesen war? Rylan war entschlossen, die Antwort zu kennen, wenn er dieses Haus verließ.

Er drehte sich wieder auf den Bauch und schwamm dann mit weit ausholenden, kraftvollen Zügen zum Strand zurück. Das Meerwasser schien seinen kräftigen, nackten Körper zu streicheln, zu liebkosen. Wassertropfen schimmerten in seinem dunklen Haar und blieben dort hängen, als weigerten sie sich, wieder ins Meer zurückzufallen.

Widerwillig zog Rylan dann seine verblichenen Jeans über, die er auf dem Strand hatte liegenlassen. Aber wenn seine überhaupt nicht lustige Witwe schon seinen schäbigen, aber harmlosen Reisesack so angeschaut hatte, als sei er eine eklige, schleimige Kreatur, die unter irgendeinem Stein hervorgekrochen wäre, dann brauchte er, Rylan, nicht viel Phantasie, um sich vorzustellen, wie sie ihn anschauen würde, wenn er naß und unbekleidet in ihr Arbeitszimmer marschierte. Nach einem solchen Auftritt würde sie wahrscheinlich jedem schmutzigen, reißerischen Zeitungsartikel glauben, den sie je über ihn gelesen hatte.

Schließlich gab es in den Zeitungen schon genug unmögliche Geschichten über ihn. Sie reichten von Drogenabhängigkeit über religiöse Sekten bis zu Sado-Masochismus. Erst neulich hatte man ihn fotografiert, wie er aus einer Entziehungsklinik herauskam, in der er einen Freund besucht hatte.

Und bald konnte man überall lesen, daß Rylan North sechs Wochen in dem Sanatorium gewesen wäre, um trocken zu werden, nachdem man ihn betrunken aus einem Nachtklub hinausgeworfen hatte.

Es gab sogar einige miese Schreiberlinge, die nicht einmal davor zurückschreckten zu behaupten, er hätte Aids, und sie begründeten dies mit einer unnachahmlich verdrehten Logik. Er sähe so gut aus, behaupteten sie, daß er nur schwul sein könne. Seine Affären mit einem weiblichen Gouverneur, mit seiner letzten Filmpartnerin und der Gewinnerin einer olympischen Goldmedaille, über die in den Medien mehr als ausführlich berichtet worden war, seien allesamt nur Tarnung und extra inszeniert, um seine wahre Vorliebe zu verbergen.

Doch all dieses dumme und gehässige Geschwätz hatte seine Popularität nicht mindern können. Im Gegenteil. Die reißerischen Schlagzeilen und deftigen Geschichten hatten den Appetit des Publikums nur noch stärker angeregt. Und es waren nicht allein die Kinogänger, die Interesse an seiner Person und seinem Leben zeigten. In Hollywoods High Society überschüttete man seinen Agenten mit Einladungen für ihn. Dabei ging er kaum zu Parties. Und wenn er es doch einmal tat, dann wurde diese Party prompt zu *dem* gesellschaftlichen Ereignis des Jahres erhoben.

Doch Rylan nahm all diese Gerüchte mit einem Schulterzucken hin und ignorierte sie ansonsten, es sei denn... jemand anderer wurde dadurch verletzt.

Und selbst die Barracudas von Hollywood erkannten seine Intelligenz, sein Talent und seine Weigerung an, sich von Geld oder anderen Dingen korrumpieren zu lassen. Er suchte sich seine Drehbücher sorgfältig aus und führte lange Diskussionen mit den Regisseuren darüber, wie sie den jeweiligen Film zu gestalten gedachten, bevor er auch nur einen Buchstaben seines Namens unter einen Vertrag setzte. Aber selbst dann zögerte er nicht, einen Vertrag zu brechen, wenn er zu der Meinung gekommen war, daß die andere Seite ihre Pflichten ihm gegenüber nicht einhielt.

Ihm war egal, was die Zuschauer von ihm hielten, nachdem sie das Kino verlassen hatten. Solange sie zusahen, wollte er, daß sie von der Figur, die er spielte, gefangengenommen wurden, aber nicht von seiner Person. Was für einen verdammten Unterschied machte es eigentlich für das Publikum, welche Vorlieben er in seinem Liebesleben hatte oder was er zum Frühstück aß oder ob er Unterwäsche trug? Für ihre Eintrittskarte schuldete er ihnen nichts als ein paar Stunden Unterhaltung. Seine Verpflichtung ihnen gegenüber endete am Kinoausgang.

Wenn er all dies in Betracht zog, war er selbst erstaunt darüber, daß es ihm so wichtig war, was Kirsten Rumm von ihm hielt. In diesem Fall war sein Aussehen eher ein Hindernis als ein Vorteil. Sein berühmtes Gesicht würde eine Barriere sein zwischen ihnen und...

Zwischen uns und was? fragte er sich selbst, während er die Stufen zum Haus hinaufstieg. Kirsten hatte ganz gewiß keine Signale ausgesandt, die man auch nur irgendwie als Willkommen hätte deuten können. Sie schien einzig und allein daran interessiert zu sein, ihn so schnell wie möglich wieder loszuwerden.

Und ganz abgesehen davon mußte er sehr vorsichtig sein,

mit wem er sich auf eine Beziehung einließ, welcher Art auch immer eine solche Beziehung sein mochte. Nicht so sehr seinetwegen, sondern zum Schutz der anderen Person. Kirsten hatte in den letzten Jahren viel zu sehr gelitten. Er wäre nichts anderes als ein ganz übler Mistkerl, wenn er zu ihrem alten Kummer einen neuen hinzufügte.

Aber seine guten Absichten verflogen, als er auf dem Hügel angelangt war und sie durch das Fenster an ihrem Schreibtisch sitzen sah. Ihr Kopf war zur Seite geneigt, sie kaute gedankenverloren auf der Kappe ihres Stifts, während sie sich bemühte, einen Satz zu formulieren.

Offensichtlich hatte sie völlig vergessen, daß sie einen Gast hatte. Dieser Gedanke versetzte Rylan einen Stich. Er hatte den Wunsch, sie von ihrer Arbeit abzulenken und ihre Aufmerksamkeit auf sich zu ziehen. Also setzte er sein arrogantes Lächeln auf und klopfte an die Verandatür.

Kirsten zuckte zusammen und wandte ihm den Kopf zu. Sie trug wieder ihre Brille, die ihr verdammt gut stand.

Er öffnete die Tür. »Haben Sie ein Handtuch?«

Verwirrt stand sie auf und verließ das Zimmer, war aber einen Augenblick später wieder zurück und reichte ihm ein Badelaken.

»Danke«, sagte er und rieb sich das Gesicht trocken. »Das Wasser war großartig.«

»Nicht zu kalt?«

Schaute sie auf seine Brustwarzen? Sie waren hart, so hart, daß es fast weh tat. »Nein, es war genau richtig.«

»Aha.«

»Würde es Sie sehr ablenken, wenn ich mich eine Weile an den Pool legte?«

»Machen Sie es sich bequem.«

Sie behandelte ihn immer noch auf diese herablassende Art, die ihn schon längst in Wut gebracht hätte, wenn er nicht der Ansicht gewesen wäre, daß sie diese Haltung benutzte, um damit etwas zu verbergen. Vielleicht fühlte sie sich zu ihm hingezogen und wollte es nicht zugeben, nicht einmal vor sich selbst?

Er schlang sich das Badelaken um den Hals und bemerkte, daß ihr Blick über seinen Körper glitt bis zum Reißverschluß seiner Jeans.

»Warum kommen Sie nicht mit hinaus?« fragte er ein wenig gepreßt.

Die Einladung überraschte sie. »Nein, ich muß arbeiten.«

»Wie schade«, erwiderte er und tat so, als ob er schmollte.

Kirsten schloß rasch die Verandatür. Es geschah nicht oft, daß Rylan North eine Tür geschlossen fand. Und schon gar nicht, daß man sie ihm vor der Nase zuschlug! Aber genau das war gerade passiert, und es machte ihn wütend.

2

Ihm wurde erst bewußt, daß er eingeschlafen war, als er langsam wieder wach wurde. Er hatte keine Lust aufzustehen. Der leichte Wind, der vom Meer her wehte, umspielte seinen Körper, streichelte ihn zärtlich wie die Hände einer Frau. Die Wärme der Sonne fühlte sich wunderbar an, durchdrang seine Haut, erhitzte sein Blut. Rylan dachte über Kirsten nach.

Die Dame mochte ihn nicht!

Das war eine bittere Pille, eine nackte Tatsache. Oder etwa nicht? Vielleicht mochte sie ihn doch leiden, konnte es ihm aber nicht zeigen, weil der Schmerz über ihren verlorenen Mann noch zu tief saß?

Beide Möglichkeiten waren gleichermaßen deprimierend.

Er erhob sich von der Liege und machte ein paar Liegestütze. Dann kletterte er auf das Sprungbrett und sprang mit einem perfekten Kopfsprung in den Pool. Er schwamm nur eine Länge und kletterte über die Leiter wieder heraus. Er griff das Laken und wickelte es sich um die Hüften.

Da ihn das Licht blendete, das sich in den Glasscheiben spiegelte, konnte er nicht ins Haus hineinschauen, sondern sah nur sein Spiegelbild.

Als er die Verandatür öffnete, fand er Kirsten immer noch an ihrem Schreibtisch.

»Noch immer bei der Arbeit?«

»Hm«, bestätigte sie, ohne aufzuschauen.

Er betrat den Raum und schloß die Tür wieder hinter sich. Sie blickte ihn immer noch nicht an. Er war ärgerlich,

213

bis er begriff, warum sie sich so benahm. Vielleicht glaubte sie, daß er noch nackt wäre. Er lächelte.

»Macht Ihnen das Schreiben Spaß?« fragte er.

»Manchmal.«

»Ist es schwierig für Sie, über Ihr Leben mit Rumm zu schreiben?«

»Teilweise.«

»Welche Teile?«

Sie warf ihren Kopf in den Nacken und sah ihn an.

»Ah, endlich habe ich Ihre Aufmerksamkeit gewonnen«, bemerkte er mit einem schiefen Lächeln. »Welche Teile, also?«

»Möchten Sie *jetzt* auf Ihr Zimmer gehen?« Kirsten stand auf und ließ den Stift auf den Tisch fallen. Sie rauschte an ihm vorbei und ging auf den Korridor hinaus. Er nahm seinen Reisesack und seine Kleidungsstücke vom Boden auf und folgte ihr.

»Ich habe meine Jeans zum Trocknen auf der Terrasse gelassen«, bemerkte er.

»Alice wird sie für Sie waschen und trocknen, wenn sie zurück ist.«

»Ihre Haushälterin?«

»Ja.«

»War sie schon immer hier? Ich meine, als Rumm noch lebte?«

»Ja, warum?«

»Weil ich alles genauso haben möchte, wie damals, als Sie beide hier lebten.« Gehorsam wie ein junger Hund trabte er hinter ihr her. »Alles, außer den Schlafgewohnheiten, meine ich natürlich.«

Sie blieb so plötzlich stehen, daß er fast in sie hineinlief. »Was wollen Sie damit sagen?«

Überrascht von ihrer heftigen Reaktion betrachtete er ihr Gesicht eine Weile. »Ich meine, wir werden nicht zusammen schlafen. Oder doch?«

Das gute Timing war ein weiterer Punkt, der zu seinen Fähigkeiten als hervorragender Schauspieler gehörte. Er war bekannt dafür, daß seine Teile des Dialogs immer zum genau richtigen Zeitpunkt kamen, daß er sich viele Gedanken darüber machte, wann genau er etwas sagen mußte.

Und auch jetzt hatte er zwischen dem letzten Satz und dem »Oder doch?« eine wohlberechnete Pause gemacht. Eine kurze Pause nur, aber eine doch deutlich merkbare.

Eigentlich hatte er Kirsten nur ein wenig aufziehen wollen, doch als er sie jetzt dabei beobachtete, wie sie ihr seidiges Haar zurückstrich, ertappte er sich dabei, daß er auf eine ernstgemeinte Antwort von ihr wartete.

Die Vorstellung, daß er mit ihr schlafen könnte, hatte schon eine Weile in seinem Hinterkopf gelauert, aber plötzlich hatte diese Idee ihn angesprungen wie ein wildes Tier. Und nun bekam er diese Vorstellung nicht mehr aus seinen Gedanken, sie blieb da, lebendig, kraftvoll, unauslöschbar.

Er wollte diese Frau.

»Mr. North, manche Frauen mögen anders reagieren. Aber ich bin überhaupt nicht geschmeichelt über Ihre Einladung, mit Ihnen zu schlafen.«

Rylan zog die eine Augenbraue auf die für ihn charakteristische Weise empor. »Das war keine Einladung, mit mir zu schlafen. Wenn es eine gewesen wäre, hätte ich Sie direkt gefragt.«

Es entstand eine kleine Pause, dann gab Kirsten zurück: »Sparen Sie sich die Mühe!«

Sie drehte sich wieder um und führte ihn weiter durch das Haus. Etwas kleinlaut folgte er ihr, ließ nur ab und zu ein Lob über das Haus hören.

»Vielen Dank«, sagte Kirsten. »Es war meine erste Wahl, als Charles und ich uns ein Haus kaufen wollten. Ich glaube, er hätte lieber etwas Altmodischeres gehabt, aber ich habe ihm dieses eingeredet.«

Rylan wurde nun bewußt, warum ihm das Haus so gut

gefiel. Es war nicht so überladen mit Teppichen, Vorhängen und Möbeln. Die Schönheit des Hauses steckte in seiner Schlichtheit, den weißen Wänden, den hohen Decken mit den Balken, den gefliesten Böden. Nichts lenkte von dem grandiosen Ausblick aus den Fenstern ab.

»Haben Sie immer bekommen, was Sie wollten?« wollte er wissen.

Sie trat einen Schritt beiseite, um ihm zuerst Zutritt zu dem Gästezimmer zu gewähren. Sie vermied es, ihn anzusehen und sagte leise: »Nein, nicht immer.«

»War dieses Haus ein Zugeständnis dafür, daß Sie einen anderen Streit verloren hatten?«

Statt zu antworten, deutete sie auf die verspiegelten Schranktüren. »In dem Wandschrank sind auch Schubladen. Sie können Ihre Sachen selbst auspacken oder es Alice überlassen. Das Badezimmer ist dahinter.« Sie zeigte auf eine Verbindungstür. »Ich hoffe, Sie finden hier alles, was Sie brauchen. Falls etwas fehlt, lassen Sie es mich oder Alice wissen.«

»Warum habe ich bloß plötzlich das Gefühl, daß ich gerade in einem Sommer-Camp angekommen bin und gleich allein gelassen werde? ›Hast du auch deine Zahnbürste eingepackt?‹ – ›Hast du auch eine extra Decke? – ›Also, dann sag deiner Mami schön auf Wiedersehen!‹« Kirsten ignorierte seine Bemerkung. »Mel sagte, Sie wollten sich Charlies Fotoalben ansehen. Ich habe sie in seinem Arbeitszimmer für Sie bereitgelegt. Wenn Sie mich jetzt ent…«

»Warum können Sie mich nicht leiden?«

Verdammt noch mal, er hatte genug. Er konnte sich eine ganze Menge Sachen vorstellen, die sie mit ihrem schönen, sinnlichen Mund tun konnte, doch Anweisungen zu geben wie ein Oberfeldwebel stand dabei ganz unten auf der Liste.

Er konnte sich allerdings nicht besonders darauf konzentrieren, was er ganz oben auf die Liste setzen würde, denn er war immer noch nur mit diesem albernen Handtuch bekleidet, und das war eindeutig ein Handicap. Sein Ärger wuchs, und mit drei großen Schritten durchquerte er den Raum und blieb dann direkt vor ihr stehen.

Sie schaute ihm nicht in die Augen, sondern hielt den Blick ganz bewußt auf seine Brust gerichtet, als sie leise antwortete: »Ich mag Sie schon.«

»Sie haben eine komische Art, einem das zu zeigen.«

»Ich bin doch gastfreundlich!«

»Gastfreundschaft kann ich auch in einem Hotel haben.«

Er hatte sie bis an die Glasfront zurückgedrängt, die die ganze Wand einnahm und auch von diesem Zimmer einen phantastischen Ausblick auf das Meer bot. Rylan bekam fast einen Schock, als sie sich an ihm vorbeizwängte, wobei sie notgedrungen seinen Körper streifte. Er erfuhr zwei wichtige Dinge dabei: Sie trug keinen BH, und außer daß sie es nicht mochte, wenn man sie aufzog, mochte sie es auch nicht, wenn man sie in die Ecke drängte.

»Was wollen Sie von mir, Mr. North?«

Wenn sie wüßte, was für eine tückische Frage das war, hätte sie sie ihm sicher nicht gestellt. Rylan konnte ihr nicht die Antwort geben, die ihm die ehrlichste und offensichtlichste auf ihre Frage schien, und so redete er sich mit dem Erstbesten heraus, was ihm in den Sinn kam.

»Ich möchte, daß Sie mich mit meinem Namen anreden.«

»Das tue ich doch.«

»Sie nennen mich Mr. North, nicht Rylan.«

»Ist das Ihr richtiger Vorname?«

»Nein, aber ich werde mich damit zufriedengeben.«

Sie drehte sich um und betrachtete die Geranien, die in Whiskyfässern gepflanzt waren und die Terrasse begrenzten. »In Ordnung. Dann nennen Sie mich Kirsten.«

»Danke. Warum sehen Sie mich nicht an?«

»Wie bitte?!«

»Sie haben mich schon verstanden.«

»Ich sehe Sie an.«

217

»Nein, Sie lassen manchmal Ihre Augen über mich hinweggleiten, aber Sie haben mich noch nicht ein einziges Mal richtig angesehen, seit ich hier bin.«

Er dachte, wenn ich sie anschauen kann, ihren Mund, ihren Körper, ihre bloßen Füße, und dabei Gefahr laufe, mich unter diesem dünnen Handtuch in eine peinliche Situation zu bringen, dann kann sie mir doch, verdammt noch mal, wenigstens auch einen Blick gönnen!

Sein Verlangen nach ihr verstärkte nur seine Ungeduld mit ihr.

»Warum sehen Sie mich nicht an?« wiederholte er ärgerlich.

»Ich bin kein Groupie, niemand, der andere Leute anstarrt.«

»Das weiß ich, Kirsten. Das habe ich auch nicht erwartet.«

Nun sah sie ihn doch an. Als er ihren Namen nannte, blickte sie ihm in die Augen. Er hatte das Gefühl, als müßte er darin versinken.

»Berühmte Persönlichkeiten bringen mich nicht aus der Fassung«, erklärte sie. »Ich war mit einer verheiratet. Er war menschlich, und das sind Sie auch nur.«

Natürlich bin ich menschlich, dachte er. Sein Körper bebte vor Verlangen, etwas nur Allzumenschliches zu tun. Er wollte ihren Körper umfassen und sie an das heranziehen, was mittlerweile, trotz seiner Versuche, sich zu entspannen, das Badetuch ziemlich ausbeulte.

»Es gefällt Ihnen nicht, daß ich hier bin, nicht wahr?«

»Ja«, bestätigte sie mit brutaler Offenheit.

»Warum haben Sie mich dann kommen lassen?«

»Mel hat mich unter Druck gesetzt.«

»Ihr Anwalt?« Rylan lachte. »Ich habe ihn zwar nur einmal gesehen, aber es ist ganz offensichtlich, daß er völlig verrückt nach Ihnen ist. Wenn Sie es von ihm verlangen würden, würde er sich sogar voller Begeisterung kopfüber aus seinem Büro im zwanzigsten Stockwerk stürzen!«

»Ich höre auf seinen Rat, und er hat mir geraten, zuzustimmen.«

»Unter dem Eindruck der Drohung, daß ich den Film hinschmeiße.«

»Sie geben also zu, daß die Möglichkeit bestand?«

»Ich habe so was schon früher getan.«

»Ich wollte nicht dafür verantwortlich sein, wenn es diesmal passiert. Ich möchte, daß der Film so schnell wie möglich fertig wird.«

»Ich verstehe: Sie opfern sich für den Film«, erwiderte er spöttisch.

»Ja. Ich werde mit Ihnen zusammenarbeiten, denn ich möchte, daß Sie das machen, weswegen Sie hergekommen sind, und danach möglichst schnell wieder verschwinden. Erwarten Sie aber bloß nicht, daß ich mich großartig mit Ihnen beschäftige.«

Sie machte es schon wieder, nahm ihm gegenüber schon wieder diese herablassende Haltung ein. Er würde ihr eine Lehre erteilen müssen – aber wie? Sie mochte es nicht, wenn man sie aufzog, und mit der ehrlichen und direkten Art hatte es auch nicht funktioniert.

Vielleicht würde ein Schock helfen? Rylan beschloß, sie erst mal weiterreden zu lassen, ihr Spielraum zu geben, bevor er das Seil um so enger zuzog.

»So wie ich die Sache sehe«, fuhr sie fort, »ist das einzige, was wir in dieser Situation machen können, unsere Beziehung auf einer streng geschäftlichen Ebene zu belassen.«

»So sehen Sie das also?«

»Genau!«

»Hm, dann möchte ich Ihnen einen Vorschlag machen.«

»Und der wäre?«

»Tragen Sie von jetzt an lieber einen BH.«

»Wie...«

»Ich finde es nämlich ausgesprochen schwierig, nur an

Geschäftliches zu denken, wenn sich Ihre Brustwarzen so deutlich unter Ihrem Hemd abzeichnen.«

So, er hatte es getan. Er hatte den Angriff gewagt. Er war unverschämt gewesen. Geschah ihr nur recht, wenn sie endlich begriff, daß sie ihm nicht mit dieser hochnäsigen Tour kommen konnte – und außerdem konnte er endlich dem Verlangen nachgeben, das ihn schon die ganze Zeit quälte.

Rylan hob beide Hände und strich ganz leicht und zärtlich mit den Fingerspitzen über ihre Brüste, über die harten Spitzen.

Ihre Reaktion war überaus heftig. Sie schlug seine Hände beiseite und wirbelte von ihm weg. Dann schaute sie ihn böse an. Die Arme hielt sie fest an den Körper gepreßt, die Hände waren zu Fäusten geballt. Ihre Brust hob und senkte sich unter ihrem heftigen Atmen.

»Wagen Sie es ja nie wieder, noch einmal so etwas zu tun!« herrschte sie ihn an.

»Hat es Ihnen nicht gefallen?«

»Natürlich nicht!«

Sein Blick glitt zu ihrer Brust. Ihre Brustwarzen waren fest und zeichneten sich deutlich unter ihrem Hemd ab. »Natürlich nicht«, wiederholte er mit heiserer Stimme.

Sie drehte sich um und ging stolz und hoch erhobenen Hauptes aus dem Zimmer. Ihre bloßen Füße verursachten kein Geräusch, und das nahm ihrem Abgang viel von seiner Wirkung. Zum Ausgleich dafür schlug sie die Tür mit aller Kraft hinter sich zu.

»Wie lange ist sie jetzt schon in ihrem Zimmer?«

»Sie war schon dort, als ich nach Hause kam. Die Läden waren heruntergelassen«, berichtete Alice, die Haushälterin.

»Vielleicht sollten Sie einmal nach ihr sehen«, schlug Rylan vor.

Sie warf ihm einen vorwurfsvollen Blick zu. »Das habe

ich schon getan. Ich habe ihr zwei Kopfschmerztabletten gegeben und ... «

»Sie hatte Kopfschmerzen?«

»Das hat sie mir gesagt. Ich habe ihr einen kalten Umschlag gemacht und ihr geraten, bis zum Dinner liegenzubleiben.« Alice wedelte mit einer Karotte unter Rylans Nase. »Sie arbeitet zu viel an diesem Buch, das macht ihr zu schaffen.«

Rylan war sich ziemlich sicher, daß es nicht nur an der vielen Arbeit lag, daß Kirsten sich nicht wohl fühlte. Er war mit schuld daran.

Was hatte er sich bloß dabei gedacht, als er sie auf diese Weise berührt hatte? Er war doch sonst nicht der Typ, der jede hübsche Frau gleich in den Hintern kniff. Lüsternheit hatte ihn schon immer abgestoßen. Normalerweise fühlte er mit den Frauen, die so was zu erleiden hatten. Und nun hatte er selbst so etwas getan!

Was hatte ihn dazu getrieben, Kirsten anzufassen? Gut, er war erregt gewesen, emotional und sexuell. Und doch – er hätte es nicht tun sollen! Und sie war zu Recht vor Wut außer sich. Aber mit ihrem Zorn konnte er umgehen. Was er jedoch nicht verstand und was ihn deshalb auch am meisten verunsicherte, war die Furcht, die er auf ihrem Gesicht gelesen hatte. Oder war es doch keine Angst gewesen? Entsetzen vielleicht? Aber worüber? Über seine Liebkosung? Oder über ihre eigene Reaktion darauf?

Er wollte verdammt sein, wenn er es wußte. Er überlegte immer noch, was wohl die richtige Antwort sein mochte, während er sich duschte und umzog und dann eine Stunde in Demon Rumms Arbeitszimmer verbrachte und sich durch dessen Hinterlassenschaft arbeitete.

Alice hatte ihn dort gefunden, und in der Hoffnung, vielleicht etwas Information aus ihr herausziehen zu können, war er ihr in die Küche gefolgt und plauderte nun mit ihr, während sie das Abendessen vorbereitete.

Die Haushälterin hatte ihm auf Anhieb gefallen. Wie ihre Arbeitgeberin war sie nicht gleich vor Bewunderung in Ohnmacht gefallen, dafür hatte sie eine Menge Aufhebens um die mit Sand verdreckte Jeans gemacht, die er auf der Terrasse hatte liegenlassen. Es machte ihm Spaß, daß sie versuchte, den Boß zu spielen.

Sie war redselig, aber diskret. Sie verriet keine vertraulichen Dinge über die Rumms, wenn es welche gab. Sie zeigte große Neugier an Filmen und Filmemachern und stellte ihm viele Fragen über ihre Lieblingsschauspielerin, seine Partnerin zu seinem neuesten Film.

Er erzählte ihr seine Lieblingsgeschichte über diese Kollegin, während Alice den Käse rieb. »Dann geht sie rüber zum Bett, so wie es im Drehbuch vorgesehen ist. Ich stehe mit dem Rücken zu ihr. Ich ziehe mich aus.«

»Ich erinnere mich daran, das war eine tolle Liebesszene.«

»Danke. So war es auch geplant. Aber bei dieser speziellen Aufnahme, gerade, als ich mein Hemd ausziehe, läßt sie plötzlich einen Schrei los, der einem das Blut gefrieren ließ. Ich dachte schon, mein Gott, habe ich plötzlich Lepra oder so was? Aber es stellte sich heraus, daß die Crew ihr eine von diesen Gila-Echsen unter die Bettdecke gelegt hatte und...«

»O nein!« rief Alice aus.

»Doch. Als sie die Bettdecke zurückzog, saß dieses Vieh da in seiner ganzen prachtvollen Häßlichkeit.«

»Und was tat sie?« erkundigte Alice sich neugierig.

»Nach diesem ersten Schrei lachte sie und machte den Scherz mit. Aber am nächsten Tag zahlte sie es allen heim.«

»Wie?« fragte Alice und kicherte.

Rylan steckte sich eine Olive in den Mund und lutschte daran, während er weitersprach. »Sie stand sehr früh auf, und während alle anderen noch schliefen, schickte sie ihre Kinder aus – die hatte sie während der Aufnahmen bei sich im Wohnwagen –, damit sie allen die Schuhe wegnahmen. Bis zur Frühstückszeit hatte sie einen ganzen Haufen von Schuhen und den Schuhbändern aneinandergeknotet. Haben Sie schon mal versucht, ungefähr vierzig Paar Schuhe auseinanderzuknoten, wenn Ihnen ein tyrannischer Regisseur im Nacken sitzt, damit Sie den Zeitplan einhalten?«

»So eine Alberei hätte ich ihr gar nicht zugetraut. Sie sieht immer so elegant aus.« Alice blickte über seine Schulter und lächelte. »Hallo, sind die Kopfschmerzen besser?«

Rylan wandte sich ebenfalls um und sah Kirsten in der Tür stehen. Sie wich seinem Blick aus, als sie Alice antwortete: »Ja, danke.«

Rylan hatte plötzlich Schwierigkeiten, Luft zu bekommen. Der Nachmittag ging fast zu Ende und bescherte ihnen einen wundervollen Sonnenuntergang. Als Kirsten zwischen ihn und das Fenster trat, konnte Rylan die Umrisse ihres Körpers unter dem Kleid erkennen. Das Oberteil war im Nacken verknotet und rückenfrei. Fast hätte Rylan laut aufgelacht. Sie trug dieses Kleid nur aus Trotz: Darunter konnte sie nun wirklich keinen BH anziehen!

»Das Dinner ist fast fertig«, verkündete Alice und drehte den beiden den Rücken zu, um etwas aus dem Kühlschrank zu holen.

Rylan benutzte diese Gelegenheit, um zu sagen: »Ein schönes Kleid, Kirsten.«

»Danke.«

An der Art und Weise, wie Kirsten durch ihn hindurchschaute, konnte er erkennen, daß sie seine ›Abendkleidung‹ nicht schätzte. Die Jeans, die er trug, war zwar sauber, aber in keinem besseren Zustand als die, die er bei seiner Ankunft getragen hatte. Sein weißes T-Shirt war mit einem Aufdruck jenes berühmten weißen Hais verziert – eines gähnenden weißen Hais –, aber das konnte man nur noch erkennen, wenn man sehr genau hinschaute, denn der Aufdruck war vom vielen Waschen schon arg verblichen.

Rylans bloße Füße steckten in ausgesprochen traurigen Ausgaben ehemals sicher sehr schöner Turnschuhe.

Schon vor langer Zeit war er dazu übergegangen, nur noch solche Sachen anzuziehen, in denen er sich wohl fühlte. Nicht, daß Rylan etwas dagegen gehabt hätte, auch mal einen Smoking zu tragen, wenn es nötig war, aber normalerweise konnte man seine Kleidung nur mit ›lässig bis hart an der Grenze zu schäbig‹ beschreiben.

Kirsten sah ihn an. »Ich nehme einen Drink auf der Terrasse, während Alice das Dinner aufträgt. Wollen Sie mir Gesellschaft leisten?«

Er wußte, daß diese Einladung aus purer Höflichkeit ausgesprochen worden war, dennoch entschloß er sich, sie zu akzeptieren. »Gern.«

»Hier entlang.«

Sie führte ihn durch die Glastür zu einem überdachten Teil der Terrasse, von wo man den Pool und den Ozean sehen konnte. In eine Ecke war eine Bar eingebaut.

»Ich nehme einen kühlen Weißwein mit Mineralwasser gemischt«, sagte Kirsten. »Was möchten Sie?«

»Mineralwasser mit einem Spritzer Zitronensaft.«

Er registrierte, daß sie ihn erstaunt anschaute, machte aber keine Bemerkung dazu.

»Danke«, sagte er, als sie ihm sein Getränk reichte. »Das ist ein wundervolles Stück Land. Vielleicht sollte ich mir auch ein Haus leisten.«

»Ich dachte, Sie hätten eins in Malibu.«

»Wenn man der Schundpresse glauben darf, habe ich eins hier, eine Ranch in Arizona und… verdammt, ich weiß nicht, wahrscheinlich einen Iglu in Alaska.«

»Stimmt das denn nicht?«

»Ich habe ein Einzimmerapartment in der Nähe des Sunset Boulevard.« Er zuckte die Schultern und ließ sich auf der kleinen Mauer neben ihr nieder. »Mehr brauche ich nicht.« Er lachte über ihr ungläubiges Gesicht. »Erzählen

Sie mir jetzt nur nicht, daß Sie all den Mist über Leopardenfelle, Spiegel an den Wänden und präkolumbianische Fruchtbarkeitsgöttinnen glauben.«

»Ich dachte, es wären Zebrafelle und ägyptische Sarkophage gefüllt mit Kokain.«

Sie hatte ein wundervolles Lachen, fand er. Allein der Klang war schon bezaubernd, aber Rylan hatte zudem noch das beruhigende Gefühl, daß die Wut, die sie auf ihn hatte, allmählich verschwand.

»Ich versichere Ihnen, daß kein Tier für die Dekoration meiner Wohnung sein Fell lassen mußte«, sagte er.

Kirsten senkte den Blick und beobachtete, wie ihr Zeigefinger über den Rand ihres Weinglases glitt.

»Und auch alle anderen Sachen sind nicht wahr«, fügte Rylan hinzu.

»Ich hatte doch gar nicht danach gefragt«, meinte sie.

»Doch, das haben Sie.« Er sprach so leise, daß seine Worte kaum zu hören waren. Der Wind, der vom Meer her wehte, brachte den Klang des rastlosen Ozeans mit sich. »Mit Ihren Augen. Wo haben Sie übrigens Ihre Brille gelassen?«

Offensichtlich war ihr die Frage zu persönlich. Kirsten rückte ein Stück von ihm weg, räusperte sich und sprach unnatürlich laut. »Ich brauche sie nur, wenn ich arbeite. Das Lesen strengt die Augen zu sehr an.«

Er sah ihr tief in die Augen, als wollte er nach Müdigkeit oder Streß forschen. Sie erwiderte den Blick in der gleichen Weise.

Nach einem langen Augenblick stand sie auf. »Möchten Sie noch etwas trinken?«

»Gerne.«

Sie füllte die Gläser wieder auf, wobei sie diesmal wesentlich mehr Wein als zuvor in ihres gab, wie Rylan feststellte. Er stand auf und schlenderte über die Terrasse, und unwillkürlich strich er mit seinen Fingern über die schar-

225

lachrote Blüte eines üppig blühenden Hibiskusstrauches. Es war eine ganz unschuldige Geste, aber die samtweichen Blütenblätter erinnerten ihn daran, daß er Kirstens Haut, ihren Körper gern auf die gleiche Art und Weise berührt hätte. Und schon gaukelte seine Phantasie ihm wieder die wildesten Bilder vor, und schuldbewußt drehte er sich zu Kirsten um.

Er sah, daß sie ihn beobachtet hatte, und ihre Blicke trafen sich. Es war so, als gäbe es keine Distanz mehr zwischen ihnen. Kirstens Wangen glühten, und Rylan wußte sofort, daß sie ähnliche Gedanken wie er gehabt hatte.

Er hütete sich allerdings, das auszunutzen. Statt dessen fragte er: »Was ist da drin?« Und wies mit dem Kopf auf ein Holzhaus.

»Eine Sauna.«

»Klingt gut.«

»Sie können sie benutzen, wann immer Sie wollen. Sie ist nie abgestellt.«

Sie setzten sich wieder auf ihre Plätze auf der Mauer. Aus Versehen stieß er mit seinem Knie an ihr Bein. Sie zog es nicht zurück, und Rylan ließ sein Knie, wo es war. Es fiel ihm schwer, sie nicht anzustarren. Er musterte sie über den Rand seines Glases, während er an seinem Sprudel nippte.

»Wenn Sie nicht möchten, daß ich immer Ihre Gedanken lese, sollten Sie Ihre Brille tragen«, bemerkte er. »Ihre Augen sind zu ausdrucksvoll. Und sehr, sehr blau.«

»Und was denke ich?« forderte sie ihn heraus.

»Sie denken über mich nach. Sie fragen sich, was Tatsache und was Lüge ist.«

»Das geht mich nichts an.«

»Ich wohne in Ihrem Haus, und deshalb geht es Sie etwas an. Fragen Sie sich, ob ich nach dem Abendessen mein Drogenbesteck herauskrame?« Sie senkte den Kopf, ein stilles Eingeständnis. »Ich habe mit Drogen nichts am Hut.

Außer ein bißchen Pot auf der High-School und auf dem College habe ich nie was damit zu tun gehabt.«

Sie musterte ihn prüfend. »Nie?«

Er schüttelte den Kopf. »Und Sie?«

»Nie!«

»Dann werden wir keine Probleme damit haben.« Er nahm einen Schluck und hob sein Glas empor. »Und genausowenig bin ich ein Alkoholiker, der versucht, trocken zu bleiben.«

»In manchen Zeitungsartikeln wird das aber behauptet.«

»Erlogen.«

»Sie haben nie dementiert.«

»Wenn ich dementiert hätte, wären die Artikel noch glaubwürdiger geworden. Außerdem habe ich Besseres zu tun.«

»Ja, darüber habe ich auch gelesen«, sagte sie mit einem schwachen Lächeln.

»Meine schmutzigen Liebesaffären? Möchten Sie etwas über mein Liebesleben hören?«

»Nein, danke.«

»Macht es Ihnen was aus?«

»Nicht, solange Sie… solange Sie…«

»Solange ich es nicht unter Ihrem Dach ausübe?«

»Das hätte ich selbst Ihnen nicht zugetraut«, meinte sie spöttisch.

»Vielen Dank für das Vertrauen«, erwiderte er.

»Was soll man denn glauben?« rief sie aus. »Sie geben keine Interviews. Wenn all diese Gerüchte falsch sind, könnten Sie die Leute eines Besseren belehren, wenn Sie weniger zurückhaltend wären. Wie können Sie es aushalten, wenn die Menschen schlecht von Ihnen denken?«

»Das ist bei meinem Job ganz natürlich.«

»Aber…«

Noch bevor ihm bewußt wurde, was er tat, hatte er ihre Hand ergriffen, um Kirsten zum Schweigen zu bringen.

»Schauen Sie, wenn ich in einer Talk-Show aufträte und die Gerüchte aufklärte, wären schon am nächsten Morgen neue in die Welt gesetzt. Ich müßte meine ganze Zeit und Energie darauf verwenden, hinter den Gerüchten herzuhetzen, um sie richtigzustellen.« Als sie lachte, fuhr er fort: »Solange die Menschen, die ich mag, von Gerüchten verschont werden, rege ich mich über nichts, was über mich behauptet wird, auf.«

Ein Schatten glitt über ihr Gesicht, verdüsterte für einen Moment ihr Lächeln. »Hm«, meinte Rylan, »ich sehe, Sie machen sich immer noch Gedanken über mein Liebesleben. Aber wenn Sie etwas über meine sexuellen Neigungen erfahren wollen, warum fragen Sie nicht einfach danach?«

Sie entzog ihm ihre Hand und ging auf Distanz. »Wie ich schon gesagt habe, es geht mich nichts an.«

Rylan holte tief Luft. »Ich gebe zu, daß ich durchaus schon tiefe Zuneigung für bestimmte Männer empfunden habe«, begann er, und als er ihren ungläubigen Gesichtsausdruck sah, fügte er schnell hinzu: »aber es war immer ganz harmlos. Verwandte. Einige wenige gute Freunde. In anderer Weise interessieren Männer mich nicht.«

Irgendwie lag seine Hand plötzlich auf ihrem Ellbogen, und mit dem Daumen streichelte er die weiche Haut an der Innenseite ihres Arms. Er wußte, daß diese zärtliche Berührung und der sanfte Klang seiner Stimme dazu beitrugen, Kirsten zu beruhigen und sie einzulullen.

»Wenn ich schwul wäre, wie hätten Sie mich dann so erregen können, als ich Ihre Brüste gestreichelt habe?«

Das Weinglas fiel ihr aus der Hand und zersprang auf dem Fußboden. Im selben Moment rief Alice ihren Namen.

Die Haushälterin kam eilig auf sie zu und machte einen großen Bogen um das zerbrochene Glas und die Pfütze.

»Kirsten, das tut mir so leid«, rief Alice. »Ich habe Ihnen nur zugerufen, daß das Dinner fertig ist. Ich wollte Sie nicht erschrecken!«

Kirsten hatte Mühe, stehen zu bleiben. Es war, als versagten die Knie ihr den Dienst. Rylan legte seinen Arm um ihre Taille und stützte sie, bis sie mit einer Bewegung zu erkennen gab, daß diese Hilfe unnötig – und unerwünscht war.

»Es war meine Schuld, Alice«, sagte sie unsicher. »Das Glas war feucht und ist mir einfach aus der Hand gerutscht. Ist das Dinner fertig?«

»Ja, es steht alles auf dem Tisch. Gehen Sie hinein, ich mache hier sauber.«

Rylan schaute sich um, bevor er am Eßtisch Platz nahm, und ein Lächeln spielte um seine Lippen, als er unwillkürlich dachte, daß ein Goldfisch sich in seinem Glas wohl genauso vorkommen müßte wie er sich jetzt.

Drei der Wände des Raumes bestanden aus Glas, dazu kam, daß dieses Zimmer auf einen Felsvorsprung gebaut war, der nach unten zum Meer fast senkrecht abfiel, so daß man den Eindruck hatte, mitten in der Luft zu schweben.

Auch dieses Zimmer war äußerst sparsam möbliert; es gab nur den Eßtisch und die dazu passenden Stühle. Kerzenhalter aus Kristall, in denen weiße, nach Jasmin duftende Kerzen steckten, schmückten die gläserne Tischplatte; dazwischen stand eine kleine Vase mit Maiglöckchen. Es war alles äußerst schlicht und überaus elegant.

»Kompliment an den Dekorateur«, bemerkte Rylan, während er den Stuhl für Kirsten zurückschob.

»Ich habe mich selbst um die Einrichtung gekümmert.«

»Ich mag Ihren Geschmack.«

Über die Schulter hinweg warf sie ihm einen scharfen Blick zu, doch dann schien sie zu dem Schluß zu kommen, daß keine verborgene Bedeutung in seinen Worten lag, und sie setzte sich hin. Doch ihre Haltung zeigte, daß sie immer noch sehr angespannt war.

»Danke«, antwortete sie schließlich. Sie verteilte einige der mexikanischen Köstlichkeiten auf ihre Teller und füllte die Gläser mit Eiswasser. Nachdem sie die Serviette über ihren Schoß gebreitet und Rylan den Korb mit den knusprigen Tortillachips gereicht hatte, begann sie zu essen. Rylan beobachtete sie verstohlen, und ihre knappen, wie abgezirkelt wirkenden Bewegungen waren ein deutlicher Hinweis für ihn, unter welcher Spannung sie stand.

»Sie wirken so verärgert. Sind Sie es auch?«

Scheppernd fiel die Gabel auf ihren Teller. »Ja, ich bin verärgert!« erklärte sie. »Ich möchte nicht, daß Sie so mit mir reden!«

»Wie? Sie meinen die Anspielung auf meine Er…«

Kirsten erhob die Hände. »Sprechen Sie es nicht noch einmal aus! Ich habe Sie nicht ermutigt, so etwas über mich zu sagen – nicht einmal zu denken!«

»Nein«, bestätigte er ruhig und legte seine Gabel nieder. »Das haben Sie nicht.«

»Warum machen Sie es dann?«

Er spielte mit seinem Glas, während er sie anstarrte. »Ich fühle mich zu Ihnen hingezogen, Kirsten.«

Sie schluckte krampfhaft. »Ziehen Sie nicht diese Show mit mir ab. Proben Sie hier nicht Ihre Szenen!«

»Das tue ich nicht.«

Rylan begriff, daß sie anfangs wirklich gedacht hatte, er sagte das alles nur, damit er sie leichter rumkriegen konnte. Doch je länger sie sich anblickten, desto sicherer wurde sie, daß er ihr gegenüber ehrlich war – das war ganz offensichtlich.

»Es geht hier ums Geschäft«, sagte sie.

Er bemerkte erfreut, daß sie plötzlich auch deswegen Ärger zu empfinden schien. »Deswegen bin ich hier, das stimmt«, gab er zurück. »Aber meine Gefühle für Sie haben nichts mit dem Geschäft zu tun.«

»Sie sollten nichts für mich empfinden.«

»Das hatte ich auch nicht so geplant.«

»Dann halten Sie sich daran!« forderte sie ihn auf.

Er griff wieder nach ihrer Hand. »Ich fürchte, ich kann meine Gefühle nicht einfach ein- und ausschalten, wie ich es will, Kirsten.«

Sie zog ihre Hand zurück. »Das werden Sie aber müssen.« »Sie sagen schon nein, wenn ich nur versuche, einen Annäherungsversuch zu machen.«

»Das ist richtig. Ich habe meinen Mann geliebt.«

Rylan schob seinen Teller beiseite und beugte sich vor. »Ihr Mann ist seit zwei Jahren tot. Ich aber habe Sie heute berührt.«

»Was Sie nicht hätten tun sollen!«

»Wahrscheinlich nicht. Aber ich habe es getan.« Er kam noch näher. »Glauben Sie mir, Kirsten, Sie sind lebendig. Und selbst wenn Ihr Verstand noch für eine neue Liebe verschlossen ist, Ihr Körper ist es nicht.«

»Ich werde keine neue Beziehung haben. Nicht mit Ihnen. Auch nicht mit jemand anderem.«

»Sie klingen sehr sicher.«

»Das bin ich auch.«

»Warum? Weil Sie Ihren Mann geliebt haben?«

»Genau.«

»Gut, ich glaube Ihnen. Im Moment wenigstens. Aber sagen Sie mir, was hat Ihre Beziehung mit Ihrem verstorbenen Ehemann so besonders gemacht, daß Sie zu keiner neuen Liebe mehr fähig sind? Wie war es, in Charles Rumm verliebt zu sein?«

3

»Lesen Sie mein Buch!«

»Das habe ich schon«, entgegnete er. »Zumindest die Kapitel, die dem Drehbuchautoren zugänglich waren.« Er senkte die Stimme. »Das Buch soll angeblich alles erzählen, so heißt es jedenfalls in der Werbung. Ich glaube aber nicht, daß Sie wirklich alles erzählt haben. Ich glaube, daß Sie einige wichtige Details in der Beziehung zu Ihrem Ehemann auslassen.«

Kirsten nahm die Serviette vom Schoß und warf sie heftig auf den Tisch. »Sind Sie fertig?«

»Mit dem Thema? Nein!«

»Mit dem Essen?«

»Damit ja«, bestätigte er und stand auf.

Sie führte ihn aus dem Eßzimmer und ging dann vor ihm her in einen der anderen großzügig angelegten Wohnbereiche. Alice hatte schon ein Feuer im Kamin angezündet, dessen Flammen fröhlich hinter einem Funkenschirm aus Messing züngelten. Um diese Jahreszeit und so nahe am Meer wurde es abends schon so kühl, daß man ein Feuer gut vertragen konnte, aber unbedingt notwendig war es nicht. Und es ließ diesen hübschen, ausladenden Raum noch gemütlicher wirken. Die Flammen warfen tanzende Lichter auf das blankpolierte Messing.

Doch Kirsten schien das Feuer eher als etwas Notwendiges denn als nur für das Auge Erfreuliches anzusehen, denn sie rückte so nahe an den Kamin, als suchte sie die Wärme. Sie setzte sich in eine Ecke des Sofas, zog die Beine unter sich und nahm eins der Batikkissen, das sie ganz fest an ihre Brust drückte. Nachdenklich schaute sie dann in die flackernden Flammen.

Rylan, den es nur selten scherte, ob er sich gut benahm oder nicht, ließ sich ohne große Umstände auf dem Teppich vor dem Sofa nieder. Er legte sich der Länge nach hin, stützte sich auf einen Ellbogen und sah zu Kirsten hinauf. Allmählich trat eine Wärme in seinen Blick, die der des Feuers durchaus Konkurrenz machen konnte.

»Sehen Sie mich nicht so an«, sagte sie unwirsch.

»Wie sehe ich Sie denn an?«

»So als würde ich gleich alle möglichen häßlichen Dinge von mir geben.«

»Gibt es denn häßliche Dinge zu sagen?«

»Nein.«

»Warum sind Sie dann immer so empfindlich, wenn wir das Gespräch auf das Thema bringen?!«

»Wenn Sie das Gespräch drauf bringen!«

»Ich möchte wissen, was für eine Beziehung Sie zu Ihrem Mann hatten.«

»Es war wunderbar. Aber ich mag es nun mal nicht, wenn Sie sich in mein Leben mit Charlie hineindrängen.«

»Ich finde es sehr interessant, daß Sie das sagen. Wenn Sie nicht wollen, daß andere Menschen etwas von Ihrer Beziehung mit Charlie erfahren, warum haben Sie sich dann überhaupt entschlossen, das Buch zu schreiben? Ist das nicht ein Widerspruch?«

Sie stieß einen tiefen Seufzer aus. »Manchmal wünschte ich, ich hätte es nicht getan.«

»Warum haben Sie es getan, Kirsten? War es das Geld?«

Sie warf ihm einen wütenden Blick zu. »Natürlich nicht.«

»Das freut mich. Das hätte ich auch nicht gut gefunden. Warum dann?«

»Ich wollte Charlies Image bewahren.«

Rylan setzte sich in den Schneidersitz. »Wie haben Sie ihn denn gesehen?«

»Wie jeder. Der typische Amerikaner. Stark, mutig, moralisch gefestigt. Er war ein gutes Vorbild für unsere Jugend.«

»Damit meinen Sie sicher die Anti-Drogen-Kampagnen, die Werbesendungen gegen Alkohol am Steuer und so weiter?«

»Ja.«

Es war ihm klar, daß sie die nächste Frage nicht mögen würde, trotzdem stellte er sie. »Tat er das eine und predigte das andere?«

Ihre Augen wurden zu dünnen Schlitzen. »Nein! Er war ein ehrlicher Mann.«

»Okay, okay. Es tut mir leid. Ich habe nur das Gefühl, daß Sie seinen Ruf vor etwas bewahren wollen.«

»Dazu besteht keine Veranlassung.«

»Er hatte auch Kritiker, vergessen Sie das nicht. Viele glauben, daß er mit seinen Stunt-Flügen den Leichtsinn förderte. Bei ihm sah alles so leicht aus, daß er unerfahrene, unfähige Piloten zu solchen Manövern verführen konnte.«

Kirsten schüttelte den Kopf. »Bei jedem Interview hat er immer wieder betont, wie gefährlich diese Arbeit ist. Er war schon übervorsichtig, was die Sicherheitsvorkehrungen betraf.«

»Aber er hat die Geschwindigkeit glorifiziert. Das ist verführerisch für leichtsinnige Teenager, die sowieso immer zu schnell rasen.«

»Geschwindigkeit und Schwerkraft waren für Charlie die Herausforderung. Er wollte zeigen, daß jedes Hindernis, wenn es auch noch so groß scheinen mag, überwunden werden kann, wenn man lange und hart genug daran arbeitet. Das wollte er der Jugend zeigen. Er hat für Fleiß und Entschlossenheit geworben. Er hat niemals Unverantwortlichkeit und Leichtsinn gefördert. Ich möchte, daß man sich daran erinnert und nicht an… an…«

»Den Unfall.«

Die leise gesprochenen Worte hingen zwischen ihnen schwebend im Raum.

Kirsten senkte den Kopf. »Ja«, bestätigte sie leise.

Rylan ging zum Kamin und legte noch ein Scheit auf das Feuer. Dann setzte er sich wieder und lehnte sich mit dem Rücken gegen das Sofa.

»Anstatt weiter die Legende von Demon...« Er unterbrach sich. »Übrigens, letzte Woche gab es bei uns einen Streit darüber, welcher Sportreporter den Spitznamen aufgebracht hat.«

Kirsten lachte auf. »Nachdem er berühmt war, haben das viele für sich in Anspruch genommen. Aber man weiß es nicht so genau. Es heißt, daß mal jemand gesagt hat, er würde sein Flugzeug fliegen wie ein Dämon aus der Hölle.«

»Und jemand fügte dieses Wort mit dem Namen zusammen, und voilà, der Name war geboren.« Sie nickte. »Gut, wo war ich?« fuhr Rylan fort. »Ach ja, warum schreiben Sie das Buch?«

»Das habe ich Ihnen doch gerade erzählt.«

»Sie haben mir erzählt, warum Sie es für ihn schreiben. Um sein Heldentum zu bewahren. Aber warum tun Sie es für sich selbst... oder sollte ich besser sagen, warum tun Sie sich das an?«

Rylan tat es leid, daß er ihr das zumuten mußte. Wenn er überzeugt davon gewesen wäre, daß die Zeitungsartikel und Fotografien genügten, um sich mit Charlie Rumms Charakter vertraut zu machen, dann hätte er dessen Witwe mit Sicherheit diese ganze inquisitorische Fragerei erspart.

Aber seine Intuition, die der Schrecken aller Produzenten, Drehbuchschreiber und Regisseure war, sagte ihm, daß Kirsten der wirkliche Schlüssel zu dem Mann hinter diesem immer strahlenden, typisch amerikanischen Lächeln war. Und wenn er sie so lange ausquetschen mußte, bis seine Fragen auf ihrer Seele lagen wie schmerzhafte Finger auf einer Wunde, dann würde er das eben tun. Er hatte schon ganz andere Sachen gemacht, um sich richtig in eine neue Rolle einzufühlen.

Als er in einem Film, der zur Zeit der Depression spielte, einen Landstreicher darstellen sollte, hatte er wie ein Tramp gelebt. Wochenlang war er mit der Eisenbahn gefahren, oft genug als blinder Passagier, hatte er von der Hand in den Mund gelebt.

Für die Rolle eines Footballspielers hatte er mit den L. A. Rams trainiert und darauf bestanden, keine Sonderbehandlung zu bekommen; die Jungs hatten ihn beim Wort genommen und an den Rand der völligen körperlichen Erschöpfung getrieben.

Als er einen polnischen Juden in einem Konzentrationslager verkörpern sollte, hatte er sich den Schädel rasiert und wochenlang gehungert, keine feste Nahrung mehr zu sich genommen.

Was auch immer er auf sich nehmen mußte, um in jenen Charakter zu schlüpfen, den er auf der Leinwand darstellen sollte, er tat es. Und nun versuchte er mit Hilfe von dessen Witwe, in Demon Rumms Haut zu schlüpfen. Doch das war keineswegs einfach, und es konnte für sie beide schmerzhaft werden.

»Ich mußte damit fertig werden«, antwortete Kirsten schließlich und starrte ins Feuer. »Nach dem Unfall gab es so vieles, was erledigt werden mußte. Die Untersuchungen der Nationalen Sicherheitsbehörde über den Unfall, die Beerdigung.« Sie erschauerte. »Es war so ein Zirkus. Überall waren Presseleute, trauernde Fans, die an den Sarg wollten.«

Sie bedeckte das Gesicht mit den Händen.

Es tat ihm weh, mit ansehen zu müssen, wie sie litt. Er sehnte sich danach, sie zu berühren, ihr durch diesen Kontakt zu vermitteln, wie leid es ihm tat, in ihrem Kummer wie mit einem Messer zu wühlen.

Aber was konnte er tun? Sie in den Armen halten und sie ganz fest an sich drücken? Nein. Sie hätte glauben können, daß er Mitleid mit ihr hatte, und sie war zu stolz und unabhängig, um von jemandem Mitleid anzunehmen.

Er könnte seine Hände um ihr Gesicht legen und Tausende von Küssen auf ihr trauriges Gesicht hauchen – aber auch das kam nicht in Frage. Er würde es nie schaffen, es bei zarten, unverbindlichen Küssen zu belassen. Wenn er jemals ihren Mund mit seinen Lippen berührte, dann nur, um sie auf genau die leidenschaftliche Art zu küssen, wie ein richtiger Mann eine Frau küssen sollte.

Also begnügte Rylan sich damit, ihr eine Hand leicht aufs Knie zu legen. Er fühlte, kaum wahrnehmbar, wie sie ihre Muskeln anspannte, aber sie schob seine Hand nicht fort.

Sie nahm die Hände vom Gesicht. Ihre Augen waren feucht, aber sie weinte nicht. »Ich fühlte mich so weit entfernt von allem, als wäre es nicht wahr. Ich habe alles gemacht, was gemacht werden mußte, aber ich war nicht wirklich dabei. Verstehen Sie?«

Statt einer Antwort verstärkte er den Druck auf ihr Bein. Ihre Haut war weich wie Samt, und er mußte sich sehr zurückhalten, um sie nicht zu streicheln.

»Amerika trauerte öffentlich um seinen Helden, aber ich konnte es nicht«, erklärte sie. »Ich habe es schon immer gehaßt, daß wir so sehr im Blickpunkt der Öffentlichkeit standen, aber nach Charlies Tod wurde es unerträglich für mich. Ich konnte nicht einmal um meinen Mann trauern, ohne daß es in den Mittagsnachrichten gesendet worden wäre.«

»Mit dem Buch haben Sie einen Weg gefunden, privat zu trauern, ihn zu begraben und die ganze Sache loszuwerden.«

Sie murmelte etwas Zustimmendes. »Wenn das Buch und der Film fertig sind, möchte ich damit nichts mehr zu tun haben. Ich möchte ein ruhiges Privatleben haben, nur einfach ich selbst sein. Ich werde nie vergessen, daß ich Mrs. Charles Rumm war, das möchte ich auch nicht. Aber ich wünsche mir, daß die anderen es vergessen.«

Schweigen folgte, nur die brennenden Holzscheite knackten im Kamin. Plötzlich ließ sich Alices Stimme aus der Küche vernehmen. »Soll ich Kaffee kochen?«

Kirsten blickte auf Rylan, der schüttelte den Kopf. »Nein, danke, Alice!« rief sie zurück. »Gehen Sie auch zu Bett. Wir sehen uns morgen.«

Alice wünschte eine gute Nacht und verließ das Haus, um in ihr eigenes, abgetrenntes Apartment zu gehen.

Kirsten setzte sich plötzlich aufrecht hin und zog ihre Beine von seiner Hand weg. Es war, als wäre die Trennlinie zwischen ihnen verwischt worden, so daß sie sie wieder neu ziehen mußte, damit er innerhalb seiner Grenzen blieb.

»Möchten Sie wirklich nichts?« fragte sie, um den Moment der Verlegenheit zu überspielen. »Einen Drink? Etwas zum Knabbern?«

»Nein, danke. Wie war Rumm, als Sie sich zum ersten Mal verabredet haben?«

Sie brauchte einen Augenblick, um den Themawechsel nachzuvollziehen. »Wie meinen Sie das?«

»War er höflich, schüchtern, liebevoll, aggressiv, extravagant, ein Geizkragen? Wie war er? Erzählen Sie mir, wie Sie sich getroffen haben.«

»Sie haben doch sicher auch diesen Teil meines Buches gelesen.«

»Das habe ich, aber ich möchte noch mehr Einzelheiten erfahren. Sagen Sie mir, was seine ersten Worte waren.«

»Kommt überhaupt nicht in Frage!«

»Bitte, Kirsten, ich brauche...«

»Ich sage es Ihnen doch! Das waren seine ersten Worte: *Kommt überhaupt nicht in Frage!*«

238

»Aha, dann haben Sie ihn also zuerst angesprochen.« Rylan stützte sich mit den Ellenbogen auf das Sofa und legte das Kinn in die Handfläche. Aufmerksam sah er Kirsten an. »Erzählen Sie mir davon.«

Kirsten holte tief Luft. »Ich hatte gerade mein Examen in Englisch gemacht, ich glaube, ich war damals sehr von mir eingenommen, ja sogar ein bißchen hochnäsig…«

»Was sich nicht geändert hat!« unterbrach er sie.

Sie starrte ihn an, aber zu seiner Erleichterung bemerkte er, daß ihre Mundwinkel amüsiert zuckten. »Die meisten Männer, mit denen ich ausgegangen war, waren Akademiker. Eine Freundin hat mich dann in irgendein Nachtlokal eingeladen. Ich wußte, daß dort zum größten Teil Marinesoldaten verkehrten und hatte keine Lust, mitzukommen. Aber sie hatte einen Piloten kennengelernt, und er war an dem Abend da. Sie wollte also unbedingt hin, und da ich nichts Besseres zu tun hatte…«

»… gingen Sie mit«, beendete Rylan den Satz. »Ich kann Sie mir richtig vorstellen, eine kleine, zierliche junge Dame, die sich vollkommen deplaziert fühlte unter diesen angetrunkenen, rauhen Seeleuten und…«

»… nachdem meine Freundin mit ihrem Verehrer auf die Tanzfläche gegangen war, saß ich allein am Tisch und versuchte, möglichst nicht aufzufallen. Da bemerkte ich den Mann auf der anderen Seite des Lokals.«

Kirsten lächelte. Ein wundervolles Lächeln. Rylan spürte tief in sich Eifersucht auf Charlie Rumm aufsteigen.

Kirsten fuhr fort: »Er war groß, blond, attraktiv und hatte breite Schultern. Er hatte ein furchtbar überhebliches Lächeln, das besagte: ›Und ich krieg' euch alle, Mädchen!‹«

»Sie haßten den Typ Mann«, vermutete Rylan.

»Von ganzem Herzen! Aber dieser Mann kam durch das Lokal auf mich zu und setzte sich zu mir an den Tisch.«

»Wie?«

»Was meinen Sie?«

»Wie setzte er sich? Glitt er auf den Stuhl oder ließ er sich darauf fallen?«

»Er drehte ihn herum und setzte sich rittlings darauf. Die Arme schlang er um die Lehne.«

»Danke. Entschuldigen Sie die Unterbrechung. Erzählen Sie weiter.«

»Er sagte nichts, er saß nur da, hatte dieses überhebliche, eingebildete Grinsen drauf und starrte mich an. Ich sagte: ›Hören Sie auf, mich so anzustarren!‹ Und er antwortete…«

»Das kommt nun überhaupt nicht in Frage!« Sie lachten beide.

»Was passierte dann? Bot er an, Ihnen was zu trinken zu bestellen?«

»Ja, aber ich lehnte ab.«

»Wie grausam!«

Kirsten fuhr vom Sofa hoch, als wäre sie von etwas gestochen worden. »Das ist fast das gleiche, was Charlie sagte. Er preßte beide Hände an sein Herz wie Romeo und sagte: ›Ihr verwundet mich tief, schönes Fräulein.‹«

Rylan grinste und sagte: »Vielleicht lerne ich ihn besser kennen, als ich gedacht habe. Erzählen Sie weiter, was passierte dann?«

»Seine Bemerkung brachte mich zum Lachen.«

»Und damit war das Eis gebrochen.«

»Genau. Und in einem schwachen Moment gestattete ich ihm, mir ein Glas Weißwein zu bestellen.«

»Weißwein?« fragte Rylan amüsiert. »Haben Sie da auch Ihre Brille aufgehabt, als Sie vornehm an Ihrem Weißwein genippt haben, unter all den harten Männern, die Bier und Scotch tranken?«

Er war froh, daß sie nun um vieles entspannter wirkte, und so drehte er sich auf den Rücken, die Hände unter dem Kopf verschränkt. Um es sich noch bequemer zu machen, streifte er sich die Schuhe ab.

Doch nun hatte *er* Mühe, sich zu entspannen. Er merkte, daß er Hunger hatte – und daß er hungrig nach Kirsten war. Wieder verspürte er diese Erregung, die ihn eigentlich nie ganz verlassen hatte, seit er dieses Haus betreten hatte.

Er blickte verstohlen auf und überlegte, ob dies Kirsten wohl bewußt war. Wahrscheinlich nicht. Und sollte sie ihn genauer betrachten, dann würde sie vermutlich – hoffentlich! – nur glauben, daß Mutter Natur ihn in einem bestimmten Bereich besonders großzügig ausgestattet hatte. Dieser Gedanke brachte ein Lächeln auf seine Lippen, ein sehr selbstzufriedenes Lächeln.

Um den Grund dafür zu verbergen, fragte er schnell:

»Über was haben Sie sich eigentlich unterhalten? Gab es eine gemeinsame Basis?«

»Wir sprachen meistens über ihn. Oh, er stellte mir auch ein paar Fragen, aber das geschah wohl nur aus Höflichkeit. Er war beeindruckt, daß ich gerade einen Abschluß in Englisch gemacht hatte. Aber eigentlich wollte er über Flugzeuge reden und über das Fliegen. Das war sein einziges Thema. Das war es fast immer.«

»Habe ich da eine Spur von Ablehnung rausgehört?«

»Ganz und gar nicht!« rief sie bestimmt. »Ich meine«, fuhr sie verteidigend fort, »das Fliegen bedeutete sein Leben. Er war dazu geboren. Ich habe das sofort verstanden, schon an jenem Abend.«

Demon Rumm war wirklich ein fanatischer Flieger gewesen. Männer seines Schlages waren wohl so. Aber es war sicher nicht leicht für Frauen, mit einem solchen Fanatiker zusammenzuleben. Wurde man als Partnerin nicht allmählich eifersüchtig auf die Arbeit des Mannes? Versuchte Kirsten Rumm vielleicht zu verbergen, daß sie eifersüchtig auf Rumms Flugbesessenheit war?

Rylan beobachtete Kirsten eine Weile und überlegte, ob er noch ein anderes heikles Thema anschneiden sollte.

Schließlich entschied er, daß es nicht einfacher würde, wenn er es vor sich herschöbe. »Laut Drehbuch hat Rumm Ihnen gesagt, er bedauerte es, daß der Vietnamkrieg vorbei war.«

»Das hat er auch«, gab sie ruhig zu. »Er war ein Kampfpilot ohne je einen Krieg mitgemacht zu haben. Es ging ihm nicht darum, Krieg zu führen oder Menschen zu töten. Er wollte nur fliegen, schnelle Flugzeuge fliegen. Darum ist er auch nicht zu einer Fluglinie gegangen, nachdem er seine Ausbildung bei der Navy beendet hatte.«

»Wir greifen zu weit voraus«, sagte Rylan. »Zurück zu jener Nacht. Hat er Ihnen gesagt, daß er sich für Sie interessierte?«

»Natürlich.«

»Ich hätte ihn auch für verrückt gehalten, wenn er es nicht getan hätte. Was sagte er?«

»Was denken Sie denn?«

Sie forderte ihn heraus. Wie gut kannte er Rumms Charakter wirklich? Er blinzelte und legte den Kopf auf die Seite. »Wollen Sie mit mir ins Bett gehen?«

Sie holte tief Luft. »Nein!«

»Sagen Sie mir das, oder haben Sie ihm das geantwortet?«

Es wurde still im Wohnzimmer, nur die Scheite im Kamin krachten von Zeit zu Zeit.

»Sie haben nicht für sich gefragt«, erwiderte sie schließlich. »Sie haben an seiner Stelle gefragt, oder?«

Er grinste und freute sich darüber, daß er sie aus der Ruhe gebracht hatte.

Ohne weiter darauf einzugehen, fuhr sie fort: »Er sagte, ich sei nicht der Typ für eine Nacht, und ich gab ihm recht.«

Rylan fügte die nächste Zeile hinzu: »›*Gut. Ich habe nämlich auch an was Festes gedacht.*‹«

»Das haben Sie aus dem Drehbuch.«

Er nickte.

»Mir gefiel, was er sagte. Es machte mich schwindelig

242

und atemlos. Nach all den Typen von der Uni mit ihrem Geschwätz, ihrem affektierten Akzent und so weiter war Charlie richtig erfrischend mit seiner Lederjacke, seinem Südwestern-Akzent und seinem unwiderstehlichen Lächeln.« Ihre Augen leuchteten. »Es war schon aufregend, nur in seiner Nähe zu sein.«

»Das kann ich mir denken«, gab Rylan gepreßt zurück.

Daß er Eifersucht empfand, war eine völlig neue Erfahrung für ihn. Sie hatte ihn so heftig und brutal gepackt wie ein wildes Tier. Wie Gift floß sie durch sein Blut und breitete sich mit jedem Herzschlag weiter in seinem Körper aus.

Rylan konnte sich das aufregende Prickeln, das sie damals empfunden hatte und vielleicht auch jetzt in der Erinnerung wieder empfand, ganz genau vorstellen, denn auch er fühlte es. Er spürte dieses sich der eigenen Sexualität Bewußt-Werden, dieses unausgesprochene Wissen, die Vorfreude auf das, was passieren und was sogar noch besser werden würde, wenn man seinen Gefühlen ungehemmt Lauf ließ. Es war etwas, was den ganzen Körper in Hochspannung versetzte, gleichzeitig aber das Urteilsvermögen völlig ausschaltete. Es war die Hölle. Es war das Paradies.

Mochten Poeten und Dichter sich auch noch so sehr bemüht haben und bemühen, sie würden niemals die richtigen Worte finden, um dieses schmerzhaft-süße Zusammenziehen der Brust, dieses Sehnen in den Lenden, dieses völlig verrückte Fieber im Blut adäquat zu beschreiben.

Aber, verdammt noch mal, hatte lediglich die Erinnerung dieses Gefühl in Kirsten ausgelöst – oder war doch er, Rylan, der Auslöser? Hatte Demon Rumm dieses erregte Funkeln in ihren Augen bewirkt? Oder Rylan North?

Offensichtlich spiegelten sich seine Gedanken, die genauso heiß waren wie sein Blut, nur allzu deutlich in seinen

Augen wider. Sein eindringlicher Blick mußte ihr einen Schrecken eingejagt haben. Mit einer schnellen Bewegung richtete sie sich auf, erhob sich dann.

»Es ist schon so spät. Ich muß morgen noch fünf Seiten neu schreiben.«

Er war schon auf den Beinen und legte ihr die Hände auf die Schultern. »Es ist noch früh. Ich bin noch nicht fertig.«

»Aber ich!« Sie versuchte, sich zu befreien, aber er ließ sie nicht los. Seine Blicke übten mehr Zwang aus als ihre Hände. Er hätte sie zum Bleiben bewegen können, ohne seine Hände zu gebrauchen.

»Er hat Sie zum Tanzen aufgefordert, nicht wahr?«

»Ja.«

»Zu welcher Musik haben Sie getanzt?«

»Ich erinnere mich nicht mehr.«

»Und ob Sie das tun! Sie erinnern sich ja auch an alles andere. Was für ein Stück war es?«

»Ist das denn so wichtig?«

»Für mich ja.«

Resigniert sagte sie: »Die meisten Leute waren schon gegangen. Man spielte langsame Sachen aus der Musikbox. Neil Diamond, Beatles, Carpenters.«

»Haben Sie was davon hier?«

Er ließ sie los, ging zur Stereoanlage an der einen Wand und untersuchte Kirstens Plattensammlung.

»Nein, ich habe nichts Derartiges«, gab sie zurück. »Ich glaube es jedenfalls nicht. Ich bin mir nicht sicher.«

»Dann improvisieren wir. Was möchten Sie hören?«

»Das ist doch verrückt! Sie wollen doch nicht etwa mit mir tanzen.«

»Doch, genau. Es steht auch im Drehbuch. Ich muß wissen, wie es war, mit Ihnen zu tanzen.« Er wählte ein Album von ›Chicago‹ und stellte dann den Apparat an. Nur einen Augenblick später erklang die Musik aus den versteckten

Lautsprechern und erfüllte den Raum. Rylan regulierte die Lautstärke und ging dann zurück zu Kirsten.

»Wie hat er Sie gehalten?«

»Das ist doch wirklich nicht notwendig, Rylan!« wandte sie ein.

Nun hatte sie zum ersten Mal seinen Vornamen ausgesprochen, wenn auch entnervt und verärgert, doch das störte ihn nicht. Hauptsache, sie hatte es überhaupt getan. Lächelnd legte er einen Arm um ihre Taille. »Doch, ich halte es sogar für sehr notwendig«, widersprach er.

»Warum?« fragte sie und versuchte zurückzuweichen, als er sie an sich ziehen wollte.

»Weil wir die Szene noch nicht abgedreht haben. Ich möchte sie auf Anhieb richtig spielen.«

»Ich glaube, ich höre mich fast an wie eine Schallplatte mit einem Sprung: *Lesen Sie mein Buch!!*«

»Das habe ich getan. Da steht, daß Sie zusammen getanzt haben und daß es sehr romantisch war. Mit dieser Information kann ich mich nicht in die Atmosphäre hineindenken.«

»Es ist Aufgabe des Regisseurs, etwas aus der Szene zu machen.«

»Er steckt nur den Rahmen ab, Kirsten. Ich fülle ihn mit Leben. Wenn der Film vorbei ist, soll jeder Mann im Kino sich wünschen, er wäre ich, und jede Frau, sie wäre Sie. Das müssen wir schaffen, Kirsten.«

Es war eine Aufforderung, die genauso an sie wie an ihn selbst gerichtet war. Als ihre Körper sich berührten, packte sein Verlangen ihn mit voller Wucht, und er konnte an nichts anderes mehr denken als nur daran, ganz eins mit ihr zu werden.

Und er wußte plötzlich mit hellseherischer Sicherheit, daß genau das auch geschehen würde. Es war ihm egal, wenn er sein Leben dafür geben mußte, solange er diese Frau wenigstens ein einziges Mal besitzen konnte.

»Ich bin Rumm, und ich habe gerade eine unheimlich attraktive Frau kennengelernt, auf die ich heiß bin. Was werde ich tun? Wie verhalte ich mich unter diesen Umständen?« Er riß sie näher an sich heran. »Wie hielt Rumm Sie, als Sie tanzten? So?«

Er führte sie in der traditionellen Haltung, allerdings etwas näher, als es ein Tanzlehrer nötig gefunden hätte.

»Zuerst ja.«

Rylan übernahm die Führung, bewegte sich mit Kirsten im Takt des langsamen, gefühlvollen Liedes. Sie tanzten nicht richtig, bewegten sich mehr auf der Stelle, und jedesmal, wenn ihre Körper sich streiften, schien die Luft um sie herum sich noch mehr mit Elektrizität aufzuladen. Es war wie ein süßes, quälendes Vorspiel.

»War er Ihnen gegenüber schüchtern?« wollte Rylan wissen. »Oder hielt er Sie ebenso fest?«

»Ja.«

»Ist das die Antwort auf die erste oder auf die zweite Frage?«

»Auf die zweite«, erwiderte sie. »Charlie war niemals schüchtern.«

»Hat er seine Wange an Ihr Haar geschmiegt?« Als sie nickte, legte er sein Kinn an ihre Schläfe. »So etwa?«

»Ja, nur…«

»Nur was?«

»Er war einige Zentimeter größer. Er mußte sich etwas mehr nach vorn beugen.«

»Also, ich werde nicht auf Zehenspitzen tanzen, wir müssen uns so behelfen. Außerdem«, flüsterte er, »mag ich es, wie *wir* beide zusammenpassen.«

Ihre Körper paßten wirklich gut zusammen. Rylan konnte Kirstens Körper durch ihr Kleid spüren, als trüge sie nichts. Sein Herz klopfte so heftig, und das Blut rauschte ihm so laut in den Ohren, daß er die Musik fast nicht mehr hören konnte.

»Was muß ich noch wissen?« fragte er leise in sich hinein-lächelnd.

»Er hat mich fester gehalten als Sie. Ich habe mich sehr sicher gefühlt, als er seinen Arm…« Sie brach ab.

Rylan blickte ihr ins Gesicht. »Wo?«

»Um meine Taille«, gab sie mit rauher Stimme zurück.

Er legte seine Hand an ihre Hüften und zog sie noch näher an sich. Sein Körper schmiegte sich enger an ihre Hüften. »So ungefähr?«

Sie nickte. Dann beugte sie den Kopf in den Nacken und musterte ihn, als wollte sie Klarheit darüber gewinnen, ob er Rumm oder Rylan war. »Sein Haar war noch etwas heller als Ihres. Und lockiger. Es fühlte sich voller an.«

»Voller?« fragte Rylan. »Haben Sie in jener Nacht sein Haar berührt?«

Sie schüttelte den Kopf. Ihre Augen hatten einen widersprüchlichen, nachdenklichen Ausdruck. »Ich… Sie verwirren mich. Ich kann mich nicht erinnern.« Ihr Kopf sank nach vorn, ihre Arme hingen wie leblos an ihrem Körper.

»Haben Sie Ihre Arme auch so gehalten, als Sie mit Charlie getanzt haben, Kirsten?« Sie schüttelte den Kopf. »Wo hatten Sie die Arme?« fragte er sanft.

Wie in Trance legte sie ihm die Arme um den Nacken. Sie hatte kleine Brüste. Bei ihrer jetzigen Körperhaltung zeichneten sich die Brustwarzen noch deutlicher ab.

Rylan sog scharf die Luft ein. »Haben Sie bei dieser Gelegenheit sein Haar berührt?«

»Ich glaube ja. Ich bin wahrscheinlich mit den Fingern hindurchgefahren.«

Sie setzte die Worte in die Tat um, und Rylan war so überwältigt von seinen Gefühlen, daß er nur noch leise stöhnen konnte, als er Kirstens Finger spürte. »Wie fühlt sich meins dagegen an?« Das war ihm zwar vollkommen egal, aber er wollte herausfinden, wie es ihr gefiel.

»Ihres ist weicher, nicht ganz so störrisch. Und länger.«

Vorsichtig berührte er ihre Augenbraue mit seinem Mund. Seine Hand berührte ihren bloßen Rücken. »Haben Sie auch ein solches Kleid angehabt?«

»Nein, es war Herbst. Ich habe eine Jacke getragen.«

»Haben Sie einen BH getragen?«

»Ja.«

»Dann kann ich mich glücklich schätzen.« Er rieb seine Brust an ihren Brüsten. »Haben Sie gemerkt, daß er erregt wurde?« fragte er heiser und zog ihre Hüften näher an sich heran.

»Ja«, flüsterte sie.

»Wie lange haben Sie getanzt? Stundenlang, hoffe ich.«

»Nein, nur ein paar Tänze. Meine Freundin kam und sagte mir, daß sie und ihr Pilot nach Hause gehen wollten.« Sie löste ihre Arme von seinem Hals und wich einige Schritte zurück. Dann ging sie langsam zur Musikanlage und schaltete sie aus. »Rumm bot mir galant an, mich nach Hause zu bringen.«

»Ritterlichkeit war sicher nicht sein einziger Grund«, brummte Rylan.

Sie blitzte ihn zornig an. »Er war ein Gentleman. Er hat keine krummen Sachen versucht.«

»Ich bin sicher, daß er ein Gentleman war.« Rylan machte ein paar Schritte auf sie zu. »Aber ich bin mir auch sicher, daß er verdammt scharf auf Sie war und Sie mehr als alles andere ins Bett kriegen wollte.«

»Wie können Sie nur …«

Sie verstummte erschrocken, als ihre Augen an seinem Körper hinabglitten und ihren Verdacht bestätigten.

»Sie tun gut daran, nicht weiterzusprechen, Kirsten«, sagte er sanft. »Hat Charlie Sie eigentlich zum Abschied geküßt?«

»Steht das auch im Drehbuch?«

»Wir haben auf jeden Fall einen Kuß im Drehbuch, wir

wollen ja schließlich Kinokarten verkaufen. Hat Rumm Sie wirklich geküßt?«

Mit einem zustimmenden Nicken wich sie wieder einige Schritte vor ihm zurück.

»Was war das für ein Kuß?«

»Sie sind doch Experte in Leinwandküssen, oder? Also, egal, wie Sie diesen ersten Kuß ausführen, ich bin sicher, das Publikum wird hoch zufrieden sein.«

»Davon bin ich überzeugt«, meinte er. »Aber ich stelle die Frage aus persönlichem Interesse. Zögerte Rumm, wollte er Sie nicht verschrecken? Oder wollte er Sie so gern küssen, daß es ihm egal war, ob er Sie damit verletzen würde?«

Sein gesunder Menschenverstand sagte ihm, daß er geradewegs auf eine Katastrophe zusteuerte und riet ihm aufzuhören. Sie befanden sich beide in einem instabilen Zustand der Gefühle, und sie waren zu schwach, um mit dem fertig zu werden, was passieren könnte. Dennoch konnte Rylan nicht einfach aufhören. Wenn er Kirsten nicht bald küßte, würde er sterben.

Dabei bot sie so vieles, wofür es sich zu leben lohnte!

»War sein Kuß süß, keusch und nett? Oder war er drängend, gierig und erregend? War er so wie dieser?«

Er umfaßte ihren Nacken und zog Kirsten an sich. Bevor sie zurückweichen konnte, preßte er seine Lippen auf die ihren.

Egal, wie Charlie sie damals geküßt haben mochte, es interessierte Rylan plötzlich nicht mehr. Sein Kuß jetzt war einzigartig, nicht vergleichbar. Was scherte es ihn, ob Charlie vielleicht ein wenig unbeholfen gewesen sein mochte – oder nicht! –, ob sie mit den Nasen aneinandergestoßen waren und der junge Navy-Pilot sich verlegen entschuldigt und versucht hatte, es besser zu machen?

So wie er, Rylan, Kirsten küßte, konnte kein anderer Mann sie je geküßt haben!

Er drückte seinen Mund mit besitzergreifender Leidenschaft auf ihre Lippen und drängte sie auseinander. Brauchte er sich jetzt noch zu überlegen, ob Charlies Küsse anfangs vielleicht so harmlos wie die eines Bruders gewesen waren, bevor er genug Mut aufgebracht hatte, wie ein Mann zu küssen? Aber wenn es so gewesen war, dann war Kirsten nun sicher überrascht von seinem, Rylans, ungestümen Verlangen, von der Art, wie er seine Erfahrung meisterhaft und ungeniert einsetzte.

Rylan wußte, daß er in seinem ganzen Leben nicht vergessen würde, wie Kirsten sich anfühlte, wie sie schmeckte. Himmel, war sie süß! Ihre Lippen öffneten sich ihm willig, schienen ihn willkommenzuheißen.

Sein Kuß wurde tiefer, drängender, und obwohl Rylan Angst hatte, daß er Kirsten mit seiner Leidenschaft abschrecken könnte, verlangte es ihn verzweifelt nach mehr. Doch er hätte sich keine Sorgen zu machen brauchen. Sie klammerte sich am Bund seiner Jeans fest, dann legten sich ihre Arme um seine Taille. Ihr Körper bog sich ihm einladend entgegen. Er schob seine Hüften vor, bis sie die Beine spreizen mußte und er sich dazwischendrängen konnte. Unwillkürlich begann er, sich in einem sehr eindeutigen Rhythmus zu bewegen.

Doch irgendwann drang es auch bis zu seinem völlig von Leidenschaft vernebelten Gehirn vor, daß er alles ganz falsch interpretiert hatte. Daß ihre hektischen Bewegungen nicht daher rührten, daß sie ihm noch näherkommen wollte. Verzweifelt strebte sie danach, sich endlich aus seiner Umarmung zu befreien.

Er ließ sie so plötzlich los, daß sie beide stark schwankten. Einen Augenblick starrten sie sich gegenseitig an, außer Atem und mit funkelnden Augen.

Rylan wollte etwas sagen, er wollte ihr so vieles sagen, aber sie drehte sich herum und rannte aus dem Zimmer.

»Kirsten!« rief er hinter ihr her, aber sie hörte nicht. Er

lief ein paar Schritte hinter ihr her, wußte aber, daß es zwecklos war. Was sollte er ihr sagen, selbst wenn er sie noch einholte? Daß es ihm leid tat? Aber das tat es ja gar nicht.

Er wollte sie wieder küssen, noch leidenschaftlicher, wenn sie ihm die Chance dazu gab.

Er verfluchte seine Impulsivität und sah, wie Kirsten sich in dem Schlafzimmer einschloß, das sie mit ihrem Mann geteilt hatte, bis zu dem Tag, an dem er gestorben war.

4

Rylan war bereits seit einer Stunde auf, als Kirsten in ihr Arbeitszimmer kam.

Er hatte schon die dritte Tasse Kaffee getrunken, und er hatte Kopfschmerzen, weil er zu wenig geschlafen hatte. Er lag auf einem der kleinen Sofas und las einen Artikel über Demon Rumm. Er trug ein kurzes T-Shirt und über den Knien abgeschnittene Jeans, und er war ohne Schuhe.

Aber es war egal, was er trug, Kirsten mochte ihn nicht leiden. Weil sie nämlich keine Männer mochte!

Das war die einzige Begründung, die er nach einigen schlaflosen Stunden gefunden hatte. Kirstens Reaktion ihm gegenüber war nicht persönlich. Sie mochte keine Männer und keinen Sex. Kein Wunder, daß Rumm solch eine Todessehnsucht gehabt hatte! Der arme Teufel hatte einen Eisschrank als Bettgefährtin.

Als er hörte, wie Kirsten den Raum betrat, senkte er die Zeitung und beobachtete sie, wie sie mit feindseliger Haltung näher kam. »Guten Morgen.«

»Guten Morgen.« Sie stellte ihre Kaffeetasse auf den Schreibtisch und ließ sich auf den Stuhl fallen, zog ihre Arbeit heran.

»Sie scheinen ein Morgenmuffel zu sein, habe ich recht?«

»Ja.«

»Genau wie ich.«

Er widmete sich wieder seinem Artikel und machte damit offensichtlich, daß er sich nicht weiter unterhalten wollte. Doch nach ein paar Minuten, nachdem er nicht ein Wort von dem, was er las, verstanden hatte, spähte er vorsichtig über den Rand seiner Zeitung.

Kirsten sah aus dem Fenster. Sie schien völlig vergessen zu haben, daß er hier war, daß er überhaupt existierte. In Gedanken war sie meilenweit entfernt, und Rylan nutzte die Gelegenheit, um in aller Ruhe ihr Profil zu studieren. Sie hatte klare, feine Gesichtszüge. Ihr Hals war schlank und schön geformt.

Immer noch völlig in ihre Gedanken versunken, wandte sie sich wieder ihrem Manuskript zu. Sie kratzte sich an der Wange, dann kritzelte sie etwas auf den Rand des obersten Blatts. Mit der Zunge befeuchtete sie ihre Lippen – und Rylan fühlte sein Verlangen wie einen heißen Speer in seinem Körper wühlen.

Verdammt, er wollte sie immer noch!

Wie sie sich bewegte, wie sie sich benahm – das alles deutete darauf hin, daß sie eine sinnliche Frau war. Aber warum gab sie sich dann so kühl? Sein Frust, typisch männlich, diktierte ihm die nächste Frage: War sie vielleicht frigide? Nun, dann brauchte nur der richtige Mann zu kommen, und schon schmolz selbst die kühlste Frau dahin!

Oder vielleicht war sie doch nicht frigide. Vielleicht war ihr Liebesleben mit Charles so phantastisch gewesen, daß kein anderer Mann ihm je das Wasser würde reichen können. So oder so, Rylan war entschlossen, das herauszufinden. Das schuldete er sich selbst.

Rylan grinste vor sich hin. Er hatte Herausforderungen schon immer geliebt, und bis jetzt hatte er auch jede angenommen – und gesiegt!

Kirsten war so in ihrer Arbeit gefangen, daß sie ihn verständnislos anstarrte, als er einige Stunden später mit einem Tablett vor ihr stand.

»Bitte?« fragte sie. »Haben Sie etwas gesagt?«

»Ich habe Sie gefragt, ob Sie hungrig sind.«

Verständnislos blickte sie auf das Tablett, das Rylan trug, dann schaute sie zu dem Sofa hin, auf dem er gelegen hat-

253

te. Er beantwortete ihre Frage, noch bevor sie sie aussprechen konnte.

»Sie waren so in Ihre Arbeit versunken, daß Sie gar nicht gemerkt haben, daß ich das Zimmer verlassen habe.«

Kirsten nahm die Brille ab und rieb sich die müden Augen. »Ich bin völlig darin aufgegangen.« Sie wies auf das Manuskript.

»Interessante Passage?«

Er wartete gar nicht erst darauf, ob sie es ihm erlaubte, sondern setzte das Tablett einfach auf ihrem Schreibtisch ab, wobei er ein paar Sachen, ein Lexikon und einen Messingbehälter, in dem sie ihre Stifte aufbewahrte, beiseite schieben mußte, damit er mehr Platz hatte.

»Das vorletzte Kapitel«, antwortete sie geistesabwesend, während sie unwillkürlich auch ein paar Dinge wegnahm, um Rylan zu helfen. Doch plötzlich, mit einem Ruck, kehrte sie aus ihren Gedanken in die Wirklichkeit zurück und blickte Rylan scharf an. »Was ist das?« fragte sie unfreundlich.

»Obst. Blaubeerkuchen. Alice hat ihn gerade gebacken. Und das ist…«

»Ich weiß, *was* das ist, Rylan!« unterbrach sie ihn ungeduldig. »Was soll das hier? Alice weiß, daß ich nur einen Happen esse, wenn ich arbeite. Wenn ich überhaupt was esse.«

»Das hat sie mir auch gesagt.« Er setzte sich auf die Ecke ihres Schreibtisches und nahm sich ein paar Trauben. »Aber da ich Sie jetzt sowieso schon gestört habe, können Sie auch was essen.«

Kirsten lehnte sich in ihrem Stuhl zurück und blickte ihn ungläubig an. Und bevor sie etwas sagen konnte, fragte er schon: »Warum haben Sie sich immer im Hintergrund gehalten?«

»Wobei?«

»Im Hintergrund von Rumms Leben. Der Zeitungsarti-

254

kel, den ich eben gelesen habe, hat mir besonders gut gefallen, weil er der einzige ist, in dem auch etwas über Sie steht.«

»Charlie war der Star, nicht ich. Über ihn wollten die Leute lesen.« Kirsten zog einen Fuß hoch und legte die Arme darum.

»Wollte er den Ruhm denn nicht mit anderen teilen? Noch nicht mal mit seiner Frau?«

»So war er nicht.« Gedankenverloren rupfte sie ein paar Weintrauben ab, aß sie aber nicht. »Es gab keine Konkurrenz zwischen uns beiden. Ich wollte nicht mit im Scheinwerferlicht stehen.«

»Also war es Ihr Wunsch, daß Sie so weit wie möglich im Hintergrund blieben?«

»Ja.«

»Warum? Waren Sie eifersüchtig auf die Groupies, die um Ihren Mann herumscharwenzelten?«

»Seien Sie nicht albern.«

»Hm.« Er verzog zweifelnd sein Gesicht. »Im Film ist eine Szene, wo Rumms Karriere abzuheben droht.«

»Was haben Sie von einer Fliegerkarriere erwartet?«

»Wie gesagt«, fuhr er fort, »nach dieser einen Show kommt so eine tolle Mieze auf ihn zu und trägt nichts als einen Bikini und eine Flagge. Sie küßt Rumm direkt auf den Mund. Und dann bietet sie ihm an, daß er sich nach Belieben im nächsten Motelzimmer mit ihrem Körper beschäftigen kann. Ihr Text ist ungefähr so: ›Ich zeige Ihnen Geschwindigkeit und Höhenflüge, die Sie noch nie erlebt haben, Demon.‹ Ist das wahr oder erfunden?«

»Das ist erfunden, aber so ähnliche Dinge passieren immer wieder.«

Rylan musterte sie scharf. »Und es hat Ihnen nichts ausgemacht?«

»Das Buch und der Film erzählen nicht mein Leben, sondern das von Charlie.«

»Sie weichen meiner Frage aus, Kirsten«, sagte Charlie entnervt.

»Was für Sie vielleicht ein Anzeichen dafür sein sollte, daß ich darüber nicht reden will.«

»Also haben Ihnen diese Vorfälle doch etwas ausgemacht.«

Kirsten sprang von ihrem Stuhl auf und sagte laut, jede Silbe betonend: »So etwas war lästig, Mr. North. Ärgerlich. Es störte unser Privatleben.«

»Und ich tue jetzt das gleiche.«

»Gott sei Dank, endlich haben Sie den Wink verstanden!« Mit einer hastigen Bewegung schob sie sich ein paar Haarsträhnen aus dem Gesicht. »Hören Sie endlich auf, sich in mein Privatleben mit meinem Mann hineinzumischen! Das hat nichts mit dem Kunstflieger Rumm zu tun.« Sie ging um den Schreibtisch herum. Rylan folgte ihr.

»Sie haben unrecht, Kirsten. Ein Mann lebt mit einer Frau zusammen. Ob er sie nun liebt, ob er sie haßt oder ob sie ihm gleichgültig ist, das beeinflußt sein Leben.«

Er folgte ihr durch den Korridor, bis sie schließlich vor ihrem Schlafzimmer standen. Sie drehte sich zu ihm um. »Zugegeben«, bestätigte sie. »Ich möchte sagen, daß ich einen positiven Einfluß auf Charlies Leben ausgeübt habe. Er liebte mich, er brauchte mich. Er konnte mich sogar gut leiden, was mehr ist, als man in mancher Ehe heutzutage findet.«

Sie machte eine Pause, um tief Luft zu holen. »Aber, ich wiederhole es, das Buch und der Film handeln nicht von unserer Verlobungszeit oder unserer Ehe! Es geht darin allein um Charlies Karriere. Wenn Sie darüber sprechen wollen, bitte sehr! Wenn nicht, verschwenden Sie Ihre und meine Zeit. Das habe ich Ihnen schon letzte Woche in Mels Büro gesagt. Und jetzt entschuldigen Sie mich bitte.« Damit verschwand sie in ihrem Schlafzimmer und schloß die Tür hinter sich.

Nach ungefähr einer Viertelstunde kam sie wieder aus ihrem Zimmer heraus. Sie hatte sich umgezogen, trug jetzt Shorts statt der langen Hose. Verdutzt sah sie, daß Rylan immer noch dort war, wo sie ihn verlassen hatte. Lässig gegen die Wand gelehnt stand er da und schaute sie an. Dann nahm er das Gespräch genau da wieder auf, wo sie es abgebrochen hatten.

»Erzählte er Ihnen von seiner Arbeit? Vom Fliegen?«

»Immerzu.«

»Hat er Ihnen je erzählt, ob er ängstlich war?«

Sie dachte über seine Frage nach. »Ich würde es nicht ›ängstlich‹ nennen, sondern vorsichtig. Er war immer besonders vorsichtig. Er plante jeden Trick durch, bevor er sich ins Flugzeug setzte, um ihn auszuprobieren.«

»Und war er abergläubisch?«

Kirsten lächelte. »Ja, er war sehr abergläubisch.«

Als sie an der Terrassentür angekommen waren, fragte sie: »Haben Sie eigentlich nichts anderes zu tun? Müssen Sie nicht mal irgendwohin fahren? Andere Leute sehen? Wann müssen Sie wieder drehen?«

»Nicht vor nächster Woche«, antwortete er. »Im Moment werden gerade die Szenen gedreht, in denen ich nicht vorkomme.«

»Sollten Sie nicht Ihren Text lernen?«

»Ich kenne meinen Text«, erwiderte er, und sie sah ihn unwillig an, doch er lächelte nur. »Wohin gehen wir?« wollte er dann wissen und folgte ihr nach draußen.

»Ich mache einen Spaziergang am Strand.«

»Klingt toll!«

»Ich gehe allein.«

»Heute haben Sie Gesellschaft.«

Ohne ihr eine Gelegenheit zur Antwort zu geben, nahm er ihren Arm und führte sie die steilen Stufen hinunter zum Strand.

»Ich brauche keine Hilfe!« sagte sie gereizt und schüttelte seine Hand ab. »Ich kann diese Treppen bei stockfinsterer Nacht hinuntergehen.«

»Sie gehen nachts an den Strand?«, fragte Rylan vorsichtig und interessiert.

»Manchmal.«

»Wenn alle anderen Leute schlafen? Warum schlafen Sie nicht?«

Sie hatten den Strand erreicht. »Ich habe manchmal Schwierigkeiten einzuschlafen.«

Sie gab keine Erklärung, warum sie nicht schlafen konnte, und Rylan fragte auch nicht nach. Er hatte seine Lektion gelernt, daß er sie nicht bedrängen durfte, und er beherzigte das auch – meistens.

Barfuß gingen sie am Strand entlang. Die schaumigen Ausläufer der Wellen umspülten ihre Knöchel.

»Lassen Sie mich zur Abwechslung auch mal etwas fragen«, meinte Kirsten plötzlich zu seiner Überraschung.

»Das ist nur fair. Schießen Sie los.«

»Haben Sie sich mit den anderen Einzelheiten des Films genauso penibel beschäftigt? Mit den Sachen, die nichts mit Charlies Privatleben zu tun hatten?«

»Natürlich. Ich habe einige Stunden lang mit Charlies Crew zusammengesessen. Besonders mit Sam. Der Kerl kann mehr trinken als jeder andere, den ich bis jetzt kennengelernt habe.«

Kirsten lächelte unwillkürlich, als Rylan den alten Flugveteranen erwähnte. Von dem Tag an, als Charlie die Navy verlassen hatte, hatte Sam als Mechaniker für ihn gearbeitet und war sein Freund geworden. Da Sam Probleme mit den Augen hatte und nicht mehr richtig sehen konnte, durfte er nicht mehr fliegen, aber alles, was ihm dadurch entging, holte er nach, indem er Charlies Abenteuer mit durchlebte, als wären es seine eigenen.

»Ich bin sicher, daß Sam Ihnen ein paar wilde Geschichten erzählt hat.« Kirsten lachte.

»Sind es nicht dieselben Geschichten, die er Ihnen für Ihr Buch erzählt hat?«

»Die stubenreine Fassung.«

»Da haben Sie recht. Sams Ausdrucksweise ist recht deftig.« Rylan blieb stehen und wurde ernst. »Sam betet Sie an. Er hat von Ihnen in den höchsten Tönen geschwärmt.«

Das schien ihr zu gefallen. »Wie ist der Schauspieler, der Sam spielt?« fragte sie.

»Ziemlich gut. Er hat die gleiche deftige Ausdrucksweise, aber ich fürchte, er kriegt Sams sentimentale Seite nicht so gut hin.«

»Sam verbirgt sein weiches Herz hinter seiner harten Schale.«

»Das habe ich gemerkt«, erwiderte Rylan. Dann lachte er plötzlich. »Dieser verdammte Kerl hat sich ganz schön über meine Flugkünste lustig gemacht.«

»Haben Sie extra für den Film fliegen gelernt?« wollte Kirsten wissen.

»Ich konnte es schon vorher«, erwiderte er, »Sam hat mir für die einfacheren Stunts eine Menge Tips gegeben.«

»Also stimmt wohl das Gerücht, daß Sie ein eigenes Flugzeug haben.«

»Ganz bestimmt nicht die aufgemotzte 707, wenn Sie das meinen.« Rylan lächelte spöttisch. »Heißt es nicht, sie würde an den Palast eines Sultans erinnern?«

»Mit wilden Orgien in 36 000 Fuß Höhe!« fügte sie lachend hinzu.

Ein Schatten glitt über sein Gesicht. »Wir können jetzt darüber lachen, aber die Geschichte hat damals beinahe das Leben meiner Filmpartnerin ruiniert.«

Er bückte sich, hob eine Muschel auf und schleuderte sie heftig in die anrollenden Wellen. »Wir kamen zum gleichen Zeitpunkt in London an. Allerdings vergaß man, in der Presse zu erwähnen, daß wir in verschiedenen Flugzeugen saßen. Ich hatte meine Kollegin davor erst einmal gesehen, im Büro des Regisseurs, und da waren außer uns noch zahlreiche andere Leute anwesend gewesen.«

Der Wind blies spielerisch sein Haar in die Höhe, aber Rylans Ausdruck war grimmig.

»In den Zeitungen behauptete man, wir wären bis unter beide Arme voll gewesen mit Rauschgift, als wir in Heathrow ankamen. Außerdem hätten wir es unterwegs miteinander getrieben. Der damalige Verlobte meiner Kollegin schickte ihr daraufhin ein Telegramm, in dem er ihr mitteilte, daß er mit einer so entsetzlichen Frau wie ihr nicht länger zusammenbleiben könnte. Ihre Mutter rief sie aus Amerika an – nur um sie ein Flittchen zu nennen. Sie war so mit den Nerven fertig, daß sie erst einmal nicht arbeiten konnte.

Dieser Film war ihre erste Hauptrolle. Der Regisseur war ein tyrannischer Schweinehund. Sie hatte Angst vor ihm. Außerdem konnte sie sich nicht gegen ihren Agenten und ihren PR-Mann durchsetzen. Es waren beide gierige Halsabschneider.« Rylan holte tief Luft.

»Sie war so unschuldig«, erzählte er dann weiter. »Ich kann nur zu gut verstehen, daß sie schwere Probleme bekommen hat. Heute ist sie ein Wrack. Morgens braucht sie Tabletten, damit sie aus dem Bett kommt und den Tag durchsteht, abends braucht sie welche, damit sie schlafen kann. Und irgendwann hat sie auch noch angefangen, Kokain zu schnupfen. Sie hat inzwischen all das wahrgemacht, was die Reporter ihr vorher nur angedichtet hatten. Diese elenden Schweine!«

Sie schwiegen beide. Plötzlich wurde Rylan bewußt, in was für eine schwermütige Stimmung er geraten war. Er drehte sich zu Kirsten um und bemerkte, daß sie ihn fasziniert betrachtete.

Und fasziniert war sie in diesem Augenblick tatsächlich von ihm. Er hatte ein unglaublich ausdrucksvolles Gesicht, und sie konnte genau ablesen, was er empfand. Es war wirklich kein Wunder, daß er ein so begehrter Schauspieler war, er mußte der Traum eines jeden Kameramanns sein.

Rylan lachte spöttisch. »Das ist Hollywood«, meinte er und senkte den Blick dabei, doch gleich darauf schaute er Kirsten wieder an. »Haben Sie eigentlich nicht auch schon einmal daran gedacht, zum Film zu gehen?«

Sie lachte. »Ich habe weder das Talent, noch den Wunsch dazu, noch die nötige Disziplin«, erwiderte sie.

»Keine Disziplin? Das würde ich nicht sagen. Sie haben heute morgen stundenlang über einer einzigen Manuskriptseite gebrütet. Andere hätten schon längst alles hingeschmissen.«

»Das ist etwas anderes.«

»Inwiefern?«

»Das hat etwas mit mir zu tun. Es ist eine Sache zwischen mir und dem Blatt Papier.«

»Es bedeutet Ihnen viel, nicht wahr: Ihr Privatleben zu beschützen?«

»Sehr viel.«

Er musterte sie kritisch von Kopf bis Fuß. »Es ist besser, daß Sie nicht zum Film gehen. Dort würde man Sie nur verderben.«

Er hoffte, sie würde anbeißen. Es gelang. »Was meinen Sie damit?« fragte sie neugierig.

»Zum Beispiel«, erklärte er, »würde man Ihnen sicher sagen, Sie sollten Ihr Haar abschneiden. Und das lange Haar steht Ihnen so verdammt gut.« Er fuhr mit der Hand durch die seidige Fülle, dann umfaßte er ihr Gesicht mit beiden Händen. »Sie haben faszinierende Augen. Groß, intelligent und ausdrucksvoll. Sie brauchen bestimmt keine künstlichen Wimpern. Sie haben einen zierlichen Knochenbau. Hohe Wangenknochen.« Er nahm ihr Kinn in eine Hand und streichelte ihre Lippen. Vorsichtig fuhr er mit dem Daumen in ihren Mund. »Schöne Zähne. Ein verführerisches Lächeln. Und ich weiß, daß Sie ausgezeichnet küssen.«

Er ließ sie wieder los, bevor Kirsten reagieren konnte.

Während sie noch starr vor Verblüffung war, glitten seine Hände an ihrem Körper hinunter zu ihren Hüften.

»Sie haben schmale Hüften.« Seine Daumen streichelten sie. »Sie brauchen nicht ein Gramm abzunehmen.«

Kirsten spielte jedoch nicht mit. Falls er geglaubt hatte, sie würde ihm nun verlangend in die Arme sinken, ihm wild die Kleider vom Leib reißen und ihn anflehen, sie doch bitte, bitte jetzt und hier und auf der Stelle zu vernaschen – nun, dann durfte er sich auf eine Enttäuschung gefaßt machen!

Aber Kirsten wehrte sich auch nicht, und das genügte Rylan schon, um sich von neuem ermutigt zu fühlen. War es Furcht oder Erregung, was ihre Augen verschleierte und ihren Atem in kurzen und abgehackten Stößen kommen ließ?

Seine Hände glitten nach oben, über ihre Rippen, blieben einen Moment lang dort liegen, bevor er dann ihren Busen berührte. »Wahrscheinlich würde man Sie überreden wollen, hier mit Silikon nachzuhelfen. Eine Schande, denn Ihre Brüste sind vollkommen.« Er streichelte sie zart. »Einfach vollkommen.«

Jetzt trat Kirsten schnell einen Schritt zurück. »Hören Sie auf!«

Er streckte seinen Arm aus und zog sie wieder zu sich heran, genauso schnell, denn für den Bruchteil einer Sekunde, bevor sie vor ihm zurückgewichen war, hatte er gespürt, wie ihr Körper auf seine Berührung geantwortet hatte. Es war eindeutig gewesen.

Rylan umspannte ihre Taille mit seinen Händen. »Womit soll ich aufhören?« fragte er.

»Fassen Sie mich nicht an!«

»Warum nicht?«

»Ich kann es nicht leiden! Ich habe es gestern abend nicht gemocht, und ich mag es auch jetzt nicht!«

Er musterte sie scharf. »Doch, Sie mögen es. Sie mögen es sogar sehr. *Das* ist Ihr Problem.«

»Das ist nicht wahr!«

Sie versuchte, sich seinem Griff zu entziehen, aber er ließ sie nicht los. »Was verschweigen Sie in Ihrem Buch?«

»Nichts Wichtiges.«

»Ach ja? Was Rumm für Sie empfand, was Sie für ihn empfunden haben, das soll nicht wichtig gewesen sein?«

Mit einer großen Anstrengung gelang es Kirsten, ihn von sich wegzuschieben. »Lassen Sie mich in Ruhe. Zum allerletzten Mal: Ich werde nicht mit Ihnen über mein Privatleben reden. Wenn Sie mich weiterhin belästigen, muß ich Sie bitten zu gehen!«

Als sie in Eile davonlief, verfluchte Rylan seine schreckliche Ungeduld.

Wieder hatte Kirsten diesen furchtbaren Traum:

Die Straße schien endlos. Es war heiß und staubig. Im Rückspiegel konnte sie sehen, wie ihr Wagen eine große Staubwolke hinter sich aufwirbelte.

Ihre Augen suchten den Horizont ab. Sie mußte weiter, vorwärts. Sie mußte dort sein, bevor…

Bevor was?

Sie war sich nicht sicher, aber handelte wie unter Zwang, als sie das Gaspedal bis zum Bodenblech durchtrat. Sie mußte schnell zum…

O Gott, da war es! Sie mußte zu dieser dichten Rauchsäule. Sie konnte sie sehen, pechschwarz und ölig stieg sie zum Himmel auf. Und sie war noch so weit entfernt! Sie würde nicht rechtzeitig ankommen.

»Charlie! Charlie!«

Sie versuchte zu schreien, wollte wieder seinen Namen rufen und ihm sagen, daß sie käme, aber es gelang ihr nicht.

Die Staubwolke hinter ihr hatte sie eingeholt, hüllte sie ein, füllte ihren Mund und ihre Kehle mit Staub und Hitze und Sand. Sie brachte kein Wort heraus; nur ein Schrei, wie ihn ein verängstigtes Tier ausstößt, das den Tod nahen spürt, entrang sich ihr. Der wirbelnde Staub verwehrte ihr auch die Sicht. Nur hin und wieder erhaschte sie einen kurzen Blick auf die schwarze Rauchsäule, wenn die ockerfarbene Wolke um sie herum für einen Moment aufriß.

Ihre Hände schwitzten so sehr, daß sie das Steuer nicht halten konnte, immer wieder glitt sie ab. Schweißperlen tropften auch zwischen ihre Brüste, Schweiß bedeckte ihren Körper, ihre Beine, während sie auf dem Sitz immer weiter nach vorn rutschte und verzweifelt versuchte, Gas zu geben, doch das Gaspedal schien einfach im Boden des Wagens zu versinken, wurde unerreichbar.

Aber sie durfte nicht stehenbleiben, durfte sich nicht aufhalten lassen. Sie mußte weiterfahren. Sie mußte zu der schwarzen Rauchsäule gelangen, die so unheilvoll in den blauen, klaren Himmel griff.

Endlich erreichte sie die Stelle, von der die riesige Wolke aufstieg. Dort war ein Flugzeug, schlank und silbern wie ein Geschoß. Feuer und Rauch quollen bedrohlich daraus hervor.

Sie stürzte aus dem Auto. Charlie, nein! Nein!

Aber halt! Gott sei Dank, er saß noch im Cockpit. Erleichtert lachte sie auf. Es gehörte alles zu dem Stunt, die Flammen und der Rauch. Es war nur Show!

Er sah sie an und lächelte. Er zwinkerte ihr zu und sagte etwas, aber sie konnte es nicht hören, weil immer neue Explosionen das brennende Flugzeug erschütterten. Verdammt, warum kam Charlie denn nicht heraus? Er *mußte* endlich herauskommen! Sonst verletzte er sich noch.

Sie rannte auf das Flugzeug zu, aber sie kam nicht näher. Im Gegenteil – zwischen ihr und dem brennenden Wrack öffnete sich ein unüberwindbarer Abgrund und trennte sie noch weiter voneinander.

Charlie lächelte immer noch und winkte ihr zu. Nein! Nein! Einer seiner Finger fing Feuer, dann noch einer, dann noch einer...

Sie schrie entsetzt auf.

Sie mußte zusehen, wie sein schönes Gesicht in den Flammen zerfloß, bis sie es nicht mehr erkennen konnte. Sie wollte nach vorne, zu ihm. Aber sie konnte ihre Füße nicht bewegen. »Spring heraus, Charlie, es geht noch!« schrie sie. Aber er rührte sich nicht, denn die Menschenmenge, die plötzlich das Flugzeug umringte, war in Beifall ausgebrochen, beklatschte seinen Mut.

Die Flammen verzehrten das Cockpit, bis man nichts und niemanden mehr erkennen konnte. Sie konnte nicht mehr schreien, ihr Atem versengte ihre Lungen. Der heiße Sand kam näher, als sie halb bewußtlos zusammenbrach. »Nein, nein, nein...«

Rylan konnte noch nicht schlafen. Als er die Schreie aus Kirstens Zimmer hörte, sprang er aus dem Bett und rannte los. Im Laufen schnappte er sich seine Jeans, nahm sich kaum Zeit, sie richtig anzuziehen. Was interessierte es ihn in diesem Augenblick, ob er den Reißverschluß hochgezogen hatte oder nicht?

Er rannte zu Kirstens Zimmer und schob die Tür auf. Im Halbdunkel konnte er erkennen, daß Kirsten einen Alptraum hatte und sich verzweifelt im Bett hin und her warf.

Er hielt sich nicht erst lange damit auf, gründlich über alle Möglichkeiten nachzudenken. Die Idee, Alice zu rufen, kam ihm überhaupt nicht. Er zögerte keine Sekunde lang, als er zum Bett eilte und Kirsten in seine Arme nahm.

Sie reagierte sofort darauf. Ihr verkrampfter Körper entspannte sich, sie warf die Arme um seinen Hals und faßte in sein Haar, wie um sich daran festzuklammern.

»Psst, ruhig. Ich bin ja hier. Es ist vorbei.«

Sie klammerte sich noch fester an ihn und barg ihr Gesicht an seiner Schulter. Er war sich sicher, daß sie noch nicht richtig wach war, obwohl sie anfing zu weinen.

Ihre Tränen benetzten seinen bloßen Oberkörper. Es mußte ein schrecklicher Alptraum gewesen sein, anders ließ sich nicht erklären, daß ihr Gesicht von einem solchen Entsetzen verzerrt war. Nein, dachte er, ich kann sie jetzt nicht mit so banalen Sprüchen wie: »Ach, das war doch alles nur ein böser Traum!« abspeisen, nicht nach dem Furchtbaren, was sie durchlitten hatte. Alpträume, richtig schlimme Alpträume, konnten den, der ihnen ausgesetzt war, geradewegs in die tiefste Hölle führen. Er, Rylan, würde so lange bei ihr bleiben, bis die Dämonen gebannt waren, bis sie ihn nicht mehr brauchte.

Seine Hände waren sanft. Zärtlich strich er ihr übers Haar, drückte Kirsten dann so an sich, daß sein Kinn auf ihrem Kopf ruhte. Seine Hände glitten zu ihren Schultern, ihren bloßen Armen. Immer noch liefen Schauer über ihren Körper. Der Traum mochte geendet haben, aber das Entsetzen war noch da. Kirsten schmiegte sich eng an ihn.

Irgendwann ließen ihre Schluchzer nach, versiegten ganz, doch sie machte immer noch keinen Versuch, sich von Rylan zu befreien.

»Arme Kleine«, sagte er liebevoll. »Du bist ja ganz durchweicht.«

Sie hielt ihn auch nicht auf, als er den Saum ihres Nachthemds nahm und damit versuchte, den Schweiß von ihrem Hals und ihrer Brust zu tupfen. Rylan bemühte sich, ganz ruhig und gelassen zu bleiben, doch als er merkte, daß sie unter dem Nachthemd nichts mehr trug, war es mit seiner Gelassenheit vorbei. Dennoch versuchte er, sich zusammenzureißen. Seine sanften Bemühungen entlockten Kirsten ein wohliges Seufzen. Schließlich, wenn auch widerstrebend, ließ er das Nachthemd wieder an seinen Platz rutschen.

Er legte einen Arm um ihre Taille, und da erst bemerkte

er, daß ihr ganzer Körper feucht vor Schweiß war, fühlbarer Beweis des Schreckens ihres Alptraums. Mit beiden Händen drückte er den Stoff ihres lose sitzenden Nachthemds gegen ihren Körper, damit er die Feuchtigkeit aufsaugte.

Sie fühlte sich so zerbrechlich unter seinen Händen an, schien kaum größer als ein Kind zu sein. Wahrscheinlich konnte er sie mit zwei Händen umfassen. Doch ihre Brüste, unter denen seine Hand nun ruhte, waren die einer verführerischen Frau. Rylan konnte einfach nicht anders, er mußte sie berühren.

Er legte seine Hände um ihren Busen, und als er spürte, wie sie plötzlich die Luft anhielt, dann ganz langsam ausatmete, rechnete er damit, daß sie ihn wieder wegstoßen würde.

Doch statt dessen, zu seiner größten Überraschung und noch größerem Entzücken, klammerte sich Kirsten nur noch fester an ihn.

Sein Herz schlug so heftig, daß auch sie es spüren mußte, und er begann, hungrig ihre Brüste zu liebkosen. Immer noch wich sie nicht zurück, schien sich sogar seinen Händen entgegenzudrängen. Als sie einen hilflosen kleinen Laut ausstieß, antwortete er mit einem tiefen, verlangenden Stöhnen. Ihre süßen Lippen glitten über seinen Hals, hauchten Küsse darauf, Küsse, die schnell verlangender wurden.

»Kirsten!« flüsterte er rauh.

Himmel, war das gut! So verdammt gut. Kirsten hatte es nicht nötig, ihn mit überdimensionalen Körperformen zu beeindrucken, sie war kein ehrgeiziges Starlet, das versuchte, sich auf diese Weise neben ihm ins Rampenlicht zu drängen. Sie gehörte nicht zu der Sorte, die sich verkaufte, Sex anbot, um einen Vorteil zu erlangen.

Sie brauchte ihn. Ihn allein, Rylan. Nicht Rylan den Filmstar. Was zwischen ihnen passierte, war ganz ehrlich, war wirklich. Zwischen ihnen war es so, wie es immer zwischen einem Mann und einer Frau sein sollte.

Er war so erregt, daß es fast schmerzte. Aber was war, wenn seine Erregung ihr plötzlich doch Angst einflößte und sie vor ihm floh?

Rylan wollte sie sanft aufs Bett zurücklegen, wollte sie mit seinem eigenen Körper beschützen – doch das war gar nicht so einfach, denn die durchschwitzten Laken hatten sich um ihre Beine gewickelt. Aber dann, wenn sie sich nicht länger von ihm bedroht fühlte, dann würde er sie küssen und ihren schönen Körper liebkosen, bis sie sich ihm öffnete und für ihn bereit war.

Aber er wollte sie nicht drängen. Er wollte nicht alles dadurch verderben, daß er zu schnell vorging.

Rylan senkte langsam den Kopf. Kirsten hielt die Augen immer noch geschlossen, aber sie hatte seine Bewegung gespürt und hob ihm ihr Gesicht entgegen, den Mund halb geöffnet.

Ihre Lippen waren kühl, aber ihre Reaktion war heiß. Zuerst küßte Rylan sie nur leicht und spielerisch, streifte ihren Mund mit seinem und küßte ihr die Tränen aus den Mundwinkeln.

Doch dann, als ihre Zungen sich berührten, war es, als sei ein Pulverfaß explodiert. Hitze erfaßte Rylans ganzen Körper bis in die Zehen und Fingerspitzen, ließ ihn vor Verlangen brennen; es war ein gewaltiges, primitives Verlangen. Auch Kirsten mußte Ähnliches empfinden. Unruhig drängte sie sich ihm entgegen, ihre Hände glitten fiebrig über seinen Körper.

Er berührte ihre Brustwarzen, und für einen Moment löste sie ihre Lippen von seinem Mund, um einen rauhen Schrei auszustoßen. Rylan streichelte sie weiter, und nichts auf der Welt wünschte er sich in diesem Augenblick mehr, als sie mit seinem Mund zu umschließen und zu spüren, wie sie unter seinen Lippen groß und fest wurden.

Aber dann war es Kirsten, die die Führung übernahm. Mit einer so heftigen Leidenschaft, wie er sie bei ihr nicht vermutet hätte, bedeckte sie seinen Hals, seine Kehle mit Küssen, dann ließ sie ihre Lippen tiefer wandern, bis zu seiner Brust. Er umfaßte ihren Kopf mit beiden Händen, genoß es, wie sie mit ihren Lippen seinen Körper liebkoste, wie ihr Atem seine Haut streichelte.

»Du bist schön, so schön!« flüsterte sie.

Spielerisch biß sie ihn, und er stöhnte auf und drückte sie noch fester an sich. Und als ihre eifrigen Lippen plötzlich seine Brustwarzen berührten, hielten sie beide für einen Moment den Atem an. Lustvolle Erwartung erfüllte Rylan.

Zuerst schloß sie ihre Lippen um seine Brustwarzen, dann wagte ihre Zunge sich spielerisch vor, und Rylan verlor vor lauter Lust und Verlangen fast den Verstand. Es war himmlisch, und es wurde noch himmlischer, als ihr Mund schließlich seinen Weg nach unten fortsetzte.

Erst jetzt erinnerte Rylan sich, daß er in der Eile vorhin den Reißverschluß nicht hochgezogen hatte. Er wußte, wenn sie den Blick senkte, dann würde sie die Spur dunklen Haares sehen, die von seinem Bauch tiefer führte. Und sie würde sehen, was seine Kleidung normalerweise verbarg, jedoch jetzt nicht.

O nein, sagte er sich, sie wird denken…

Doch da glitt ihre Hand schon unter den Stoff und berührte ihn vorsichtig, zögernd.

»Kirsten!«

Und obwohl sein heißes Verlangen jeden anderen Gedanken ausgelöscht hatte, wunderte er sich doch über ihre Kühnheit. Zugegeben, ihre Berührung *war* zögernd und fragend, fast schon verschämt, aber immerhin berührte sie ihn. *Sie* hatte die Initiative ergriffen. Er wünschte sich nichts mehr, als sich ganz ihren forschenden, liebkosenden Fingern zu überlassen, seine Härte in ihrer weichen Hand zu spüren, doch er konnte sich nicht richtig darauf konzentrieren, weil sein Erstaunen darüber, daß dies tatsächlich passierte, ihn ablenkte.

Ihre Zärtlichkeiten wurden intensiver, lustvoller, und Rylan erlebte Wonnen wie nie zuvor. Aber er wollte nicht allein genießen.

»Kirsten«, murmelte er, »mein Gott, Kirsten... meine schöne Kirsten... nein, nicht so... laß mich dich auch...«

Plötzlich war sie fort.

Rylan öffnete die Augen.

Kirsten saß auf der anderen Seite des Bettes, so weit wie möglich von ihm entfernt. Sie starrte ihn entsetzt an. Ihre Hände hatte sie wie schützend vor die Brust geschlagen.

Sie sah ihn an, als wäre er ein Monster aus ihrem Alptraum.

Er rief leise ihren Namen und streckte die Hand nach ihr aus, doch Kirsten zuckte vor seiner Berührung zurück und schlug eine Hand auf den Mund, um einen Schrei zu ersticken. Wieder lag Furcht in ihrem Blick.

Rylan verzog das Gesicht. »Ich verstehe, du hast nicht begriffen, daß ich es war.« Es tat ihm weh, das sagen zu müssen, es war ebenso schwer zu ertragen wie das Verlangen, das ihn immer noch gefangenhielt.

»Gib mir eine Minute Zeit«, bat er, doch er brauchte wesentlich länger, um aufzustehen und dann ins Bad zu gehen.

Auf dem Weg dorthin verschloß er mit ziemlicher Mühe die Jeans. Im Bad ließ er das Waschbecken voll kaltes Wasser laufen und steckte den Kopf hinein. Er bespritzte auch seine Brust mit dem kalten Naß, aber er wußte, daß es die heiße Flamme der Lust, die noch in ihm loderte, nicht würde löschen können.

Dann machte er einen Waschlappen naß und ging zurück in Kirstens Schlafzimmer. Kirsten zuckte wieder zusammen, als er sich auf der Bettkante niederließ. Er reichte ihr den Waschlappen. »Wisch dir durch das Gesicht und mach dich ein bißchen frisch.«

Seine Stimme klang viel schroffer, als er es beabsichtigt hatte, aber, verdammt noch mal, diese Situation war wirklich mehr als irritierend. Schließlich war er nicht in der Absicht, über Kirsten herzufallen, in ihr Zimmer gekommen. Als er ihre Schreie gehört hatte, hatte er lediglich helfen, sie trösten wollen. Er hatte nicht beabsichtigt, ihr mehr zu geben, als sie annehmen wollte.

Und nun schaute sie ihn so an, als hätte er sich gerade vor ihren Augen in Jack The Ripper verwandelt. Himmel, er hatte doch nichts getan, was ihr nicht gefallen hatte, was sie nicht auch hatte tun wollen! Er hatte ihre Situation nicht ausgenutzt. Sie konnte ihm wahrlich nicht vorwerfen, daß er ihre Signale falsch verstanden hätte, sie waren ganz eindeutig gewesen. *Sie* hatte die aktive Rolle übernommen, sie hatte agiert, und er hatte *reagiert*. So war es gewesen und nicht andersherum!

Doch als sie dann verzweifelt ihr Gesicht in den Händen barg, hätte er ihr am liebsten zärtlich über das Haar gestrichen und ihr versichert, daß ganz bestimmt alles gut werden würde, daß sie in seiner Nähe keine Angst zu haben brauchte.

Woher kam dieses Mitleid, das er plötzlich für sie empfand, der Wunsch, sie zu beschützen und alles Böse von ihr fernzuhalten? Gemessen an dem Zustand, in dem sein Körper und seine Gefühle sich im Moment befanden, war das eine völlig unerklärliche Reaktion.

Doch er konnte diese Empfindungen einfach nicht wegleugnen. Und auch wenn Kirsten vielleicht nie bereit sein würde, es zuzugeben, konnte sie dennoch nicht leugnen, daß sie ihn brauchte, daß sie sein Mitleid, seine Zärtlichkeit, seine Leidenschaft brauchte.

Als Kirsten sich erfrischt hatte, reichte sie ihm den Waschlappen. »Danke«, sagte sie leise.

»Keine Ursache«, erwiderte er. »Du mußt dir ein frisches Nachthemd anziehen, du bist klatschnaß. Wo hast du sie?«

271

»Dritte Schublade von unten«, erklärte sie und wies mit der Hand auf den Wandschrank.

Er reichte ein Nachthemd und kehrte ihr den Rücken zu. Als sie ein zweites Mal »Danke« sagte, wußte er, daß sie es angezogen hatte.

»Versuch jetzt, wieder zu schlafen«, forderte er sie auf.

Gehorsam legte sie sich hin. Er zog das Laken über sie und beugte sich über ihr Gesicht. »Wovon hast du geträumt, Kirsten?« fragte er.

»Von Charlie.«

Er konnte seine Enttäuschung nicht verbergen. Mit harter Stimme entgegnete er: »Aber mich hast du umarmt.«

5

Sie mochte Männer!

Seine Theorie, daß Kirsten frigide sein könnte und die sowieso albern gewesen war, hatte sich in der vergangenen Nacht Gott sei Dank in Luft aufgelöst. Während er seinen Kaffee trank, beobachtete er Kirsten durch die offenstehende Terrassentür. Kirsten hatte es sich in einem der Liegestühle auf der Terrasse bequem gemacht und genoß die warmen Strahlen der Sonne. Es wäre aber auch eine Schande, dachte Rylan, wenn eine so wundervolle Frau wie sie ein solches Problem hätte.

Nein, sie war wirklich nicht gefühlskalt. Ganz bestimmt nicht. Gut, in ihrem Verstand mochte zwar jedesmal eine Schranke herunterfallen, wenn sie nur daran dachte, mit einem Mann zu schlafen, aber ihr Körper reagierte glücklicherweise ganz anders.

Aber dafür erhob sich nun die Frage, nach *wem* ihr Körper so brannte. Rylan befürchtete, daß er die Antwort bereits kannte, und sie gefiel ihm nicht. Er fluchte vor sich hin, doch nur leise, denn Alice war in Hörweite in der Küche.

Wenn er Kirsten kennengelernt hätte, als sie noch mit Charlie Rumm verheiratet gewesen war, hätte er sich wahrscheinlich gedacht: verdammt glücklicher Bastard, aber er wäre niemals auf die Idee gekommen, sich an Kirsten heranzumachen. Er hatte einen mehr als ausreichenden Anteil an flüchtigen Affären gehabt, aber niemals, gleichgültig, wie sehr die entsprechende Dame sich auch angeboten haben mochte, mit einer verheirateten Frau.

In all den Jahren hatte er nur mit zwei Frauen zusammengelebt, und das auch jeweils nur für einen kurzen Zeitraum.

Die erste war eine aufstrebende junge Schauspielerin gewesen, die ungefähr um die gleiche Zeit wie er selbst in die Schlangengrube Hollywood gekommen war. Sie hatten einander Wärme und Sicherheit gegeben, Zuflucht in den Armen des anderen gefunden, als alles um sie herum noch unsicher war.

Aber nachdem seine Freundin einige Mißerfolge und Rückschläge hatte einstecken müssen, hatte sie den Verlockungen schnellverdienter Dollars nach- und alle künstlerischen Ambitionen aufgegeben und Angebote für Pornofilme angenommen. Rylan hatte ihre Beziehung sofort beendet. Weniger die Tatsache, daß sie sich für so etwas hergegeben hatte, hatte ihn abgestoßen, sondern wie schnell sie vor allen Schwierigkeiten kapituliert und wie leicht sie ihre Träume und Wünsche dem Geld geopfert hatte. Und dann war da noch jene schlimme Sache mit dem Baby gewesen. Auch das hatte zu seinem Entschluß beigetragen.

Die zweite Frau, mit der er zusammengelebt hatte, war Immobilienmaklerin gewesen. Eine lebhafte, energiegeladene und ehrgeizige Frau. Gerade das hatte ihn anfangs so an ihr fasziniert und angezogen – bis sie auch im Bett kein anderes Thema mehr kannte als Provisionen und wie man möglichst schnell an möglichst viel Geld kam. Einmal war ihm eine ziemlich häßliche Bemerkung darüber herausgerutscht, wohin sie sich ihr Schild ›Zum Verkauf stehend‹ stecken könnte, und sie hatte diese Bemerkung sehr unfreundlich aufgenommen und sein Bett und seine Wohnung auf dem schnellsten Weg verlassen. Allerdings hatte sie sich noch die Zeit genommen, ihm vorzuwerfen, daß er bloß eifersüchtig wäre und sich von ihrem Erfolg bedroht fühlte.

Er war keiner der beiden Frauen böse, er war nur ungemein froh darüber, daß er ihnen noch rechtzeitig hatte entkommen können.

All diese Gedanken über seine vergangenen Beziehungen

brachten ihn nun zu der Frage, was er eigentlich von Kirsten erwartete.

Würde er auch mit ihr nur eine kurze, unverbindliche Affäre erleben, die so schnell wieder vorbei war, wie sie begonnen hatte? Die sich nahtlos in die Reihe der vielen unverbindlichen Affären einfügte, die er stets beendete, bevor gefühlsmäßige Komplikationen drohten? War vielleicht gerade Kirstens Widerstand ihm gegenüber eine Herausforderung für ihn, weil er es nicht gewohnt war, daß eine Frau ihm und seinem Charme widerstand?

Rylan schüttelte unwillkürlich den Kopf. Beide Fragen konnte er ehrlichen Herzens mit nein beantworten. Sein Verlangen nach Kirsten war nicht bloß körperlicher Natur. Er wollte nicht einfach nur ihren Körper besitzen, er wollte diese Frau ganz und gar für sich.

Aber dies zu erreichen, würde verdammt schwierig sein, solange sie sich so verzweifelt an ihre Erinnerungen klammerte. Er konnte noch nicht einmal damit beginnen, alle anderen Hindernisse niederzureißen, solange es ihm nicht gelang, sie davon zu überzeugen, daß es nichts Verdammenswertes war, wenn sie den Wunsch empfand, Liebe zu geben und Liebe zu empfangen.

Er mußte langsam, geduldig vorgehen, und auch dann würde es nicht einfach sein. Verstorbene hatten den einen großen Vorteil, daß man sich eher an ihre guten Seiten erinnerte als an ihre schlechten. Und welche Mittel hatte ein lebender Mann, dagegen anzukämpfen? Besonders ein Mann, dessen Körper eine solche Ungeduld zeigte? Jedesmal, wenn er nur daran dachte, wie Kirstens Lippen sich unter seinen geöffnet hatten, wie ihr ganzer Körper auf seine Zärtlichkeiten reagierte, dann...

Verdammt, er mußte damit aufhören, wenn er nicht wollte, daß sein erregter Zustand für alle Welt offensichtlich wurde!

In diesem Moment unterbrach Alice seine Gedanken und

fragte ihn, ob er eine Tasse Kaffee haben wollte. Er verneinte und fügte hinzu: »Ich glaube, ich werde Kirsten ein bißchen Gesellschaft leisten.«

»Sagen Sie ihr, daß ich in die Stadt fahre. Ich muß noch einige Besorgungen machen.«

»In Ordnung.«

Rylan ging auf die Terrasse hinaus. Der Himmel war blau, die Sonne brannte heiß. Kirsten lag auf der Liege.

Sie trug einen blauen Bikini und eine riesige Sonnenbrille und regte sich nicht. Wegen der Brille konnte er nicht erkennen, ob sie die Augen geschlossen hatte, aber er hatte nicht das Gefühl, daß sie schlief.

»Ich habe mich schon gefragt, wo Sie sind«, behauptete er, obwohl er sie schon seit einer halben Stunde beobachtete. Lässig ließ er sich in den einen Stuhl neben der Liege fallen. Er beugte sich nach vorne und stützte sich mit den Ellenbogen auf die Knie.

»Warum sitzen Sie nicht an Ihrer Schreibmaschine?« wollte er wissen.

»Ich bin heute morgen nicht in der Stimmung zu schreiben.«

»Wieso nicht?« fragte er. Sie antwortete nicht. An der Art, wie sie sich von ihm wegdrehte, erkannte Rylan, daß seine Anwesenheit nicht erwünscht war.

»Schönes Wetter heute, nicht wahr.« Rylan wußte selbst, daß die Bemerkung nicht besonders originell war.

»Um diese Jahreszeit ist das Wetter meistens so in La Jolla«, gab Kirsten zurück.

Beide schwiegen eine Weile, dann begann Rylan erneut. »Sind Sie verärgert wegen gestern nacht?«

Kirsten richtete sich hastig auf. »Ja!« sagte sie.

»Warum?«

Sie starrte ihn ungläubig an. »Wären Sie das nicht an meiner Stelle?«

Sie stand auf, griff nach ihrem Strandshirt und zog es sich

über. Dann ging sie auf das Haus zu. Rylan folgte ihr. »Wir müssen darüber reden, Kirsten«, drängte er.

»Wo ist Alice?« fragte sie, und Rylan berichtete, was Alice ihm gesagt hatte. »Ich mache mir einen Orangenmix. Möchten Sie auch einen? Sie sind köstlich.«

In diesem Stil redete sie weiter, lauter banales, dummes Zeug. Sie stellte sich ausgesprochen ungeschickt an, während sie die Zutaten zusammensuchte, die sie für die Drinks brauchte. Fast hätte sie den Krug mit dem frischgepreßten Orangensaft fallenlassen, als sie ihn aus dem Kühlschrank nahm. Die Eiswürfel rutschten ihr aus der Hand und fielen klirrend auf den gefliesten Boden. Die Packung, deren Inhalt man unter den Orangensaft mischen mußte, wollte sich einfach nicht aufreißen lassen. Kirsten fluchte vor sich hin und sah so aus, als wollte sie gleich in Tränen ausbrechen, und in ihrem Zorn riß sie die Packung mit den Zähnen auf.

Endlich war alles im Mixer. Sie schaltete ihn ein, aber er rührte sich nicht. Wütend drückte sie immer wieder auf den Schalter und fluchte: »Warum tut es das verdammte Ding nicht? Verdammt noch mal!«

»Der Stecker ist nicht eingestöpselt.«

Seine freundliche Bemerkung hatte die gleiche Wirkung wie ein Streichholz, das man in ein Pulverfaß wirft. Kirsten explodierte.

»Aha! Sie sind also so schlau, nicht wahr? Sie denken wohl, Sie hätten die Klugheit mit Löffeln gefressen, was? Machen Sie endlich, daß Sie aus meinem Haus verschwinden!«

Rylan ging auf sie zu, faßte sie an den Schultern und schüttelte sie leicht. »Kirsten, Sie sind unvernünftig!«

»Ich bin nicht unvernünftig!« schrie sie und befreite sich aus seinem Griff. »Warum lassen Sie mich nicht endlich in Ruhe?«

»Weil wir über das reden müssen, was gestern nacht in Ihrem Bett passiert ist.«

Kirsten riß sich zusammen. »Es ist nichts passiert«, erklärte sie kalt.

Rylan, der nun auch wütend wurde, schob streitlustig das Kinn vor. »Sie hatten gestern fast Ihr Gesicht in meinem Schoß. Das nennen Sie nichts?«

Kirsten wurde bleich. Sie schwankte, als würde sie jeden Moment hinfallen. Rylan sprang zu ihr und nahm sie in den Arm, um sie festzuhalten. »Es tut mir leid, Kirsten. Das war nicht fair von mir. Bitte entschuldigen Sie!«

Kirsten lehnte sich erschöpft an ihn. »Ich kann nicht darüber reden, Rylan. Bitte, vergessen Sie es.«

»Das kann ich nicht vergessen.«

»Sie müssen!«

»Ich kann es nicht«, wiederholte er mit Nachdruck. Sie schwieg und senkte den Kopf. Er küßte ihre Schläfe und wünschte sich, es wäre ihr Mund. »Ist es Ihnen peinlich?«

»Ob mir das peinlich ist? Ja, allerdings!« Sie stieß sich von ihm ab. Schnell wischte sie sich eine verräterische Träne vom Gesicht. »Was glauben Sie denn? Als ich letzte Nacht wach wurde, hielt ich Sie umarmt. Ich habe Sie geküßt und gestreichelt... wie einen Liebhaber.«

»Ich erinnere mich.«

Kirsten wandte sich von ihm ab. »Bitte, vergessen Sie es, Rylan.«

»Ich glaube nicht, daß ich das kann. Ich glaube auch nicht, daß Sie es vergessen werden.« Kirsten fuhr ärgerlich herum. »Bilden Sie sich bloß nichts ein! Ich habe nicht an Sie, sondern an Charlie gedacht.«

Rylan zuckte zusammen. Er bemühte sich, nicht zu zeigen, wie verletzt er war.

»Machen Sie den Drink fertig«, meinte er heiser und gratulierte sich zu seiner Selbstbeherrschung.

Kirsten bereitete das Getränk und reichte ihm ein Glas. »Ich werde jetzt unter die Du...«

278

Rylan packte sie am Arm und zog sie auf den Küchenstuhl. »Setzen Sie sich! Wir sind noch nicht fertig!«

»Wir sind fertig mit dem Thema gestern nacht«, erwiderte sie. »Ich hatte eine Schlaftablette eingenommen, damit ich schlafen konnte. Der Arzt hat sie mir nach Charlies Tod verschrieben, aber ich habe bisher noch keine genommen. Sie sind wohl stärker, als ich angenommen habe.«

Sie holte tief Luft. »Ich hatte einen schrecklichen Traum. Und dann waren Sie zufällig da. Jemand, an dem ich mich festhalten konnte. Unter diesen Voraussetzungen kann man mich nicht verantwortlich machen für ...« Sie brach ab und fuhr sich nervös mit der Zunge über die trockenen Lippen. »... für das, was passiert ist.«

»Wenn es Sie beruhigt«, begann Rylan, »kann ich Ihnen sagen, daß auch ich einen Anteil daran hatte. Ich war schon erregt, bevor Sie mich berührt hatten.«

Kirsten preßte ihre Augen zu. »Bitte hören Sie auf.«

»Warum soll ich es Ihnen nicht sagen? Sie wissen es sowieso, ich habe kein Geheimnis daraus gemacht: Ich will Sie.« Er schwieg einen Moment. »Gestern nacht hörte ich Sie weinen und schreien und nahm mir nicht die Zeit, mich richtig anzuziehen, denn ich wollte so schnell wie möglich zu Ihnen und Ihnen helfen. Etwas anderes hatte ich da nicht im Sinn. Doch von dem Moment an, als ich Sie in meine Arme genommen hatte, war ich bereit, mit Ihnen zu schlafen.«

Sanft streichelte er ihre Wange. »Sie können mir die Schuld dafür geben, daß ich Ihre momentane Gefühlslage nach dem Alptraum ausgenutzt habe. Zuerst waren meine Absichten ehrenhaft, aber als ich erst ... Kirsten, ich hätte nicht anders handeln können.«

Sie preßte eine Hand an ihre Lippen. »Ich wollte Sie nicht berühren. Ich hatte Angst. Sie waren da, Sie waren real. Ich habe auf den Kontakt mit einem anderen Menschen reagiert, das war alles.«

»Nicht alles, Kirsten. Jedenfalls nicht in meiner Erinnerung. Zuerst haben Sie wie ein Kind nach Halt gesucht. Aber dann waren Sie eine Frau, die einen Mann lieben wollte.«

»Und Sie haben das ausgenutzt, nicht wahr?«

Rylan überlegte einen Moment. »Ich glaube, es ist angemessen zu sagen, daß wir uns gegenseitig ausgenutzt haben. Einverstanden?«

Sie zögerte, doch dann meinte sie: »Einverstanden.«

»Wovon haben Sie geträumt?« fragte er nach einer kurzen Pause.

»Von Charlie.« Rylan merkte, daß sie nur widerstrebend antwortete.

»Das haben Sie schon gesagt. Aber was war mit ihm?«

»Es ist... ein immer wiederkehrender Alptraum. Einzelne Teile variieren, aber das Ende ist immer gleich.«

»Und wie endet er?«

Kirsten schaute ihn mit ihren blauen Augen an. »Ich muß hilflos zusehen, wie er verbrennt.«

Rylans Hoffnung, sie beruhigen und sie diesen Alptraum durch seine Zärtlichkeiten vergessen lassen zu können, verschwand. Er fluchte leise vor sich hin.

»Wie lange haben Sie diese Träume schon?« wollte er wissen. »Seit dem Unfall?«

»Nein, schon vorher.«

»Schon vorher?« rief er verblüfft. »Sie meinen, bevor der Unfall passierte?«

»Lange vorher.« Kirsten stand auf und trug die Gläser zur Spüle, obwohl sie beide noch keinen Schluck getrunken hatten. »Manchmal kam die Realität den Träumen sehr nahe. Er ist schon vorher nur einige Male knapp davongekommen, bevor er den – tödlichen Unfall hatte.« Sie stellte sich an das Fenster und schaute hinaus.

»Sogar bei Übungsflügen hatte ich Angst, daß er nicht wieder zurückkäme. Ich habe stundenlang hier am Fenster

280

gestanden und darauf gewartet, die Rauchsäule am Horizont zu sehen, die mir seinen Unfall ankündigte. Ich war manchmal regelrecht überrascht, wenn Charlie wieder pünktlich zum Essen nach Hause kam.«

»Das muß die reine Hölle für Sie gewesen sein.«

Geistesabwesend nickte sie. »Erinnern Sie sich noch an Ihre Frage, warum ich immer im Hintergrund geblieben bin? Ich wollte meine Angst nicht zeigen. Überall um mich herum waren erwartungsvolle Gesichter. Die Menschen wollten unterhalten werden. Keiner dachte daran, daß Charlie sein Leben riskierte, um sie zu unterhalten. Ich habe die Menschen gehaßt.«

Sie drehte sich abrupt um. »Sie müssen denken, daß ich ziemlich verrückt bin.«

Rylan schüttelte langsam den Kopf. »Nein, Kirsten, aber ich glaube, Charlie war es. Wußte er, daß Sie Angst um ihn hatten?«

Sie kam zu ihm und setzte sich auf den Stuhl neben ihm. »Ich nehme es an. Er hätte es wissen sollen. Anfangs habe ich oft geweint und mich an ihn geklammert, wenn er gehen wollte.«

»Aber eines Tages haben Sie aufgehört, zu weinen und sich an ihn zu klammern«, stellte er fest.

»Nicht ganz, ich habe es nur nicht mehr so häufig getan. Und nicht mehr vor ihm geweint. Es hätte doch nichts bewirkt. Er flog, egal wie ich mich fühlte.«

Rylan begann den Mann, den er so gut zu kennen glaubte und den er doch nie gesehen hatte, zu hassen. Hätte er Demon Rumm in diesem Moment in die Finger bekommen können, hätte er ihm die Tracht Prügel seines Lebens verpaßt dafür, daß dieser Mann Kirsten all die Jahre so hatte leiden lassen. Rumm war nichts anderes als ein verdammt selbstsüchtiger Bastard gewesen.

»Warum, glauben Sie, hat er sein Leben so oft aufs Spiel gesetzt?« fragte er.

»Es war doch seine Art«, erwiderte sie vorsichtig. »Was bringt Männer dazu, den Mount Everest zu besteigen oder Rennen zu fahren? Es ist nicht das Geld. In dieser Beziehung war Charlie Ihnen sehr ähnlich. Es interessierte ihn einfach nicht, ob er viel Geld verdiente oder ob er wer weiß wie viele materielle Güter ansammelte oder nicht. Das war es nicht, was ihn antrieb.«

»Was dann? Die Begeisterung, mit der die Menge ihn überschüttete?«

Kirsten zuckte mit den Schultern. »Vielleicht«, antwortete sie. »Er sonnte sich geradezu in seiner Berühmtheit. Aber auch das war nicht der eigentliche Grund. Es lag eben in seiner Natur, stets nach neuen Risiken zu suchen und sich ihrer Herausforderung zu stellen.«

»Und was wollte er damit kompensieren?«

Rylan erkannte augenblicklich, daß er einen wunden Punkt getroffen hatte, doch Kirsten widersprach heftig – zu heftig vielleicht.

»Nein«, behauptete sie. »Er hatte alles, was ein Mann sich wünschen konnte. Ich wollte mit meinen Worten auch gar nicht ausdrücken, daß er es nötig gehabt hätte, etwas zu kompensieren. Und welche Art von Kompensation meinten Sie überhaupt?«

»Das sollten Sie mir sagen.«

»Da gibt es nichts zu erzählen.«

»Also hat er jeden Tag mit dem Tod geflirtet, nur so aus Spaß?«

Rylan schüttelte ungläubig den Kopf. »Das nehme ich Ihnen nicht ab.«

»Manche Männer sind so«, beharrte sie. »Das Überwinden der Gefahr ist der Lohn. Sehen Sie sich Testpiloten an und Dompteure… oder Fensterputzer an einem Hochhaus, meinetwegen. Das Risiko gehört bei denen auch zum Beruf.«

»Sicher, aber warum fühlen sich manche Menschen zu

282

solch einer Arbeit hingezogen? Es gibt immer einen Grund dafür.«

»Ja, wahrscheinlich Liebe zu ihrem Beruf. Charlie liebte seine Arbeit. Nein, er vergötterte sie sogar.«

»Mehr als Sie?«

Ihre Lippen zitterten, aber sie erwiderte fest: »Er liebte mich!«

»Mehr als das Fliegen? Haben Sie ihn je vor die Wahl gestellt?«

»Nein. Das hätte ich niemals getan.«

»Warum nicht? Bis jetzt habe ich immer geglaubt, daß Ehe gleichzeitig auch Partnerschaft bedeutet. Eine gleichberechtigte Partnerschaft. Oder nicht? Warum konnten Sie Rumm nicht bitten, die Fliegerei aufzugeben?«

»Ich hätte es gekonnt! Aber ich wollte nicht, weil ich ihn viel zu sehr liebte, um ein solches Opfer von ihm zu verlangen.«

»Kirsten, das ist schlicht und einfach dummes Gerede!«
»Sind Sie denn schon einmal vor die Wahl gestellt worden, zwischen der Frau, die Sie lieben, und der Schauspielerei zu entscheiden?«

»Ich habe bisher noch nie eine Frau so sehr geliebt.« Frustriert fuhr Rylan sich mit der Hand durchs Haar. Kirsten hielt etwas vor ihm zurück. Aber was? Er konnte es spüren, doch er spürte auch, daß er sie jetzt nicht weiter drängen sollte.

»Ich möchte Sie nicht belästigen, Kirsten. Ich möchte nur herausfinden, was Rumm motivierte, soviel zu riskieren. Er riskierte sein Leben, er riskierte, Sie zu verlieren. Ich möchte auch herausfinden, warum Sie dazu geschwiegen haben. Seine Flugkunststücke haben Ihnen ohne Zweifel angst gemacht. Wußten Sie von Anfang an, was er vorhatte, als er mit der Navy fertig war?«

»Ich wußte, daß er fliegen wollte, aber ich dachte, er würde sich bei einer Fluglinie bewerben.«

»Und Sie haben nichts gesagt, als er Ihnen seine Pläne mitgeteilt hatte?«

»Natürlich habe ich das.«

»Aber er hat Ihre Einwände ignoriert.«

Kirsten seufzte. »Legen Sie mir nicht Ihre Worte in den Mund. Ich habe keine Einwände gehabt. Das stand mir nicht zu.«

»Zum Teufel, das stand Ihnen sehr wohl zu! Sie waren seine Frau!«

»Aber nicht sein Kindermädchen.«

»Aha, als er sagte: ›*Ach übrigens, Kirsten, ich werde demnächst Looping und Rollen bei fünfhundert Kilometer pro Stunde machen*‹, haben Sie nur geantwortet: ›*Wie schön, Liebling – übrigens, möchtest du Frikadellen zum Abendessen?*‹ Sie haben um ihn gezittert und Alpträume gehabt und sich nicht gewehrt?«

Kirstens Augen funkelten. »So war es nicht. Charlie hat nicht von Anfang an so waghalsige Flugkunststücke gemacht. Es hat sich allmählich entwickelt. Erst später dann hat er versucht, Weltrekorde zu brechen und Sachen zu tun, die vor ihm noch niemand gemacht hatte. Vorher war es nicht so gefährlich.«

Rylan stand auf und blickte sie forschend an. »Später? Warum später? Was brachte ihn dazu, immer größere Risiken auf sich zu nehmen?«

»Nichts.« Er starrte sie ungläubig an. »Nichts!« wiederholte sie störrisch. »So wie jeder Mensch eine Herausforderung braucht, hat er …«

»Kirsten, einen Verkaufsrekord brechen oder Loopings in einem Flugzeug zu fliegen ist ein gewaltiger Unterschied. Großer Gott, es ist kein Wunder, daß Sie Alpträume haben.« Mit einer spontanen Bewegung umarmte er sie und zog sie von ihrem Stuhl hoch zu sich. »Und wenn Sie Alpträume hatten, hat Rumm Sie getröstet?«

»Ja.«

284

Sie konnte ihm nichts vormachen, er wußte hundertprozentig, daß sie log. Ihre Finger öffneten sich und schlossen sich wieder um den Stoff seines Hemdes, als bemühte sie sich, etwas zu packen und festzuhalten, was ihr doch stets wieder zu entgleiten drohte. Ihre Stimme klang auf verräterische Weise zittrig, und die Verzweiflung, die darin mitschwang, sagte ihm ganz deutlich, wie sehr sie sich wünschte, das glauben zu können, was sie behauptete.

»Ich glaube, Sie hätten es gern gehabt, aber er hat es nicht getan«, sagte er sanft.

Sie setzte zu einem Protest an, aber sie brachte kein Wort hervor. Einen Augenblick sahen sie sich still an. Dann wandte sie ihren Blick ab. »Sie haben recht. Charlie tat meine Alpträume als unwichtig ab, weil er meine Angst einfach nicht verstehen, geschweige denn nachempfinden konnte. Ich tat ihm leid, aber er benahm sich stets so, als seien diese Träume etwas, das zwar momentan lästig war, aber bald vergehen würde. Als sei ich ein Kind, das man mit einem Bonbon über seine schlimmen Träume hinwegtrösten kann.«

Rylan zog ihren zitternden Körper an seinen und streichelte ihren Rücken. »Und gestern nacht, als Sie mich umarmten, dachten Sie, es wäre Rumm. Sie wünschten sich so sehr, daß er es wäre, der Sie tröstete.«

»Ich glaube, ja.«

»Kirsten?«

»Ja?«

»Zu welchem Zeitpunkt haben Sie bemerkt, daß ich es war und nicht Rumm, den Sie liebkost haben?«

Sie starrte ihn mit einem Blick an, in dem Schmerz und Erstaunen lagen. Dann riß sie sich von ihm los und rannte aus dem Zimmer.

»Paß auf, daß er dich nicht fallen läßt, Dylan! Paß auf!«

Rylan schaute lachend zu seinem kleinen Opfer hoch.

285

Die haselnußbraunen Augen des Kindes hatten am Rand
der Iris die gleichen dunklen braunen Flecken wie er selbst,
sie waren von den gleichen dichten schwarzen Wimpern
umgeben. Und genau wie Rylans Haar war auch das des
Jungen schwarz, in gleicher Weise lockte es sich im Nacken
und über der Stirn.

Rylan lag in einem der Liegestühle, die am Rand des
Pools standen. Er hatte die Knie angewinkelt und hielt die
Arme fest durchgedrückt, so daß der lachende, zappelnde
kleine Junge nicht herunterkonnte. Aber dann tat Rylan
plötzlich wieder so, als wollte er den Jungen doch fallen lassen, was zu noch mehr Lachen und fröhlichem Gekreische
führte.

Und jedesmal, wenn Rylan so tat, als würden seine Arme
nachgeben, dann rief die Mutter des Jungen: »Jetzt wird er
dich aber wirklich fallen lassen!« und hielt übertrieben den
Atem an.

Sie war eine schöne Frau. Sie trug einen glockigen weiten Rock, der fast bis zu den Knöcheln ihrer schlanken Beine reichte, die Füße steckten in offenen Riemchensandalen.
Ihr langes blondes Haar schwang hin und her, wenn sie sich
bewegte, und wenn sie so fröhlich in die Hände klatschte
und den Kopf beim Lachen zurückwarf, wirkte sie wie die
Unbeschwertheit in Person.

»Freundchen, du wirst allmählich zu schwer für dieses
Spiel«, rief Rylan, während er sich aufrichtete und gleichzeitig den Jungen auf den Boden stellte. Dann gab er ihm
einen liebevollen Klaps auf den Po.

Genau diesen Augenblick wählte Kirsten, um nach
Hause zu kommen. Sie hatte das Haus schon vor Stunden
verlassen, offensichtlich, weil sie einiges zu erledigen hatte.
Sie blieb einen Moment an der Terrassentür stehen, dann
ging sie schnell hinein.

Es war nun drei Tage her, seit Rylan sie praktisch ge-
zwungen hatte, über ihre Alpträume und Rumms Gleich-

gültigkeit ihren Ängsten gegenüber zu reden, und seitdem hatte sie ihn gemieden. Tagsüber verschanzte sie sich in ihrem Arbeitszimmer, während Rylan sich damit beschäftigte, noch mehr Artikel über Demon Rumm zu lesen oder sich alte Fotoalben anzuschauen. Nur beim Abendessen sahen sie sich, aber die verliefen schweigend, und kaum hatte Kirsten den letzten Bissen gegessen, sprang sie auch schon auf und zog sich in ihr Schlafzimmer zurück. Rylan blieb sich selbst überlassen.

An diesem Morgen war sie so eiskalt gewesen wie der frischgepreßte Orangensaft, den Alice ihnen serviert hatte. Hastig hatte sie ihr Glas ausgetrunken, dann war sie in ihren Sportwagen gestiegen und davongefahren. Und eben, in diesem kurzen Augenblick, als Kirsten zögernd an der Tür stehengeblieben war, hatten ihre Blicke sich für einen Moment getroffen, bevor sie in den schützenden Schatten des Hauses geflüchtet war.

»Du hast ihn völlig fertiggemacht, Dylan«, sagte die blonde Frau mit gutmütigem Spott zu ihrem Sohn und hob ihn auf den Arm. »Komm, fahren wir nach Hause, damit er sich wieder erholen kann.«

Sie hatte Kirsten nicht bemerkt, hatte nicht gesehen, wie die andere Frau regelrecht ins Haus geflüchtet war. Rylan wußte selbst nicht, warum er Kirsten nicht einfach hergewunken und sie mit Cheryl und Dylan bekannt gemacht hatte. Es gab wirklich keinen Grund, es nicht zu tun.

»Warum müßt ihr denn schon wieder gehen?« fragte er nun die junge Frau, und eine Bitte schwang in seiner Stimme mit. »Du weißt doch, daß ich ihn nur so selten sehen kann.«

»Natürlich weiß ich das«, erwiderte sie. »Aber bei deinem vollen Terminplan und meinem ist es schon ziemlich schwierig, uns alle unter einen Hut zu bringen!«

Rylan seufzte. Es hatte keinen Zweck, darüber zu diskutieren, denn sie hatte ja recht. Er konnte wirklich nicht verlangen, daß sie ihr Leben an seins anpaßte. Das wäre nicht fair.

Er nahm ihr den kleinen Jungen ab. »Komm«, sagte er und legte ihr den freien Arm um die Schulter. »Ich werde ihn für dich zum Wagen tragen.«

Als er kurze Zeit später ins Haus zurückkehrte, fand er Kirsten schon wieder hinter ihrem Schreibtisch sitzend und in ihrem Manuskript blätternd. Sie hatte sich umgezogen und war nun ganz in Schwarz gekleidet: schwarze Hosen, ein schwarzer, ärmelloser Pullover, flache schwarze Schuhe.

Unwillkürlich hatte er fragen wollen, wer denn jetzt schon wieder gestorben wäre, aber er hatte sich gerade noch zusammenreißen können. Unter diesen Umständen wäre dies ein mehr als geschmackloser Ausrutscher gewesen. Und einmal ganz abgesehen davon: Schwarz stand ihr hervorragend.

Statt sie also ein bißchen aufzuziehen, sagte er ganz freundlich und in der Hoffnung, daß er vielleicht einen Waffenstillstand einleiten könnte: »Hallo! Wie geht es Ihnen?«

»Hallo!« erwiderte sie steif und unfreundlich.

Nun ja, so viel zum Thema ›Waffenstillstand‹, dachte er und unterdrückte einen Seufzer.

»Ich dachte, Sie wären auch mal herausgekommen. Ich wollte Sie ganz gerne mit Cheryl und Dylan bekannt machen.«

»Ich wollte nicht stören.« Sie raffte einige Seiten zusammen.

»Sie sehen verärgert aus«, bemerkte er. Er war froh, daß sie den Kopf gesenkt hielt, so konnte sie sein Grinsen nicht sehen.

»Ich bin nicht verärgert.«

»Es sah aber so aus. Sie haben noch nicht einmal was über meine Kleidung gesagt. Ich dachte, Sie würden sich freuen, mich einmal in anständigen Sachen zu sehen, statt in…«

»Lumpen«, schlug sie mit falscher Freundlichkeit vor, und sie gönnte seiner eleganten Designerkleidung kaum einen Blick. »Ich bin sicher, daß Sie sich nicht meinetwegen so schick gemacht haben.«

»Oh, ich hoffe, Sie sind nicht böse, daß ich Gäste hatte?«

»Nein, das bin ich nicht.«

»Gut.«

»Das heißt, solange Sie…«

»Solange ich was?«

Sie sah ihm streng in die Augen. »Sie wissen, was ich meine.«

»Nein, ich weiß nicht, was Sie meinen«, schwindelte er, erfreut über ihre Reaktion.

»Erklären Sie es mir«, fügte er hinzu und verschränkte die Arme vor der Brust.

»Solange Sie aus den Schlafzimmern bleiben! Ich betreibe hier nämlich kein Stundenhotel!«

Sie hielt den Blick gesenkt, während sie nach ein paar Sachen griff, die auf ihrem Schreibtisch standen, und sie ziellos hin und her schob. »Ich möchte nicht, daß alle möglichen Frauen hier ein und aus gehen, als wäre am Eingang meines Hauses ein Drehkreuz angebracht!«

»Wir waren in keinem der Schlafzimmer.«

»Gut. Dann ist ja alles in Ordnung. Entschuldigen Sie mich jetzt bitte, ich habe heute erst einen Abschnitt geschrieben und…«

»Was halten Sie von Cheryl?«

Kirsten biß sich auf die Unterlippe. »Cheryl? Ist das ihr Name?«

Rylan nickte.

Sie öffnete die Schreibtischschublade und legte den Hefter hinein. »Nach dem, was ich sehen konnte, schien sie sehr attraktiv zu sein. Groß, blond und hübsch.« Sie sprach die Worte aus, als wollten sie ihr kaum über die Lippen kommen.

»Und Dylan? Ein süßer kleiner Fratz, nicht wahr?«

»Er sieht so aus wie Sie.«

»Ja, nicht? Die meisten Leute, die uns zusammen sehen, sagen das auch.«

»Wie alt ist er?«

»Zwei. Er ist ein richtiges Energiebündel. Cheryl hat Mühe, mit ihm fertig zu werden.«

»Sie könnte Hilfe gebrauchen.«

»Die hat sie.«

»Ich meinte Hilfe von Ihnen«, erklärte sie.

»Sie braucht meine Hilfe nicht.«

»Haben Sie es ihr angeboten?«

»Ja, und Cheryl hat rundheraus abgelehnt.«

»Finden Sie nicht, daß Sie auch etwas zu der Erziehung des Jungen beitragen sollten?«

»Das geht nicht. Das ist einzig und allein Cheryls Sache.«

»Das... das ist doch idiotisch«, entfuhr es Kirsten.

Er zuckte die Schultern. »Cheryl möchte nicht, daß ein Außenstehender sich einmischt.«

»Und Sie haben sich damit abgefunden?«

»Mir blieb nichts anderes übrig. Wenn sie einmal einen Entschluß gefaßt hat, bleibt sie auch dabei.«

»Dylan wird also niemals bei Ihnen leben?«

Rylan lachte. »Ich bezweifle das sehr.«

»Und daß Sie Cheryl heiraten, kommt natürlich nicht in Frage.«

»Natürlich nicht! Brüder heiraten ihre Schwestern nicht.«

Amüsiert beobachtete er, wie ihr der Mund offenstehen blieb vor Verblüffung. Er streckte den Arm aus, legte den Zeigefinger unter ihr Kinn und hob ihren Kopf hoch. »Sie waren eifersüchtig, stimmt's?«

Er sagte sich, daß sie, nachdem sie ihre Verblüffung überwunden hatten, wütend werden würde, und er hatte recht.

»Eifersüchtig!« Sie schnellte aus ihrem Stuhl hoch, als wäre sie gebissen worden. »Bestimmt nicht. Ich habe nur Schwierigkeiten zu glauben, daß der große böse Junge von Hollywood wirklich eine Schwester hat.«

»Ich habe sogar eine komplette Familie. Meine Schwester Cheryl, meinen Schwager Griff, ihren Sohn Dylan, meine Mutter und meinen Vater. Cheryl und Griff leben in San Diego, aber wir sehen uns nicht oft. Ich habe sie gestern angerufen, und sie war sehr erfreut, daß ich in der Nähe war, und ist mit Dylan vorbeigekommen.«

»Und Ihre Eltern?«

Er war froh, daß sie sich wieder beruhigt zu haben schien, und er freute sich darüber, daß sie offensichtlich echtes Interesse an seiner Familie zeigte. Nur einige wenige wirklich gute Freunde wußten über seinen privaten Hintergrund Bescheid, doch bei Kirsten zögerte Rylan nicht eine Sekunde, ihr von ihnen zu erzählen.

»Sie leben in einer Kleinstadt in Arizona«, begann er, »ich werde dir jedoch nicht sagen, in welcher, denn ich möchte nicht, daß die Leute dort von übereifrigen Fans belästigt werden. Und auch die Menschen dort verschweigen nur allzu gern, daß ihre Stadt meine Heimatstadt ist, denn sie mögen meine Eltern sehr und möchten, daß deren Privatsphäre ungestört bleibt. Mein Dad leitet die örtliche High-School, und meine Mutter war Englischlehrerin für die Kleinen, bevor sie sich vor ein paar Jahren frühzeitig aus dem Beruf zurückgezogen hat.«

Kirsten, die sich wieder gesetzt hatte, lehnte sich nach vorn über den Schreibtisch. Sie schüttelte den Kopf. »High-School-Direktor! Englischlehrerin! Ich kann es kaum glauben.« Plötzlich sah sie ihn mißtrauisch an. »Sie haben das doch nicht erfunden?«

Er hob den Telefonhörer auf und sagte: »Sie können sich selbst überzeugen. Die Vorwahl ist...«

»Schon gut, ich glaube Ihnen«, gab sie zurück, nahm ihm

den Hörer aus der Hand und legte wieder auf. »Es ist einfach nur so«, meinte sie, »daß ich Sie mir nie mit Eltern vorgestellt habe. Und es ist so ...«

»So total normal?« schlug er ihr vor.

»Ja. Kein bißchen ...«

»Verrucht? Schmutzig?«

Er sah ihrem schuldbewußten Gesichtsausdruck an, daß er richtig getippt hatte. Kirsten schüttelte über sich selbst den Kopf. »Warum sind wir eigentlich immer nur allzu schnell bereit, stets das Schlechteste über andere Leute zu glauben?« fragte sie.

Er gab keine Antwort darauf, lächelte sie nur an. »Welche Geschichte hat Ihnen denn am besten gefallen?« erkundigte er sich. »Die, in der meine Mutter ihren Lebensunterhalt in Vegas auf dem Strich verdient?« Er grinste. »Wenn ich ehrlich sein soll, mir hat die mit der blinden Zigeunerin immer am besten gefallen.«

Kirsten konnte nicht anders, sie mußte lachen, doch dann wurde sie wieder ernst. »Sie nehmen diese albernen Geschichten nur hin, weil Sie Ihre Eltern schützen wollen, nicht wahr?«

Rylan nickte, und während er sie betrachtete, wie sie ihn so ernsthaft anschaute, überfiel ihn plötzlich der Gedanke, daß es ihm nicht das geringste ausmachen würde, wenn diese Frau ihm für den Rest seines Lebens jeden Morgen am Frühstückstisch gegenübersäße. Und auf einmal breitete sich ein ganz seltsames, warmes, schönes Gefühl in ihm aus.

Ich will verdammt sein, wenn das nicht Liebe ist, dachte er und wußte nicht, ob er lachen oder weinen sollte.

»Danke, daß Sie das verstehen, Kirsten.«

»Danken Sie mir nicht für meine Einfühlsamkeit. Als ich Sie vorhin mit Cheryl auf der Terrasse sah und Sie den Jungen hielten, da ...«

»Waren Sie eifersüchtig.«

»Das haben Sie gesagt«, meinte sie unwirsch.

Rylan konnte einfach nicht widerstehen. Er hatte einmal einen Mafioso gespielt, einen fürchterlichen Macho-Typ, und in der gleichen Weise packte er Kirsten nun am Pullover und hob sie hoch – wobei er sie praktisch über den Schreibtisch zog –, damit er endlich seinen Hunger stillen und sie küssen konnte.

Er küßte sie gründlich und ausdauernd, reizte und verlockte sie, bis sie ihm schließlich willig ihre Lippen öffnete, und es dauerte lange, bis er sich endlich zufriedengab.

Ihre Lippen waren feucht und rot, als er Kirsten endlich wieder losließ.

Selbstgefällig wiederholte er: »Du warst eifersüchtig.«

6

Jemand war so nett gewesen und hatte Ordnung in seinen Wohnwagen gebracht, und Rylan war dem Unbekannten ausgesprochen dankbar. Als er sich auf den Weg zu Kirsten gemacht hatte, hatte es in seinem Wohnwagen so ausgesehen, als wäre ein Wirbelsturm hindurchgezogen.

Nun jedoch hatte jemand seine schmutzigen Sachen genommen und in die Reinigung gebracht, das Geschirr war gespült und ordentlich in den Schrank geräumt worden; sämtliche Papierkörbe waren geleert. Endlich einmal wirkte dieser Wohnwagen wie ein angenehmer Aufenthaltsort, an den man sich gern vor der Hektik und dem Lärm draußen auf dem Filmgelände flüchtete.

Der Drehort war nicht sehr weit von Rumms Haus entfernt. Rylan hatte nur eine gute Stunde mit seinem Motorrad gebraucht. Trotzdem hätte man meinen können, man sei am Ende der Welt, so einsam und abgelegen war es hier.

Man hatte diesen Drehort gewählt, weil die Landschaft an Abilene, Texas, erinnerte. Es gab kaum Vegetation. Nicht ein einziger Baum spendete Schatten, wenn die Sonne vom Himmel brannte.

In Rylans Wohnwagen, der am Rand des Drehgeländes stand, war es kühl, dunkel und ruhig. Das einzige Geräusch war das eintönige Summen der Klimaanlage, doch es wirkte eher beruhigend. Rylan war hierhergekommen, damit er sich noch ein wenig entspannen konnte, während der Regisseur und die Techniker noch die letzten Einzelheiten für die nächste Szene besprachen.

»Herein!« rief Rylan, als es an die Tür klopfte.

Die Regieassistentin Pat, eine üppige junge Dame, die alle Mitglieder der Crew gleichermaßen bemutterte, trat ein.

»Ist es schon soweit?« fragte er.

»Du machst wohl Witze«, gab Pat kichernd zurück. »Das dauert bestimmt noch was. Brauchst du etwas? Bier? Was zu essen? Ein Mädchen?«

Gerade letzteres war kein ungewöhnlicher Wunsch, und sollte jemand ein solches Bedürfnis äußern, dann wurde dieser Wunsch gewöhnlich schnell und diskret erfüllt. Rylan, genau wie jeder andere auf dem Set, wußte, daß das üblich war, und niemand störte sich daran.

Aber wieso empfand er es plötzlich als ziemlich schäbig? Rylan gab sich die Antwort sofort selbst darauf: seit Kirsten.

»Nein danke«, antwortete er Pat.

»Er«, fuhr Pat fort, wobei sie den Regisseur meinte, »*er* hat mich geschickt, um dich noch mal zu bitten, daß du dich doubeln läßt. Das Double ist bereit und wartet nur darauf, daß du wieder zu Verstand kommst.«

»Im Drehbuch steht, daß Nahaufnahmen gemacht werden müssen. Ich muß es selbst machen.«

»Das ist aber ganz schön riskant, Rylan.«

»Dafür werde ich bezahlt.«

Resigniert seufzte die Assistentin, dann fragte sie: »Muß das Hemd gewaschen werden?«

»Ja, bitte«, gab er automatisch zurück.

Pat warf sich das Hemd über die Schulter. »Wie läuft es in Rumms Haus?«

»Gut.«

Sie runzelte die Stirn. »Mehr hast du nicht zu sagen?«

»Nein.«

»Seine Witwe ist gerade durch ihre Abwesenheit hier aufgefallen«, meinte Pat, während sie einige seiner Kleidungsstücke neben der Tür stapelte, damit sie sie nicht vergaß, wenn sie hinausging. »Kann ich ein Stück Kuchen haben?« fragte sie dann und nahm sich eins aus der offenen Schachtel, ohne auf seine Antwort zu warten. Schließlich setzte sie sich auf das Sofa Rylan gegenüber.

»Sie hat mir gesagt, daß das Buch und der Film von Demon Rumm handeln, nicht von ihr«, erklärte er Pat. »Sie will mit uns so wenig wie möglich zu tun haben.«

»Hm.«

Rylan schaute die junge Frau vielsagend an. »Das war das ausdrucksvollste ›Hm‹, das ich je gehört habe.« Er grinste. »Aber wenn du jetzt glaubst, ich würde deine Neugier befriedigen und dir heißen Klatsch über Mrs. Rumm erzählen, dann bist du auf dem falschen Dampfer!«

Pat stemmte sich hoch und leckte die Kuchenkrümel von ihren Fingern. »Das hatte ich schon befürchtet«, antwortete sie mit einem tiefen Seufzer. »So bist du immer. Verschlossen wie eine Auster, wenn es um deine Frauen geht.«

»Wer sagt, daß sie eine von ›meinen Frauen‹ ist?« wollte er wissen.

Nun war sie es, die vielsagend dreinschaute. Sie ging zur Tür und bückte sich, um die Wäsche aufzuheben.

»Bevor ich es vergesse«, sagte sie dann, »gib mir noch dein Drehbuch. Es müssen ein paar Änderungen eingetragen werden.«

»Was für Änderungen« fragte er scharf.

»Nur die Ruhe, Shakespeare. Es geht nicht um den Text. Nur um ein paar andere Kameraeinstellungen.«

»Damit mußt du warten. Ich habe das Buch in Kirstens Haus gelassen. Ich wußte nicht, daß ich es brauchen würde.«

»Wir sollten die Änderungen möglichst bald eintragen.«

»Später«, gab er lässig zurück und setzte sich wieder entspannt hin. »Ruf mich, wenn ich kommen soll.«

»Und du willst dich wirklich nicht doubeln lassen?«

Er schüttelte den Kopf, in Gedanken schon ganz woanders, und so bemerkte er gar nicht mehr, wie Pat den Wohnwagen verließ. Er dachte wieder einmal an Kirstens Reaktion auf Cheryls Besuch in der vergangenen Woche.

Sie war eingeschnappt gewesen und hatte versucht, es zu verbergen, doch ihre Eifersucht war für ihn so wenig zu übersehen gewesen wie ein Feuerwehrauto mit eingeschalteter Sirene und Martinshorn.

Nein, sie war ihm gegenüber alles andere als gleichgültig. Rylan verzog reumütig das Gesicht, als er daran dachte, wie er sie anfangs verdächtigt hatte, frigide zu sein. Eine typisch männliche Reaktion, wenn eine Frau sich nicht gleich willig zeigte.

Dann war er zu dem Schluß gekommen, daß sie Männer durchaus mochte, wenn auch vielleicht nicht unbedingt ihn.

Doch auch das stimmte so nicht. Sie mochte ihn, sie mochte ihn sogar sehr. Sie bemühte sich zwar sehr, so zu tun, als könnte sie ihn nicht leiden, doch ihre Blicke, ihre ganze Art verrieten sie. Und nach dem letzten Kuß, an dem Tag, als Cheryl dagewesen war, wußte er mit Sicherheit, daß sie ihn begehrte. Doch er hatte sie seitdem nicht mehr angerührt.

Er hatte sich das so schön ausgedacht. Er hatte sie eine Weile schmoren lassen wollen, bis sie endgültig begriff, was ihr entging. Und was sie brauchte – ihn!

Doch leider war der Schuß nach hinten losgegangen. Er, Rylan, war derjenige, der litt. Er begehrte sie. Mehr, als er es je für möglich gehalten hätte. Aber er wußte, wie wichtig richtiges Timing war, und bis jetzt war der richtige Zeitpunkt, den letzten Schachzug zu machen, noch nicht gekommen.

Dumm war nur, daß er inzwischen fast verrückt vor Verlangen war, und so war es fast eine Erleichterung gewesen, daß er an diesem Morgen ihr Haus hatte verlassen müssen. Während der Zeit, die er von ihr getrennt verbrachte, würden sich hoffentlich seine Gefühle und sein frustrierter Körper ein wenig erholen.

Rylan machte es sich so gemütlich, wie es auf dem schmalen Sofa nur ging, und machte die Augen zu. Er träumte davon, wie absolut himmlisch es sein würde, wenn Kirsten ihm endlich erlaubte, all das mit ihr zu tun, wonach er sich schon so lange sehnte.

Einige Zeit später drängte sich Rylan, schon in seinem Kostüm, zwischen den Wohnwagen, Lastern, Kabelrollen und den vielen Leuten hindurch. Endlich kam er bei dem Regisseur an, der noch ein paar Dinge mit dem Pyrotechniker besprach, der die Sprengpatronen an dem nachgebauten Flugzeugrumpf angebracht hatte.

Der Regisseur kaute auf einem Zigarrenstummel, seinem Markenzeichen, herum. Er wandte sich Rylan zu. »Du bist ein gottverdammter Blödmann, das selbst zu machen!« knurrte er. »Für so was stehen die Leute, die die Stunts machen, auf unserer Lohnliste, du Idiot!«

»Wo geht's zu dem Flugzeug?« fragte Rylan und konzentrierte sich dann auf die Erklärungen des Pyrotechnikers, der ihm genau auseinandersetzte, wie die Sprengpatronen gezündet und die Aufnahmen gemacht würden und wie er hinterher mit einem Auslöser das Kabinendach abwerfen mußte. Das Timing war hierbei besonders wichtig. Schauspieler, Kameraleute, Spezialeffekt-Fachleute mußten sich genau absprechen und aufeinander verlassen können.

»Alles klar?« brüllte der Regisseur. »Sind alle auf ihren Plätzen? Dann können wir anfangen.«

Wie sich herausstellte, verging jedoch noch eine Stunde, bevor sie wirklich anfangen konnten. Während dieser Stunde wiederholte der Regisseur noch einige Male seine Anweisungen an Rylan. Die Kostümbildnerin überprüfte noch einmal, ob sein Fluganzug auch ›rußig‹ genug aussah. Der Maskenbildner trug noch eine Lage Öl und ›Schweiß‹ auf.

»Das brauche ich nicht mehr«, wehrte Rylan unwirsch ab, mit der Arroganz des Stars. »Es ist schon hier draußen heißer als in der Hölle.«

»Gleich zünden sie dir das Flugzeug unter deinem Hintern an, und du beklagst dich über so ein bißchen Hitze!«

Endlich kletterte Rylan in das Cockpit des nachgebauten Flugzeuges. Er stülpte sich den Helm mit der Aufschrift *Demon* über den Kopf. Die Kameraeinstellungen wurden vorbereitet und nochmals auf Videomonitoren überprüft. Schließlich war alles vorbereitet. Der Regisseur gab das Zeichen, daß die Kameras laufen sollten.

Rylan lächelte und winkte durch die verstaubte Scheibe des Cockpits, wie es im Drehbuch vorgeschrieben war. Sie drehten in dieser Szene eine Flugshow, in der Rumm kunstreich mit einem defekten Flugzeug eine Notlandung vollbracht hatte. Die Menschenmenge würde vor Begeisterung toben. Aber selbst nach der gelungenen Landung war Rumm noch nicht in Sicherheit.

Alle hatten ihn gewarnt, aber trotzdem war Rylan von der Wucht der Explosion überrascht. Er wurde mächtig durchgeschüttelt, und einen Moment lang konnte er an nichts mehr denken. Er spürte nicht einmal, wie die zweite und die dritte Ladung losgingen.

Allmächtiger!

Rylans Augen schlossen sich reflexartig vor dem grellen Licht, und als er sie wieder öffnete, hatte er das Gefühl, daß etwas schiefgegangen war. Alles, was er sehen konnte, waren orangerote Flammen, die ihn vollständig einschlossen. Eine mächtige schwarze Rauchwolke stieg von dem Flugzeug auf.

Die Hitze war so groß, daß sie ihn fast versengte. Er hatte das Gefühl, seine Haut würde von seinem Kopf fließen, wie er es aus Horrorfilmen kannte.

Ich muß etwas unternehmen, dachte er hektisch. Was sollte ich noch machen? Ach ja, ich sollte so schnell wie möglich hier raus.

Er griff nach dem Auslöser für den Kabinendachabwurf und fand ihn sofort. Er zog daran, aber nichts rührte sich. Wieder zog er daran, fester. Er riß daran. Nichts geschah.

Mühsam kämpfte er die panische Angst nieder, die sich seiner bemächtigen wollte. Himmel, er konnte kaum noch atmen, die Luft war so heiß. Wieder und wieder riß er an dem Hebel.

O Gott!

Der Regisseur wußte genau, zu welchem Zeitpunkt Rylan aussteigen sollte, und als nichts geschah, sprang er auf, rief nach Feuerlöschern und rannte noch vor allen anderen auf das brennende Flugzeug zu.

Die Mitglieder des Filmteams, die zusahen, waren starr vor Schock. Pat wurde es fast schlecht.

Die Garderobiere dachte voller Bedauern, daß es eine Schande war, daß sie nie mit Rylan North geschlafen hatte. Nun würde sie die Chance nicht mehr bekommen. Armer Kerl – so früh, in der Blüte seiner Jahre zu sterben! Aber wenigstens hatte er nun alle Chancen, eine Hollywoodlegende zu werden, und sie selbst würde ihren Enkelkindern erzählen können, daß sie den berühmten Schauspieler persönlich gekannt hatte!

Der Maskenbildner umklammerte das Kreuz, das er immer an einer Kette um den Hals trug, denn dieser schreckliche Unfall erinnerte ihn daran, daß auch er sterblich war. Er merkte voller Entsetzen, wie plötzlich all diese alten Kindheitsängste von Hölle und Verdammnis zurückkehrten – und er schickte schnell ein Gebet zum Himmel hoch, um Verzeihung zu erbitten für die Sünde, die er in der vergangenen Nacht begangen hatte. Er hatte seines Nächsten Weib begehrt – was diesen jedoch nicht gestört hatte, und so hatten sie drei ein fröhliches und lustvolles Trio gebildet!

Und die zierliche Frau, die neben ihrem Cabriolet stand, sah ihre Alpträume Wirklichkeit werden. Sie war Zeuge, wie der Mann, den sie liebte, verbrannte.

Auf unerklärliche Weise gelang Rylan im Cockpit, sie zu sehen. Später wunderte er sich darüber, denn es mutete schon seltsam an, daß er inmitten all der Leute, die mehr oder weniger hysterisch um das Flugzeug herumrannten, gerade Kirsten sah.

Kirsten stand unbeweglich neben ihrem Wagen und umklammerte etwas, was wie sein Drehbuch aussah. Tränen strömten unter dem Rand ihrer Sonnenbrille die Wangen hinunter.

Zuerst dachte Rylan, daß es eine Vision wäre, dann begriff er, daß sie wirklich hier war.

»Schafft sie fort von hier!« schrie er durch die Scheibe. Natürlich konnte ihn niemand hören. »Bitte, Gott, tu ihr das nicht an!« betete er.

Ohne auf die Schmerzen zu achten, die der heiße Griff verursachte, riß er noch mal mit aller Kraft an dem Auslöser. Er gab nach, und die Kabinenhaube flog davon.

Reflexartig und nur von dem Wunsch beseelt, zu Kirsten zu kommen, kletterte er aus dem brennenden Flugzeug hinaus und sprang mit einem weiten Satz von dem Wrack. Er landete auf der Seite und rollte sich ab, wie er es laut Drehbuch machen sollte.

Aber Rylan dachte nicht an die Drehbuchanweisungen. Er hatte nur noch die Frau vor Augen und die Rauchsäule, die für sie die Hölle bedeutete.

Aber sofort war Rylan von Menschen umringt. Von so vielen, daß er nicht durchkommen konnte.

»Keine Panik, Rylan!« rief jemand. »Das ist ein Asbestanzug! Er raucht nur, er brennt nicht!«

»Laßt mich zu Kirsten«, brüllte er. »Kirsten! Helft ihr doch! Laßt mich…«

»Er phantasiert!«

»Er ist hysterisch!«

»Kirsten!«

Rylan schlug um sich wie verrückt, um sich zu befreien,

aber er konnte Kirsten nicht mehr sehen. Mit vereinter Kraft drückten sie ihn zu Boden und hielten ihn fest.

»Zieht ihm endlich die verdammten Handschuhe aus. Sie glimmen schon.«

»Umwickelt seine Hände!«

»Nein, bloß nicht!«

»Egal, was ihr macht, beeilt euch! Los, schneller, bevor er verletzt wird und Narben davonträgt!«

Rylan starrte auf seine Hände. Die Haut auf dem Handrücken war seltsam geschwollen und rot. Aus seinen Ärmeln stieg noch Rauch auf.

Jemand brach ihm fast das Genick bei dem Versuch, ihm den Helm abzuziehen. »Hat jemand daran gedacht, einen Krankenwagen zu rufen?« tobte der Regisseur. »Ihr verdammten Armleuchter!«

Rylan versuchte, sich zu erheben. »Kirsten«, krächzte er und deutete mit seiner verbrannten Hand in ihre Richtung.

»Bleib liegen, Rylan.« Pat legte ihm die Hand auf die Schulter. Sie schien als einzige nicht die Nerven verloren zu haben. »Es geht alles in Ordnung.« Dann wandte sie sich an den Regisseur. »Es ist schon ein Krankenwagen da.«

»Dann geht gefälligst aus dem Weg!« brüllte der Regisseur. Er fauchte Rylan an: »Eigentlich sollte ich dich verklagen, so was selbst zu machen! Ein reines Himmelfahrtskommando. Aber es ist gelungen«, setzte er etwas milder hinzu. »Verdammt gute Arbeit. Ich wette, die Zuschauer machen sich vor Angst in die Hosen.«

»Da kommen die Sanitäter.«

»Alles zurücktreten!«

»Rylan, sie bringen dich sofort ins Krankenhaus.«

Jemand preßte ihm ein kaltes Tuch auf die Stirn. Er konnte sich nicht wehren. Und er war müde…

Wo war Kirsten?

Kirsten, Kirsten.

»Es wird dich freuen zu hören, daß keine Narben zurückbleiben«, sagte Pat, als sie Rylans Krankenhauszimmer betrat. »Die Ärzte sagen, daß die Verbrennungen nur sehr oberflächlich sind, obwohl ich weiß, daß sie höllisch weh tun. Laß die Antibiotikasalbe einige Tage drauf und nimm ein paar von diesen Pillen, wenn es zu weh tut. Ich habe mir von eifrigen Benutzern sagen lassen, daß sie einen in den Zustand allgemeinen Wohlgefühls versetzen.«

Rylan rührte sich nicht, und er lächelte auch nicht.

Pat plauderte weiter, ohne Rücksicht auf seine schlechte Stimmung. »Unser allseits beliebter Regisseur hat heute angerufen. Er hält die Bruchlandung und die letzte Szene, als du rausgesprungen bist, für die aufregendsten Bilder, die er in seiner Hollywoodzeit gesehen hat. Die Blumen sind von ihm. Die Crew läßt dir ausrichten…«

»Was hatte *sie* dort zu suchen?«

Pat starrte ihn verblüfft an. »Was? Wer? Wer war dort?«

»Kirsten Rumm. Was hatte sie dort zu suchen?« fragte er.

»Sie war da?« fragte Pat erstaunt.

»Ja, ich habe sie vom Cockpit aus gesehen.«

»Vielleicht hast du dir das nur eingebildet…«

»Ich habe sie gesehen! Was hatte sie da zu suchen?«

Pat verzog schuldbewußt das Gesicht. »Wenn sie da war, dann ist es wohl meine Schuld. Ich habe sie angerufen.«

»Warum?« flüsterte er drohend.

»Weil…. weil… Wir brauchten das Drehbuch wirklich dringend, Rylan.«

»Und du hast sie gebeten, es zum Drehort zu bringen.« Ohne auf die Schmerzen zu achten, ballte er die Hände zu Fäusten.

»O nein, o nein«, widersprach Pat fest. »Ich habe ihr angeboten, jemanden vorbeizuschicken, der es abholt, aber sie – wo willst du hin?«

»Nach Hause.«

»Nach Los Angeles?«

Rylan bemerkte, daß er sich verraten hatte, aber das kümmerte ihn in diesem Augenblick nicht im geringsten. Genauer über das nachdenken, was ihm gerade so herausgerutscht war, das konnte er immer noch, wenn er die Zeit dafür hatte. Nachdem er Kirsten gesehen hatte.

»Zu ihr. Ihr könnt mich dort erreichen.«

Auf dem Weg zum Bad streifte er das Krankenhaushemd ab. Jemand, wahrscheinlich Pat, war so vorausschauend gewesen, ihm frische Kleidung ins Krankenhaus zu bringen.

Sie erhob sich. »Aber du kannst das Krankenhaus nicht verlassen!« rief sie hilflos. »Die Ärzte haben angeordnet, daß du heute nacht noch zur Beobachtung hierbleiben mußt!«

Aber Rylan ließ sich nicht aufhalten. Da sein Motorrad immer noch am Drehort war, nahm er ein Taxi nach La Jolla.

Schon vom Fuß des Hügels konnte man sehen, daß das Haus dunkel war.

»Es sieht so aus, als wäre niemand da«, bemerkte der Taxifahrer.

»Sie ist da«, gab Rylan mit Überzeugung zurück. Nach der nächsten Kurve sahen sie Kirstens Wagen vor dem Haus stehen.

Rylan suchte in seinen Taschen. Derjenige, der ihn mit der Kleidung versehen hatte, hatte auch ein paar Geldscheine in die Tasche gesteckt. Er bezahlte den Taxifahrer großzügig und stieg aus.

Die Haustür war verschlossen. Rylan ging um das Haus herum und untersuchte die Fenster. Eines ließ sich hochschieben. Vorsichtig stieg er durch das Fenster ein und durchquerte tastend den Raum.

Er fand Kirsten in ihrem Schlafzimmer. Sie lag zusammengerollt auf dem Bett, und ihr Kinn berührte fast ihre Brust. Sie war noch angezogen.

Rylan sagte nichts, sondern setzte sich zu ihr auf die Bettkante. Er beugte sich über sie und strich ihr zart über das Haar. Einen Augenblick blieb sie starr liegen, dann wandte sie sich ihm zu. Sein Herz verkrampfte sich, als er ihre vom Weinen verquollenen Augen sah. Er beugte sich näher zu ihr und küßte sie sanft auf die Lippen. »Es tut mir leid, daß du das durchmachen mußtest.«

Kirstens Lippen zitterten. Langsam setzte sie sich auf und lehnte sich an ihn. Er nahm sie in seine Arme. Dann begann sie zu weinen.

»Wein nicht«, murmelte er. »Es sah viel schlimmer aus, als es war.«

»Es war fürchterlich. Schrecklich. Wie in meinen Alpträumen.«

»Ich weiß, Liebling, ich weiß.« Er fuhr mit der Hand ihren Rücken hinab. »Ich habe dich gesehen... durch die Flammen... und ich...«

Er sprach nicht weiter, weil er plötzlich etwas Merkwürdiges bemerkt hatte: In dem Augenblick, als ihm sein Tod unabwendbar erschienen war, hatte er einzig und allein an Kirsten gedacht, daran, welchen Kummer sie würde erleiden müssen.

Warum hatte er nicht an sich selbst gedacht? Wäre das nicht natürlich gewesen?

Ganz bestimmt – es sei denn, Kirsten hätte ihm mehr bedeutet als sein eigenes Leben. Es sei denn, daß er sie liebte.

Er senkte den Kopf und hauchte einen zarten Kuß auf die weiche Haut ihres Halses. Dieser Kuß war wie ein unausgesprochenes Geständnis seiner Liebe, denn noch konnte er Kirsten nicht sagen, daß er sie liebte. Sie war noch nicht bereit, solche Worte zu hören. Aber er selbst wußte es, er war sich seiner Liebe ganz sicher, und er wollte ein Zeichen setzen.

Er liebte Kirsten – das war das Paradies. Und die Hölle. Weil er nicht wußte, um wen sie weinte.

»Ich konnte mir nicht erklären, weshalb du dort warst. Ich dachte schon, ich hätte Halluzinationen.«

Kirsten schluchzte und schob ihn ein wenig von sich ab. »Sie... diese Frau, Pat, glaube ich... rief an und...«

»Ich weiß inzwischen Bescheid. Das wird sie mir büßen.«

»Nein, nein, sei ihr nicht böse. Ich habe selbst angeboten, das Drehbuch vorbeizubringen.«

»Aber warum? Ich dachte, du wolltest mit dem Film nichts zu tun haben.«

»Das wollte ich auch erst nicht, aber dann...« Ihr versagte die Stimme. Sie schaute weg. Rylan umfaßte ihr Gesicht mit beiden Händen und drehte ihren Kopf so, daß sie ihn wieder ansehen mußte.

»Warum, Kirsten?«

Sie antwortete erst nach einer ganzen Weile. »Weil ich so verwirrt gewesen bin.«

»Weshalb? Was hat dich verwirrt?«

»Das, was in meinem Inneren vor sich geht; das, was ich empfinde.«

»Und was empfindest du?«

Sie schaute ihn aus tränenfeuchten Augen an. »Das, was ich für dich empfinde«, sagte sie.

In diesem Augenblick schlug Rylans Herz tausendmal schneller als in dieser tödlichen Situation am Morgen. »Und was für Empfindungen sind das?« fragte er rauh.

»Ich glaube, das weißt du.«

»Gib mir mal einen heißen Tip.«

»Sobald du in meiner Nähe bist, kann ich nicht mehr klar denken und benehme mich wie eine Närrin.«

»Nie!« protestierte er.

»Doch«, widersprach sie, und in ihrer Stimme klang Verzweiflung mit. »Bis du so plötzlich in meinem Leben aufgetaucht bist, hatte ich alles unter Kontrolle. Und nun bin ich dauernd verlegen und meiner selbst nicht sicher, und ich weiß einfach nicht, warum.« Sie machte eine ungeduldige Geste. »Ich kann dir nicht erklären, was ich empfinde.«

Er nahm ihre Hand und legte sie auf seine Haut, auf sein Herz. »Geht es dir genauso wie mir?« fragte er, während sein Herz immer noch so heftig schlug. »Hast du auch solches Herzklopfen?«

»Das habe ich«, erwiderte sie, und ihre Stimme klang so leise, daß er sie kaum verstand. Sie wich seinem Blick nicht aus, als sie ganz langsam Rylans Hand nahm und sie sich auf die Brust legte. »Spürst du es?«

Ein tiefes Stöhnen kam aus seiner Kehle, und dann senkte er den Kopf und küßte Kirsten. Mit einer ungeahnten Leidenschaft erwiderte sie seinen Kuß.

Und doch spürte er immer noch ein Zögern. Als er wieder etwas klarer denken konnte, löste Rylan sich von ihr. »Was ist los, Kirsten? Was ist nicht in Ordnung?«

Sie holte tief Luft. »Ich habe dir ja gesagt, daß ich völlig durcheinander bin. Wir reden die ganze Zeit über Charlie. Wenn wir nicht über ihn reden, schreibe ich über ihn. Du bewegst dich wie er, deine Gesten sind die gleichen. Du sprichst die Worte, die ich aufgeschrieben habe. Du redest sogar wie er. Aber immer, wenn ich an ihn denke, sehe ich dein Gesicht, nicht seins.«

Sie sah ihn verwirrt an. »Ich weiß nicht, ob ich wieder in ihn verliebt bin oder ob ich mich zu dir hingezogen fühle.«

Rylan lehnte seine Stirn gegen ihre. Zum ersten Mal in seinem Leben wünschte er, daß er kein so guter Schauspieler wäre. Es war ihm zur zweiten Natur geworden, daß er, wenn er das Beste in seiner Rolle geben wollte, unwillkürlich die Eigenschaften der Person annahm, die er in seinen Filmen verkörperte. Er verwandelte sich in die Person, die er darstellte. Und bis jetzt war er auf diese Fähigkeit auch immer sehr stolz gewesen.

Aber dieses eine Mal wollte er nur als er selbst gesehen werden, als der Mann, der er ganz allein war.

»Wenn wir uns woanders begegnet wären«, begann er langsam, »wenn ich, sagen wir, dein Telefon repariert hätte, hättest du dich dann auch zu mir hingezogen gefühlt?«

Sie lachte. »Ich bin nicht tot, Rylan, mein Körper reagiert noch. Gäbe es eine Frau, die nichts für dich empfinden würde, so wie du aussiehst?«

»Was würdest du für *mich* empfinden?«

»Ich weiß nicht«, seufzte sie. »Die ehrlichste Antwort, die ich dir geben kann, ist, daß ich dich faszinierend finde.«

»Gut, fürs erste gebe ich mich mit faszinierend zufrieden.«

Sie lächelte. »Du bist ganz anders, als ich gedacht hatte. Du bist viel ernster. Und es stimmt nicht, daß du dich nur für dich selbst interessierst.«

Rylan nahm ihren Kopf in seine Hände und drückte einen Kuß auf ihre Stirn. »Ich möchte mehr hören«, sagte er lächelnd.

»Du hast mehr Einfühlungsvermögen, als man denken sollte«, fuhr sie fort. »Deine menschlichen Qualitäten machen deine Dreistigkeiten wieder wett.«

»Bin ich dreist gewesen?«

»Das weißt du wohl am besten. Du hast mich einfach so geküßt.«

»Wen hast du damals geküßt? Rumm oder mich?«

»Frag mich nicht, Rylan, ich kann es dir nicht sagen. Vielleicht habe ich auch nur so stürmisch reagiert, weil ich so lange keinen Mann mehr geküßt habe.«

Rylan seufzte unzufrieden. »Du warst eifersüchtig, bevor ich dir gesagt habe, daß Cheryl meine Schwester ist. Gib es zu. Es hat dir was ausgemacht, daß Dylan mein Sohn sein könnte, nicht wahr?«

Kirsten nickte. »Ja, ich war eifersüchtig. Ich hatte kein Recht dazu. Das hat mich noch mehr durcheinandergebracht.«

Rylan legte die Hände auf ihre Schultern. »Sag mir was,

Kirsten. Als du heute das brennende Flugzeug gesehen hast, um wen hast du Angst gehabt? Um Charlie Rumm? Oder hast du meinetwegen geweint?«

Kirsten holte tief Luft. »Ich habe um dich geweint, Rylan.«

Ohne ein weiteres Wort zog er sie an sich und preßte seinen Mund auf ihre geöffneten Lippen. Sie erwiderte den zärtlichen Kuß, und sie küßten sich lange und ausgiebig.

Schließlich lösten sie sich voneinander und saßen sich schweratmend gegenüber. »Dein Haar riecht jetzt nach der dummen Brandsalbe.«

»Tun deine Hände sehr weh?«

»Kaum noch.«

»Ich habe im Krankenhaus angerufen, und man sagte mir, daß es dir den Umständen entsprechend ging. Ich wußte nicht, was ich davon halten sollte.«

»Mir geht es prima. Ich brauche kein Krankenhaus, sondern nur dich!«

Sie lachte. Es war ein erregendes Lachen. Zielbewußt öffnete er die Knöpfe ihrer Bluse und nestelte ungeduldig an dem BH-Verschluß. Schließlich hatte er ihn geöffnet und schob den BH zurück, um ihre Brüste zu befreien. Sanft umschloß er eine der Brustwarzen mit seinem Mund und streichelte die andere zart mit dem Daumen.

»Rylan!« Kirsten stöhnte und bog sich ihm entgegen.

»Du bist so süß.«

Er liebkoste ihre Brustwarze mit der Zunge, dann saugte er vorsichtig daran. Seine Hände glitten unter ihren Rock, und er stöhnte leise auf, als er fühlte, daß ihre Haut genauso weich und herrlich war, wie er es sich in all seinen Phantasien vorgestellt hatte. Langsam ließ er seine Hände höher wandern, und Kirsten stieß einen entzückten Seufzer aus, als er sie so zärtlich und intim berührte und begann, sie an ihrer empfindlichsten Stelle zu streicheln.

Rylan stieß einen leisen Schrei aus, als er spürte, wie ihr

Körper ihn willkommen hieß, und es bereitete ihm mindestens soviel Lust wie ihr, als er mit einem Finger in sie eindrang. Es war herrlich, Kirsten so zu spüren, und er versuchte alles, um ihr Verlangen noch weiter zu steigern.

Und Rylan wollte, daß auch sie ihn berührte, daß sie ihm ein ähnliches Entzücken schenkte, daß sie spürte, wie erregt er war. Er löste sich von ihr und entledigte sich in Windeseile seiner Kleider.

»Berühr mich so, wie du mich schon einmal berührt hast«, bat er, und seine Stimme klang heiser vor Leidenschaft. Er nahm ihre Hand und schloß sie um sein Glied, und er rief ihren Namen, als er spürte, wie ihre Finger ihn berührten.

Als sie sich von ihm wegdrehte, glaubte er, sie würde sich nun auch ausziehen, aber statt dessen zog sie die Bluse über der Brust zusammen und legte beide Arme schützend davor.

»Ich kann nicht.«

»Du kannst nicht?« Er stöhnte verzweifelt auf.

Sie schüttelte heftig den Kopf. »Nein.«

Rylan war nun nicht mehr der liebe, einfühlsame Freund, sondern ein Mann, der sich in seiner Ehre gekränkt fühlte. Er merkte, daß er böse wurde, und konnte nichts dagegen machen.

»Was meinst du damit?« herrschte er sie grob an.

»Ich kann nicht – *will* nicht – mit dir schlafen. Nicht jetzt. Niemals!«

Schwer atmend stand er vor ihr und schaute sie wütend an. »Verdammt noch mal! Kein Wunder, daß dein Mann sich umgebracht hat!«

7

Man vergaß immer wieder, wie endlos der Ozean war, bis man sich an den Strand setzte und auf die Weite des Meeres hinausschaute. Rylan hatte in den langen Stunden dieser Nacht genug Zeit gehabt, um ausführlich darüber zu philosophieren. Und nun stieg schon wieder die Sonne hinter ihm auf, warf seinen Schatten vor ihm in den Sand, einen seltsam verzerrten Schatten, wie den eines Monsters.

Und genau das war er auch. Ein Monster.

Rylan bedachte sich zum hundertsten Mal mit den schlimmsten Schimpfnamen, die er kannte, und legte sich zurück in den Sand, den Blick hoch zum Himmel gerichtet.

Die letzten Sterne blinzelten ihm zum Abschied noch einmal zu und erloschen dann. Es würde ein schöner Tag werden.

Rylan hob die Hände und betrachtete sie, wandte sie dabei hin und her. Sie taten weh. Sie waren mit Blasen bedeckt, und dazwischen war die Haut häßlich rot. Vielleicht lag es an seinen Händen. Daran, daß sie ihm weh getan hatten, die ganze Zeit über, auch wenn er es zwischendurch vergessen hatte.

Hatte seine Mutter ihm nicht oft erzählt, wie unerträglich er stets gewesen war, wenn er als Kind krank war? Krankheit machte ihn wütend, es machte ihn zornig, weil es ihn einschränkte und er nicht tun und lassen konnte, was er wollte, und den Zorn darüber hatte er meistens an anderen ausgelassen. Egal, wie liebevoll seine Mutter sich um ihn gekümmert hatte, nichts hatte seinen Zorn mindern können.

Deshalb war sein unmögliches Benehmen am vergangenen Abend vielleicht auf seine Schmerzen zurückzuführen. Ein unglücklicher Mensch liebte es, auch andere Menschen unglücklich zu sehen. Er hatte seinen Schmerz auch andere fühlen lassen wollen.

Genau das hatte er auch gestern getan. Er hatte Kirsten verletzt. Absichtlich und völlig unnötig.

Rylan bedeckte seine Augen mit einem Arm, aber das half auch nichts. Selbst wenn er die Augen schloß, sah er immer noch Kirstens Gesicht vor sich, wie entsetzt sie ihn bei seinen häßlichen Worten angeschaut hatte. Ihre Augen waren riesengroß geworden, und alle Farbe war aus ihrem Gesicht gewichen.

Die Spannung zwischen ihnen war fast greifbar gewesen, so wie man, unmittelbar nachdem ein Blitz eingeschlagen hatte, in der Luft noch die Elektrizität spüren konnte. Sie hatten sich beide nur angeschaut, kein Wort gesagt.

Schließlich hatte Kirsten das Schweigen gebrochen. »Es war kein Selbstmord. Wie kannst du nur so etwas sagen?« Mit jedem Wort war ihre Stimme schriller geworden und angestiegen, bis sie fast umzukippen drohte.

Wäre sie ruhiger und bestimmter gewesen, so hätte Rylan sich entschuldigt und seine Worte zurückgenommen. Er hätte sie vielleicht sogar in die Arme genommen, nicht aus Verlangen, sondern um sie zu trösten.

Aber ihre Sturheit, Demon Rumm stets in Schutz zu nehmen, hatte die dunklen Seiten von Rylans Charakter zum Vorschein kommen lassen. Sein Körper brannte immer noch vor Verlangen nach ihr, und sicher hatte auch dies dazu beigetragen, daß er sich so gemein benommen hatte. Aber aus welchen Gründen auch immer, es war unverzeihlich, was er getan hatte.

Zum Schluß hatte er den Kopf in den Nacken geworfen und voller Arroganz erklärt: »Aber das behaupten die Leute nun mal, Baby!«

»Nun, dann behaupten sie etwas Falsches.«

Kirsten glitt vom Bett und ging um ihn herum. Hastig knöpfte sie sich die Bluse wieder zu. »Es ist falsch! Verstehst du mich? Charlie hat sich *nicht* umgebracht! Warum sollte er das auch tun? Er hatte alles, was er sich nur wünschen konnte.«

»Auch eine Frau, die nicht mit ihm schlafen wollte!«

»Wie kannst du es wagen…« Sie drehte sich zu ihm um. »Ich wollte nicht mit dir schlafen.«

»Ist ja gut! Aber du hättest dir das ein bißchen früher überlegen können.«

»Ich wollte eigentlich nicht, daß wir so weit gehen.«

Rylan erhob sich von dem Bett und grinste. »Wolltest du das wirklich nicht? War Rumm darum so eifrig darum bemüht, sich umzubringen? Hat er versucht, seine sexuellen Frustrationen mit Kunstflügen zu kompensieren?«

Kirsten hielt sich die Ohren zu. »Hör auf! Was sich zwischen uns abgespielt hat, hat nichts mit Charlie zu tun!«

Er faßte seine Meinung darüber in einem lästerlichen Fluch zusammen und ging zur Tür. Dort drehte er sich noch einmal um und zog demonstrativ den Reißverschluß seiner Hose hoch. »Ich werde mir das für jemanden aufbewahren, der es zu schätzen weiß!«

In dem Moment hatte er es für eine schlagfertige Bemerkung gehalten, aber jetzt klang es überhaupt nicht mehr clever.

Ich war einfach so erregt, dachte er. Aber er wußte, daß das keine Entschuldigung war. Ein Mann mußte doch auch in der Lage sein, ein ›Nein‹ von einer Frau zu akzeptieren.

Aber was sollte er jetzt tun? Er könnte seine Sachen packen und gehen. Oder er versuchte herauszufinden, warum sie Hemmungen hatte, ihn zu lieben. Dann könnte er ihr möglicherweise helfen, diese Blockade zu überwinden.

Kirsten saß auf dem Ledersofa in Rumms Arbeitszimmer, als Rylan hereinkam. Er setzte sich neben sie und begann

313

ganz ohne Vorbemerkungen zu reden: »Du hättest mir eine scheuern sollen.«

Sie sah ihn ernst an. »Daran habe ich schon gedacht.«

»Warum tust du es nicht jetzt?«

»Es ist nicht meine Art.«

»Komm, mach etwas. Greif mich an, vielleicht erleichtert es dich etwas.«

Kirsten lächelte traurig und gab zurück: »Das bezweifle ich.«

»Willst du meine Entschuldigung annehmen?«

»Wofür?«

»Weil ich dich angeschrien habe und dich beleidigt habe.«

Sie lächelte wieder. »Ich werde es tun, wenn du mir auch verzeihst.«

»Was denn?«

»Daß ich – daß ich einfach alles geschmissen habe!«

»Da gibt es nichts zu verzeihen«, erwiderte er. »Aber ich weiß nicht, ob ich es vergessen werde.«

Kirsten schaute in die andere Richtung. »Ich weiß. Vergessen ist das schwierigste.«

»Ich möchte es auch nicht vergessen, Kirsten. Ich meine, ich möchte nicht vergessen, wie schön es ist, mit dir zu schmusen.« Er bemerkte, daß ihr bei diesem Thema unbehaglich war. »Laß uns das Gewesene vergessen und neu anfangen, einverstanden?«

»Einverstanden.«

Sie reichten sich feierlich die Hände.

»Woran arbeitest du?« fragte er. »Und warum hier?« Er deutete auf die Kladde, die auf ihren Knien lag.

»Am letzten Kapitel meines Buches«, antwortete sie. »Ich bin hier, weil ich dachte, ein Tapetenwechsel täte mir gut.«

»Oh, hast du Probleme?«

Sie seufzte. »Ich habe eine Blockade, was dieses Kapitel betrifft.«

»Du bist emotional zu tief darin verstrickt. Du kannst nicht objektiv sein.«

»Wahrscheinlich hast du recht.«

»Was macht dir denn so Schwierigkeiten?«

»Ich kann nicht ausdrücken, wie ich mich nach der Unglücksbotschaft gefühlt habe.«

Rylan nahm sanft ihre Hand zwischen seine und sagte leise: »Kirsten, ich möchte die Wahrheit genauso gern wissen, vielleicht sogar noch mehr, als du es jetzt willst.«

»Wegen des Films?«

»Ja, zum Teil wenigstens«, antwortete er. »Aber das ist nicht der einzige Grund. Ich glaube, du weißt, was der andere ist.« Er wandte den Blick von ihrem Gesicht ab und sah auf ihre Hände. »Was war gestern abend los?« fragte er sanft.

»Das weißt du doch genau, du warst doch dabei!«

»Eine wunderbare, hübsche und liebevolle Frau handelte plötzlich, als wäre sie eingefroren. Warum, Kirsten? Sag mir jetzt bloß nicht, du hättest kein Verlangen nach mir gehabt. Ich weiß es besser. Dein Körper wußte es auch.«

»Bitte, Rylan.« Sie seufzte und ließ den Kopf sinken.

»Bist du nur schüchtern? Bist du besonders streng erzogen worden? Hat man dir beigebracht, daß Sex etwas Schmutziges ist?«

»Nein, natürlich nicht.«

»Was ist es dann? Sag es mir. Habe ich etwas gemacht, wodurch du die Lust verloren hast?«

»Nein.«

Er drückte sanft seine Lippen auf ihr Ohr und flüsterte: »Hat es dir gefallen?«

Sie nickte kaum merklich. »Alles.«

Er spürte die Liebe zu ihr plötzlich so heftig, daß er überwältigt die Augen schloß, und es kostete ihn unglaubliche Mühe, das Verlangen nach ihr niederzukämpfen. Aber er durfte sich jetzt nicht ablenken lassen, er mußte weiterfragen.

»Warum hast du mich dann behandelt, als hätte ich dich vergewaltigt?« wollte er wissen. »Kirsten, ich bin kein empfindsames Seelchen, ich falle nicht gleich beim ersten Schock in Ohnmacht. Egal, was du mir erzählst, ich werde es ertragen und verstehen. Bitte, sag es mir!«

In ihren Augen standen Tränen. »Ich kann nicht, Rylan. Bitte frag mich nicht mehr. Bitte. Wenn du überhaupt etwas für mich empfindest, dann setz mich nicht unter Druck.«

Und obwohl es ihm äußerst schwerfiel, sagte er: »In Ordnung, Kirsten. Ich werde dich nicht mehr fragen. Aber tu mir zwei Gefallen.«

»Was?«

»Erstens, sag mir die Wahrheit: Wolltest du *mich* gestern nacht? Wolltest du, daß *ich* mit dir schlafe?«

Ihr Blick, den sie zunächst fragend auf seine Augen gerichtet hatte, glitt hinunter zu seinem Mund. »Mußt du das noch fragen?«

Rylan holte tief Luft. »Also hat es nichts mit uns beiden zu tun, daß du gestern so gehandelt hast?«

»Nein, nichts«, bestätigte sie. Er küßte sie. »Was ist der zweite Gefallen?« fragte sie mit heiserer Stimme.

»Hilf mir, Charlie Rumms letzte vierundzwanzig Stunden lebendig werden zu lassen.«

»Was?! Seine letzten ...«

»Wegen der Brandwunden auf meiner Hand kann ich die nächsten Tage nicht weiterdrehen. Laß uns über den letzten Tag in seinem Leben reden. Wir wollen ihn Stunde für Stunde durchleben. Ich möchte gerne wissen, was an jenem Morgen im Flugzeug passiert ist.«

»Charlie hatte einen Unfall. Er hat *nicht* Selbstmord begangen.«

»Gut. Warum fürchtest du dich dann? Vielleicht hilft es dir fürs Schreiben, wenn wir gemeinsam die letzten Stunden seines Lebens durchgehen.« Er strich sanft mit dem Daumen über ihre Lippen. »Und neben den beruflichen

Gründen«, fuhr er beschwörend fort, »tu es auch für uns, Kirsten. Wir können uns nicht haben, wenn wir nicht vorher den ›Dämon‹ aus unserem Leben austreiben. Und dann werden wir einander gehören.«

Er küßte sie noch mal, fester und fordernder. Als sie sich wieder voneinander lösten, nickte Kirsten kaum merklich.

»Gut, Sam ist hier. Da steht sein Wagen.« Kirsten wies auf ein ziemlich verbeultes Wohnmobil neben dem Wellblechhangar auf dem Flugplatz.

Rylan parkte seinen Wagen neben Sams.

Sie betraten das niedrige Gebäude. Die Luft war in dem Schuppen sehr heiß. Sie zwängten sich an Flugzeugteilen vorbei; Sams laute Flüche wiesen ihnen den Weg.

Sam stand auf einer Plattform über einen Flugzeugmotor gebeugt. »Du verdammter Hurenbock! Warte, ich werde dir ...«

»Vorsicht, eine Dame hört mit!« unterbrach Rylan ihn trocken.

Sam drehte sich so abrupt um, daß er fast von der Plattform gefallen wäre. »Du verdammter Bastard, du hast mich ...«

»Vorsichtig, Sam«, neckte ihn Rylan. »Ich habe eine Dame mitgebracht. Sei bitte ein bißchen respektvoller.«

Der Mechaniker trug einen ölverschmierten Overall. Er rieb sich die öligen Hände an einem schmutzigen Lappen ab. Dann steckte er ihn in die Overalltasche und betrachtete Kirsten von Kopf bis Fuß. »Nicht irgendeine Dame, North«, gab er dann zurück. »Es ist die schönste, die hier herumläuft. Wenn ich nicht gerade so verschmiert wäre, würde ich sie glatt in die Arme nehmen.«

»Das hat Sie doch früher nie abgehalten«, wandte Kirsten lachend ein und breitete die Arme aus.

Sam nahm sie in den Arm und drückte sie kräftig und liebevoll. Beiden standen Tränen in den Augen. Verlegen führte Sam Rylan und Kirsten zu einem Schreibtisch, der ge-

317

nauso unaufgeräumt war wie der Hangar. Sam zog einen Stuhl für Kirsten heran und wies auf einen Holzbock, damit sich auch Rylan hinsetzen konnte.

»Sie könnten uns ruhig öfter besuchen«, sagte er mit einem leisen Vorwurf.

»Ich weiß. Ich bitte um Entschuldigung und verspreche, mich zu bessern.«

»Das haben Sie das letzte Mal auch schon gesagt. Sie verrammeln sich da oben in dem Haus und lassen niemanden an sich heran. Na ja, ich bin alt, häßlich und halb blind. Kein Wunder, daß Sie mich nicht so oft sehen wollen. Vor allem, wenn Sie sich mit solchen Stutzern wie dem da abgeben.« Er deutete mit dem Kopf auf Rylan. »Was wollen Sie eigentlich mit dem?«

»Das gleiche, was er mit Ihnen getan hat: über Charlie reden.«

Sam streckte Rylan drohend seine Hand entgegen. »Wehe, Sie nehmen sich ihr etwas gegenüber heraus, dann können Sie mich kennenlernen. Ich habe keine Angst vor Burschen wie euch.«

Rylan legte theatralisch die Hand an sein Herz. »Meine Absichten, was Mrs. Rumm betrifft, sind rein und unschuldig.«

»Der Teufel sind sie«, knurrte Sam. »Wenn Sie auf etwas aus sind, kann ich Ihnen einen Tip geben. Ich kenne jede verdammte Hure im Umkreis von hundert Meilen, aber noch mal: Lassen Sie ja diese Frau in Ruhe!«

»Sam, haben Sie was zu trinken? Ich bin halb verdurstet«, mischte Kirsten sich ein.

»Erdbeersoda«, sagte Sam, ohne erst im Kühlschrank nachzusehen.

Kirsten und Rylan versuchten, begeistert auszusehen, als er ihnen die Flaschen mit dem unerträglich süßen Getränk reichte.

»Sie wollen also über Charlie reden«, begann Sam, nachdem er einen kräftigen Zug aus seiner Flasche genommen hatte. Er legte die Füße auf den Schreibtisch.

»Wir möchten gerne von Ihnen wissen, was an jenem Morgen passierte«, begann Rylan.

»Was für 'nem Morgen? Drücken Sie sich klarer aus!«

»An dem Morgen, als er starb«, erläuterte Kirsten leise.

»Was ist damit?« knurrte Sam und rückte den Kalender an der Wand gerade.

»War es ein normaler Morgen?« tastete sich Rylan vor.

»Normal? Ja, war ganz normal.«

»Was für Kunststücke wollte Demon üben?«

»Weiß nicht. Nichts Besonderes. Er hatte niemanden, der ihm zusah. Er hat den anderen Leuten morgens noch abgesagt.«

Aus den Augenwinkeln sah Rylan Kirstens erstaunte Reaktion. Sie hatte ihm gesagt, daß Rumm seinen Leuten abgesagt hatte. »Hat er die anderen von hier aus angerufen?«

»Ja«, bestätigte Sam. »Von dem Telefon da vorne. Er sagte ihnen, er könnte sie heute nicht brauchen und sie sollten sich den Tag frei nehmen.«

»War das nicht außergewöhnlich?«

Sam hustete und schüttelte den Kopf. »Er war der Boß. Er konnte machen, was er wollte. Manchmal entschloß er sich einfach so, einen kleinen Urlaub zu machen. Wissen Sie noch, Kirsten?«

Sie drehte sich Rylan zu. »Das stimmt. Es gab keine festen Arbeitszeiten für das Team. Manchmal verkündete Charlie, daß Ferien wären, zum Beispiel, wenn eine Show ausfiel oder so.«

»Was für ein Wetter war an dem Tag?« fuhr Rylan fort.

»Tadellos. Keine Wolke am Himmel!« Sam seufzte. »Das war ja das Dumme. Wir sind bei jedem Wetter geflogen, bei Sturm, Regen und bei Nebel, man konnte oft kaum die Nase vom Flugzeug sehen. Und gerade bei so schönem Wetter mußte Charlie abstürzen.«

Sam wirkte plötzlich sehr alt. Kirsten tätschelte tröstend seine Hand. »Es tut mir leid, Sam. Ich würde das hier nicht tun, wenn es nicht äußerst wichtig wäre.«

»Er flog an dem Tag eine Pitts Special«, fuhr Rylan fort. »Hat Rumm selbst die Maschine vor dem Flug durchge-checkt?«

»Ja.«

»Waren Sie dabei?«

»Nein, ich habe hier drinnen gearbeitet. Aber er hat es gemacht, denn ich konnte ihn durchs Fenster sehen. Wir haben uns noch ein paar Sachen zugerufen. Demon hatte nichts ausgelassen.«

»In was für einer Stimmung war er?« fragte Kirsten.

»Normal.« Sam zuckte die Schultern.

»War er deprimiert oder so etwas?«

»Nein.« Kirsten warf Rylan einen triumphierenden Blick zu, aber da setzte Sam hinzu: »Etwas zerstreut, vielleicht.«

»Wie?«

»Wieso zerstreut, Sam? Es ist wichtig, daß Sie sich an alle Details erinnern. War denn etwas Außergewöhnliches pas-siert?« fragte Kirsten.

Sam schob sich die Schirmmütze in die Stirn und kratzte sich am Hinterkopf. »Ich dachte damals, daß es komisch war, aber...« Er machte eine Pause und zuckte wieder die Schultern. »Nach dem Unfall herrschte so viel Aufregung, daß ich es ganz vergessen hatte.«

Rylan wußte genau, daß Sam in seinem Leben nichts ver-gessen würde. Er hatte das wichtigste Stück Information zurückgehalten, vielleicht, um Kirsten nicht weh zu tun oder auch, um es sich selbst leichter zu machen.

»Sagen Sie, es mir... uns«, bat Kirsten.

»Na ja, Sie wußten doch, wir hatten diesen komischen Aberglauben und unser Ritual. Rumm sah mich immer vom Cockpit aus an und streckte den Daumen hoch, um zu sagen, daß alles okay war. Ich habe dann das Zeichen er-

320

widert. Nun, äh, an dem Tag hat … äh …, hat er es fast vergessen.«

Sie alle hingen eine Weile ihren Gedanken nach, bis Kirsten mit dünner Stimme fragte: »Vergessen? Wie konnte er das vergessen? Ihr beide habt das doch immer ganz automatisch gemacht.«

»Ich weiß. Das hat mich auch mißtrauisch gemacht. Später.« Sam wich ihren Blicken aus. Nervös rieb er seine Handfläche über seinen Oberschenkel. »Ich stand draußen auf der Bahn und sah zu ihm auf. Ich wartete auf das Zeichen. Er starrte aber nur geradeaus, als wenn er sich über etwas den Kopf zerbrechen würde. Ich rief ihn an. Er schüttelte den Kopf, als ob er wieder zu sich kommen würde, dann sah er zu mir runter. Er lächelte wie immer. Dann machte er das Zeichen und rollte los.« Dicke Tränen liefen Sams Gesicht hinab. »Das war das letzte, was ich von ihm gesehen habe.«

Rylan beugte sich zu Kirsten hinüber, die auf dem Beifahrersitz saß und legte ihr die Hand auf die Knie. »Es geht dir nicht gut«, sagte er einfühlsam.

»Sam hat wie ein Baby geheult, als ich das letzte Mal mit ihm darüber gesprochen habe. Ich fand es schlimm, das ganze noch mal zu machen.«

»Ich weiß.« Rylan verstärkte den Druck seiner Hand.

»Und es war so unnötig.«

»Warum sagst du das?«

»Weil wir nicht mehr wissen als vorher. All das stand auch im Unfallbericht.«

Rylan wollte nicht mit ihr streiten.

»Wie erklärst du dir das mit dem Funkgerät?« fragte er. Rylan wußte zwar noch nicht den Grund, aber er war sich sicher, daß Demon Rumm die Maschine absichtlich hatte abstürzen lassen, oder wenn doch nicht, dann hatte er zumindest nichts getan, um den drohenden Absturz zu verhindern.

Kirsten lehnte den Kopf an die Kopfstütze. »Ich weiß nicht, warum er den Kontakt mit dem Tower verloren hat.«

»Als man das Funkgerät untersuchte, funktionierte es einwandfrei.«

»Aber die Benzinleitung *war* verstopft!« Kirsten sagte es so heftig, als versuchte sie, sich selbst zu überzeugen.

»Aber das hätte er beim Durchchecken gemerkt.«

»Vielleicht war aber auch die Leitung da noch nicht verstopft.«

»Das kann sein. Aber wenn es unterwegs passiert war, dann hätte er noch im Gleitflug landen können. Diese Kunstflugzeuge sind sehr leicht ...«

»Das weiß ich!« unterbrach sie ihn scharf und sah aus dem Fenster.

Eine Zeitlang fuhren sie schweigend weiter. Als Kirsten wieder nach vorn blickte, nahm Rylan das als Zeichen, daß sie bereit war, weiterzusprechen.

»Wie erklärst du dir, daß er an jenem Morgen so zerstreut war?«

»Eine schlechte Stimmung«, gab sie sofort zurück.

»Kirsten, ich habe diesen Mann monatelang studiert. Nach sämtlichen Quellen, die mir bis heute zugänglich waren, von seinem High-School-Jahrbuch bis zu den Interviews mit der Crew, sagten alle, daß er alles andere als launisch war.«

»Er war doch ein Mensch!« rief sie aus. »Jeder hat mal einen schlechten Tag!«

»Und wenn Rumm einen solchen hatte, hättest du es gewußt, nicht wahr? Du hast mit ihm gelebt. War es ein ›schlechter Tag‹ damals?«

Sie preßte die Hände so fest zusammen, daß die Knöchel weiß hervortraten. »Ich weiß es nicht. Er war schon weg, bevor ich aufwachte.«

Rylan wollte später noch einmal auf diese Information eingehen. »Es scheint nicht sehr wahrscheinlich, daß er vergessen hat, Sam das Okay-Zeichen zu geben, wenn er das nie vorher gemacht hat.«

»Das ist es auch nicht.«

»Und Sam sagte, daß Charlie am Tag vorher ganz normal gewesen war. Lustig, er hat Witze gerissen. Er war gut in Form. Er ist nach Hause gefahren, offensichtlich völlig sorgenfrei.« Rylan hielt inne.

Kirsten sah ihn fragend an. Rylan holte tief Luft und fuhr fort: »Das heißt, irgend etwas muß in der Nacht vor seinem Unfall passiert sein.«

8

Sie gingen zur Haustür.

»Wann kam denn Rumm eigentlich an jenem besagten Abend nach Hause?«

»Früh. Ich glaube, so gegen drei Uhr.«

Rylan sah auf seine Uhr. »Nahe dran. Was habt ihr dann gemacht?«

»Wir haben uns alte Filme angesehen. Eigentlich er mehr als ich.«

»Filmaufnahmen von ihm?«

»Ja, Videos aus verschiedenen Sportsendungen.«

»Warum hast du gerade eben gesagt: ›Eigentlich er mehr als ich‹?«

»Weil ich an dem Abend das Abendessen gekocht habe. Ich bin immer wieder aus dem Arbeitszimmer in die Küche gelaufen.«

»Warum hast du gekocht?«

Kirsten zögerte mit der Antwort, dann sagte sie: »Alice hatte sich zwei Tage freigenommen.«

Sie hörten Alices Summen in der Küche. Rylan nickte Kirsten zu und sagte: »Geh zu ihr und sag ihr, daß sie zwei Tage frei hat.«

»Ich kann doch nicht einfach…«

»Dann mache ich es für dich.« Er ging zur Küche. Kirsten lief hinter ihm her und hielt ihn an seinem Hemd fest. »*Ich* werde es ihr sagen!«

Durch die halbgeöffnete Tür hörte Rylan, wie Alice pro forma protestierte, dann aber zugab, sie hätte gehofft, einen Tag frei zu bekommen, um ihre Tochter, die sie selten sah, zu besuchen.

»Was hast du gekocht?« fragte Rylan, nachdem Alice gegangen war.

»Shish Kebab.«

»Lamm?« fragte er mißtrauisch.

»Rind.«

»Gut. Hast du alles dafür im Haus?«

»Das ist doch Blödsinn, Rylan. Wo soll dieses Spiel hinführen?«

»Hast du alles im Haus?« wiederholte er.

Resigniert antwortete sie: »Ich glaube ja.« Sie untersuchte den Inhalt des Gefrierschranks. »Wenn ich das Fleisch im Mikrowellenherd auftaue, kann ich es marinieren.«

»Prima. Ich helfe dir später beim Grillen.«

»Charlie ...« Sie hielt inne.

»Charlie – was?«

»Er – er hat nicht geholfen.«

Sie sahen sich eine Weile an. »Ich werde dir helfen«, bemerkte Rylan ruhig. »Sind die Videobänder alle im Arbeitszimmer?« Sie nickte. »Dann fange ich an, sie mir anzusehen. Das wollte ich sowieso tun. Komm auch rüber, sobald du kannst.«

Eine halbe Stunde später kam Kirsten in das Arbeitszimmer. Rylan hatte die Rollos heruntergezogen und die Lichter ausgeschaltet. Er hatte die Videobänder nach den Aufnahmedaten geordnet.

»Ich bin erst bis zum zweiten Band gekommen«, erklärte er. Auf dem Bildschirm wurde ein junger Charlie Rumm interviewt.

»Ich erinnere mich an die Show«, erklärte Kirsten. »Alle meinten, es wäre ein milder Tag, aber ich fror. Charlie schickte einen seiner Leute nach St. Paul und ließ einen Pelzmantel für mich besorgen.«

»Er hat gern unerwartet teure Geschenke gemacht, nicht wahr?«

»Ja, er war immer sehr großzügig. An dem Tag kam er vor den Blue Angels dran. Später haben wir alle gemeinsam zu Abend gegessen, und die anderen haben sich bei Charlie bedankt, daß er das Publikum ein bißchen aufgewärmt hat.«

»Hoffentlich nicht auch mit Pelzmänteln?«

Kirsten lachte. Rylan mochte ihr Lachen. Es klang so warm und so sexy.

»Kirsten?«

»Hast du dich an jenem Abend auch so weit weg von Rumm hingesetzt?« Sie starrte ihn an. »Komm her zu mir!« forderte er sie auf. Langsam rutschte sie auf dem Sofa näher zu ihm. Rylan legte den Arm um ihre Schulter und zog sie näher an sich heran. »Kirsten, Kirsten«, flüsterte er. »Ich mag deinen Namen.« Dann küßte er sie, zuerst sanft und zart, doch dann, als sie ihre Lippen weiter öffnete, wurde der Kuß intensiver und drängender. Ihre Zungen berührten sich, spielten miteinander.

Als sie wieder voneinander abließen, sagte Kirsten: »Wir sollten das nicht tun.«

»Doch, das sollten wir.«

»Ich bin mir da nicht so sicher.«

»Weißt du, was dein Problem ist?«

»Ich habe mehrere.«

»Du bist zu ernsthaft.« Er drückte einen leichten Kuß auf ihren Mund. »Du spielst zu wenig.«

Ein leichter, neckender Kuß wurde zu einem tiefen, intensiven. Seine Fingerspitzen glitten über ihren Körper, folgten den Konturen ihrer Brüste. Vorsichtig legte er eine Hand auf eine Brust und streichelte sie.

»Rylan?«

»Hm?«

»Hör auf!«

»In Ordnung. Aber nach einiger Zeit werden alle Videos langweilig.«

»Aber … ah …« Ihre Stimme erstarb, als er eine ihrer festen Brustwarzen berührte.

»Du magst das, nicht?« Sie ließ einen Ton hören, den er für eine Zustimmung hielt. »Sie sind so hart – und so süß.«

Er senkte den Kopf und nahm eine der harten Warzen mit dem Stoff in den Mund. Vorsichtig drückte er Kirsten zur Seite, bis sie auf dem Sofa lag. Er küßte sie und preßte seinen Körper immer fester an ihren, bis sie deutlich spüren konnte, wie erregt er war.

»Rylan, Rylan!«

Endlich hörte er ihren Protest. Er hob seinen Kopf und sah sie an. »Nicht hier, nicht jetzt.« Ihre Augen hatten einen flehenden Blick.

Rylan verfluchte sich, daß er die Beherrschung verloren hatte. Er sprang auf und half ihr, sich aufzurichten. Dann legte er den Kopf zurück und wartete mit geschlossenen Augen, bis sich sein Herzschlag beruhigt hatte.

»Dann hat Rumm dich wahrscheinlich gar nicht angerührt«, fuhr er fort. »Er hätte sonst nicht aufhören können, du riechst viel zu gut.«

Er legte seine Hand auf ihre und streichelte sie. »Ich möchte so gern mit dir schlafen.«

»Das möchte ich auch«, sagte sie sehnsuchtsvoll. »Aber es war deine Idee, alles noch mal nachzuempfinden.« Sie zog die Hand weg, allerdings erst, nachdem sie ihn sanft gestreichelt hatte.

Sie saßen weiter auseinander, als sie sich die restlichen Bänder ansahen, aber sie hielten sich an der Hand: Es war einfach nicht möglich, sich nicht zu berühren.

Nachdem sie den letzten Film gesehen hatten, schaltete er den Recorder aus und fragte: »Was nun?«

Kirsten stand auf und zog sich die Schuhe wieder an. »Abendessen. Ich rufe dich, wenn es fertig ist.«

»Ich wollte dir doch helfen.«

Er legte ihr den Arm um die Schulter, als sie zusammen in die Küche gingen.

Rylan zündete die Holzkohle in dem Grill auf der Terrasse an, während Kirsten den Salat vorbereitete. Dann kam er wieder herein, um die Fleischspieße zu holen. Dann öffnete er den Kühlschrank und holte eine Flasche heraus. »Was soll ich trinken?« fragte er.

»Ein Bier. Nicht mehr als zwei. Das war Charlies Limit.«

»Dann war seine Einstellung gegen Alkohol ehrlich gemeint?«

»Er hat es immer ehrlich gemeint!«

»In Ordnung«, sagte er beruhigend. »Ich wollte es nur wissen. Manche Alkoholgegner sind heimliche Alkoholiker. Besonders da, wo ich lebe.«

»Charlie war keiner von ihnen«, fauchte Kirsten. »Warum versuchst du immer, etwas Häßliches über ihn zu entdecken?«

Rylan starrte auf den Fußboden und zählte bis zehn. Die erregende Stimmung von vorhin war dahin. Jetzt waren sie wieder bei Null angelangt.

»Sind die fertig für den Grill?« Er deutete auf die Spieße.

»Ja, ich habe sie an dem Abend gegrillt. Charlie ist hier drinnen geblieben und hat die Zeitung gelesen.«

Rylan ging zur Tür und hielt sie offen. »Komm mit hinaus. Ich möchte mich lieber mit dir unterhalten, statt Zeitung zu lesen.«

Als die Spieße auf dem Grill brutzelten und sie beide in den Liegestühlen lagen und an ihren Drinks nippten, fragte Rylan: »War vielleicht etwas in der Zeitung, das Charlie aufgeregt hat? Irgendein Geschmiere, das ihn noch am anderen Morgen beschäftigte?«

»Das glaube ich nicht.«

»Worüber habt ihr euch unterhalten?«

»Daran erinnere ich mich nicht mehr.«

»Du mußt dich doch an etwas erinnern«, drängte er.

»Ich glaube, ich habe ihm erzählt, daß ich ein Buch schreiben wollte.«

»Seine Biographie?«

»Nein, dieser Gedanke kam mir erst nach... seinem Tod.«

»Was wolltest du denn schreiben?«

»Einen Roman.«

»Ehrlich? Erzähl mir davon.«

Sie umriß in kurzen Zügen die Handlung und wurde vor Freude rot, als Rylan die Idee lobte und meinte, es würde ein Bestseller, als Buch und auch als Film.

»Natürlich nur, wenn ich die männliche Hauptrolle spiele.«

»Du hättest sicher keinen Spaß daran. Der Held ist ein verbitterter Vietnam-Veteran.«

»Wenn ich mich jetzt nicht melde, werden sich alle anderen um die Rolle reißen. Wer soll deiner Meinung nach die weibliche Hauptrolle spielen?«

»Rylan!« rief sie aus. »Du verteilst schon die Rollen, dabei ist noch nicht mal das Buch geschrieben.«

»Du wirst es schon schreiben. Sobald du ›Demon Rumm‹ fertig hast.«

Sie sprachen nicht mehr weiter, bis sie sich mit den gefüllten Tellern am Terrassentisch niederließen. Rylan schnitt das saftige Fleisch an. »Meinst du, Rumm empfand es als Bedrohung, daß du professionell schreiben wolltest?«

»Ich wüßte nicht, warum. Ich war nie nur Hausfrau. Ich bin damals oft mit ihm gereist, hatte aber auch schon eigene Projekte, mit denen ich mich beschäftigte, während er mit der Crew zusammen war.«

»Was wohl die meiste Zeit der Fall war, nehme ich an.«

»Er und die Jungen waren fast immer zusammen. Sie...«
Sie unterbrach sich und legte ihre Gabel beiseite. »Ich mag nicht, was du gerade denkst.«

»Was ist das?«

»Daß es etwas mit ihm und einem aus der Crew gegeben hat.«

»Hat er das?«

»Charlie war nicht homosexuell. Es gab keine Beziehung zwischen ihm und seinen Leuten außer Freundschaft, einer engen Freundschaft, wenn du willst, aber mehr nicht.«

»Ich glaube dir.«

Sie nahm die Gabel wieder auf und aß weiter.

»Du hast gesagt, daß du mit ihm gereist bist«, fuhr er fort.

»Ja. In den letzten Jahren wurde es aber ein bißchen weniger. Charlie war so berühmt, daß er sich die Shows aussuchen konnte. Daher haben wir uns das Haus gekauft und ließen uns hier nieder.«

»Habt ihr daran gedacht, Kinder zu haben?«

Rylan bemerkte, daß Kirsten die Gabel mitten in der Bewegung festhielt. »Ja«, bestätigte sie.

»Und?«

»Wir haben darüber geredet. Mehr nicht.«

»Und wer von euch war gegen Kinder?«

»Keiner.« Sie legte die Gabel wieder hin. »Ich habe gesagt, daß wir darüber geredet haben. Wir hatten aber keinen Streit deshalb.«

»Ihr wart beide dafür?«

»Ja.«

»Ich kann aber keine Kinder hier sehen«, meinte er und schaute sich um.

»Ich bin nicht schwanger geworden.«

»War einer von euch unfruchtbar?«

»Nicht, daß ich wüßte.«

»Habt ihr euch untersuchen lassen?«

»Versuch nicht, vorschnelle Schlüsse zu ziehen, Rylan«, warnte Kirsten. »Das klingt so wie aus einem Kitschroman. Charlie und ich wollten beide Kinder haben. Wir – wir haben halt keine bekommen, okay? Zufrieden?«

Er lehnte sich zurück und studierte ihr Gesicht. »Ich habe auch mal ein Kind gehabt.«

»Wo ist es?«

»Seine Mutter hat es umgebracht.«

Der Zorn, den er damals verspürt hatte, übermannte ihn auch jetzt wieder.

Plötzlich wurde er gewahr, daß Kirstens Hand mitfühlend auf seiner lag. Er legte seine Hand darüber.

»Eine Abtreibung?« fragte sie sanft.

Er nickte kaum. »Ich weiß, daß manche Abbrüche notwendig sind. Ich würde sogar soweit gehen zu sagen, sie sind entschuldbar. Aber, verdammt noch mal, nicht, wenn es sich um *mein* Baby handelt!«

»Wer war die Mutter?«

Er sah das Mitgefühl in ihren Augen. »Sie bedeutet mir nichts, das hat sie nie getan.« Einen Moment lang schloß er die Augen. »Aber mein Kind bedeutete mir etwas. Der Gedanke, daß meinem Baby das Leben verwehrt ist, macht mich rasend.«

»War es so wichtig für dich, ein Kind zu haben?« »Wenn keins dagewesen wäre, nein. Aber nachdem sie mir davon erzählt hatte, wollte ich es haben.«

Rylan lachte auf. »O Mann, wir blasen ja ganz schön Trübsal.« Er stellte die Teller zusammen. »Komm, laß uns abwaschen.«

Danach gingen sie wieder auf die Terrasse hinaus. Kirsten schaltete die Unterwasserlichter des Swimmingpools an.

»Was habt ihr damals nach dem Abendessen gemacht?« fragte Rylan.

»Geschwommen.«

»Wirklich? Ich wollte gerade das gleiche vorschlagen.« Er legte den Arm um ihre Taille und zog sie an sich. Sanft küßte er sie. »Bereit?« fragte er. »Ich meine, bist du bereit, schwimmen zu gehen?«

»Oh! Äh, ja, das heißt, nein. Moment, ich ziehe mir nur einen Badeanzug an.«

»Das geht doch auch ohne. Bei mir geht es jedenfalls.«

»Ich weiß, ich habe es gesehen.«

Er grinste sie an. »Ach ja? Dann hast du also zugeschaut am ersten Tag?«

»Mir blieb ja nichts anderes übrig.«

»Was hast du dir gedacht?«

»Ich dachte: ›Was mußt du für ein eitler Pfau sein, um so herumzulaufen‹.« Sie befreite sich aus seinem Griff und rannte ins Haus. Rylan zog sich aus und sprang kopfüber in den Pool. Einen Moment später kam Kirsten aus dem Haus. Sie trug einen jadegrünen, engen Bikini. Mit einem eleganten Sprung tauchte sie ins Becken.

Er schwamm ins flache Wasser und ließ sich dort auf dem Rücken treiben. Kirsten schwamm einige Bahnen, bevor sie zu ihm kam und sich ebenfalls auf den Rücken neben ihn legte.

»Du bist überhaupt nicht von dir eingenommen, was?« fragte sie.

»Keine Spur. Im College habe ich für die höheren Kunstklassen Modell gestanden.«

»Was haben denn deine Eltern dazu gesagt?«

Er grinste. »Wir hatten zwar ein recht enges Verhältnis zueinander, aber das war kein Grund, ihnen alles zu erzählen.« Er drehte sich auf die Seite und legte seine Hand auf ihren Bauch. »Was für ein erregendes Bild.«

Beide blickten sie auf seine gebräunte Hand, die sich dunkel von ihrer Haut abhob.

»Ja?«

»Hast du in jener Nacht mit Rumm geschlafen?«

Sie zögerte einen Moment lang. Dann nickte sie.

»Laß uns miteinander schlafen.«

Einen Moment lang schien sie unschlüssig, dann zog sie Rylan an sich. Der leichte Wellenschlag des Pools drängte ihre Körper immer näher aneinander. Im Rhythmus der Wellen berührte die Spitze seines Gliedes ihren Körper, immer wieder, ungemein erregend.

»Kein Wunder, daß es im Ozean so viel Leben gibt«, flüsterte Kirsten zwischen zwei Küssen. »Es ist so schön.«

Plötzlich fluchte er leise. »Verdammt, wenn wir so weitermachen, scheuerst du dir noch den Rücken an den Stufen auf, oder wir ertrinken beide.«

Sie reagierten beide nicht auf die Bemerkung, sie waren zu sehr damit beschäftigt, sich erneut zu küssen.

»Die Sauna«, rief sie.

»Gute Idee«, stimmte er zu. Er stand auf und hielt ihr die Hand entgegen. Schnell ging er zu dem kleinen Häuschen, in dem sich die Sauna befand, und zog sie hinter sich her.

»Warte«, bat sie. »Gib mir dreißig Sekunden Zeit.«

Als Kirsten hereinkam, hatte sie sich ein Badetuch über der Brust zusammengeknotet.

Rylan schritt auf sie zu. »Warst du in jener Nacht auch so… angezogen?« fragte er. Sie schüttelte den Kopf.

»Und?« fragte er drängend.

Es kam ihm wie eine Ewigkeit vor, bis sie das Tuch aufgeknotet hatte und nackt vor ihm stand. Er war überwältigt von ihrem jugendlichen, festen Körper, den schönen Brüsten, den langen, festen Schenkeln.

Rylan kniete sich auf die Bank vor ihr, so daß er ein bißchen kleiner war als sie. Sie küßten sich, sie noch zögernd, aber er küßte ganz einfach ihre Scheu hinweg. Sie schlang ihre Arme um seinen Nacken, und er spürte, wie sich ihr Körper entspannte, obwohl auch sie immer erregter wurde.

Rylan streichelte ihren Körper, bis seine Hände die Brüste erreichten. Er streichelte die steifen Brustwarzen mit den Daumen. »Gefällt dir das?« fragte er heiser.

Heftig atmend stieß sie hervor: »Ja, ja, aber…«

»Was, meine Liebe?«

»Küß sie.«

Das ließ Rylan sich nicht zweimal sagen. Vorsichtig umschloß er eine der Brustwarzen mit dem Mund und saugte zärtlich daran. Dann nahm er sie zwischen die Zähne und biß zart darauf, bis Kirsten aufstöhnte. Zuerst war er erschrocken, weil er glaubte, er hätte ihr weh getan, aber dann merkte er, daß Kirsten vor Lust stöhnte.

»Dein Körper ist wundervoll, Rylan«, flüsterte sie.

»Aber der birgt doch keine Überraschung mehr für dich. Ich habe doch auch Nacktszenen gemacht. Na ja, mehr als mein nacktes Hinterteil war nie zu sehen.«

»Das ist etwas anderes«, keuchte sie. »Hier habe ich dich live und für mich allein.«

Er sah sie liebevoll an. Ihre Körper waren noch feucht vom Schwimmen und von der Hitze, aber das erhöhte nur ihre Lust, wenn sie sich aneinanderpreßten.

Leicht stieß Rylan mit dem Knie zwischen ihre Schenkel. Kirsten öffnete sie, und er drängte sich dazwischen.

Er küßte ihren Bauch, biß sie spielerisch und erregte sie mit seiner Zunge. Dann preßte er seinen Mund in das dichte Haar zwischen ihren Beinen. Unendlich sanft liebkoste er die Innenseite ihrer Schenkel.

»Ich liebe dich, Kirsten!«

Er wandte sich der Stelle zu, an der sie für seine Zärtlichkeiten am empfänglichsten war, und verwöhnte sie mit seinem Mund und seinen Händen, bis Kirsten laut ihre Lust und ihre Erfüllung herausschrie.

9

Er hielt sie fest an sich gepreßt, bis ihre Erregung abgeebbt war. Sie hatte den Kopf an seine Schulter geschmiegt. Ohne ein Wort zu sagen, trug Rylan sie aus der Sauna heraus.

Er ging zum Pool und stieg die Treppen hinunter. Er blieb erst stehen, als Kirsten das Wasser bis zum Kinn reichte. Ihr Körper trieb im Wasser, und er hielt sie fest, weil sie den Boden nicht mit den Füßen erreichen konnte.

Endlich hob sie den Kopf und sah ihn an. Er schöpfte ein wenig Wasser mit der Hand und ließ es über ihren Kopf laufen. Sie lachte auf.

Er küßte sie wieder, und eng umschlungen tauchten sie unter. Schließlich wateten sie aus dem Pool heraus und gingen zu Kirstens Schlafzimmer. Rylan warf die Kissen auf dem Bett in verschiedenen Richtungen fort und zog die Bettdecke zurück. Dann legten sie sich auf das große Messingbett.

»Wie fühlst du dich?« fragte er sie, als sie sich ansahen.

»Etwas zittrig und schwach.«

»Ich mich auch.«

»Das war ziemlich einseitig, nicht wahr? Ich meine, du bist nicht…«

»Und was sollen wir dagegen tun?« Sie schob sich näher an ihn heran und rieb ihren Körper an seinem.

»Kirsten«, stöhnte er. »Sag es.«

»Komm in mich, Rylan.«

Er legte sich über sie und drang in sie ein. »O Gott, du bist so eng«, stieß er hervor. »Tue ich dir weh?«

Langsam schlug sie die Augen auf, dann legte sie ihre Hände auf seine Wangen und zog seinen Kopf zu sich her-

unter, gab ihm einen zärtlichen, nie enden wollenden Kuß.
»Nein«, sagte sie leise. »Nein.«

Anfangs bewegte Rylan sich noch zögernd und vorsichtig, doch als sie ihm die Hüften entgegenbog und ihn zu einem schnelleren Rhythmus drängte, gab er nur allzu bereitwillig nach. Er stöhnte auf, als er spürte, wie ihre Hände sich verlangend über seinen Rücken, seinen Po bewegten. Und ihre Brüste waren so weich und verlockend unter seinen Lippen…

In diesen Augenblicken schien es auf der ganzen Welt nichts anderes mehr zu geben als ihre beiden hungrigen, ungeduldigen Körper, keine ungelösten Probleme mehr, keine unsichere Zukunft. Nur das Jetzt zählte, war wichtig, und Rylan wollte, daß dies ein Erlebnis wurde, das Kirsten in ihrem Leben nie mehr vergessen würde.

Er wollte, daß sie jede Sekunde auskosteten, er wollte den Höhepunkt so lange wie möglich hinauszögern, um den Genuß noch zu erhöhen, und so versuchte er, sich nicht von seinem Verlangen und seiner Lust überwältigen zu lassen.

Doch seine Bemühungen waren vergeblich, denn Kirsten hatte sich keinerlei Zurückhaltungen auferlegt, und Rylan spürte, wie die Leidenschaft sie beide unaufhaltsam mitriß. Als sie dann zusammen den Höhepunkt erreichten, war keiner von ihnen darauf vorbereitet, was für ein überwältigendes Erlebnis es für sie war, eine Kraft, wie sie sie noch nie erlebt hatten.

Als die Erregung schließlich nachließ und ihr Atem allmählich ruhiger ging, hielten sie einander noch immer fest in den Armen. Rylan blieb in ihr, er brachte es einfach nicht fertig, sich von ihr zu lösen.

Als Kirsten leise aufseufzte, fragte er schnell: »Bin ich dir zu schwer?«

Schläfrig schüttelte sie den Kopf, schloß die Augen, und Rylan lachte leise. »Soll ich jetzt beleidigt oder geschmeichelt sein, daß meine ›Bemühungen‹ dich so erschöpft haben?«

Sie schlug die Augen wieder auf und blickte ihn an. »Ich schlafe nicht«, sagte sie, und ihre Stimme klang immer noch ganz heiser. »Ich genieße es nur, dich so zu spüren. Es ist unglaublich.«

Während sie das sagte, bewegte sie sich unwillkürlich unter ihm, und Rylan stöhnte leise auf. Er hauchte kleine Küsse auf ihren Hals, auf ihren Busen, und Kirsten begann, zärtlich und verlangend seinen Rücken zu streicheln. Sie lachte leise und kehlig, als sie spürte, wie er unwillkürlich die Muskeln anspannte. Und auch sie spannte ihren Körper an, was Rylan erneut ein Aufstöhnen entlockte. Er fühlte, wie seine Begierde sich von neuem regte.

»Kirsten?«

»Ja?«

»Ich…« Er wußte nicht, wie er es ausdrücken sollte, daß sie fast schon wieder zusammen schlafen konnten. Wieder lachte sie auf diese sexy Art. »Ich weiß«, sagte sie und umspannte ihn noch ein bißchen fester. »Es fühlt sich unheimlich gut an.«

»Du hast nichts dagegen?«

Sie schüttelte den Kopf. »Dumme Frage!«

Diesmal ließen sie sich Zeit, denn sie hatten den ersten Hunger gestillt und waren nicht mehr von einer solchen Gier erfüllt. Rylan bewegte sich langsam und tief in ihr, und sie bereiteten einander eine unglaubliche Lust.

Wieder erreichten sie den Höhepunkt zusammen, und erschöpft und befriedigt schliefen sie schließlich ein.

Rylan wurde wach, als jemand ihn küßte. Kaum spürbar berührte ein weicher Mund seine Lippen. O Gott, dachte er, ist sie…? Ja, ihre Finger streichelten seinen Bauch.

»Kleine Mädchen können in Teufels Küche kommen, wenn sie so etwas mit kleinen Jungen machen«, grollte er drohend mit geschlossenen Augen.

»Das hoffe ich auch«, war die Antwort.

Ihr Mund bedeckte seinen. Sie küßten sich gierig, bevor er die Augen aufschlug. Er sah sie grinsen.

»Na, schön geschlafen?«

Er murmelte zustimmend.

Dann gab er ihr einen Kuß auf ihre Brüste und barg sein Gesicht dazwischen. »Ich liebe dich, Kirsten.«

Kirsten senkte den Blick und spielte geistesabwesend mit ihren Fingern in seinem Brusthaar herum. »Ich weiß, wie das funktioniert«, sagte sie schließlich. »Die Männer in Charlies Crew haben den Mädchen, die sie unterwegs trafen, auch immer unsterbliche Liebe versprochen, um sie herumzukriegen.«

»Leicht herumzukriegen, weil sie noch unerfahren waren.«

»Genau. Ich bin etwas klüger als ein normales Groupie, ich bin daher nicht naiv genug, zu glauben, daß du mich wirklich liebst.«

»Warum ist das so schwer zu glauben?«

»Weil du ein Star bist!« rief sie aus. »Du bist zum Sexsymbol des Jahres gekürt worden. Du kannst jede haben, die du willst.«

»Vielen Dank für das Kompliment«, versetzte er trocken. »Aber wenn das wahr wäre, warum habe ich mich nicht auf die Suche nach einer anderen Frau begeben, nachdem du mich hast abblitzen lassen?«

»Ich habe dein Ego verletzt. Du mußtest mir, und dir natürlich, beweisen, daß du mich verführen kannst.«

»Zu Anfang, vielleicht«, gab er verdrießlich zu. »Deine Gleichgültigkeit hat mich angefeuert.« Er griff nach ihren Haaren und wickelte eine Strähne um seinen Finger. »Ich lebe nun seit drei Wochen bei dir. Glaubst du immer noch, daß ich so oberflächlich bin? Kennst du mich nicht besser als damals, als wir uns bei deinem Anwalt getroffen haben?«

Kirstens Lippen zitterten. »Wie kannst du mich lieben, wo ich so gemein zu dir war?«

Spielerisch biß er in ihren Unterarm. »Wir haben nur noch den Rest unseres Lebens, ich weiß nicht, ob ich noch Zeit genug habe, dir auf alle Arten zu zeigen, wie sehr ich dich liebe.«

Sie lächelte, aber sie schüttelte den Kopf. »Wir haben nicht unser ganzes Leben, wir haben nur heute nacht.«

Er starrte sie ungläubig an. »Du glaubst doch nicht, ich könnte jetzt einfach so verschwinden, als ob nichts gewesen wäre.« Er schüttelte sie leicht. »Das könnte ich niemals, Kirsten.«

»Was schlägst du vor?«

»Daß wir glücklich zusammen leben bis an unser seliges Ende.«

Seufzend beugte sie sich nach vorn. »Erwarte nicht mehr von mir, als ich geben kann.«

»Wenn heute nacht ein Beispiel dafür war, was du geben kannst, dann will ich alles haben.«

»Ich meine es ernst. Was verlangst du von mir?«

»Daß du mich auch liebst.« Er ergriff ihren Kopf. »Tust du das nicht? Wenigstens ein bißchen?«

»Ich weiß nicht«, antwortete sie gequält.

»Doch, du liebst mich auch«, wiederholte er. »Oder wärst du sonst hier, hättest du sonst mit mir geschlafen?«

»Du bist so wundervoll.« Er spürte ihren Atem auf seiner Brust. Ihr Finger strich über seine Brust. »Weil ich es wollte. Und weil ich es brauchte. O Rylan«, schluchzte sie. »O Gott, ich habe dich gebraucht, ich habe das gebraucht.«

Es lag Verzweiflung in ihren Worten, und Rylan wurde klar, daß er immer noch nicht ihr Geheimnis gelüftet hatte. Aber das war ihm im Moment egal. Jetzt wollte er die aufregende Frau, die da neben ihm lag, erst einmal lieben…

Rylan wurde langsam wach, ohne zu wissen, was ihn geweckt hatte. Schließlich bemerkte er es: Kirsten lag neben ihm auf dem Bett und weinte.

Er streckte seinen Arm aus, um sie zu berühren, aber er konnte sie nicht erreichen.

»Kirsten?«

Das Weinen verstummte. Sie schluchzte noch einmal auf, drehte sich aber nicht herum.

»Was ist los?« Rylan vermied es, sie zu berühren, obwohl es ihn danach verlangte. »Wie kannst du nach einer solchen Nacht weinen?«

Als er ihr dann vorsichtig übers Haar strich, sprang sie auf und setzte sich weit entfernt von ihm auf die Bettkante.

Sie drehte sich um und sah ihn mit tränenerfüllten Augen an. »So war es nicht.«

Er brauchte einen Moment, um herauszufinden, was sie meinte. »Mit Rumm, meinst du?«

Sie nickte. »Wir wollten die letzte Nacht nachempfinden, erinnerst du dich? Nun, es war nicht so.« Damit stand sie auf und verschwand im Badezimmer.

Was zum Teufel sollte das bedeuten? War es damals besser gewesen? Schlechter? Glücklicher? Trauriger? Erregender?

Rylan sprang auf und stürmte zur Badezimmertür und starrte auf den weißen Türknauf. Innen konnte er die Dusche laufen hören. Wenn er jetzt in den Raum polterte, dann machte er sich bloß lächerlich.

In weniger als sechzig Sekunden war er in seiner Dusche im Gästezimmer. Er brauchte nicht lange, um sich anzuziehen. Trotzdem war Kirsten vor ihm in der Küche. Sie warf ihm einen bösen Blick zu.

Seine Wut wurde wieder geweckt. Er sagte die ersten Worte, die ihm in den Sinn kamen. »Du hast dich deinem Mann verweigert, oder? In der Nacht, bevor er starb, hast du dich geweigert, mit ihm zu schlafen. Richtig?«

»Nein!«

»Doch«, gab er zurück und drängte sie drohend in die Ecke des Raumes. »Du hast wieder eine von deinen berühmten Shows abgezogen und ihm nicht einmal gestattet, dich anzufassen! Das kann einen Mann auf die Dauer ganz schön verrückt machen, falls es dich interessiert. Und am nächsten Morgen fliegt Rumm los und beschließt, sich umzubringen! Deinetwegen!«

»Nein!«

»Wie oft hast du das schon mit ihm gemacht?«

»Hör auf!«

Sie preßte die Hände an ihre Ohren, aber er riß sie wieder weg und hielt ihre Handgelenke fest. »Letzte Nacht hast du mir das gegeben, was du dem armen Charlie vorenthalten hast. Ist das deine Art, so etwas auszugleichen? Ist dein Gewissen jetzt rein?«

»Ich habe kein schlechtes Gewissen!« schrie sie.

»Ach nein?«

»Nein, es war Charlie, der nicht…«

Sie zog scharf die Luft ein und riß sich los von ihm. Als sie sich abwenden wollte, ergriff er sie an der Schulter und riß sie zu sich herum. »Was hast du gesagt?« fragte er ungläubig.

Ihr Gesicht war bleich. Sie erwiderte angstvoll seinen Blick. »Nichts.«

»Was hat Rumm nicht gemacht, Kirsten?«

Sie befeuchtete ihre trockenen Lippen mit der Zunge. »Charlie wollte… nicht mit mir schlafen.«

»Du meinst, er…«

»Er konnte nicht.«

Rylan fühlte sich, als hätte er einen Schlag in den Magen bekommen. Kirsten lief um ihn herum und schüttete sich mit zitternden Händen einen Kaffee ein. Rylan sank auf einen Küchenstuhl. »War das immer so?« brachte er krächzend heraus.

»Nein«, erklärte sie fast sachlich. »Als wir geheiratet hatten, war alles wunderbar. Wir hatten ein erfülltes Liebesleben. Das machte ja später alles nur noch schlimmer.« Mit

341

beiden Händen hielt sie die Tasse, damit der Kaffee nicht überschwappte.

»Was war los mit ihm, Kirsten? War es ein Unfall?«

»Sein Problem war nicht physischer Natur«, erklärte Kirsten. »Ich glaube es jedenfalls nicht. Er – er ist nie deswegen zum Arzt gegangen.«

»Warum nicht, um Himmels willen?«

Sie drehte sich zu ihm herum. »Würdest du das tun?« Seine hastig niedergeschlagenen Augen verrieten ihr genug. »Er war eine Berühmtheit. Er war auch ein Sexsymbol. Männer wie er haben solche Probleme nicht. Er strahlte Männlichkeit und Kraft aus. Ein Hinweis auf seine Störung und seine Karriere wäre zerstört gewesen. Soviel zu Demon Rumm.«

Diese Not machten viele Männer durch, das wußte Rylan. Wie viele Männer schafften es, ihren Stolz zu überwinden und sich einem Arzt anzuvertrauen?

»Also hat er dich leiden lassen.«

»Wir haben beide darunter gelitten«, erwiderte sie ruhig. »Seine… Unfähigkeit wuchs mit seiner Berühmtheit. Ich glaube, es lag an dem Druck, sein Macho-Image zu leben. Es war unmöglich, all das zu sein, was von ihm erwartet wurde, daher gab er schon auf, bevor er es versuchte.« Kirsten drehte den Gürtel ihrer Robe in den Händen. »Natürlich glaube ich das nur, denn er ist ja nie beim Arzt gewesen. Er wollte um jeden Preis vermeiden, daß jemand davon erfuhr.«

»Was er dir damit angetan hat!«

»Es war schlimmer für ihn als für mich.«

»Das bezweifle ich.«

Sie preßte die Hände an die Schläfen. »Ich konnte nichts tun, um ihm zu helfen. Wenn ich ihn ermutigte, faßte er es als Mitleid auf. Wenn ich die Initiative im Bett ergriff, dann war es für ihn noch schlimmer – und ich fühlte mich wie eine Hure dabei. So lernte ich, das Problem einfach zu ignorieren. Wir haben es beide ignoriert.«

Rylan stand auf und ging zu ihr. »Bis zu der Nacht vor dem Unfall«, vermutete er.

»Ja, bis zu der Nacht.«

Sie war ganz in Gedanken versunken. Sie starrte nach draußen, schien aber nichts wahrzunehmen.

»Was ist wirklich passiert in jener Nacht?«

»Alice hatte sich zwei Tage freigenommen. Charlie und ich haben uns die alten Videos angesehen. Ich habe ein gutes Abendessen gekocht. Ich habe mir gedacht, daß es klappen würde, wenn er entspannt und in guter Stimmung wäre...« Ihre Stimme versagte.

»Seid ihr auch schwimmen gegangen nach dem Essen?«

»Ja, ich habe das vorgeschlagen. Ich kann mich noch daran erinnern, wie wundervoll er aussah im Licht der untergehenden Sonne. Er machte viel Blödsinn, tat, als würde er in den Pool fallen, um mich zum Lachen zu bringen.« Sie preßte die Fäuste auf ihre Augen. »Ich wollte ihn. Ich wollte ihn lieben, wollte, daß er mich liebt.

Als wir aus dem Pool stiegen, lockte ich ihn in die Sauna. Ich drängte ihn, die Badehose auszuziehen, und er gab nach. Ich fing an, weil er es nicht einmal versuchen wollte, nie. Weißt du, es war beschämend für ihn, etwas anzufangen und dann nicht zu können.«

Kirsten schluckte und schwieg. Als sie nach einer Weile weitererzählte, klang ihre Stimme fester. »Ich war davon überzeugt, daß er wieder Mut bekäme, wenn es nur einmal klappte. Dann wäre die psychologische Blockade überwunden. Also küßte ich ihn, selbst als er sich abwandte. Zuerst sagte er Sachen wie ›Laß das doch, Kirsten‹ oder ›War was mit deinem Wein?‹. Aber dann streichelte ich ihn. Es war so schön, ihn zu berühren!« Kirsten atmete tief. »Aber anstatt erregt zu werden, wurde er nur böse. Er schrie mich an, ich sollte ihn in Ruhe lassen. Dann rannte er aus der Sauna.

Später, als ich im Bett lag, kam er zu mir und entschuldigte sich. Er legte sich zu mir ins Bett, wir schliefen zusammen ein. Ich erinnere mich daran, daß ich ihn lieber hatte als je zuvor. Ich wollte ihm das sagen, aber als ich am anderen Morgen aufwachte, war er weg.«

Sie sah Rylan verzweifelt an. »Da hast du die häßliche Wahrheit. Das wolltest du doch, oder?«

Nun konnte er verstehen, warum Rumm so wagemutig war. Er hatte wirklich keinen Grund, am Leben zu hängen. Der Held mit dem gewinnenden Lächeln war eine Maske gewesen. Der Mann, der den Typus des amerikanischen Helden verkörperte, konnte nicht mit seiner Frau schlafen!

Ja, diese Information konnte er gut für seinen Film gebrauchen, aber was würde es ihn kosten?

Die Frau, die er liebte!

»Wie willst du das Buch beenden, Kirsten?«

Sie lachte ohne Freude. »Was macht das noch für einen Unterschied? Der Film wird die Geschichte erzählen. Jetzt hast du die Rechtfertigung für Rumms Selbstmord. Deswegen bist du doch eigentlich hergekommen, nicht wahr?«

Er starrte sie einen Augenblick an, dann drehte er sich um und verließ die Küche.

Vier Wochen später schellte Rylan an Kirstens Haustür. Alice öffnete ihm. Sie begrüßte ihn freundlich, aber ihr Lächeln blieb etwas unsicher.

»Ist Kirsten hier?« Eine rhetorische Frage, denn ihr Auto stand vor dem Haus.

»Ja, aber sie möchte nicht gestört werden.«

»Bitte, Alice.« Er sah sie flehend an.

Alice trat einen Schritt zur Seite und ließ ihn eintreten. »Sie ist in ihrem Arbeitszimmer.«

»Was willst du denn hier?« fragte sie, als sie endlich bemerkte, daß er in ihrem Zimmer stand.

»Hast du eine Jeans hier gefunden? Ziemlich fadenscheinig, Löcher in den Knien? Ich kann sie nicht finden. Habe ich sie vielleicht hier liegenlassen?«

»Nein, ich glaube, du hast alles mitgenommen.«

»Nicht alles, Kirsten. Ich habe etwas Wichtiges zurückgelassen.« Er warf sein Drehbuch auf ihren Schreibtisch.

»Wir haben gestern mit den Dreharbeiten aufgehört. Gestern nacht hatten wir eine schlimme Party. Ich glaube, ich war der einzige, der nüchtern war und allein geschlafen hat. Wie auch immer«, fügte er hinzu. »Ich dachte, der Schluß des Drehbuchs würde dich interessieren.«

Er warf sich lässig auf das Sofa, legte den Kopf in die Hände und schloß die Augen. Es kostete ihn seine ganze Beherrschung und Schauspielkunst, diesen Auftritt durchzuhalten. Am liebsten wäre er direkt zu ihr gegangen und hätte sie umarmt.

Die letzten vier Wochen waren die reine Hölle für ihn gewesen und für jeden, der mit ihm zusammengewesen war. War er sonst als schwierig bekannt, so hatte er sich im letzten Monat selbst übertroffen. Er hatte sogar die geduldige Pat zum Weinen gebracht.

Aber nun war der Film abgedreht, nun konnte Rylan sich daran machen, die Frau zu gewinnen, die er liebte und die nichts von ihm wissen wollte.

Er öffnete die Augen einen Spalt und beobachtete Kirsten heimlich, die auf das Drehbuch starrte, als wäre es ein gefährliches Tier. Endlich nahm sie es auf und blätterte durch die letzten Seiten. Selbst von seinem Platz auf dem Sofa konnte er sehen, wie ihre Augen feucht glänzten. Als sie ihn schließlich anschaute, blieb er ruhig liegen und tat so, als hätte er ihren liebevollen Blick nicht bemerkt.

Die Zähne auf ihre Unterlippe gepreßt, las Kirsten die letzte Seite:

Demon Rumm geht über den Asphalt des Rollfeldes. Er und das Flugzeug heben sich als Silhouetten vor der aufgehenden Sonne ab. Bevor er ins Flugzeug steigt, setzt er

seinen Helm auf. Sam kommt in die Szene, mit dem Rük-
ken zur Kamera. Er beobachtet Rumm, wie er sich im Cock-
pit niederläßt und sich anschnallt. Rumm startet den Motor.
Nahaufnahme Sam. Er ist verwirrt. Nahaufnahme Rumm.
Er starrt nach vorn. Sam ruft seinen Namen. Rumm wen-
det sich ihm zu. Er lächelt, hebt die Hand und macht wie
gewöhnlich das Okay-Zeichen. Standbild. Ende. Nach-
spann.

Langsam schloß Kirsten das Drehbuch. Vorsichtig strich
sie mit der Hand über den Einband. Plötzlich sah sie Rylan
an.

»Komm her, Kirsten«, sagte er mit seiner rauhen Stimme.

Sie ging hinüber zu ihm und setzte sich neben ihn auf die
Couch.

»Nach vielen Stunden Streit mit dem Regisseur, dem Produzenten, dem Drehbuchautor und allen anderen konnte
ich sie überzeugen, daß der Film besser ruhig ausklingt
statt mit einem bombastischen Finale. Niemand weiß, was
Rumm durch den Kopf geht, nicht einmal du.«

»Du hast nicht…«

»Nein, ich habe nicht. Hast du wirklich geglaubt, ich
würde dein Geheimnis preisgeben?«

»Ich war mir nicht sicher.«

Er legte seine Hand auf ihre Hüfte und drückte sie sanft.
»Warum sollte ich dich so verletzen?«

»Wegen deiner Karriere, wegen deiner Schauspielerei,
deiner Integrität. Wegen deiner Regel, keine Kompromisse
bei der Darstellung einzugehen.«

»Ich würde dich niemals wegen eines verdammten Films
verletzen. Ich liebe dich mehr als jede Rolle, mehr als Ruhm
oder alles andere.«

»Ach, Rylan.« Sie senkte den Blick auf ihre geballten
Fäuste. »Ich hatte Angst, du würdest spüren, wieviel mir
fehlte, und würdest das ausnutzen. Je näher wir uns kamen,
um so mehr befürchtete ich, daß du die Wahrheit heraus-

bekommen würdest. Ich mußte doch Charlie beschützen.«

»Ich bewundere deine Loyalität. Ich bin richtig eifersüchtig auf ihn, weil du ihn so geliebt hast. Du hättest sein Sexualleben ausbeuten und viel mehr Geld mit dem Buch machen können.«

»Ich weiß nicht, wie ich es beenden soll.«

»Beende es so, wie der Film endet.«

»Aber das Publikum will doch wissen, ob es ein Selbstmord war.«

»Du schuldest den Leuten keine Antwort. Laß sie ihre eigenen Schlußfolgerungen ziehen. Das Filmende läßt viel Raum für Spekulationen. Demon hat die Erwartung der Leute erfüllt. Der einzige Mensch, dem er weh getan hat, warst du.« Er nahm ihr Gesicht in seine Hände.

»Und was das betrifft, so werde ich diese Wunde heilen.«

»Aber ...«

Er legte ihr einen Finger auf den Mund. »Spar dir deinen Atem. Ich werde jedes Gegenargument hinwegfegen. Und ich kriege normalerweise, was ich will.«

Ihre Lippen bebten unter seinem sanften Kuß. »Du liebst mich wirklich?«

Er lächelte sie an. »Ja, das tue ich.«

Erleichtert lehnte sie ihren Kopf an seine Brust.

10

»Hallo, Mama, seid ihr gut im Hotel angeommen? ... Gut. Wie hat euch die Premiere gefallen? ... Habt ihr gesehen, wie ich euch zugewinkt habe? Ich hätte mir gewünscht, du und Papa hättet bei Kirsten und mir sitzen können. Ich freue mich, daß es euch gefallen hat ... Ja, es sollte auch zum Weinen sein.«

Rylan bedeckte die Muschel mit der Hand. »Mama sagt, sie hätte geweint«, informierte er seine Frau.

Dann wieder ins Telefon: »Habe ich dir, gesagt, daß ›Demon Rumm‹ auf der Bestsellerliste steht? ... Ja? Ich bin sehr stolz darauf.«

Er warf Kirsten eine Kußhand zu.

»Ja, sie arbeitet schon an ihrem dritten Buch. Ich glaube, sie hat zwei Kapitel grob skizziert. Ich werde noch eifersüchtig auf die Schreibmaschine. Ja, ich wollte ihr einen Computer kaufen, aber ... ich weiß nicht, irgendwas davon, daß sie Papier in die Hand nehmen möchte.«

»Was hast du gesagt, Mama? Ja, ich weiß, daß ein Baby sie nicht sehr stören würde ... Ja, sie ist zierlich gebaut, aber wir waren schon beim Arzt. Er hat sie genau überprüft. Jetzt läuft sie wieder zehntausend Kilometer bis zur nächsten Inspektion.« Lachend wich er einem Kissen aus, das auf seinen Kopf gezielt war.

»Ja, sag Papa, daß ich das auch finde.« Er bedeckte erneut die Sprechmuschel. »Papa sagt, du hättest sensationell ausgesehen.« Er wandte sich wieder dem Telefon zu. »Sag Papa vielen Dank von Kirsten .... Nein, sie hat sich noch nicht daran gewöhnt, Mittelpunkt zu sein. Ich habe ihr gesagt, wenn sie nicht will, daß alle Leute sie anstarren, dann soll sie nicht so verflucht gut aussehen … ja, du hast ja recht, ich soll nicht fluchen. Sag mal, kommt ihr morgen zum Brunch nach Malibu? … Prima, wir können es gar nicht erwarten, euch das Haus zu zeigen. Es ist so ähnlich wie das in La Jolla. Mit Blick auf das Meer. Und es liegt schön einsam … Was? Okay, ich sage es ihr … So gegen elf? … Prima. Alles Gute. Gute Nacht.«

Erschöpft hängte er den Hörer ein.

»Mama und Papa bedanken sich herzlich für die Blumen und den Früchtekorb. Erinnere mich daran, daß ich dem Zimmerkellner im Beverly Hills Hotel ein ordentliches Trinkgeld gebe.«

»Ich habe das veranlaßt, Liebling.«

»Ich wußte doch, daß ich dich für irgend etwas gebrauchen kann.«

Kirsten warf ihm über die Schulter einen bösen Blick zu. »Und wenn hier jemand ein Trinkgeld bekommt, dann bin ich das.«

Von dem Tag an, als sie über Sex scherzen konnte, wußte Kirsten, daß sie von den Schatten der Vergangenheit geheilt war. »Kommen Cheryl und Griff auch morgen?« fragte sie.

»Ja«, gab er zurück und zog sich den Smoking aus. »Und Mama sagt, du sollst alles unter Verschluß halten, was dir wichtig ist. Dylan fängt nämlich an zu klettern und Sachen herunterzuwerfen.«

»Habe ich da nicht vorhin etwas über ein Baby vernommen?« fragte Kirsten. »Etwas über unser Baby?«

»Die alten Leutchen wollen eben wieder Großeltern werden. Ich befürchte, Mamas kleine Hinweise werden immer deutlicher.«

Er trat hinter Kirsten und umfaßte sie. »Gibt es schon Anzeichen?«

»Seit neun Tagen überfällig.«

Er küßte ihren Nacken. »Gut. Übrigens, habe ich dir heute abend schon gesagt, wie wundervoll du aussiehst?«

»Mindestens ein Dutzend Mal«, lächelte sie und grinste fröhlich.

Er drehte sie zu sich herum. »Und habe ich dir schon gesagt, wie dankbar ich dir bin, daß du heute abend den ganzen Zirkus mitgemacht hast?«

Sie löste seine Krawatte. »*Demon Rumm* ist ein sehr wichtiger Film für dich. Es gibt sogar Gerüchte über eine Oscar-Nominierung. Ich möchte zwar immer noch nicht im Rampenlicht stehen, aber ich mache es, wenn du bei mir bist.«

Sie umfaßte seine Taille.

»Es war gar nicht so schlecht, auf der Premierenfeier zu erscheinen. Ich bin jetzt wirklich glücklich. Ich muß nicht mehr lügen. So kann man gut dem klatschenden Publikum entgegenlächeln.«

Sie küßten sich lange. Dann zog er ihr das Kleid aus. »Du hast deine Seite der Abmachung erfüllt und bist mit auf die Premierenfeier gekommen. Also werde ich mir eine neue Jeans kaufen müssen.«

»Und wann ziehst du sie an?«

»Moment mal, anziehen war nicht Bestandteil der Abmachung.«

Sie lachten und zogen sich gegenseitig aus, bis sie völlig nackt waren.

Sie wurden nicht müde, einander zu berühren und zu streicheln.

»Daß du ein liebendes Weib hast, hat dich aber nicht verändert«, warf Kirsten ihm vor. »Du bist immer noch Hollywoods schlimmster Fiesling. Ich habe genau gehört, was du dem Reporter gesagt hast, der uns den Weg verstellen wollte.«

»Nicht druckfähig, was?«

»Absolut nicht!«

»Ich wollte dich nur beschützen«, murmelte Rylan, indem er zärtlich ihren Rücken streichelte.

»Der einzige Schutz, den ich brauche, ist deine Liebe.«

»Ich liebe dich, Kirsten. Immer.« Er umarmte sie stürmisch.

»Oh, mein Liebling.« Sie seufzte laut auf. »Es wäre mir im Moment gar nicht in den Sinn gekommen, daran zu zweifeln.«

ENDE